Elogios para

PUEBLO PÉRFIDO

«Una historia de peregrinos digna de Chaucer, creada con ingenio por un escritor extraordinario. Evocativa, cautivadora y habitada por personajes para no olvidar».
—Brenda Rickman Vantrease, autora de los best seller *El maestro iluminador* y *La comerciante de libros.*

«Una exquisita obra histórica de suspenso narrada por un personaje valiente y carismático que, con su historia, llega al corazón desde la primera página hasta la sorprendente revelación final. Una novela increíble en torno a un misterio en verdad fascinante y sin resolver de la Edad Media».
—Karen Maitland, autora de los best seller *The Owl Killers* y *Comitiva de embusteros.*

«Brillante, profunda, con determinación e inteligencia. Este misterio alucinante llevará a los lectores a pasar las páginas sin cesar hasta llegar a la última oración. Extraordinaria».
—Ella March Chase, autora de los best seller *The Virgin Queen's Daughter* y *Three Maids for a Crown.*

«Atrapante historia de suspenso y misterio sobre una madre en busca de la verdad. Los lectores se enamorarán de la valiente e intrépida Miriam, un personaje sobresaliente en una historia muy difícil de olvidar».
—Jim Heynen, autor premiado del libro *The Fall of Alice K.*

«Pueblo pérfido es una obra de arte. La historia de Miriam es cruel, despiadada y apasionante pero llega al lector por su carácter intemporal. Una descripción maravillosa de la vida en el medioevo».
—Kathryn Le Veque, autora de los best seller *The Dark Lord* y *The Warrior Poet.*

Otras obras en inglés de
NED HAYES

Glossolalia: Speaking in Tongues (poèmes)
Coeur d'Alene Waters

PUEBLO PÉRFIDO

Copyright © 2014, Ned Hayes
Ilustración de portada © Copyright 2014: Nikki McClure
Ilustraciones del interior: Nikki McClure
Traducido del inglés al español por Marianela S. Gallo
Título original en inglés: Sinful Folk
Diseño del libro: Sara DeHaan

CAMPANILE BOOKS®
CampanilePress.com
244 5th Ave, Suite N-242
New York, NY 10001 USA

CAMPANILE BOOKS® es una marca registrada de Campanile Group (USA) Inc.
El logo en forma de campanario de Campanile es una marca registrada, propiedad de Campanile Group (USA) Inc. Todos los derechos reservados, 2014.

Datos de la catalogación en la publicación de la editorial

Hayes, Ned.
Sinful folk/Ned Hayes.—1st ed. in the U.S.A.
p. cm.
ISBN: 978-0-9969865-4-0
1. Gran Bretaña—Historia—Siglo XIV—Ficción. 2. Ficción histórica.
3. Ficción y suspenso.
I. Title
PR6064.073M57 2014
823.'92—dc   222006024710

Impreso en los Estados Unidos de América

PUEBLO PÉRFIDO

UNA NOVELA DE LA EDAD MEDIA

Traducido del inglés al español
por Marianela S. Gallo
Con ilustraciones de Nikki McClure

NED HAYES

¡Ruega por nosotros, gente débil y pecadora!...
En estas dos semanas, mi hijo murió,
casi enseguida de que os hubieseis marchado de la ciudad...
Me levanté. Las lágrimas resbalaban por mis mejillas.

—Geoffrey Chaucer, *Los cuentos de Canterbury*

Nos CONCENTRAREMOS en un hecho extraño que tuvo lugar en 1377. En diciembre de ese año, el más frío según los registros del medioevo, la aldea de Duns, al noreste de Inglaterra, sufrió una tragedia terrible. Cinco niños del lugar murieron quemados en un incendio doméstico cerca del centro de la aldea.

Como era costumbre en aquel siglo, se supuso que los responsables eran los judíos. Sin embargo, unos cincuenta años antes, en 1325, ya se había exterminado, expulsado o convertido a la fuerza a todos los judíos de Inglaterra por orden de la Corona.

Si bien en aquellos tiempos la mayoría de los campesinos ingleses nunca se habían alejado más de veinte millas de su aldea natal, cinco hombres de Duns cargaron los cuerpos carbonizados de sus hijos en un carro de granja y atravesaron más de doscientas millas hasta llegar a Londres. Según los registros de la Corte, los aldeanos fueron para presentarle los cuerpos al rey y reclamar justicia contra los judíos.

Pocos son los hechos que quedan claros en los registros históricos. No se incluye ningún otro detalle sobre el incidente, ni los motivos, ni las intenciones, ni las experiencias de aquellos que emprendieron esta ardua travesía. No se nombra a una sola persona de la aldea, ni siquiera al culpable.

—Miria Hallum,
The Hollow Womb: Child Loss in the Middle Ages
(El útero vacío: La muerte infantil en la Edad Media).

LA LITURGIA DE LAS HORAS

Laudes La aurora, oración al amanecer
para dar comienzo al día.

Prima Oración por la mañana temprano.
Es la primera hora, alrededor de las 6.

Tercia Oración de media mañana.
Es la tercera hora, alrededor de las 9.

Sexta Oración de mediodía.
Es la sexta hora, alrededor de las 12.

Nona Oración de media tarde.
Es la novena hora, alrededor de las 15.

Visperas Oficio de la tarde, cuando se encienden
las velas y los candiles a las 18.

Completas Oración nocturna, antes de dormir.

Maitines También llamadas vigilias o nocturnas,
durante las horas de la noche.

LiBRO 1

CAPÍTULO I

AL FINAL, DECIDO hacerle caso a mi miedo. No me deja dormir. Resuena en cada latido frenético dentro de mi pecho. Está allí, en el terror seco de mi garganta, en el ardor de las patas de las ratas inquietas en la oscuridad.

Christian no regresó a casa en toda la noche.

Lo sé porque hace horas que estoy acostada en medio de esta oscuridad esperando que mi hijo regrese.

Cuando trabaja hasta tarde en la noche, nunca logro dormir. Me atormenta que no esté aquí. Temo que nunca regrese. Me quedo despierta, invadida por mis propios miedos a la pérdida y a la soledad, y son miedos que vienen para quedarse.

Así que esta noche, me digo a mí misma que ese ruido es la escarcha del río congelado resquebrajándose. Le miento a mi propio corazón como quien le miente a un niño asustado que no tiene salvación.

Al mismo tiempo, sé que es un incendio y sé también que está muy cerca.

Primero, escucho gritos desesperados. Luego, el barullo de gente corriendo a gran velocidad, de hombres con baldes de agua ordenando a los niños que ayuden.

Se quema una casa.

Sin embargo, tengo miedo de salir. Mi miedo se ha convertido en pánico y farfulla en la oscuridad. *¿Qué tal si alguien inició este incendio para quemarme?*

¿Cuál sería la hazaña de ver lamento mudo convertirse en brasas? Un crujido y un chillido a la distancia. Un ruido sordo, y luego el crujir de un infierno. *¿Dónde está Christian? Tengo que ir, tengo que—* Me levanto del montón de paja y corro hacia la puerta con la ropa de dormir. Luego me acuerdo de la pobre Nell, que murió en primavera.

No olvido su agonía.

A los tropezones y en medio de la oscuridad, busco a tientas el hollín del fogón. Me ensucio el borde suave de la mandíbula, dibujo con dedos temblorosos un esbozo de barba sobre este suave labio superior y el mentón.

Siempre debo ocultar mi verdadero rostro.

Mientras los dedos hacen su trabajo, me aferro a la esperanza, un ave pequeña que trina en el nido de mi corazón. Con desesperación, balbuceo las palabras de una oración que rezaba en el pasado.

O Alma Redemptoris…

El ritual del hollín es quizás mi propio himno extraño a la femineidad. Al igual que Teresa de Aviñón, esa heredera consentida del trono de Francia que hizo los votos conmigo en Canterbury, el mundo solo me verá como yo decida. Es una especie de vanidad; si no puedo ser una mujer, seré el hombre más desagradable que pueda lograr.

Y en esta ceremonia, mi terror se diluye. Los dedos dejan de temblar. Por un momento, pienso con claridad. Tal vez sea Christian uno de esos que cargan vasijas con agua para extinguir las llamas. Mi hijo estará bien. Es fuerte, vigoroso, vivaz. Es mío, y yo soy suya.

Todo estará bien. Lo repito en mi mente como si rezara el rosario. *Todo estará bien.*

Luego oigo gritos estridentes afuera, hombres que corren hacia el lugar en llamas.

—¡Está atrapado! —gritan.

Ahora, sé que no estoy preparada y el miedo me estremece.

Debería envolverme los pechos con las vendas, esconder la forma femenina de mi cuerpo hasta parecerme a un eunuco. Sin embargo, me lanzo hacia la puerta sin alistarme, con el corazón lleno de miedo por mi hijo y por mi propio cuerpo.

Aunque el corazón me diga lo contrario, ruego que este fuego no sea nada, que no tenga ninguna relación con mi vida ni con mis secretos.

✠

Al otro lado de la plaza de la aldea, la casa más grande, la de Benedict, el tejedor, se consume por las llamas. Cada una de las maderas se quiebra y se hace cenizas con el fuego. El tejado ya no parece estar sobre postes pesados, sino sobre masas débiles de humo centelleante.

Es la casa donde mi hijo es aprendiz.

El humo me ahoga, me rasguña las fosas nasales y me seca la garganta. El tejado se quema con el rugido de la oscuridad en llamas. La multitud se altera ante el desastre e intenta salvar la aldea y a sus hijos.

No hay un solo aldeano que me preste la más mínima atención.

Para ellos soy un viejo mudo y débil, enjuto como una mula hambrienta y curtido por tantos años de trabajo. Es extraño que nadie en esta aldea vea más allá de las arrugas y del nido de ratas color castaño que tengo en la cabeza. Nadie observa mi rostro.

Esta noche, los obligo a mirarme. Tomo cada una de las caras con mis manos escuálidas y miro fijo esos ojos salvajes y asustados. Aquí está el rostro pálido y temeroso con barba colorada del haragán de Liam. Él también busca a su hijo. Al otro lado del camino, hay un chico envuelto en una capa con capucha. Se me sube el corazón a la garganta. ¿Es Christian?

Pero cuando le veo los ojos, son negros como la noche. Es solo Cole, el huérfano. Veo a mi amigo Salvius, el herrero. Pasa corriendo y arroja agua a las llamas.

Luego veo a Tom, que no quiere pasar entre la multitud. Lo

retengo en busca de respuestas pero me hace a un lado de un empujón. Su rostro se ve acobardado y lleno de miedo.

Me doy vuelta. Bajo la capucha de otro hombre. Es el calvo, Benedict, el tejedor, el dueño de la casa. Me lanza una mirada penetrante y se aleja para tomar un balde de agua.

Luego me acerco a un hombre bajo, el pequeño Geoff, un carpintero bizco.

—¿Dónde está mi muchacho? —me grita en la cara— ; ¿dónde está?

Vuelvo a girar, tomo a cada persona y miro cada uno de los rostros. Solo espero encontrar a un niño de ojos azules. Mi hijo.

Christian.

¿De veras esta es toda la gente que sigue viva? Desesperada, cuento con los dedos. Di con todas las mujeres y la mayoría de los hombres.

Solo faltan unos pocos: Jack, herido por el pisotón de una vaca, y Phoebe, que está por dar a luz. La mujer de Benedict se quedará con ella esta noche. Sophia es lo más parecido que tenemos a una partera desde que Nell ya no está.

En total, suman tres más. Pero *¿dónde están los muchachos más grandes?*

Desesperada, busco en los rostros de cada uno de estos aldeanos una y otra vez; repito el mismo recorrido hasta que me quitan de encima.

Hombres y mujeres gritan los nombres de sus hijos.

— ¡Breton! ¡Matthew! ¡Stephen! ¡Jonathon!

El hijo corpulento de Tom. El hijo del carpintero. Luego, el segundo hijo del tejedor. Y, por último, el mayor de Liam, el leñador. Pero en mi cabeza resuena un solo nombre, y nadie lo grita en voz alta. Mi hijo, mi único hijo.

Christian— Christian— Christian—

La mitad de la casa se viene abajo, se desmorona casi por completo, la estructura de madera echa humo y se derrumba en la escarcha del invierno. Salvius es siempre tan valiente. Salta por el umbral encendido y usa una viga para tirar abajo la puerta humeante. Luego Liam entra en medio del humo con los brazos envueltos en una túnica humedecida.

Me abro paso entre los aldeanos que deambulan por el lugar para ver a Liam y a Salvius que sacan a la rastra un cuerpo carbonizado. Después otro, y otro. Fueron cinco, al final. Todos los que faltaban cuando hice la cuenta.

Mi lengua se dispone para pronunciar el nombre, pero no me sale una sola palabra. Entonces, grito... lanzo un chillido de animal inentendible, mi único idioma ahora.

Las llamas suben otra vez, las fuertes ráfagas de viento del oeste soplan en los páramos como un demonio que ruge mientras destruye la vivienda. Es la crepitación del infierno mismo. Los hombres corren desesperados con baldes de agua para salvar las pequeñas granjas de los alrededores.

Los cinco cuerpos permanecen en el piso, negros como sombras destrozadas. Emanan el olor apestoso de la muerte. Carne quemada, lana chamuscada. Es un tufo nauseabundo, y mal que me pese, se me hace agua la boca con el olor de la carne rostizada por las llamas. Siempre tengo tanta hambre.

De repente, veo algo de metal que brilla debajo de una cabeza carbonizada. Es una cadena de plata delgada. *¿Es mi cadena? ¿Es el cuello de mi hijo?*

Entonces el alma se me hace pedazos y siento correr por mis venas un licor de terror.

CAPÍTULO 2

Ya casi es de día, una tenue luz azul al este dibuja la silueta de las casas y los árboles. La granjita quemada se ve como una ruina humeante y carbonosa al amanecer.

El viento desaparece. Hemos tenido varios incendios desafortunados este invierno, pero este es el peor hasta el momento. La multitud ralentiza el trabajo frenético a medida que bajan los riesgos.

Ahora puedo oírlos: los gritos de los niños, los sollozos de los bebés en brazos. No hay dudas de que esos chillidos me rodearon durante horas. Sin embargo, solo tenía oídos para un grito, y ese grito nunca llegó.

Los cuerpos están rodeados por sus familias. Estos jóvenes eran la promesa de nuestra tierra desierta, el punto más alto que podíamos alcanzar en la rueda de la fortuna.

Voy hacia donde están los muertos. Están ennegrecidos e irreconocibles, tirados como penitentes sobre la tierra seca. *Estos son los hijos de otros, el mío no está, el mío no.*

De todos modos, levanto la mano y me santiguo. Mi boca se mueve en silencio al ritmo de ese último rito, aunque ya no me queda una sola pizca de fe.

Si aún creyera en esas necedades, las almas de estos inocentes estarían atrapadas en el limbo por toda la eternidad. Tendría que ser un Dios demasiado frío como para condenar a los niños a semejante castigo. Y *mi* bendición no significa nada. No hay sacerdotes en esta aldea, no hay entierro ni sacramento alguno.

El mundo se vuelve borroso a medida que los ojos se me humedecen.

Una voz grita mi nombre.

—¡Mendo!

Me doy vuelta, ciega y aterrada, ocultando mi rostro bañado en lágrimas. Liam hace un gran esfuerzo para hablar con esa voz ronca.

—Mendo. Oh, Mendo, llorar no es ninguna vergüenza. Todos hemos sufrido esta pérdida.

Liam es el hombre más pobre de la aldea, y hemos vivido al lado por tanto tiempo que me pregunto si él y su esposa Kate verán la mujer que hay detrás de esta piel sucia de hollín. Me mantengo lo más alejada posible de él, pero igual, siempre me habla a pesar de mi silencio.

La mayoría de los aldeanos actúan como si no fuese más que un animal. Aquí, siempre me ignoran y casi nadie sabe que existo. Prefiero que sea así, prefiero ser invisible.

De todos modos, hace tiempo que me hubiese ido con mi hijo si no fuese por este hombre, Liam, y mis amigos Salvius y Nell. Salvius me necesita en los fuelles de su herrería. Valora mi trabajo y mi amistad; y Liam, él al menos me hace reír.

Pero Nell... pobre Nell. Mi amiga ya se murió.

Liam abraza mis hombros menudos y me sostiene mientras sollozo. Desde anoche ya no se ríe. Sus ojos verdes están bañados en lágrimas y le tiembla la barba colorada.

—Oh, Mendo, gracias por bendecir sus almas.

¿Quién más me vio bendecir y santiguar a los muertos?

De todas maneras, a Liam no le importa que haga la señal reservada para sacerdotes y monjas. Llora sobre el cuerpo de su hijo y luego se da vuelta para mirar otro cuerpo que está cerca.

—Creo que aquí está tu muchacho. Me parece que es este. Es el último que saqué, el más alto y el que más lejos estaba de la puerta.

Al oírlo, ya no puedo fingir más. No puedo evitar esta dura verdad con solo desearlo. La cadena de plata brilla tenue a la luz del alba; no miente. Caigo arrodillada. Aquí está mi amor, mi hijo.

Liam se inclina hacia su propio niño, su primogénito quemado y ennegrecido en el suelo. El padre, afligido, emite un gemido, un ruido angustioso que sacude la tierra.

En ese momento, la multitud crece y llega a su punto máximo con el latigazo de un dolor desgarrador.

Tom parlotea sobre una historia que recuerda a medias, una visión demoníaca.

—Esto es obra de los que mataron a Cristo. ¡Están malditos, contaminados con la semilla del diablo! ¡Beben sangre de niños por la noche!

Todos saben que este es el tercer incendio atroz en lo que va del invierno. Esta vez, fue la tejeduría de Benedict la que se quemó. Varios de la multitud se acercan a la familia.

—¿Por qué estaban aquí los muchachos? —grita Geoff, el carpintero—. ¿Por qué se quemaron?

—¡Yo no fui! — dice Benedict con gran esfuerzo en la garganta—. Se reunieron a las vísperas, te estoy diciendo la verdad. Solo estuvieron aquí para trabajar en las túnicas de lujo de *sir* Peter de Lincoln.

—¿Y dónde estabas tú en ese momento? —grita Liam ahogado con el llanto—. ¡Es tu casa!

—¡Estaba con mi esposa! —Benedict se quita el sombrero de su cabellera avejentada y lo arroja al suelo. Llevé a Sophia al otro lado de la bahía para asistir a Phoebe en el parto.

Los hombres emanan el hedor de la furia como una sartén de aceite humeante a punto de incendiarse.

—¡Eres un falsario! —le dice Geoff a Bene mientras se abre paso a los empujones entre la multitud para llegar hasta él.

—Maldita sea, ¡yo también perdí a mi hijo! —grita Benedict—. ¡Ni siquiera estaba allí!

Hob, el edil, asegura que Benedict regresó tarde, a las nocturnas.

La mayoría de las veces, la gente le hace caso a Hob, pero hoy no se quedarán tiesos. Las mujeres le gritan a Benedict y a su familia para que paguen con sangre. El bajo, Geoff, corre hacia Benedict para golpearlo, pero no puede atravesar el gentío que se amontonó alrededor de Tom, que grita los detalles sórdidos de una brujería producto de su imaginación. La Cámara Estrellada, la Torre Blanca, historias de terror de los antiguos dioses y hadas negras, y el antiguo villano, el judío.

—Todos los niños saben quién realiza actos oscuros por las noches —grita Tom—. Todos los niños saben que agora sufrimos, en este mundo, por aquel crimen contra nuestro Señor Jesucristo. ¡Esto es obra de los judíos!

Puras estupideces, ¡pero los aldeanos están tan desesperados por creer que hay una razón detrás de todo esto!

Tom dice que el asesinato surge a partir de una raíz, de una semilla que puede arrancarse, pero lo más probable es que los incendios surjan de una chimenea vieja o de una parva de heno que de repente se prende. De todos modos, en los incendios anteriores, no hubo muertos. Por eso, esta vez, los aldeanos quieren una causa, alguien para descargar el odio y para apedrear.

—¡Los judíos! —grita otra vez Tom.

Aún quedan algunos de sangre judía por aquí; yo sé quiénes son, aunque ya hace muchos años que se convirtieron. *¿Cuánto tardará la multitud en recordar y encontrar a aquellos que alguna vez fueron judíos en esta aldea?*

—¡Malditos sean los judíos! —gritó alguien entre la gente—. ¡Que paguen los judíos!

Nadie nota que me levanto del suelo y me acerco a la ruina humeante. Mis preguntas mudas no encontrarán respuestas en cuentos horripilantes de niños. Sé dónde buscar la cruda verdad, la evidencia de la muerte de los niños. A los empujones, consigo llegar hasta donde murieron.

¿Cuál fue la fuerza que sostuvo la puerta para que los muchachos no pudieran huir de las llamas cada vez más incontrolables?

Con el pie, remuevo las cenizas tibias. La puerta que rompió Salvius está hecha pedazos en el suelo, reventada, aplastada. Sin embargo, encuentro un nudo, una vuelta extraña en la soga, y decido examinarlo.

Ahora entiendo por qué no pudieron salir. La levanto y desarmo los pedazos de una soga que permanece allí, tirante, en el marco de la puerta. No sé dónde, pero no es la primera vez que veo este nudo tan raro. Esto no es obra de ningún hada. No lo hizo ningún judío errante. Es un triple nudo, tirante con medio ballestrinque. Lo toco para investigar un poco más, pero se hace cenizas.

—Prueba del agua —grita Tom—. Prueba del fuego. ¡Que maten a los judíos traidores y se salven los inocentes!

Liam se burla de Benedict.

—¿Tú no conoces a algún judío? ¿Incendiaste tu casa por ella, Bene?

—¡Todos hemos traicionado a nuestros hijos! Cada uno de los que vivimos en esta aldea —grita Benedict—. Os aseguro que todos tenemos culpas, todos deberíamos pasar por la prueba de agua. ¡Todos y cada uno de nosotros!

—¿A quién ahogamos primero?

El rostro de Liam se llena de lágrimas.

—Demonios, sé que fuiste tú —le grita Geoff a Benedict—. Tú los mataste. ¡Ahógate tú primero en la laguna!

La gente se mueve de un lado a otro, presa del pánico. Me vibra el corazón, las entrañas se me revuelven y me tiembla el pulso.

La discusión de los hombres me recuerda al caos de los últimos años de mi aldea natal, hace mucho tiempo, cuando le hice esa última promesa a mi madre. Cierro los ojos y aún puedo ver las manos que se movían, desde los ademanes hasta los puños, desde los palos hasta las filosas hoces rápidas como rayos.

—¡Ya es suficiente! —La voz profunda y señorial de Hob al fin hace callar a la muchedumbre pululante—. Como dice nuestro hermano Tom, la sangre de esos inocentes nos pide a gritos que hagamos justicia. ¡Sus almas reclaman venganza! Estoy de acuerdo, pero os aseguro que ahogar, o intentar ahogar, a la mitad de los hombres de esta aldea no nos devolverá a nuestros hijos.

En medio del murmullo, la multitud manifiesta su aprobación.

—¡Lo único que nos devolverá a nuestros hijos es la justicia! —grita Hob—. Y aquí, en la tierra, hay una sola sede que se ocupa de eso.

—Qué maten a los judíos —vuelve a decir Tom—. Mátenlos agora.

Pero esta vez, la gente lo ignora.

Hob grita más fuerte.

—¡Le llevaremos las pruebas a nuestro rey!

—Al rey —repite Salvius. Ese tono imponente como el grito de un heraldo pone fin al caos. Salvius da un salto en el carro de Benedict, que está allí cerca, y encuentra una causa común con el pueblo.

—¡Venid, amigos; que el rey haga justicia!

Al oír esto, muchos se movilizan. Los hombres que gritaban en contra de los judíos levantan los cuerpos sin vida del suelo.

Benedict y Cole, el huérfano, meten el cuerpo del niño en el carro y el cadáver cae con un tremendo estruendo.

Geoff me pasa por al lado a los empujones farfullando.

—Si no puedo matar aquí a un solo judío, al menos iré con mi hijo y le diré al rey lo que pienso sobre su puta protección a estos malnacidos, que tanto bien nos hizo.

Liam levanta el cuerpo frío de su propio hijo. Con delicadeza, lo acomoda sobre la paja en el carro.

—Iré contigo, hijo mío —le dice a su muchacho sin dejar de llorar.

Siento una ráfaga fuerte y entre el gentío, oigo una discusión a punto de estallar. Cuando la cosecha fue mala y hubo que apretarse el cinturón en estos tiempos de hambrunas, la mayoría quedamos demasiado débiles como para buscar comida fuera de la aldea. *¿Cómo puede alguno de nosotros emprender un viaje agora?*

Mi amigo Salvius, con un gesto, deja respondidas todas las preguntas.

—Sí, sí; tenemos suficiente alimento y solo llevaremos hombres fuertes. ¡Claro que lograremos llegar a Londres, por el amor de Dios!

A medida que la luz se esfuma en el cielo, el sentimiento de la gente también cambia. Las ansias por este viaje llegan a todos los aldeanos como el calor de una llama que pasa entremedio de ellos.

Geoff protesta y está bastante acertado:

—Deberíamos llevarlos a un lugar más cercano. El abad del monasterio de Cluny. Queda cerca, por el camino real[1].

Con gran habilidad, Salvius los da vuelta a todos como si fuese un domador de fieras y deciden hacer el viaje.

—¡Los judíos! —grita el gentío.

—Queremos justicia contra los judíos y viajaremos con esta prueba del crimen hasta llegar al rey. ¡El trono será quien los juzgue!

Los hombres lanzan alaridos y juran por los cuerpos sin enterrar de sus hijos que irán en busca de la verdad. Hob y Benedict se desgañitan y prometen justicia a sus clanes. Les vuelvo la espalda. Me pierdo entre las discusiones trepidantes de la multitud. No hay quejas ni alaridos que valgan la pena.

Miro a mi hijo y me hundo en el dolor. Cuando vienen a llevarse el cuerpo con la cadenita, no se los permito. Cierro los ojos y puedo oírlos a todos a mi alrededor. El bullicio es estrepitoso.

—¿Por qué te opones, Mendo?

—Déjalo ir.

—Es el padre.

—Ten compasión. No puede hablar.

---

1   El camino real, Camino del Rey o Camino Blanco era un sendero de piedras blancas construido por los romanos en la antigüedad, cuando Britania era una provincia del Imperio Romano.

Las lágrimas se me escapan aunque apriete los ojos. *Quiero a mi niño.* Tengo el alma amarrada a este cuerpito, tendido como un salvador torturado. Puedo sentir su ardor a través de mi carne y el humo asfixiante en mis propios pulmones. Me quemaría con él, pero por más que quiera, no puedo ponerle fin a mi existencia. Abro los ojos una vez más. Mi cuerpo aún respira y este corazón ignorante sigue palpitando en mi pecho.

No dejaré que se aleje de mí. Lo curaré, pienso desesperada. *Cuidaré de su cuerpo herido hasta que se recupere.*

Al final, los hombres suben el cuerpo al carro.

Se lo llevan y me quedaré sin nada. Sin un cuerpo, sin un recuerdo, sin una tumba.

Levanto la cabeza con el rostro sucio de cenizas y lágrimas. Se me escapa un llanto extraño, parecido a un aullido.

Han pasado años, casi una década, desde la última vez que los aldeanos me oyeron emitir un sonido. Ahora, me miran todos. Hasta los hombres que subían los cuerpos al carro me prestan atención.

Les hago un gesto. Iré con ellos, adondequiera que lleven a mi hijo, iré yo también.

Tom me señala y murmulla algún otro detalle de su idea trastornada.

—¡Dejad que venga! Os aseguro que Mendo descubrirá la verdad. Los ángeles ya lo predijeron.

La gente aparta la mirada de Tom y niega con la cabeza. La mayoría cree que no entendí el debate de esta mañana ni las decisiones que se tomaron. Nadie cree que puedo hacer este viaje.

Trastabillé hacia atrás, en dirección a la casita que nos hicimos con quincha Christian y yo. Me aprieto los pechos bien firmes esta vez y empaco lo poquito que tengo. Después de la mala cosecha del otoño, no hay comida para llevar excepto un bollo de pan negro viejo y un poco de carnero seco. Me pongo la cadena de plata opaca igual a la que usaba mi hijo y busco el anillo pero no lo encuentro. Hace años que lo tengo pero no está en el escondite, debajo de la piedra que hay delante del hogar. ¡Cuánto me duele haberlo perdido! Pero ya es demasiado tarde. No tengo tiempo para seguir buscándolo por doquier, así que tomo las pieles de oveja y otras que usamos a modo de cama y una vasija pequeña con hollín para el rostro. Eso es todo.

Cuando regreso, Hob ya había pedido provisiones de las escasas reservas de la aldea. Les ruega a las familias que hagan un sacrificio para mantener a los hombres que emprenderán viaje y ellos le conceden el pedido aunque las despensas queden vacías luego del terrible otoño y los campos pobres que no nos dejaron nada. Geoff recolecta algo de leña y Benedict mete paja y forrajes en el carro. Liam trae un hacha mientras Salvius envía a Tom, el molinero, a recuperar el último saco de harina que queda.

Los aldeanos se reúnen y discuten cada vez con más fervor. Se parecen a las golondrinas que solía observar en un acantilado, cerca del mar, cuando era niña. Recuerdo la bandada de pájaros que se movía en masa, se rompía y se volvía a formar con los bordes irregulares.

Al final, unas pocas almas valientes saben que ya es hora de volar.

Los hombres empujan el carro con las espaldas. Cada uno de los aldeanos quiere tocar las maderas como si fuese un niño bautizado. Las manos extendidas parecen retenerlo por un momento pero después, con un ruidoso empujón y el sonido de la escarcha quebradiza, las ruedas comienzan a avanzar. La multitud inquieta nos aclama y se levanta en masa sin dejar de gritar.

Las causas son confusas. El carro se aleja de la aldea pero, al mismo tiempo, pareciera que todos los habitantes estuviesen viniendo con nosotros. Se ven perros y niños pequeños en el suelo y los lamentos de las madres resuenan entre los árboles.

Los pequeños de la aldea que siguen el carro comienzan a entender que esos muertos ya no regresarán. Al darse cuenta de que los perdimos, se ponen pálidos. El dolor les tiñe las mejillas y los mentones de color blanco grisáceo como si fuesen cadáveres.

Salvius vuelve a saltar en el carro de granja con la cabeza erguida y su hermoso rostro desfigurado por el dolor. La luz del alba se le refleja en el cabello brillante como paja de trigo.

—No nos detendremos hasta ver al rey, hasta reclamarle protección y justicia. Los cuerpos de nuestros hijos serán testigos de este asesinato. ¡Vamos hasta el trono, vamos a Londres!

—Así es —dice Hob—. ¡Le llevamos los cuerpos al rey para buscar justicia, no venganza!

—¿Cuál es la diferencia? —grita Geoff, y la multitud lo apoya con un alarido.

Nos emociona pensar en las expectativas del viaje, en la idea de ir a un lugar tan lejano que hasta parece mítico: Londres. Las mujeres buscan a los niños y los mantienen alejados del carro y del viaje peligroso. Varias les insisten a sus hombres en que regresen a casa y les hacen frente a Hob y a Salvius; los cuestionan delante de todos y dudan de esta acusación a los judíos fantasmales del bosque, esos asesinos falsos que inventaron. Ni Hob ni Salvius se dignan a responder porque el espíritu mueve a los hombres, igual que a las criaturas aladas y las bestias salvajes. Pienso en nuestros primeros padres, Adam y Eva, cuando salieron del paraíso expulsados del jardín por un ángel vengador.

Agora, ya estamos al borde de los ejidos de la aldea. Después de atravesar este punto, ya no podemos volvernos atrás. Debemos descubrir quién hizo esto.

Ya estoy cansada, pero mientras intento con todas mis fuerzas alcanzar ese carro, sé que en verdad iré porque mi hijo está allí. Es todo lo que tengo. Mi vida entera está en esa cáscara pisoteada y ennegrecida. Mi hijo.

¿Adónde iría más que adonde él va?

CAPÍTULO 3

Las estrellas van esfumándose a medida que se asoma un sol pálido; son como carbón caliente que se hunde en un cielo de agua. La luz penetra en el bosque mientras entre los árboles, resuenan los ruiditos de la madera sobre los juncos.

El valle de nuestra pequeña aldea de Duns está rodeado de colinas repletas de árboles, y el trayecto desde allí hasta el Camino del Rey no está para nada marcado. Es una línea tortuosa de surcos de barro formados con las huellas de los carros, una ranura escabrosa donde las pezuñas de las ovejas salvajes apuñalan la nieve sucia. Al este, esa huella casi imperceptible pasa entremedio del bosque hasta llegar, al fin, al campo abierto y a los caminos que conducen a otros lugares.

El tropel de aldeanos que nos seguía ya se reduce. Al principio, a medida que nos acercamos a la última casa de la aldea, pareciera que Hob y Salvius se dirigen al campo abierto del cementerio pero al final, doblan. Hob nos está llevando más allá de los límites del mundo que conocemos, en busca del Camino Blanco, el Camino del Rey.

Sophia, la esposa de Benedict, nos llama.

—¡Sin la bendición de un noble, sus vidas penden de un hilo!

Tiene toda la razón. Los campesinos debemos llevar la túnica de un lord de nuestra tierra para demostrar que contamos con su bendición para viajar. Salvo Benedict y su familia, los demás no conocen cómo funcionan estas cuestiones en el mundo. Creo que ni la mitad de ellos puso alguna vez un pie fuera del bosque que rodea nuestro vallecito.

Los rostros de estos hombres se ven adustos y decididos. Siguen adelante a pesar de la advertencia. Son los padres de los muchachos muertos y esto los impulsa a seguir. Además, siempre recurren a Hob para que los oriente.

Hob es un hombre fibroso, con canas y sin sentido del humor. Es observador como un mirlo y posee también el mismo júbilo falso de esas aves. Las venas le forman montañas y valles en la frente y en el dorso de las manos curtidas. Al igual que un mapa, las arrugas de las manos marcan los destinos a los que aún no se llegó.

Hob nos insta a seguir, y los demás necesitan un líder a medida que avanzan a los tumbos, ciegos del dolor. Casi al frente del grupo, está el estoico y cabizbajo de Geoff, el carpintero. Sus ojos continúan más apagados y distantes que nunca pero mueve las manos sin cesar. Toca el carro, sus costillas, el sombrero. Es como si esas manos fuesen marionetas con una cuerda manejada por la mente de otro. A su lado, está el holgazán de Liam, con el cabello rojo brilloso y muy despeinado y los labios que dibujan palabras silenciosas, maldiciones o plegarias imposibles de oír.

Me sorprende que Liam y Geoff continúen con nosotros. Ambos son pobres y no tienen las ambiciones definidas. No se trajeron nada para el viaje pero, al igual que los demás hombres, ignoran a sus esposas y siguen adelante.

Las mujeres como Sophia conocen la realidad de este tipo de aventuras similares a las cruzadas de los niños, en las que la gente, jóvenes y viejos, se marchan de sus aldeas con confianza en la providencia de Dios y, a menudo, para su propia perdición o ruina. Pues son las mujeres las que recogen a los viejos, a los enfermos rezagados, a los niños perdidos y a los bobos. A las personas demasiado débiles, no se las debería alentar a seguir la corriente de este viaje ni tampoco deberían persuadirlos para que vayan por un camino con final incierto.

El que no necesita ayuda es Tom, el molinero, terco y enorme. Parece mover el carro él solo y casi sin ayuda. Tiene los brazos enormes y musculosos por la rueda del molino, y las manos son puros callos. Sin embargo, a pesar de ser tan corpulento, de esa boca solo salen palabras vacías, fanfarronadas y acusaciones. Creo que habla para no beber.

El que piensa por todos es Salvius, el herrero, el hombre tan amable que me dio la madera para construir mi choza. De vez en cuando, se da vuelta y me mira. Tal vez también gira para ver si encuentra a su protegido, Cole, el huérfano que dice no haber visto desde esta mañana.

Salvius hace lo posible para alentarnos, incluso mientras mira a un lado y al otro del sendero. A Cole todavía no lo han encontrado, ni siquiera entre los muertos.

Benedict, el dueño de la tejeduría quemada, trata de empujar el carro, pero a cada paso que da, su mujer lo tironea hacia atrás. Se quita a Sophia de encima una y otra vez, pero al final deja de jalar de su saco y se limita a seguirlo sin dejar de llorar.

Paso lento junto a ella, con los pies ya húmedos y doloridos, empeorados por mi único zurrón de harapos y retazos. A esta altura de la mañana, mientras los demás desaparecen, Sophia es la única mujer de la aldea que continúa junto al carro. Me pregunto si tendrá miedo de regresar a la aldea sola. Se sabe que tiene sangre judía, a pesar de que su familia se haya convertido cuando era un bebé de pecho.

Cuando paso, me mira con el rostro húmedo y cansado de tanto dolor.

—Mendo, esta es una peregrinación de tontos. Tú no puedes seguir con este viaje.

Me toma del brazo con suavidad. Algunos de los hombres asienten con la cabeza y miran hacia otro lado, pero yo levanto las manos y hago los gestos más claros y rabiosos que puedo para explicarle que necesito estar con mi hijo.

Aun así, me tironea hacia atrás, en dirección a la aldea. Entonces, lanzo un ruido que solo un mudo podría emitir. Esta vez, concentro toda mi fuerza en este alarido fúnebre.

Discuten, Sophia eleva la voz chillona, y los hombres le responden también a los gritos. Hob se nos acerca mientras refunfuña enojado por lo bajo. Ve mi cara agonizante y toma la decisión final.

—Deja que venga. Su único familiar yace muerto aquí, ¿no te parece suficiente?

Salvius y Benedict empujan el carro mientras Hob aparta a Sophia de mí, así que Salvius no oye lo que dice Geoff.

—Sí; Salvius también viene aunque el pequeño Cole haya regresado a la aldea.

Cuando me libero, avanzo hacia Salvius, tiro de su manga y me sigue. Señalo a Geoff, él repite lo que había dicho y agrega:

—Sí, estoy seguro; vi a Cole esta mañana con agua tratando de apagar el incendio. Te lo aseguro, está vivo en la aldea.

Salvius se sobresalta y luego me agradece sin hablar al entregarme su propia capa para que la lleve a lo largo del viaje. Toma las pertenencias que tiene en el carro y se marcha en busca de Cole.

—Te la llevarás contigo, ¿verdad? —dice Hob mientras señala a Sophia, abandonada en el camino, parada como una estatua llorona. La brisa le envuelve el hermoso cabello negro y hace que se agite rápido alrededor de su rostro. A la luz, la piel blanca parece fina como un papel, y sus párpados se mueven como si estuviese atrapada en un sueño terrible.

Creo que no es solo el dolor lo que la mantiene junto a nosotros. Su necesidad permanente, su deseo avaricioso es adueñarse o aferrarse a todo lo que pueda. Siempre quiere llevar las riendas y obtener lo que luego no puede conservar. Pero por primera vez, Benedict sigue adelante sin ella, desaparece en una curva, y Sophia ya no sabe a qué riendas aferrarse.

Con delicadeza, Salvius la toma de las manos y la hace girar en dirección a la aldea. Sophia camina aturdida pero estará bien en compañía de Salvius. El rostro lleno de lágrimas brilla mientras se trastabilla hacia atrás, pasa a nuestro lado y emprende el regreso.

Los veo marcharse y siento miedo, un escalofrío me corre por las venas. Me preocupa que viajemos a la deriva y sin la seguridad que caracteriza a Salvius, sus objetivos claros y sus modos señoriales. Dirige a los hombres como pocos. Sin él, es muy posible que terminemos perdidos.

Se eleva una neblina entre los árboles raquíticos, y debajo, queda el valle cada vez más profundo con nuestra aldea en el centro.

Mi mundo entero ha girado en torno a ese lugar por casi una década, y agora, la aldea de Duns se ve tan pequeña. Levanto una mano y formo un círculo con los dedos. La aldea lejana, envuelta en la niebla, parece el juguete de un niño que cabe en mi mano.

Cerca del camino, hay un tejo enorme, caído, con pequeños retoños de hojas perennes que sobresalen del cuerpo roto. Este es el lugar exacto desde donde vi por primera vez la aldea hace diez años. La línea de árboles de la cornisa de la montaña permanece igual, como si hubiese llegado ayer.

Me quedé demasiado tiempo en el valle tranquilo de Duns. Primero, fue un refugio donde podía borrar mis rastros y recuperar fuerzas luego del ataque despiadado que me llevó a abandonar mi hogar y mis libros. Luego, conocí a Nell, me refugié en ella, y durante años, permanecí en la tranquilidad de su amistad.

La primavera pasada, luego de que la mataran, supe que la aldea ya no era segura. Mi refugio se había derrumbado pero solo tenía que esperar unos pocos meses para que Christian tuviera diez años y pudiera reclamar su derecho natural. Un invierno más, y nos habríamos marchado juntos.

Pero no se pudo. Mi hijo está muerto, solo, sin mí, en un lugar al que no puedo ir hasta que me llegue la hora.

Respiro hondo y trato de calmar mi miedo mientras me miro los pies mojados y envueltos en harapos que caminan cansados y se hunden en la nieve. Paso por al lado del tejo caído. Al otro lado, hay un mundo, una vida que conozco desde hace años. Más adelante, en el Camino del Rey, hay un monasterio donde vive un monje que pasó gran parte del verano junto a mí cuando Christian era bebé. Hacía garabatos todo el tiempo y escribía las historias que yo le contaba. Me pregunto si aún estará allí.

¿Alguien me recordará hoy en ese monasterio? ¿Y en la tan lejana abadía de Canterbury? ¿Y en la corte?

¿Habrá alguien que recuerde mi nombre, luego de tantos años de silencio y oscuridad?

El carro se frena de golpe justo antes de la cima de una colina. Los cuerpos son tan pesados que el carro se hunde en una rodada profunda y una de las ruedas queda atascada en la nieve. El hielo hace que el carro quede demasiado pegado a la ladera.

—Empujad —grita Hob—. Todos a la vez, empujad juntos. ¡Agora!

El primer empujón ni siquiera lo mueve, ni un poquito.

Benedict nos mira enfadado a Geoff y a mí.

—¡Vamos, incluso los débiles, ahí, vosotros también, empujad!

Geoff, el carpintero, le devuelve con bronca la mirada. Aún está resentido con el dueño de la casa incendiada.

Hob apoya el hombro.

—Agora, vamos hombres. ¡Empujad! ¿Es que no sois capaces siquiera de moverlo?

Pero Liam se le burla a en un intento de broma poco inteligente.

—Ah, claro, Hob. Soy yo quien frena el carro. Con solo levantar mi meñique, lo puedo mover, claro que sí.

Se oye una risita por lo bajo, pero de inmediato desaparece. Nadie se atreve a reírse en voz alta de Hob. Además, son nuestros hijos los que llevamos.

Liam y Benedict empujan el carro atascado. Hob y Tom se apoyan contra las pesadas ruedas de madera.

Me acerco al carro y lo agarro con fuerza. Espío dentro y revuelvo la paja en busca de más respuestas. El caos que veo, de a poco, cobra sensatez, como cartas que se leen en una lengua olvidada.

Los cuerpos de nuestros hijos están flacos y débiles por la cosecha escasa del otoño. Incluso, puedo verles los huesos. Sin embargo, están ataviados con capas pesadas y pieles calientes. Visten las ropas más finas de sus familias, como si quisieran aparentar más de lo que son. Son los mejores ropajes de sus humildes hogares.

Los tejidos y las pieles están quemados y chamuscados, así que seguro que los llevaban puestos al morir. Aunque me resista a suspirar, esa horca de lógica me atrapa con fuerza. *Estaban en una casa, no afuera, en el medio del camino. Hasta donde sé, nadie había planeado un viaje. ¿Entonces por qué estos muchachos muertos tienen pieles y capas?*

A pesar de los intentos, en vez hacer que el carro se mueva, una de las ruedas se hunde aún más en la nieve.

Hob se agacha y cava con las manos. Con voz ronca, nos grita en tono imponente:

—Vosotros, encontrad algo para desencajarla. Ramas, leña, paja... Lo que sea para sacar esta rueda.

Sin ganas, dejo atrás el enigma de los ropajes de los niños para entrar en el bosque. Allí, nos dispersamos en busca de leña.

El sonido logra viajar lejos aquí, entre los árboles. Una criatura se mueve por los troncos, hace caer la nieve de un roble pesado y las ramas viejas se rompen. De reojo, veo un destello de plumas de colores. Es un escribano cerillo de ojos negros que parpadean en un seto y con un pecho diminuto pero de colores intensos que se destaca por su librea dorada con motas marrones. Estaba entonando su canción de invierno:

Un poco de pan, pero sin queso... Un poco de pan, pero sin queso...

Al cabo de un momento, los helechos se sacuden y la pequeña

sombra del ave se pierde a toda velocidad entre los árboles. Ya en el centro del bosque, oigo una voz suave que va y viene susurrando un secreto. Es alguien del grupo. Me acerco despacio y con cuidado para poder escuchar.

—¿Por qué estaban juntos esa noche?

Desde este soto, puedo oír mejor los susurros gracias a algún truquito de la naturaleza.

—¡Te aseguro que es mentira, nos mienten!

Es el carpintero pequeño, Geoff, que habla con la mirada dura.

Nunca me agradó. Quizás sea buena gente, pero no me olvido de lo que me contó Nell sobre su padre, un hombre que abusaba de su propio hijo. Decía que en el lecho de muerte, al tipo le supuraban las llagas en el cuerpo, el precio que pagó, tal como lo hizo Gomorra. Nell ya no podía hacer nada más para ayudarle, y la gente no creía los rumores sobre este hombre.

Por eso la mataron.

Geoff, que hoy ya es un hombre, tiene las mismas miradas coléricas del padre. Tiene la misma voz áspera, los mismos ojos oscuros y parpadeantes. Me pregunto si se le pasarán por la cabeza los deseos del padre, si le correrán por la sangre.

Geoff le habla a Liam mientras se abren camino en el bosque en busca de ramas caídas.

—Nuestros muchachos se estaban yendo de viaje. ¡Tenían capas calientes y pieles!

Geoff vio lo mismo que yo.

Pero Liam, en vez de escucharlo, lo interrumpe antes de que vuelva a hablar.

—Debes prometerme que no le contarás a nadie sobre mi crimen. Tú sabes lo que hice. Benedict también lo sabe. Pero guarda el secreto y —, comienza a decir Liam.

Luego se oyen mis pisadas en la nieve sucia y una rama se quiebra.

Salgo arrebatada de mi escondite. Liam se sobresalta del susto y deja caer la leña que recolectó.

Avanzo fingiendo desinterés aunque el corazón se me acelere. *¿Qué secreto?* Quisiera que Salvius estuviese aun aquí para hallar la verdad de todo esto. Él sabría qué hacer. *¿Qué crimen esconde Liam?*

Cuando ven que solo se trataba de mí, vuelven a levantar la leña. Liam me saluda con un gesto y me guiña el ojo.

—Mendo conoce toda la verdad, ¿sabes? Es una pena que no pueda hablar.

Geoff hace un gesto. Se agacha y levanta un par de ramitas de la nieve fina de la arboleda.

—Y pregunto... ¿Por qué hay tanto apuro por llegar al carro al amanecer?

—Sí, y no tenemos la bendición de nadie como para marcharnos así.

—¿Qué importa? —dice Geoff.

Liam hace una mueca.

—Sin bendición pueden llevarnos, ¿sabes? Cualquiera nos puede matar.

Me sorprende que Liam sepa esto. Es cierto que no tenemos autorización del lord de nuestro condado, *sir* Peter de Lincoln, para realizar este viaje. Sin la túnica bordada de un lord o alguna otra bendición semejante (como las sagradas escrituras de la Iglesia o del rey), somos presas libradas al antojo o la codicia de cualquier hombre.

—¿Cómo lo sabes? —. Geoff mueve la cabeza.

—Ya estuve aquí antes. Lo vi. —susurra Liam.

Para mí también esto es una sorpresa. Durante años creí que Liam había nacido y se había criado en la aldea de Duns.

—En algún lugar, por aquí, hay un falsario —agrega Liam—. Después de todo, la casa donde estaban los muchachos tenía la puerta atada del lado de afuera. Con Salvius tuvimos que romperla para sacar los cuerpos.

El nudo. Tengo una visión repentina de los jóvenes empujando la puerta sin poder hacer nada más, luchando por salir sin poder aflojar el nudo. El humo los supera. Se me llenan los ojos de lágrimas.

Liam arranca una rama de un arbolito con las manos temblorosas de enojo.

—Antes del final de este viaje, te aseguro que sabré por qué estaban todos juntos. ¿Por qué sucedió esto?

—La culpa fue de Benedict —dice Geoff—. Era su casa, y fue el primer incendio con muertos este invierno. No le creo nada la historia esa de que los muchachos estaban tejiendo. ¿Sabes lo que pienso? ¿Y si los muchachos ya andaban con su esposa?

Se me cae el corazón a los pies. Ni siquiera ante la necesidad más extrema sería capaz Sophia de seducir a muchachos tan jovencitos, ¿o sí? El rostro de Liam se llena de sarcasmo y la mirada lasciva le hace desagradable la sonrisa. Se me hiela la piel con esos ojos y ahora dudo más de él. Liam siempre ha sido de los menos pudientes dentro de la aldea; se la pasa rasguñando la escoria. ¿Y si al final la necesidad le ganó y se vengó de los que tenían más que él?

A lo lejos, se oye el eco de un bramido estridente al otro lado de la colina. Es la voz de Hob. Liam y Geoff levantan las ramas pesadas y regresamos de prisa.

El carro ladeado parece un barco hundido en el ventisquero de nieve. Es mi turno de cavar, cansada, en el suelo congelado. Me agacho para frotarme los pies doloridos y veo a un joven con una capa con capucha al otro lado del carro que empuja con nosotros.

Por un momento, tengo la vista hechizada. Veo a Christian sano y salvo otra vez, y permanece allí lo que dura un suspiro profundo. Luego desaparece.

La capa se le cae de la cabeza.

Pelo negro como un cuervo. Ojos hundidos del color del carbón.

Es solo Cole, el bastardo adoptivo de Salvius, el huérfano. Pero está solo. Hob le habla y le pregunta por el «tío Salvius».

No puedo oír todo lo que dicen, pero al parecer, Cole estaba en el bosque y nos encontró en el camino. Señala el carro y hace un gesto hacia donde se encuentran sus amigos muertos. La cara de Hob se ve desconfiada y poco amigable.

Cole tiene la maldición de mentir y robar. No hay muchos que confíen en él, pero Salvius, menos aún, y a menudo debe castigarlo por tantas fechorías. El muchacho lleva las cicatrices de tiña grabadas en el rostro. Se dice que son las marcas de un demonio o de una bruja, y la gente se burla e insulta a quienes tienen cicatrices para atormentar al diablo que llevan dentro. No sé si será tan cierto todo eso, pero tampoco me importa.

Es un muchacho huérfano, desgarbado y grandote de los confines de la aldea, abandonado por la madre, según los rumores. Quizás decían lo mismo de mi Christian.

De hecho, Cole una vez me ayudó a cuidar a mi hijo. Es algo mayor que los muchachos que murieron pero como suele tartamudear y nadie lo trata como a un hombre, se la pasa a la deriva entre niños más pequeños. Su voz débil es el último eco que queda de la ternura que alguna vez vi en aquel muchacho.

Dice que salió a buscarnos con la intención de encontrar a Salvius aquí y de honrar a sus amigos muertos.

Creo que Cole hará lo mismo que los demás niños: se quedará con nosotros mientras dure el calorcito de este día de invierno, pero en algún momento, desaparecerá, cuando se canse del arduo camino y del carro pesado. De hecho, todavía ahora puedo ver a algunos de los otros niños abajo, en el valle, vagando en zigzag de regreso hacia la aldea lejana.

—Cole puede venir con nosotros —dice Hob—. Es muy tarde para que salga en busca de Salvius.

—Volvamos nosotros — dice Geoff—. Tienes razón. Es tarde y estoy agotadísimo.

—¡Nadie regresa!

Bene gira la cabeza de Geoff con sus manos enormes de tejedor y le hace ver el camino que tenemos por delante.

—Mira el sendero, ¡te digo que lo mires!

Todos miramos la ladera. La nieve virgen está salpicada con las huellas de botas que se pierden en la distancia.

—¿No ves que estamos tras el villano? —dice Bene—. Las huellas son...

Geoff se quita de encima las manos de Benedict.

—¡Al diablo con tus huellas! Mi hijo ya está muerto. No va a regresar.

—Continuad —grita Hob, y todos ignoran las quejas de Geoff.

Esta vez el carro se mueve hacia adelante y sale de la zanja. Con Liam, el pelirrojo, tomamos los palos de la volea del frente y le damos dirección.

Entonces, Hob se ubica detrás de mí y no deja de insistir en que continuemos con el trabajo. Escupe en el piso y nos da palmadas en la espalda. Soy la única que observa su mirada y que echa un vistazo hacia atrás. Noto que mira a lo lejos, hacia donde dejamos nuestra huella.

En el medio del valle, una nube inmensa de vapor o nieve atraviesa el aire. Un jinete. Miro con más atención. Un grupo de gente con otro carro viene detrás por un sendero contiguo, pero los árboles no me permiten verlos bien.

Hob codea a Benedict y le dice algo al oído. Benedict hace una mueca y se rasca ansioso la pelada. Hob vuelve a mirar hacia atrás y con un grito estridente, insiste en que avancemos más millas antes de que caiga la noche. Apoyo el hombro en el carro.

La fuerza de su voluntad nos impulsa hacia adelante.

CAPÍTULO 4

EL DÍA VA decayendo hasta que el sol vuelve a quedar atrapado en la red de un cielo ennegrecido. Avanzo hasta ubicarme delante del carro, en las huellas.

—Quédate atrás —grita Benedict—. ¡Regresa al carro!

Pero finjo no oírlo, como si el viento se llevara las palabras. Aunque el hielo rompa los harapos que llevo en los pies, la curiosidad me obliga a avanzar. Simulo un tropezón para caer con el rostro cerca de las huellas.

Aquí están las marcas de las botas y de los caballos. Es cierto, pero van en la dirección contraria. No son pisadas de hombres ni de caballos que vengan desde nuestra aldea hacia el bosque. Nadie huyó. En todo caso, son extraños que vinieron a Duns. Tres hombres y al menos dos caballos, a juzgar por las huellas. ¿Pero quiénes?

Es una aldea muy pequeña y tendríamos que haberlos visto, a menos que hayan venido por la noche.

—Regresa, Mendo —grita Hob—. Los bandidos pueden estar delante.

Ahora sé que aquí no buscamos a ningún bandido, ni a ningún judío, ni a ningún villano. Sin embargo, desde su lugar ventajoso, estas huellas no se ven y los pasos desaparecen rápido de la nieve que ya comienza a derretirse. En menos de una hora, ya no se podrá ver de dónde vinieron, ni siquiera aunque nos acerquemos. Pronto, la verdad se va a derretir.

Christian estaría pidiendo respuestas a pesar de su corta edad; le gustaba mucho investigar. Siempre quería extender las alas. *¿Por qué estoy atrapado en esta aldea? ¿Por qué no puedo ir a Lincoln con los demás esta primavera? ¿Por qué no? ¿Por qué?*

Siempre preguntando, Socrático para analizarlo todo hasta que, al final, yo bajaba los brazos y sacudía la cabeza exasperada. A la noche, volvía a murmurarme las preguntas y yo le susurraba las respuestas de la mejor manera posible. Le impartí todos los secretos que pude de lo que mi madre me había enseñado.

También le di la herramienta de la indagación y la del debate. Como un animal nocturno, le murmuraba la interminable lógica enroscada de Aristóteles. Aún puedo oír en mi mente cuando me repetía al oído las clases secretas con ese susurro sibilante.

Todo arte tiende hacia algún bien. Así, el fin de la medicina es la salud; el de la construcción naval, el navío; el de la estrategia, la victoria, y el de la ciencia económica, la riqueza. Los resultados a los que aspira la ciencia fundamental son superiores a los de las artes subordinadas; porque únicamente a causa de los primeros se buscan los segundos.

Aprieto los puños hasta que la piel se me pone blanca y me suenan los nudillos. Todos hemos visto morir a tantos con el pasar de los años, ola tras ola de muertes que arrasa con todo como una avalancha y sin hacer distinciones. Los buenos, los malos, las vírgenes y las prostitutas. No perdona a nadie. Las lesiones de las plagas manchan los cuerpos de todos. No hay motivos ni juicio previo a los azotes de la muerte que nos lleva a todos con las pestes negras y el sudor inglés, o la ceguera blanca, o las anginas de los inviernos, o los cultivos perdidos, o las aguas amargas en la boca.

No hay justicia ni explicaciones para esas muertes.

Pero este fuego, las llamas que quemaron a nuestros hijos, estas pocas muertes, fueron un acto de malevolencia. Alguien tuvo la intención de hacerlo. Hubo una decisión, un acto de maldad y no caben dudas de que aquí hay un alma en falta. Hay un culpable de estas muertes, si es que no lo hubo ya para los desastres previos a este.

Miro las huellas que van en la dirección opuesta. Entrecierro los ojos con el afán de poder leer en ellas algo más. Descubriré lo que pueda a partir de las señales que sí veo. Voy a encontrar la verdad.

¿Cuál fue tu buen fin, Christian?

El carro se acerca. Benedict se quita la capucha y me grita por haber abandonado mi puesto. Dice que sin mi dirección, el carro casi se desvía del camino. Ante esto, Hob me mira enfadado y me insulta por lo bajo como si yo fuese un niño caprichoso, pero no le hago caso.

Siento una puñalada en una costilla. Tengo las extremidades débiles como el agua al no haber comido demasiado este invierno con las despensas del molino vacías de alimentos. Y ahora, siento en los pies y los dedos cada terrón de barro congelado. Ya no soy esa Miriam joven que alguna vez subió estas colinas con un bebé en brazos. Ahora estoy vieja y cansada. Me queman las piernas de tanto exigirlas, pero aun así persevero.

Hob nos mira a todos desde cerca como queriendo asegurarse de que nadie volverá a avanzar y presiona más a los hombres para que empujen el carro por la colina empinada antes de que el sol se esconda.

Unas horas más tarde, cuando ya nos rodea la sombra de la noche, la ladera finalmente se hace más plana y el camino se abre en una hondonada rodeada de peñascos. Al otro lado de un último terraplén empinado, está el Camino del Rey. Acamparemos aquí durante la noche antes de alcanzarlo.

Me caigo de espalda en un ventisquero y allí quedo, casi sin juicio. En medio de la confusión, oigo la voz de Liam.

—Rayos y centellas, Mendo. Estás tan cansado que podrías danzar con la misma muerte. ¿Por qué no te quitas los bultos de encima, bebes un poco de agua y comes un pedazo de carnero? Ahí está Tom, ya está prendiendo el fuego para que se te calienten los huesos.

En este refugio improvisado entre peñascos, debajo de las ramas cargadas de nieve, Liam prepara ramas de pinos y helechos en el suelo frío. Dejo que el sonido de su voz me lleve hacia las ramas mientras me envuelve con una capa forrada de piel. Luego, me quita los harapos de los pies entumecidos y examina por completo la piel pálida y fría.

—Se ven muy entumecidos por la escarcha, pero todavía no hay putrefacción —dice Liam—. Aunque también tienes un dedo cortado; acércate, mira.

Abro los ojos y miro los campamentos en el barranco. Somos seis y solo hay cinco lugares al resguardo del viento. Hasta Cole ha encontrado un lugar debajo del carro.

Al parecer, no queda un solo sitio para mí.

Liam notó lo mismo.

—Bien, Mendo, me temo que ya no hay lugar para otro cuerpo al resguardo del viento, ¿verdad? ¿Consideraríais la posibilidad de compartir mi mansión?

Lo miro. Estoy tan cansada que no entiendo la broma; además, mi amigo Salvius nunca hace bromas así.

Liam vuelve a hablar y con el parloteo me levanta el espíritu.

—Claro que no tiene techo. Me temo que paredes, tampoco. Y debo admitir que por la noche se siente algo de brisa, pero tiene su nivel, eh... ¡ya lo veréis!

Me pasa un dedo por el rostro.

—Agora, adviértote, Mendo, que aunque sé que llevas una vida alocada, ¡no puedes traer a tus maestros cerveceros ni a tus sirvientes por aquí! Y tampoco hay vacas que entibien el lugar. Pero maldita sea, me tienes a mí, y vaya barriga de vaca que cargo.

Se agarra el vientre y hace una mueca.

Liam continúa con las mismas bromas, y cuando termina, ya estoy retorcida de la risa que me sale por la boca, una hilaridad seca.

Me asombra saber que puedo reírme. Después, las risas se convierten en grandes carcajadas y descubro que tengo las mejillas húmedas y los ojos llenos de lágrimas que bajan por mi rostro. El dolor se mezcla con el regocijo en un brebaje silvestre de bruja que introduce la muerte de Christian en lo más profundo de mi ser. Él está muerto; yo estoy viva y con la posibilidad de reírme. Esa es la realidad y no puedo hacer nada para cambiarla ahora.

El campamento está al abrigo de una roca que sobresale de la ladera. El afloramiento emerge sobre nosotros, grueso de tanto musgo tapado de nieve.

Geoff entra sigiloso en nuestro refugio. Toma la oreja de Liam y le susurra con urgencia.

—Mira esto. Mi hijo lo tenía con él.

Geoff abre el puño apretado. Hay un animalito tallado en madera, ese pájaro grande que amamanta las crías con su propia carne. Un pelícano, un símbolo de Cristo, y está quemado por las llamas.

—¿Qué significa para ti? —pregunta Liam.

Geoff entierra el pie bien profundo en la nieve. No puede mirarnos a los ojos.

—Fue la primera artesanía que hizo en su vida.

—Un recuerdo —dice Liam—. Una reliquia de su casa.

—¿Por qué lo llevaría a lo de Benedict? —pregunta Geoff—. ¿Por qué llevaría algo tan preciado para nuestra familia? ¿Habrá estado huyendo de la aldea? ¿Será que todos nos estaban abandonando?

No puedo quitarme de la cabeza la idea de que aquí hay algo que une al hijo de Geoff con mi Christian, pero ahora no puedo darme cuenta de qué es.

Christian no me estaba abandonando, me dice con fuerza el corazón para que ya no oiga esa vocecita tranquila dentro de mí con una verdad dolorosa.

Ahora Liam cuenta su historia.

—En el carro, vi que mi hijo llevaba en la mano el palo que usa para sacar las ovejas a las praderas de Hartvale. Su bastón.

—Y tú no ibas a ir a ningún lado con él.

—Sabes que no puedo marcharme de la aldea. —Liam, nervioso, mueve los ojos de un lado a otro—. Si la guardia del Rey me encontrara por aquí... Hago este viaje agora solo porque mi muchacho está muerto y..., y no pude dejarlo.

Geoff asintió con la cabeza. Me mata la curiosidad; es como un veneno que me pone la piel de gallina. *¿Cuánto sé en verdad sobre Liam?* Levanto las cejas, emito un gruñido, pero ninguno de los dos me presta atención.

—¿Adónde iban los muchachos? —musita Geoff—. No me creo que Benedict los tenía tejiendo. Cada vez que lo dice, la mirada lo delata.

—¿Estáis acusando a Benedict de haberles hecho algo?

Liam queda atónito ante la insistencia en el rostro de Geoff, que entonces, murmura:

—Sí, se suponía que Sophia estaría en su casa esa noche. ¿Y si Benedict estaba celoso de su propia esposa? ¿Y si...?

Liam suspira cansado.

—Sandeces. ¿Y los demás incendios? Además, ¿por qué Benedict quemaría su propia casa? ¿Por qué Bene—?

De repente se oye una risa fuerte. Benedict entró en el campamento. De hecho, casi pisa mi manta. Le da unas palmadas en la espalda a Liam.

—¿Qué decías? '¿Por qué Bene—?'

—Nada —murmura Liam—. Solo platicábamos. No era nada.

—Vamos, dime la verdad. Benedict vuelve a largar esa carcajada con cierto regocijo falso.

Geoff mira fijo con la sed de sangre propia de un acusador y eleva la voz.

—¡Di la verdad, Bene! ¿Qué viaje planeabas con nuestros hijos?

Hob y Tom se acercan al oír los gritos de Geoff. Benedict mira de acá para allá entre los hombres mientras el rostro se le va sonrojando lentamente.

—¿La verdad?

—Sí —dice Geoff—. Dinos, ¿por qué los muchachos estaban allí, en tu tejeduría?

Bene exhala con un silbido prolongado.

—No sé por qué murieron.

Geoff vuelve a gritar.

—Maldita sea, Bene, tú sabes por qué estaban allí. ¡Sé que lo sabes! ¿Por qué los muchachos estaban en tu casa? ¿Estaban viéndose con tu esposa?

La sangre de Bene deja de correr por las venas de su rostro y la piel se le vuelve pálida de la ira.

—Espera, espera —dice Liam. Nervioso, mueve las manos—. No es eso lo que quiso decir...

Benedict cierra los puños. Aprieta y relaja los dedos.

—Entonces, que sea claro. ¿Qué quieres decir?

Geoff no flaquea.

—Sophia ha estado con más de un hombre, como tú bien sabes, y solo quiero saber si estuvo con alguno de los muchachos en su recámara, si...

Benedict levanta la mano enorme de tejedor. Más rápido de lo que podría haber imaginado, golpea el rostro de Geoff con el puño cerrado y lo deja tendido en el hielo.

El aire invernal parece congelarse mientras Geoff se cae. Un copo de nieve solitario cuelga en el aire. La sangre de color rojo vivo que sale del labio roto de Geoff salpica la nieve blanca.

Benedict lanza un grito, un sonido con palabras indescifrables, hasta que todo acaba.

—¡Puercos, soeces! Perdí a mi propio hijo —mi *hijo*— y aun así vosotros acusáis a mi esposa, a mi propia Sophia. Sabéis, ¡ella también lo perdió!

Los ojos de Benedict están llenos de rabia. De la vergüenza, miramos hacia otro lado.

—Y tú, ahí —Bene señala a Liam—. Sabes que puedo entregarte. Aún hay una recompensa —en oro— por bastardos miserables como tú.

—Lo sé —murmura Liam—. Por favor...

Liam se aleja con prisa de la furia de Benedict y yo me acurruco en mi manta.

Pero Bene le volvió la espalda. Con los ojos inyectados de sangre y furia, nos grita. El único que sostiene la mirada es Tom. Parecería que no se siente para nada mortificado, pero le noto una especie de temblor en la punta del ojo y recién después, pareciera que logra controlar su mirada, como si tuviera que hacer un esfuerzo para lograrlo, como si se le cayera la máscara de un actor sobre el rostro barbudo.

—Bien —dice Tom—. Los muchachos no tenían nada con Sophia. Ella es de las puras.

El tono es sincero. aunque las pupilas de los ojos se le mueven con sutileza de acá para allá.

Benedict le vuelve la espalda a Tom. Toma a Geoff como un gato que zamarrea una rata temblorosa y desgarrada.

—Hideputa, mi esposa es pura, ya verás. ¡Pura como la maldita nieve que arrastra el viento!

Benedict murmura con la voz entrecortada mientras el rostro de Geoff chorrea sangre.

—Dímelo a mí. ¡Dímelo!

A Geoff le tiembla la voz.

—Sí, Bene. Sophia es pura.

Benedict lo deja caer en la nieve. El enojo se le pasa tan rápido como surgió. Ahora se lo ve agotado, exhausto por la ira.

Bene no es un hombre muy emocional, sino que más bien es de los que calculan con frialdad las probabilidades. Lo he visto en la aldea organizando juegos de azar sobre el día de la cosecha. Próxima tirada de dados, próximo tiro con arco. Les da la recaudación a los ganadores con absoluta frialdad y se lleva las monedas del perdedor sin importarle nada. Pero Benedict se equivocó al apostar a Sophia y casarse. La cortejó sabiendo que había sido judía y creyendo que su familia tenía oro enterrado.

Al final, no había oro, ni dote, ni nada para él más que la tejeduría grande que acaba de quemarse por completo y el ojo siempre errante de Sophia. Siempre está buscando algo, en todas partes, algo que Benedict no puede o no quiere darle.

Tiene un vacío en el corazón que no puede llenar nunca, un deseo sin fin que le genera sed de afecto y la lleva a devorar cada migaja de cariño que encuentra. Le den lo que le den, a ella nunca le alcanza.

Hasta se aferró a mí a veces, al mudo Mendo, para conversar porque cuando se me acerca, le toco la mano, la miro a los ojos, le miro el rostro, le sonrío cuando habla, y Benedict nunca cuida esos pequeños detalles.

Bene habla tranquilo ahora, con la voz ronca.

—Entended que estos muchachos no estaban por viajar. No tenían nada para emprender camino. *Mi muchacho*—.

La voz de Benedict se quiebra.

Un pájaro herido reclama a lo lejos. El bosque está quieto como una tumba. Con la boca abierta, Geoff inhala y exhala agitado.

Hob da un paso hacia adelante.

—Ya basta de esta mierda. Mirad el campamento. Debemos prepararnos para la noche.

Con esto, parece que el momento peligroso queda atrás. Recolectamos leña y le ayudamos a Tom a armar una hoguera. Mientras junto algunas ramitas tiradas y algunos helechos secos, me pregunto qué tan lejos viajarán nuestros ruidos por el bosque oscuro y hasta dónde llegará el eco de los gritos por el Camino Blanco. Cualquiera que circule por aquí cerca podría encontrarnos.

La cena es puerco asado que compramos en la aldea y nieve derretida. Después de habernos chupado y limpiado los dedos, nos acercamos al fuego con las cabezas inclinadas hacia el viento susurrante que roza las copas de los árboles. Se oye el trinar de los pájaros de la noche y el crujir que producen las criaturas pequeñas en la nieve.

Benedict escarba en la paja del carro y saca un tonel de sidra. Junto con Tom, le da un buen trago antes de compartirnos a los demás. Las manzanas se machacaron en verano y fermentaron todo el otoño. Tomo. Siento el sabor agrio y amargo en la lengua. Con un solo trago ya me siento mareada.

Hob tiene el cuchillo que usó para trinchar la carne de la cena. Pasa la sidra, pero ni la prueba. Con cuidado, acaricia una piedra de afilar con el borde de la cuchilla.

—El camino podría ser peligroso mañana. Bandidos y cosas por el estilo.

La sidra da una segunda vuelta por la ronda y nos acercamos para escuchar de nuevo a Hob.

—Debemos permanecer juntos, es nuestra única esperanza. Llegaremos al monasterio, buscaremos la protección del abad y exigiremos justicia por nuestra pérdida.

Hob raspa el cuchillo contra la piedra con energía.

—Unos pocos aldeanos no somos nada en la inmensidad del mundo, ¿comprendéis? Podrían usarnos como mercancía, como siervos, incluso para caza deportiva.

—Sí —dice Tom, y entre palabras ya confusas por los efectos de la bebida, concuerda con Hob.

—Atrapao' por las brujas.

Liam larga una carcajada.

—Ay, Tom, si le teme a las brujas puede dormir en mi lecho, con el apestoso de Mendo.

Los demás hombres se doblan de la risa, pero Tom continúa. La sidra le da una seguridad pedante.

—Dicen que si uno se desplaza sigiloso por el valle en medio de la noche y de la oscuridad de la luna, se oyen las brujas cantar.

Sin embargo, esta vez hay algo en el tono de voz que nos da que pensar. Algunos creen que hablar de algo es convocarlo, y Tom habla con gran convicción. Quedamos tan quietos que el sonido más fuerte es la crepitación de la savia del árbol ardiente.

La oscuridad del lugar nos ejerce presión como si escuchara. La música del viento sube y baja con los remolinos de nieve y se oye el crujido de un mar de ramas en la oscuridad. Liam bebe un buen trago de sidra y hasta el ruido del movimiento dentro del barril me enerva.

—Y pensar que había más de una bruja en la aldea. Una vez, las vi bailando en las profundidades del bosque —dice Geoff. Larga las palabras con cautela; la bebida impacta en su discurso.

—De una, estamos seguros —dice Benedict.

Le quita la sidra a Liam y separa las manos para decir algo importante.

—Era una mujer rara, siempre apartada.

—Nell —dice Cole—. Así se llamaba.

Mientras habla, se oye un gemido fuerte y lejano, los árboles chocan sus ramas al sacudirse. No sé decir a qué distancia está el ruido ni de dónde viene. El sonido viaja de maneras diferentes en las tierras inhóspitas.

—¿Oísteis eso? —dice Geoff. Los ojos le brillan a la luz de las brasas y los susurros se vuelven más ásperos —. ¿Qué es?

Al final, el viento se detiene y el joven Cole se mete entre los matorrales para bajarse los pantalones. Regresa y se limpia las manos con hojas secas.

—Hay alguien que nos sigue por la ladera —dice Cole.

Geoff se levanta de al lado del fuego y sube a una piedra para ver el rastro que dejamos.

—¡Quienquiera que nos siga, no es de nuestra aldea! —dice Benedict—. Creo que pueden ser...

—No hay nadie detrás de nosotros —dice Hob en tono cortante—. El alcohol os dejó tarugos. A dormir.

Hob escupe en la piedra y continúa afilando el cuchillo, esta vez con más fuerza.

Sin embargo, uno a uno, nos alejamos de la luz de las llamas y miramos la ladera donde el sendero borroso se eleva zigzagueante.

—Mirad —dice Tom—. La luna tiene un corro de brujas alrededor.

Todos levantamos la vista para ver flotar esa luna en cuarto menguante en un cielo de invierno salpicado de niebla. Brilla alrededor de ese globo irregular un círculo etéreo de plata.

—Significa que esta noche caerá más nieve —dice Liam—. Una nevada intensa.

—Sí —dice Benedict—. La nieve que caiga cubrirá los senderos, pero no nuestro carro. Si alguien se acerca, deberíamos prepararnos para pelear, ¿no creéis?

—No, no hay nadie —repite tranquilo Hob—. ¿Quién saldría de la aldea para meterse en los bosques?

Saltan chispas luminosas de la cuchilla que Hob raspa con fuerza.

Miro el fuego que se va apagando. Cole no ha venido con el resto de nosotros a ver el movimiento rápido de la luna y de las nubes, sino que continúa escudriñando la ladera con la boca tensa y rígida. El fuego parpadea delante de su rostro ansioso mientras se quita la capucha. A la luz tenue, noto que tiene una quemadura leve en el cuello, algo rojo y sin cicatrizar, doloroso y con un poco de cenizas. Veo que le tiemblan los dedos y que tiene la mirada llena de miedo.

Ahora que lo pienso, Cole sabe algo sobre lo sucedido esa noche. Lo siento en el pecho, en las venas.

Cole sabe.

CAPÍTULO 5

L A ESCARCHA SE quiebra al quitarme la piel de oveja de encima. En la luz tenue, se elevan nubes blancas de vapor. Durante años me he levantado a las laudes, antes del amanecer. A esta hora, la oscuridad profunda del cielo tiene una pizca de azul real.

El paisaje ha cambiado durante la noche. El terreno está cubierto por completo con un gran manto de nieve, y la ola no deja de avanzar sobre la tierra y de cubrir el camino y el campamento.

Debajo de la nieve recién caída, se esconden nuestros campamentos como cuevas de sabandijas, enterrados entre las rocas y los montones de nieve. Ahora, sobre nuestras cabezas, sobresale un promontorio de nieve de la cima de la colina y forma una curva, similar a la navaja de un carnicero, por encima de la hondonada.

Me dirijo hacia el carro y quito los copos de nieve recién caídos sobre mi hijo y sus amigos. Y allí, con la luz del sol de la mañana, veo el brillo de la plata, la cadena alrededor del cuello de mi Christian que se destaca en medio del heno.

Ese destello, sumado a la necesidad de mirar su rostro, me impulsa a correr la paja. Retiro la arpillera que cubre a los muchachos y busco a tientas la soga que cruza el carro.

Luego siento un escalofrío. La soga tiene el mismo lazo con ese triple nudo extraño y tirante con medio ballestrinque. Es el mismo nudo que estaba en la puerta de la casa de Benedict. Fue este el nudo que lo mató.

La persona que hizo este nudo podría estar acá. Debe de viajar con nosotros. ¿Quién fue?

Aunque me tiemblan los dedos, lo desato. Giro los cuerpos de nuestros hijos, ennegrecidos y carbonizados. Aquí, colgada de su cuello, está la cadena de plata que identifica a mi hijo.

La toco y me encuentro con otra sorpresa. Tiene colgado el anillo. Siempre le dije a Christian que nunca debía sacarlo de nuestra casita. Ya había visto la cadena, pero no el anillo. Christian se llevó una reliquia familiar; la muestra de amor más grande de su padre.

Cuando me marché de la abadía de Canterbury, llevé todo lo que mi amante me había dado, en especial este anillo. Lo saqué de la abadía para que mi hijo recién nacido lo tuviera cuando fuera adulto.

En la última luna nueva, le hablé a Christian sobre la sortija; ya tenía casi diez años. Lo saqué de la cajita de abedul donde había estado escondido tantos años y se lo mostré. El anillo era suyo por herencia, el único recuerdo de su padre que aún conservaba.

El corazón me dice la verdad pero no quiero oírla. *Christian se llevó el anillo de nuestra granjita porque sabía que no regresaría. Su intención era marcharse de la aldea para siempre.*

Me sube un grito por la garganta, pero decido tragármelo en silencio.

Ahora, me pregunto si hice bien en permanecer oculta en la aldea todos estos años para proteger a mi hijo del mundo, refugiada en la protección tan gentil de Salvius. Durante todo este tiempo, no salí un solo día para averiguar si fue el conde o Eduardo quien ganó la lucha clandestina, o si alguien sabía del nacimiento de Christian.

Es cierto que mi hijo no llegó a vivir mucho en Duns. Se fortaleció con el trabajo, aprendió las clases que le enseñé en secreto, pero no pudo reclamar lo que le pertenecía por derecho natural.

Él hubiese luchado por su derecho natural. ¡*Ay!, mi hijo... Christian.*

Quizás ahora, ya muerto, el verdadero nombre de Christian haya desaparecido del mundo. Pero yo aún estoy viva, aún respiro, aún lo sé.

Abro la cadena de Christian y saco el anillo. Con más cuidado que nunca, me lo cuelgo en mi propia cadenita, cerca del corazón. Después, vuelvo a unir los eslabones de plata alrededor del cuello de Christian para que conserve una de sus últimas pertenencias. Le dejaré la cadena de plata, incluso cuando esté enterrado bajo tierra.

Aprieto el anillo con la mano y me palpita el corazón. Debo sostenerlo con fuerza. Es el último símbolo que me queda de mi pasado, el último recuerdo de quien alguna vez fui.

El fogón ya está casi apagado. El montón de leña que juntamos el día anterior está a punto de acabarse. Los hombres dormidos ni se mueven. Respiran profundo con los residuos de la bebida. A mí también me quedó el sabor desagradable que te deja la sidra en la boca.

Pero hoy estoy sobria y con frío, así que agrego más helechos secos y ramas verdes al fuego. Los helechos echan humo y necesitamos más leña así que empiezo a caminar hacia los árboles en medio de la nieve.

Pienso en mis compañeros. He visto muchas cosas en los diez años que viví con ellos, pero ahora pareciera que no los conozco. Cada historia es un océano, pero no puedo descubrir dónde comienza la marea, y mi vida no es más que un momento en esa inundación, mi papel en ella es solo una mota en la corriente.

Antes de mi llegada a la aldea, estos hombres y sus familias ya tenían una larga historia. Durante generaciones, se acumularon broncas y rencores. Hubo historias que se filtraron a través de los años y que les permitieron conocerse los unos a los otros de maneras que yo no sabré jamás. En cambio, mi aldea, construida con el trabajo de generaciones, desapareció por completo cuando yo era niña. La plaga arrasó con todo, y los últimos vestigios de mi gente se dispersaron y cayeron en el olvido.

¿Qué sé realmente sobre estos hombres de Duns? Mientras rengueo

por los ventisqueros, tejo los hilos de una lógica que forma suposiciones y acusaciones.

Fue Geoff, ese hombre pequeño con el rostro oscuro de gnomo y la expresión insegura. Era un muchacho débil, el blanco de las bromas cuando era niño. Ni siquiera ahora puede quitarse el miedo a que se le burlen a sus espaldas. Había motivos para las bromas. Es una vieja historia llena de porquería y dolor de la que solo conozco la mitad.

¿Y si el placer de Geoff se saciaba con los niños, como lo había hecho antes el sifilítico de su padre? ¿Será él quien ató la puerta de la casa, prendió el fuego y los quemó vivos? ¿Y si Geoff acusa a Benedict para tapar sus propios crímenes?

Regreso por la colina con un montón de leña. El fuego arde con las ramitas secas. El humo se eleva. El amanecer decora el horizonte con una cinta de luminosidad vaporosa.

Pienso en cada uno de los incendios que hubo en la aldea. ¿Y esos quién los provocó? ¿Y por qué?

Y otra cuestión... ¿por qué los muchachos estaban reunidos? ¿Para hablar del miedo que le tendrían a Geoff, quizás? ¿Pero quién sentiría temor de ese hombre? Es petiso y frágil, y a menudo lo descartan para el trabajo de hombres al igual que a mí por nuestra contextura pequeña.

Tal vez sea Liam. Le dijo a Geoff que esconde un crimen. Me la paso trabajando en la herrería de Salvius y haciendo lo posible para ganarme con zalamerías el favor de Benedict, no de un leñador tan pobre como él. A pesar de todo lo que pasó, creía conocer bien a Liam, con su cara de zorro y el flequillo colorado. Además, siempre busca aliarse conmigo.

Todavía le dicen «el muchachito» y no justamente porque sea joven. Es más viejo que la mitad de los hombres. Le llaman así porque hace solo quince años que llegó a la aldea, cuando se casó con una de Duns. El padre, el abuelo y las demás generaciones de su familia no eran de aquí. Supongo que los hombres no confían en él porque no deja de ser un extraño.

¿De qué sería capaz Liam si su vida corriese peligro?

¿Y qué hay de la visión de Tom? Tom es un profeta extraño, con la musculatura de una bestia, los ojos separados y hundidos, y la mirada fija. Se la pasa hablando disparates. Pero, ¿qué tal si, por un momento, Tom acertó con su visión?

¿Y si de verdad hubo un judío deseoso de venganza por los asesinatos de cincuenta años atrás? ¿Alguien que vio morir a su familia y regresó esa noche para arrojar una maldición sobre nuestra aldea por los crímenes del pasado? Además, todavía hay judíos escondidos. ¿Y si alguno guarda rencor?

Niego con la cabeza. Me cuesta creerlo. Esa visión que tiene Tom de los judíos es solo una idea vaga, remota e incoherente. No hay nada cierto es esas fantasías de sacrificios y brujerías.

Pero de nuevo, ¿qué saben los hombres de mí? Soy un viejo misterio para ellos, alguien de afuera también, aunque ya hayan pasado todos estos años. Si alguien descubriera mis secretos, sería yo la acusada. Estoy obligada a permanecer en silencio, pero eso no les impide quemarme como a una bruja. Tantas veces soñé con esa muerte y apreté los dientes en la oscuridad fétida de mi pequeña madriguera.

¿Sospecharán? ¿Cuánto tardarán en acusarme? Una vez más, qué bueno sería que Salvius estuviese aquí. Él siempre defendió mi hombría y confió en mi fuerza para recolectar leña para su fragua. Siempre es mi amigo más fiel, el primero en defenderme. Es transparente.

En cambio, Liam y Geoff me preocupan. Sacudo la cabeza. Secretos, mentiras.

Subo a lo más alto de la colina, donde la leña está seca. Desde el bosque, somos invisibles.

Sin embargo, ahora me doy cuenta de que nuestro campamento está a la vista de quienquiera que pase por el camino. Con el humo del fuego que encendí, lo hice más visible. Una línea larga y negra de humo se eleva desde la hoguera y nos delata en medio de la luz de la aurora. Debo conseguir leña seca de inmediato para reducir el humo.

¿Por qué estaban juntos los muchachos? Si el asesinato hubiese sido

en contra de la aldea, planeado como un crimen brutal contra nosotros o como un sacrificio en honor a algún dios pagano, alguien tendría que haber reunido a los muchachos. De haber sabido el verdadero propósito de la reunión, jamás hubiesen ido de su propia voluntad.

Benedict dice que los había juntado porque necesitaba de todos esos deditos ágiles para mover los hilos de la urdimbre y la trama. Tenía que enviar un pedido de tejidos a Lincoln.

¿Pero nos habrá dicho puras patrañas? Bene, el tejedor, siempre está celoso de Sophia y trata de retenerla a su lado. Esa cabeza sin pelo y quemada por el sol parece preocupada por ella todo el tiempo. Pero como siempre se mantuvo fiel a su esposa, a pesar de las numerosas traiciones y engaños, se ganó mi respeto, aunque me pese y a pesar de que muchas cualidades de Benedict no me agraden. Todavía nos oculta que los muchachos pensaban abandonar la aldea. Ya estoy segura de que intentaban alejarse de nosotros. La verdad está en los niños.

La cadena que llevaba puesta mi hijo y el anillo. El bastón del hijo de Liam. El pelícano tallado del hijo de Geoff, una reliquia familiar que se había llevado de la casa.

Esa noche, emprenderían un viaje secreto. El único que sabía la verdad del asunto era Benedict y, al igual que nosotros, dudo que alguno haya tenido la bendición de un lord para marcharse. Ni ellos, ni nosotros.

Benedict ni siquiera ahora es capaz de contar el secreto de los muchachos.

Hob, el edil de pelo oscuro, tiene cierto control sobre Benedict. A menudo, observo las manos temblorosas y con miedo de Bene cuando lo mira.

¿Sería capaz Hob de atar ese triple nudo? Hob siempre fue el líder de la aldea, pero ¿por qué nos alienta a seguir con tanto fervor ahora?

¿Y por qué Hob tendría un motivo para quemarlos en la noche?

Cole lo sabe. Si me gano su confianza, si me las ingenio para llegar a su corazón, tal vez me diga algo más sobre la verdad. Sé que vio algo esa noche.

Me arrodillo en la ladera de la colina para juntar ramitas secas. Algo me llama la atención, un ruido lejano. Hacia el final de la mañana, la escarcha se vuelve más espesa con el viento, y las ráfagas traen más nieve.

Los montones recién caídos ya se están endureciendo debajo de una capa de hielo.

Sin embargo, no es esa promesa de frío aterrador lo que me llevó a detenerme y pensar. Espero, escucho. Estas horas son silenciosas y pálidas como el interior de una tumba encalada.

Alguien se mueve en el campamento. Miro hacia abajo. Es Cole que está meando en la nieve. Luego me ve, termina con lo suyo y viene lento hacia la colina donde estoy agachada.

Me seco el rostro humedecido por los copos de nieve y de nuevo miro concentrada al horizonte con los ojos entrecerrados por el tenue amanecer. En medio del frío, se me caen las lágrimas. Se oye un sonido débil, el grito de un pájaro de invierno que parece asustado. Luego los veo. Las siluetas de hombres a caballo.

La incertidumbre dentro de mí se transforma en un nudo en el estómago, en miedo, en una masa de temor que me retuerce las tripas. Me agacho rápido en la hondonada, pero sé que ya es demasiado tarde. Vieron el humo. Saben que hay alguien en este rincón del mundo aislado por la nieve, alguien con fuego y comida.

Cole se acerca a donde están los árboles, a un brazo de distancia. Lo tomo por el hombro y lo empujo hacia un pequeño barranco para que no nos vean. Miro las siluetas lejanas, los puntos de hombres a caballo que se mueven y se hacen más visibles incluso en medio del telón que forman los copos.

Los señalo y le explico a Cole con las manos lo desprotegidos que estamos ante los ojos de quienes pasen por el camino, lo vulnerables que estamos ante los bandidos.

Cuando me doy vuelta para bajar hacia el abrigo de la colina, Cole dice:

—Debemos avisarle a Hob.

49

CAPÍTULO 6

TRATO DE DESPERTAR a los hombres, pero continúan allí tendidos luego de tanta bebida. Tom y Liam ni siquiera se enteran de que los zamarreo. Benedict y Geoff se mueven un poco cuando les golpeo el pecho, pero eso es todo. Bene sigue abrazado al barril vacío.

Hob no tomó, pero no lo podemos encontrar. Ya no está dormido entre sus mantas, mas no sabemos adónde fue.

Ahora nieva, pero no puedo despertar a los borrachos.

Así que, de prisa, quito de sus lechos todo lo que encuentro. Las mejores pieles, las botas de buena calidad, los paquetes con todos los alimentos y las capas más pesadas. Metemos todo debajo de la paja donde tenemos los cuerpos de los muchachos en el carro.

Los alimentos y la ropa abrigada siempre son lo primero que los bandidos se llevan. Recién cuando ya no queda nada de todo eso, buscan armas y oro.

Aprieto fuerte mi anillo. Muchos años atrás, este talismán estuvo oculto junto al cuerpo de mi pequeño bebé cuando hui del conde y su gente.

Rápido, lo escondo en ese mismo lugar. Me quito la cadena y se la devuelvo a él. Con fuerza, la paso por debajo del cadáver de Christian. Un poco de nieve sobre el cuerpo ennegrecido, y el anillo queda oculto otra vez.

Regreso a la ladera con Cole para vigilar a los hombres que se avecinan. Nos ubicamos detrás de unos árboles, y desde allí, espiamos y vemos una pequeña *troupe*. Sin embargo, no hay destellos de armaduras ni ninguna bandera heráldica. Los caballos, con las ijadas salpicadas de espuma congelada, producen un vapor que se eleva en el aire.

Estamos cerca de la cima de un terraplén que, de por sí, es alto, pero que ahora está aún más elevado por la acumulación de nieve. Si nos deslizamos en el sentido incorrecto, las masas pesadas podrían colapsar. Procuro no alterar la cresta. Fuimos unos tontos al acampar tan cerca del saliente.

Miro los copos que caen a un ritmo lento. Los árboles negros y desnudos tiemblan debajo de la masa pesada de nieve.

Tres jinetes lideran la comitiva; se los ve bien alimentados y armados. Suben por la colina a horcajadas en caballos robustos. El más corpulento es un hombre moreno y lleva una espada acanalada de empuñadura suntuosa. La sostiene con orgullo porque es la única arma verdadera de la horda. Los demás llevan bastones y picos. No son solo unos rufianes comunes, pero ¿trabajarán por su cuenta o los habrá contratado algún lord?

Los jinetes tiran de las riendas de sus corceles picazos e inestables.

—Debemos de estar cerca de una hondonada —dice el hombre moreno—. Desde allí vi venir el humo.

—La boca de una madriguera de conejos —dice otro—. Conejos en una trampa.

El rostro es amarillento, tiene manchas de nacimiento violeta y por una de las mangas asoma un muñón rojo. Le falta una mano. Un ladrón.

El caballo se frena asustado al sentirnos el olor detrás de los arbustos. Los ojos saltones del hombre miran hacia nuestro escondite. Me agacho un poco más detrás de un árbol caído.

—Piensan esconder las mercancías —dice el moreno, y lanza una carcajada penetrante—. Tratan de evitar lo inevitable, pero nos llevaremos los cinco hombres que nos pertenecen. No pueden ocultarlos para siempre.

El hombre de rostro amarillento le responde.

—No creo una sola palabra de la historia que contaron en la aldea.

Detrás de ellos, aparece un carro extraño con las ruedas torcidas. Trae cargado una especie de corral con barrotes y grilletes. Ya he visto algo similar antes. Es una de esas jaulas que se utilizan para los siervos que huyeron de sus amos, para criminales que esquivan a los lores. Estos hombres se dedican a buscar sirvientes perdidos. He oído rumores de que cuando no los encuentran, toman los siervos de otro —como esclavos— para completar el número que han perdido. Se llevan al que encuentran.

Miro nuestro campamento escondido. Extiendo las manos en el frío despiadado y me deslizo hacia atrás para hacerle una seña a Cole. El muchacho baja por la ladera en dirección al fogón. Pronto, lo veo en el campamento tratando, otra vez, de despertar a los hombres.

Luego, alcanzo a ver una sombra que se mueve. Alguien nos mira desde un escondite entre los árboles.

Me desplazo hacia atrás y me descubren. Es solo Hob, nuestro líder. Debe de haberme visto cuando yo miraba desde la ladera.

Se acerca a grandes zancadas, seguro y con la cabeza en alto. Posa sobre mi hombro una mano grande y áspera a causa del trabajo.

—No te preocupes por los hombres a caballo —dice—. Yo me encargo. No es necesario contarles a los demás. No agora.

Así que, allí espero, sola entre los árboles, mientras Hob baja, un poco deslizándose y otro poco caminando, por el extenso terraplén de la colina, lejos del peligro de los salientes llenos de nieve. De inmediato, se aleja y llega hasta los árboles, fuera de la vista de los hombres. Por un momento, yo tampoco puedo verlo, detrás del último montón de nieve. Luego, corre a gran velocidad, y ahora, se desplaza por la base de la colina.

Los hombres a caballo están cada vez más confundidos. Saben que vieron indicios de una hoguera, pero ahora los hilos de humo no son tan fáciles de encontrar con el cielo más despejado. La luz del sol ya se asoma y la neblina se eleva como olas espesas en cada afloramiento, en cada piedra y en cada árbol. La misma tierra parece fundirse con el humo.

—¡Eh! —grita Hob mientras se les acerca como un espectro que sube entre la niebla.

Los hombres retroceden con los caballos.

—Es el mercader —dice finalmente el moreno—. ¡Es Hob!

—¿Será que regresa con nuestro oro? —dice el hombre.

Hob conversa con ellos, pero no puedo entender lo que dice. El otro hombre con la mancha de nacimiento lanza carcajadas, los demás se suman a las risas, y por primera vez, temo por Hob. Me da la impresión de que estos hombres lo conocen, pero no creo que tengan buenas intenciones.

—Mira, mi amigo —dice el moreno—; has hecho un pacto con el diablo, y no hay vuelta atrás.

—Te digo que están muertos —vocifera Hob—. Santos del cielo, ayudadme, esos muchachos se han ido con Dios.

El corpulento montado a caballo le echa un vistazo al de la mancha de nacimiento para ver cuánto le cree o no a Hob pero él, con su cara amarillenta, hace una mueca.

—Veamos, amiguito, ¿dónde están? ¿Dónde los escondiste?

—Te estoy diciendo la verdad —repite Hob—. Los muchachos están...

El moreno levanta una mano y hace que Hob se trague las palabras.

—Ya te dije lo que debías hacer y cómo hacerlo —dice—. Te dije que el plan debía ser secreto. Nadie debía saberlo.

El de la mancha de nacimiento sale al galope y Hob cae hacia atrás contra un muro de nieve.

—Pero no, el bastardo tenía que abrir la boca, y agora, ya no queda nadie. ¿Huyeron, verdad?

El moreno se sienta. Sacude la cabeza con angustia, desconcertado por la perfidia del hombre.

—¿Dónde está nuestro oro, Hob? —vocifera uno de los otros—. ¿Adónde diablos fue a parar?

Hob mueve nervioso la cabeza. Ya no se lo ve seguro ni con la cabeza en alto. Al lado de los hombres a caballo, es como un niño que ruega piedad.

—Lo gastó, no hay dudas —dice el manco.

Después se inclina hacia adelante, y el caballo retrocede de golpe. Hob se encoje de miedo en la nieve y huye de los cascos.

—Mi socio —grita Hob—; Mi socio, él…

—¡Tiene un socio! —Los hombres vuelven a lanzar carcajadas, pero no porque les cause gracia—. Claro, esa sí que nunca la escuché. ¡Un socio que tomó el oro y huyó por el castillo!

¿Quién es el socio de Hob? ¿Liam? ¿Benedict?

—Tenemos el oro —desembucha Hob—, en la aldea.

Una vez más, se ríen de las palabras de Hob y el moreno le grita.

—Y en caso de que regresáramos a la aldea, ¿qué crees que sucedería ahí? No, no, amigo. Tú te quedas acá con nosotros. Y queremos la mercadería. La pagamos, y la queremos.

—Pero te estoy explicando que ya no están —responde preocupado Hob.

—Suelta la lengua, Hob. Te va a venir bien —dice el moreno.

De repente, Hob se dobla hacia atrás y chilla del dolor. Se ve algo de color rojo intenso en la piel de su mejilla, y su hombro quedó desnudo. Un momento después oigo el chasquido, un látigo que se mueve tan rápido que no logro seguirlo con la vista.

—¡Di la verdad! ¿Dónde están, eh? —vocifera el moreno—. ¿Dónde diablos se escondieron?

Hob no responde y el chasquido del látigo regresa.

Me quedo mirando un rato más desde mi escondite en la ladera.

Luego me desplazo sin aliento hacia atrás, en dirección al campamento. Cole corre a mi lado.

—Mendo —me dice Cole al oído—, ¿dónde está Hob? Debo contarle lo que sucedió. Yo estaba allí esa noche y vi…

Al otro lado de la montaña de nieve, vuelve a oírse el chasquido del látigo seguido por un alarido estridente y repentino. Se siente también el ruido de los cascos de los caballos en la ladera.

Desesperada, me acerco y espero que Cole diga algo, pero permanece en silencio, con la cara blanca mientras oímos los gritos de dolor al otro lado de la ladera.

Los cascos de los caballos se acercan cada vez más. Cole me vuelve a susurrar, pero esta vez no habla del fuego.

—Me voy a echar a correr —dice—. Seré una carnada para esos hombres a caballo, los alejaré del campamento.

Niego con la cabeza. *No.* Pero no me escucha. Está decidido a ser un héroe.

Corre. Primero, lo sigo para tratar de detenerlo, pero no logro alcanzarlo, así que avanzo en la dirección contraria y subo entre los árboles.

Por último, luego de una dura caminata cuesta arriba, levanto la cabeza y puedo ver y oír a los hombres a caballo otra vez. El moreno vocifera:

—Encontrad a los demás. ¡Deben de estar aquí, en algún lado! ¿Dónde está el maldito socio?

Los hombres avanzan con los caballos y buscan por el bosque, mientras el de la cara manchada usa un pico para meter a Hob en la jaula como si fuese una vaca. Los demás caballos se mueven a un galope lento.

Una vez que Hob está encerrado, el de la mancha cabalga hacia el corpulento. Con los ojos entrecerrados por el sol, le dice:

—Si lo encontramos, ¿nos llevamos el oro también?

El moreno, con ironía, finge quedar boquiabierto.

—La verdad que me sorprendes, Dirk. ¿Tú serías capaz de quedarte con el pago que entregaste de buena fe una vez que tienes la mercadería?

Los hombres se largan a reír otra vez. El moreno interrumpe las risas enseguida.

—Dirk, será mejor que nos apresuremos. Llévanos a la cima de la colina.

De prisa, me deslizo nuevamente hacia el campamento con las manos hundidas en la nieve fría y despiadada. La ladera blanca vibra con el sonido de los cascos.

El saliente ensombrece el campamento. La nieve que cayó durante la noche formó una capa más pesada, una amenaza que asoma por encima de nuestras cabezas en forma de arco. Las voces de los hombres al otro lado se enmudecieron. Pareciera que se las tragó la nieve. Cerca, muy cerca, puedo oír los crujidos, los chirridos y las rasgaduras. Con el corazón acelerado, doy un paso y me ubico debajo de la curva sombría.

Noto que Tom está demasiado cerca de la capa pesada de nieve que pende de un hilo. Lo tomo de las piernas y me inclino hacia atrás. En la mitad del recorrido que lo alejaría del peligro, Tom frunce la cara y tantea con los dedos en busca de las mantas.

—Maldita sea, ¡vete al diablo! —Tom abrió los ojos, aún inyectados de sangre por el alcohol, y me grita—. ¿Qué haces?

Benedict, confundido, levanta la cabeza. Mira la capa de nieve que hace fuerza sobre el saliente y gira la cabeza hacia el sonido de los cascos ruidosos. Se pone de pie y avanza a los tumbos.

—¿Dónde están? —me dice—. ¿Ya nos encontraron?

Pero en ese momento, Tom me empuja y caigo en la nieve espesa. Cuando logro ponerme de pie, Cole pasa corriendo hacia el carro y no llego a ver lo que hace.

—Fuera, cenutrio —me grita Tom.

—¿Nos encontraron? —pregunta Benedict—. ¿Están aquí?

Al fin, Liam se mueve, aunque parezca un sonámbulo. Lo tomo por el mentón y le levanto la cabeza para que mire hacia arriba. Señalo con un dedo tembloroso. Ahora, el peligro está por encima de nosotros.

Una ola de ruido pasa por la orilla de este océano de nieve. Una grieta leve, el ruido de semillas trituradas con un mortero, y después, un terrible estruendo. Una gran catedral colapsa a nuestro alrededor, largos pilares se convierten en astillas, se rompen y forman inmensas bolas de nieve y un polvillo helado.

Liam sale de inmediato del lugar.

Caigo hacia adelante al patinarme de forma violenta en la espuma blanca y furiosa.

Los hombres a caballo se dirigen con prisa hacia nuestro campamento. Los animales se frenan al llegar a la capa profunda de nieve que baja rodando desde el saliente.

El carro quedó casi sepultado en la masa blanca, y los hombres a caballo siguen de largo. Cole arremete desde abajo de las ruedas.

—Podéis irte al diablo —rebuzna—. ¡Bastardos!

Uno de los caballos retrocede y Cole toma la espada del corpulento. Se dirige como loco hacia el bosque.

Corre como un demonio y usa la espada para mantener el equilibrio mientras se cuela en el hielo y la nieve compacta. El moreno hace galopar a su caballo.

Cole, como un conejo, lo aparta del campamento.

Luego se desmorona la ladera, un promontorio de nieve voluminoso como mi pecho que se viene abajo. Me doy vuelta para correr, pero algo frío me golpea en la espalda y rueda sobre mí hasta alistarme el rostro contra el hielo cruel. Cuando levanto la cabeza, veo bloques de nieve congelada que caen y retumban en la hoguera. Uno grande termina en el carro y lo hace temblar desde el eje hasta la volea. Ahora sí, ya queda oculto por completo.

Cole escapará, pienso. *Está lejos. Pero sabe lo que sucedió esa noche.*

Vuelvo a sentir un golpe en la espalda. Casi me caigo. Luego siento otro, y otro. Los sonidos mutan a medida que los bloques me hunden más y más. Abro los ojos. *Si Cole muere, nunca sabré—*

Desesperada, nado para tratar de salir, pero el hielo sigue cayendo sobre mi cuerpo y me hace temblar. Asomo la cabeza por un puntito diminuto de luz para tratar de respirar. Tengo las extremidades cubiertas por escarcha que se coagula con firmeza sobre mi piel. Golpeo los puños ensangrentados contra unas paredes suaves pero sofocantes hasta que se me cierran los ojos y caigo en un sueño oscuro.

CAPÍTULO 7

ACE DIEZ AÑOS, en la fiesta de San Miguel, las primeras horas del otoño comenzaban a perderse en el anochecer. De a poco, el día llegaba a su fin. Me había caído como nunca en un lugar de rocas duras y zarzas quebradas, como la historia de Satanás caído del cielo justo en el día de San Miguel. Pero yo no había bajado de ningún cielo, y los que me perseguían no eran ningunos ángeles.

Había alguien que me quería muerta y muda, a mí y al heredero de mi amante que llevaba conmigo. Ya lo habían dejado en claro. Mi cabeza estaba llena de preguntas: ¿Habrá tenido éxito el conde de Hereford con su plan? *¿Cambiaría mi suerte si me presentara ante la corte con mi hijo? ¿Eduardo me amará de verdad?*

Nunca encontré las respuestas a estos enigmas.

Aquel día largo de otoño, me robé la sotana y la capa de un monje del monasterio de Cluny, las cuentas del rosario y todo lo que sirviera para ocultar mi figura femenina detrás de la capa marrón y sin forma.

Me corté el pelo color castaño bien corto y me hice una tonsura en el cuero cabelludo. Sin embargo, el disfraz era poco convincente con una criatura en brazos que gimoteaba y que solo una mujer puede traer al mundo: Mi bebé, Christian.

Sin embargo, había pasado una temporada en ese monasterio antes de partir con el atuendo robado, y bajé la guardia. Di de mamar al pequeño Christian en el bosque con la sotana baja y el pecho a la vista de los animalitos del lugar.

Al rato, oigo el aleteo de un pájaro en un arbusto y el crujido de las ramitas debajo de pisadas sigilosas. Alguien me observaba entre los árboles. Una figura tenue, una sombra en el viento, un movimiento entre las hojas. Miré en la oscuridad moteada, preguntándome quién sería el testigo.

Cuando llegaron, yo estaba mirando hacia otro lado.

Primero los escuché. El sonido de los caballos a lo lejos era un repiqueteo estrepitoso, similar a un enjambre de abejas enojadas y distantes. Luego giré y los vi.

Cabalgaron por la cima y llegaron a aquel tramo del Camino del Rey en un abrir y cerrar de ojos. Cuatro galoparon hacia el centro del sendero con los caballos agitados y la bandera heráldica que flameaba con el viento. Recordé a los hombres que llenaron mi carro de flechas, que mataron a mi guardia. Sabía que no tardarían en dar en el blanco.

Hasta el día de hoy, no sé si eran vasallos del conde o si eran otros mensajeros que nada tenían que ver con él. No sé si me hubiesen matado o si hubiesen seguido de largo al galope, pero tampoco me quedé para averiguarlo.

Corrí. Ante mí, se abrió un camino que me llevó al medio del bosque, un pequeño sendero que conducía a un poblado, una aldea olvidada.

Sentí que alguien me observaba y me seguía el ritmo en el bosque cada vez más espeso con maniobras silenciosas entre las enredaderas, las ramas y los troncos que entorpecían el paso. Por momentos, lograba acercarse.

Luego, mi pobre pie izquierdo me jugó una mala pasada. Tropecé con una enredadera y patiné sobre una piedra resbaladiza. No pude hacer nada. Me desplomé sobre un arbusto de zarzamora, pero no sin antes dejar fuera de peligro a Christian. Caí de cabeza en las aguas estancadas de un riachuelo que el verano había dejado bastante seco. Me levanté del lodo profundo y apestoso, gateé y traté de buscar a mi hijo que lloraba colgado con las sábanas de unas zarzas, a punto de caer. Pero el pie se me atoró en un pliegue de la sotana y caí de inmediato hacia atrás, contra la roca grande y despiadada.

El repiqueteo lejano de los cascos todavía me hacía temblar en el momento en que di la cabeza contra la piedra.

Me desperté casi en medio de la oscuridad, con la cabeza aturdida como si un herrero la hubiese usado de yunque. Había voces a mi alrededor, un barítono profundo y un par de tenores en medio de una discusión poco clara.

Con el sabor amargo del lodo y el gusto metálico y ácido de la sangre en la boca, levanté despacito la cabeza. El dolor surgía como una ola recién formada. Tragué fuerte. Aparentemente, me había mordido la lengua al caer. Golpeé los dientes con tanta fuerza que casi me atraviesan la lengua. Sentía la boca hinchada y algo roto; un diente, tal vez.

Se me subió el corazón a la garganta. ¿Dónde estaba mi hijo?

Había tres hombres allí, parados en medio del crepúsculo. El más viejo era bajo y pequeño, de tez trigueña quemada por el sol. El segundo, más alto y pelirrojo, estaba parado allí cerca. Nervioso, sacaba restos de lodo de la faja embarrada de algún soldado. Los músculos eran demasiado voluminosos para un rostro tan joven. A juzgar por el aspecto, debía de ser desertor de algún ejército. Y luego el tercero: alto, con la cara noble de un dios y un rostro suave y atractivo debajo de una gavilla rebelde de pelo dorado.

Luego supe sus nombres: Geoff era el pequeño de tez castaña; Liam, el nervioso pelirrojo; y Salvius, el líder fuerte de cabellos dorados.

Fruncí la nariz al sentir el olor. Hasta el líder apestaba. El hedor de los hombres era muy áspero, con notas que evocaban trabajo forzoso y comida vieja.

Estos tres no eran caballeros errantes. La única señal de jerarquía o posición era la faja que tenía el pelirrojo. El resto, eran túnicas andrajosas de campesinos. El más alto, de cabellos dorados, era el más limpio y bello. La capa estaba sujeta con una cuerda con nudos prolijos. Los otros, se dejaban las túnicas sueltas y sin ceñir en la cintura.

Las cabras balaban a su alrededor entre los helechos, con las ubres colgando y los ojos marrones por las lagañas. Mientras miraba, una hebra de ortiga se perdió en una de esas mandíbulas.

Me limpié la boca y traté de hablar. Me atraganté con mi propia lengua. Todavía tenía sangre en la boca y no logré emitir un solo sonido. Intenté moverme y tambaleé al pararme.

El colorado nervioso habló.

—Busca al pequeño.

Traté de hablar otra vez mientras me veían avanzar a los tumbos.

—Sí, al bebé —dijo Salvius con paciencia—. El monje quiere saber dónde está el niño.

Con «el monje» se refería a mí.

—No tengo idea —dijo Geoff, el pequeño, con suspicacia—. ¿Qué habrá hecho con la madre?

Liam, el colorado, alzó a Christian del suelo para mostrármelo. Mi bebé estaba, como de costumbre, muy sereno, revoleando los ojos azules para todos lados y sin miedo, con la carita de desconcierto y apenas un raspón pequeño. Se lo veía feliz y despreocupado.

Estaba bien envuelto en una manta de un tejido hecho a mano y teñido de púrpura. Jamás en la vida había visto ese diseño ni ese tejido. Masticaba un trapo con algo blanco que le chorreaba por el costado de la boca. Al parecer, alguien le había dado un paño embebido en leche.

Cuando vi a Christian comiendo sin mí, los celos se apoderaron de todo mi ser. Mi cuerpo lo deseaba. En verdad lo deseaba; estaba hinchada y me dolían los pechos por su ausencia.

Pero los hombres me miraron raro. Pensaron que había robado este dulce niñito.

—¿Dónde está la madre? —preguntó Geoff—. Monje ensangrentado, ¿qué le hizo a esa mujer?

Me vi en el reflejo de los ojos entrecerrados de Geoff. Estaba tapada de lodo y mugre, con los ojos blancos y la mirada fija en medio de la suciedad y el hedor de sangre. Me parecía a la mismísima imagen de Satanás surgida desde las profundidades de la tierra, como una criatura malvada ofreciendo un sacrificio a su dios oscuro.

Hago un gesto en un intento por hablar a través de los dientes rotos y la lengua hinchada.

—¿Quién envolvió al bebé? ¿Quién le dio de comer? —preguntó con recelo el colorado.

Yo pensaba que habían sido estos hombres los que habían cuidado a Christian. ¿Pero si ellos no fueron, entonces quién?

Detrás de los hombres, pude vislumbrar una silueta que se alejaba por el bosque. Tuve la sensación de que era una mujer. Una furtiva que se movía sin necesidad de exhibir su fuerza, un espectro entre las hojas que va dejando rastros de un aroma suave a menta y lavanda. Ya desapareció del bosque esa sombra.

Christian me miró el rostro embarrado y comenzó a gemir. Geoff me lo dio. Frunció la nariz con repulsión y repitió la pregunta.

—¿Dónde está la madre, ah? Mueva la lengua y hable. ¿Quedó sepultada en el hoyo?

Salvius, el rubio, habló con calma.

—Díganos la verdad. ¿Es usted el padre del niño?

Estaba a punto de bajar un hombro del hábito raído de monje para poder saciar el hambre de Christian. En el momento en que todos se hubiesen enterado de que era una mujer, logré oír la última palabra: «padre». Se creyeron el disfraz. Pensaron que era un hombre. Me ayudó el lodo que tenía en todo el rostro y en el cuerpo.

Así que, me apoyé el bebé en el hombro. Agarré fuerte a Christian y lo sacudí un momento. Él se calmó, y yo también.

—¿Quién es usted? —me dijeron.

—Me… Mediom… Mediom…

Balbuceé un sonido idiota en un intento por decir Miriam con la lengua cortada. Recién después me di cuenta de que, si hubiese podido pronunciar mi nombre, habría dejado en evidencia que soy mujer tan rápido como si hubiese mostrado mi seno. Pero en ese momento, no podía hablar.

Los hombres se miraron nerviosos.

—¿Mendo? Este es un merluzo y bultuntún —dijo Liam—. Loco como el viento.

De repente, la inspiración llegó a mí, clara como el agua. Levanté el brazo que tenía al costado del cuerpo y, con cuidado, me pasé los dedos por la garganta simulando un corte profundo. Hice una mueca y sacudí la cabeza como muestra de cansancio luego de tanta explicación.

Los hombres miraron fijo. Con gran dolor en el corazón, hice el movimiento del corte una vez más, con confianza en que Dios no permitiría que nada malo me pase antes de que mi bebé echara raíces y creciera.

Liam, el jovencito, se frotó la barba rojiza que comenzaba a asomarle en el mentón. Luego sonrió y dejó ver la mandíbula poblada de dientes rotos como peones perdidos y amarillentos.

—¡Carajo!, es mudo.

—¿Qué es eso? —Geoff, el trigueño, se sonó los nudillos del puño cerrado y me observó minuciosamente.

—Mudo —explicó Salvius—. Suele suceder. Mi primo está así, no puede hablar ni siquiera para salvarse la vida. Nunca pudo largar una sola palabra.

—No lo sé. — Geoff acercó ansioso una cabra rebelde.

—Igual podría ser peligroso —dijo Liam—. Igual podría estar loco.

—Bien... —dijo Salvius—. De acuerdo, no puede hablar, pero eso no significa que esté loco. Y ni mira el lodo, así que tal vez no haya ninguna madre en el fondo del maldito hoyo.

Sacudí la cabeza para apoyar esa afirmación y señalé mi propio pecho y a mi hijo.

Salvius vio mi reacción y sacudió el pelo rubio. Luego bajó la vista hacia el pantano.

—Parece que nunca sabremos lo que sucedió, al menos hasta que este monje mudo nos haga un dibujo sangriento.

Se me acercó y frunció la nariz al oler el barro apestoso.

—Mire, usted —me dijo Salvius—. Sé que al menos me puede escuchar. Agora, va estar bien, ¿me oye? Nomás dígame la verdad sobre el bebé. ¿Es suyo?

Despacio, afirmé con la cabeza... todavía tenía puntadas del dolor. Traté de forzar la garganta para hablar otra vez.

—Mediom, Mendo... como quiera que se llame —dijo Salvius de forma contundente, como si se impusiera a los demás—. Yo lo protegeré.

El herrero había cambiado de opinión.

Salvius me puso con delicadeza una mano en el hombro. Tenía los dedos gordos y chatos en la punta, y transmitían una fuerza cálida. Con los años, lo conocí mejor. Un herrero simpático, fuerte y poderoso. Mi amigo y sostén en la aldea.

—No se preocupe, con nosotros está a salvo agora—. Me sonrió.

Sin embargo, los demás seguían desconfiando. Geoff, desconfiado y con el ceño fruncido, retrocedió haciendo la señal de la cruz. Atravesó el aire sobre mi cabeza tres veces para ahuyentar a los demonios.

—¿Y si este tal Mendo es uno de esos que traen la plaga?

—¿La peste negra?

Aún recuerdo los ojos bien abiertos de Liam. Tan joven, tan desconfiado. Boquiabierto, con el vello que apenas le asomaba en el rostro y que luego se convertiría en esa barba colorada oscura.

Geoff volvió a hacer la señal de la cruz. Todavía ahora continúa echando culpas con facilidad.

—Fueron esas malditas cabras las que encontraron al monje

falso. ¡Y vosotros sabéis que las cabras macho pueden ver todos los demonios!

Liam lanzó una carcajada, pero Salvius sabía que Geoff no bromeaba.

—Dije que a este lo voy a proteger —Había un tono amenazante detrás de ese barítono profundo—. ¿Pondrías en duda mi palabra?

—Brujería —murmuró Geoff—. Es un demonio, una bruja.

Salvius se dirigió hacia mí y yo retrocedí.

Otra vez el viento trajo de algún lado el aroma a menta y lavanda, y luego un olorcito lejano a humo. *¿Todavía estará en el bosque la otra mujer, siguiéndonos el rastro?*

Pero el hombre apuesto de cabello claro, Salvius, me guiñó el ojo con un gesto tan sutil que solo yo pude verlo. Ya no sentía miedo. Me convenció.

—Caray, si tiene un demonio, yo se lo puedo arrancar —Se sonó los nudillos—. Y si no tiene ningún demonio, habrá un habitante nuevo en la aldea. Llevémoslo de regreso con nosotros.

—Pero el niño… —comenzó a decir Geoff, con la voz aún temblorosa del miedo—. ¡También podría ser un demonio!

Salvius escupió en el pasto amarronado y lleno de lodo cerca de mis pies.

—El niño no es un demonio; al menos no por agora. Necesito otro hombre para trabajar en los fuelles de la herrería, y elijo a este. Me debe, al menos, una cosecha por salvarle la vida a usted y a su hijo.

La rueda había girado.

Aquel intento frustrado de decir mi nombre fueron las últimas palabras que pronuncié en público durante años. Guardé el habla en un cofre de hierro y la enterré bien profunda en la escarcha. Era el único don que la abadesa había proclamado como un regalo que el mismo Dios me había hecho, y tuve que ocultarlo por diez años como un fatuo que esconde el oro bajo tierra.

Ahora, ya hace una década que conozco a estos hombres. Geoff se serenó con el tiempo aunque es desconfiado por naturaleza. Lo único sin defectos para él son las bromas de Liam. Pero Liam, él mismo ha comenzado a sentir el peso del tiempo sobre el espíritu alegre y las bromas interminables. Ahora le duele saber que nunca será más que un pobre leñador.

El único que no cambió demasiado es Salvius. Sigue siendo un hombre imponente, engendrado por un sacerdote descarriado, y los hombres todavía hacen caso a todo lo que dice. Lo he visto usar su poder para guiar a algunos hombres por un camino mejor y para servir al bien común, y en el momento en que mi vida pendía de un hilo, Salvius me dio algo de qué vivir. Él podía afirmar que necesitaba otro hombre para hacer funcionar los fuelles y nadie lo contradiría.

Me he ganado el pan desde hace años en esa herrería, y en todos estos años, nunca olvidé su gentileza y esa gran deuda: Salvius me salvó, Salvius me mantuvo viva ese día, y siempre.

CAPÍTULO 8

E L REPICAR DE los cascos se oye golpetear en la nieve y reverbera en mi cuerpo. La parte superior de la tumba de nieve donde quedé sepultada se rompe y se abre. La luz y el aire me invaden. Puedo respirar. Luego quitan otro pedazo. La cabeza está libre; ahora solo me quedan la cintura y las piernas atrapadas en esta cripta dentada.

Tom da zarpazos en la nieve con sus manos enormes y desnudas. Cava como un perro a punto de cazar un armiño. Con cuidado, Liam quita la nieve congelada con el borde desafilado de un hacha y Benedict arranca trozos de hielo del agujero.

Respiro agitada y con dificultad.

—¡Está vivo! —dice Liam.

—¡Es un milagro! —dice Tom cuando giro la cabeza y los miro—. Seguro que mi hijo lo trajo de regreso de la muerte para que nos acompañe.

Liam y Benedict ignoran las palabras de Tom sobre salvadores fantasmagóricos. Liam se pone de cuclillas y mira mi rostro intranquilo con cierta satisfacción irónica.

—Bien, solo faltan dos entonces. ¿Creen que se los habrán llevaron los bandidos?

—Nooo —responde Benedict—. Buscaban oro y un botín suculento, y no teníamos ninguna de las dos cosas. Ni siquiera encontraron el carro, y todo gracias a Cole que los desvió hacia el bosque. No hay dudas de que nos salvó.

No es la primera vez. Si tan solo pudiera hablar... Estos hombres nunca escucharon las conversaciones de los bandidos. No saben que el ladrón y los traficantes de esclavos conocían a Hob ni que había habido oro de por medio. Tampoco saben que se lo llevaron.

Me corrió frío por la espalda. Nadie más que yo lo sabe.

Miro de un lado a otro. *¿Qué dijo Liam sobre Cole?*

Tom deja por un momento su trabajo. Tiene que haber visto mis ojos grandes.

—Tranquilízate. Tú estás vivo, pero perdimos a dos de la comitiva.

—Hob y Cole; los dos faltan —agrega Benedict. Luego se pone de pie y renguea hacia un costado. Tiene una herida profunda en la pierna.

—¡Se los llevaron esos hombres!, afirma Tom, y yo quisiera poder decirle lo cerca que está de dar en el blanco—. Los sirvientes no remunerados valen lo mesmo que su propio peso en oro, os aseguro.

Con cuidado, Benedict raspa el hielo de mi pecho sensible con el borde chato de un hacha. Mantengo el rostro inmutable aunque me corre un dolor leve.

—Los asaltantes de los caminos —dice Benedict sosteniéndose la pierna— no pueden andar vendiendo muchachos en el mercado oficial. La única forma de venderlos es a un lord, deberíais saberlo.

No, pienso. *Ninguno de nosotros sabía eso. ¿Por qué deberíamos saberlo?*

—Y Cole —continúa Bene—, con esa mirada de babieca y la cara de susto, no creo que valga mucho.

—Geoff está buscando a los que faltan en el bosque —añade Liam.

Benedict hace una mueca; su rostro delata el dolor que siente en esa pierna.

—No sé si irá a encontrar algún rastro de ellos. Si están muertos, la nieve no va a tardar en taparlos.

Luego oímos el grito ronco de Geoff.

—¡Ayúdenme! ¡Ayúdenme con el muchacho!

Benedict comienza a renguear lo más rápido que puede por un cúmulo de nieve. Liam trata de sacarme del hoyo, aunque me resisto a recibir esa ayuda extraña. Me pongo de pie. Me sangra la sien y me duele la cabeza. De todas maneras, puedo mantenerme parada sin ayuda y, para mi sorpresa, no tengo un solo hueso roto. Ahora puedo ver la magnitud de la avalancha. La ola blanca eliminó sin piedad los sitios donde dormían Tom y Geoff.

Mientras bajo por la ladera cubierta de hielo, el viento me empuja hacia adelante y lanza restos de nieve granulada a través de sus dientes. El refugio del saliente ya no existe y el viento inunda el Camino del Rey.

Fui yo la que trajo a los atacantes hasta aquí. Yo encendí el fuego y así, le advertí a todo aquel que estuviese a millas de distancia que nos encontrábamos en esta hondonada. Mi fuego hizo que nos encontraran.

Sin embargo, los pensamientos se detienen cuando veo una señal. En otra parte de la colina, se abre un camino casi imperceptible hacia afuera del bosque, un par de pisadas solitarias de caballo. Miro a mi alrededor, pero nadie más de la comitiva parece verlas.

Las observo cuidadosamente. Es un solo caballo con una grieta en el casco trasero.

Las huellas son profundas, pero se derritieron en la superficie. Entonces, alguien se acercó durante las horas de oscuridad y no regresó al amanecer. Nuestro escondite, rudimentario como era, había sido útil al menos para engañar a aquel hombre solitario. *¿Pero quién vino desde el bosque? ¿Quién nos siguió por el camino de la aldea?*

Cuando encontramos a Cole, está temblando en el fondo de un barranco, azul por tanto frío y con la espada robada en la mano. Geoff nos dice que lo encontró gracias al castañeo de los dientes.

Cole había estado toda la mañana a los saltos delante de los bandidos y los mantuvo tras él en el bosque hasta que se resbaló en una grieta de hielo y cayó en un arroyo casi congelado.

Para entonces, nuestro carro ya estaba completamente tapado de nieve y el resto de los hombres se habían escondido, así que no había ningún campamento para saquear. Luego de buscar un rato, al parecer, los jinetes se dieron por vencidos y se marcharon.

Cole tuvo suerte. Cuando Geoff lo encontró, estaba indefenso y con las piernas atrapadas en el hielo. Cuando lo saca del agua, está casi muerto por congelamiento.

Tapamos al muchacho tembloroso con todas nuestras pieles y Tom lo envuelve en sus brazos enormes para darle calor con su físico corpulento. Cole está vivo. Y eso, de por sí, ya es un milagro, pero nadie más que yo vio que los hombres se llevaron a Hob. Así que pierden media mañana buscándolo. Al principio, los gritos son estridentes y furiosos; luego, desesperados; por último, desesperanzados.

—¡Hob!

—¡Hob, amigo, regresa!

—¡Hob, ayúdanos!

—¡Hob!

Buscando a Hob, los hombres encuentran piedras en posición vertical en el borde del camino real. Tienen letras y números romanos grabados, pero no hay ninguna flecha que indique la dirección a seguir.

Hob sabría hacia dónde ir, pero no está.

Las huellas de los caballos de los bandidos se cubrieron con la nieve que arrastraron las ráfagas, y aunque supiéramos hacia dónde se marcharon, dudo que quisiéramos seguirlos.

Horas más tarde, Benedict se dio por vencido.

—Embalad — dice con voz lenta y distante—. Tenemos que continuar.

Liam y Geoff lo miran anonadados. Bene continúa.

—Deberíamos llevar las pertenencias de Hob también. Podría ser que lo encontremos en el camino, quizá avanzó.

Lo último sonó medio quejumbroso, como si Bene no esperara que le crean.

—Hay Dios, Hob —dijo Geoff con la voz quebrada de la desesperación—. ¿Y agora que debemos hacer?

—Avanzar —respondió Bene—. Continuaremos. Buscaremos justicia como él quería. En el monasterio.

—Os aseguro, deberíamos regresar — dice Geoff—. No tiene ningún sentido seguir adelante.

—No —dice Benedict—. No puedo bajar la ladera otra vez con esta herida en la pierna.

—Además, buscamos justicia —vocifera Tom—. ¡Al monasterio! Tenemos que conseguir la protección de un lord para enfrentar los problemas que surjan y para llevarle los cuerpos al abad. Recién después…

—No podemos regresar —dice Liam—. Agora sabemos que hay bandidos cerca, y a pesar de lo que dijo Hob, yo creo que hay alguien en el bosque. Podríamos darnos prisa hacia el monasterio. Al menos sería un tramo recto.

—Pero si seguimos, ¿hacia dónde vamos? —dice Geoff—. Yo no sé leer estas piedras, ¿vosotros?

—No. Y yo no puedo correr —dice Bene señalando la sangre en la pierna.

Luego Geoff habla cortante.

—Tú y tu pierna herida, Benedict. Eso es lo que nos pone en riesgo.

—Es cierto —dice Liam—. Yo diría que se lo dejemos aquí a los bandidos y vayamos solos al monasterio.

Benedict avanza cojo. Su rostro parece estar atravesado por una gran desilusión y por el enojo.

—No eres el más indicado para hablar, Liam, con ese puto crimen por el que todavía no pagaste, y quién sabe si no volverás a hacerlo. Agora no eres más que un asqueroso leñador que vive al día. ¡No eres nada!

—¿Por qué no nos dices entonces qué maldito camino debemos seguir? ¡Tú nos trajiste hasta aquí! —responde Geoff, pero Benedict aún no terminó.

—Puede que seas un adulto, pero hablas como un niño. Claro que los dos bastardos continuarán viaje. ¿Quién os va a extrañar si no regresan? Pero yo sí debo regresar a la aldea. La gente allí me necesita. Hay verdaderos lores y *ladies* que me necesitan. Maldita sea, lord Peter de Lincoln cuenta con mi trabajo. ¿A ti quién te necesita más que su apestoso hijo muerto, Geoff?

—Suficientes blasfemias para una sola boca —dice Geoff, y busca una rama para golpear a Benedict.

Hob, Hob, Hob no está. Su nombre suena en mi mente como una rima desesperanzada. Ya no tenemos a nuestro líder y estamos peleando en el medio del camino mientras los bandidos están cerca.

Les vuelvo la espalda a los hombres mientras pelean desesperados y miro las piedras. En una se lee con claridad la palabra LONDINIUM. Nadie más sabe leer, pero yo sí sé las letras romanas.

Señalo con el dedo. Hacia allá. El sur. Hacia Londres.

Nadie se da cuenta, así que tomo a Tom por el brazo con fuerza y lo hago girar hacia las piedras. Ve que le señalo con la mano y mira fijo.

—Mendo sabe hacia dónde ir para llegar al monasterio —dice Tom sorprendido. La pelea se detiene. Los hombres respiran hondo y les sale vapor de la boca.

—¿Cómo diablos sabe? —Liam mira desconfiado de reojo. Benedict encoje los hombros.

—¿Acaso importa? Vamos.

—¡No necesitamos seguir avanzando! —repite Geoff—. Regresemos y podremos…

—Cierra la boca —interrumpe Tom, y después empuja el carro

con tanta fuerza que comienza a bajar por la alta colina del Camino del Rey y Geoff tiene que correr para alcanzarla.

Logramos tomar el camino real, el más peligroso. No tenemos ninguna bendición ni autorización de nuestro lord Peter para salir de la aldea ni emprender ningún viaje y eso nos convierte en vagabundos. Cualquiera nos puede matar o lastimar sin consecuencias.

Estamos infringiendo la ley.

Tenemos por delante una inmensa extensión de campo, bosques y tierras de cultivo. Habrá montículos y almiares como islas en una bruma humeante.

Luego de la nieve de la noche anterior, el cielo se limpió y tenemos por delante un día despejado. Todo se ve plateado y brillante por el hielo, y una brisa suave nos ayuda a avanzar. Aquí y allí, el viento barrió la nieve y reveló una línea de enormes piedras blancas que atraviesa las colinas. Se trata de un sendero sin curvas que los romanos trazaron directamente en este paisaje sin obstáculos.

Para la hora sexta, los huesos de Cole ya se habían calentado. Los hombres quieren subirnos a ambos en el carro, pero yo me resisto. Estoy bien. Sin embargo, Cole todavía tiembla descontrolado por el frío que tuvo que pasar así que lo hago sentar en la barra. Allí, lo envuelven con una manta mientras mira las rocas y pendientes que tenemos por delante. Cuando Benedict tropieza y vuelve a golpearse la pierna, es Cole quien hace detener al resto. Y cuando yo me canso, como suele suceder en este largo camino de espinas de invierno, Cole es el que me alienta:

—Eh, Mendo, vamos, sigue. ¡No te rindas agora! Sigue avanzando, lo estás haciendo bien.

—Claro —responde Tom—. Tú eres el más indicado para hablar. ¡El que tanto nos ayuda a empujar!

—Ajá... ¿qué tal la vista desde ahí arriba? —agrega Liam entre risas—. Cole, ¿crees que podrías sostener una lanza de torneo desde allí? ¿Y vencer a los bandidos por nosotros con una sola mano?

Cole agradece las bromas con una risita. Lo escuchamos con cada vuelta de las pesadas ruedas del carro en la nieve. Su voz es como una corriente de agua dulce que nos da tranquilidad mientras nos esforzamos tanto.

De a poco, el largo día llega a su fin. Con la mirada perspicaz, desde ese lugar elevado y con vista privilegiada, Cole es el primero en ver el resplandor del sol en aquel techo negro, la mancha de mica brillante en el páramo blanco.

—¡Es el monasterio! —grita.

Se siente un suspiro de alivio palpable. El monasterio es sinónimo de alimento y alojamiento gratis.

—Pan —es todo lo que dice Geoff—. Lo único que necesito de ese monasterio es un bollo de pan fresco.

—Venados —exclama Benedict con el ceño fruncido.

Los monjes tienen derecho a matar a los ciervos del rey.

—El viejo Mendo me ha hablado muchas veces de las glorias de ese mismísimo monasterio —bromea Liam—. Sí... ¡Mendo dice mentiras todo el día!

Los hombres se ríen de Mendo, el mudo, y hasta a mí me causa gracia. Hay algo en mi interior, una esperanza irracional, que me dice que tendré noticias de Eduardo en ese monasterio.

Pero estoy segura de que, si no nos apresuramos, no llegaremos antes de las vísperas, cuando se cierran las puertas. De repente, caigo en la cuenta de que no hemos enterrado estos muertos como la ley manda. Y, ¿qué hará el monasterio al respecto? *¿Nos verán como penitentes o como herejes? ¿Qué dirá la lápida sobre la vida de Christian?*

Miro hacia atrás. En el aire, se forma un remolino débil y a esta distancia, se ve pequeño como un demonio de polvo. Pero no es verano; eso no es polvo. Es una nube de nieve que se eleva por un movimiento a lo lejos, en el camino.

Es posible que la misma *troupe* de bandidos nos haya vuelto a encontrar. Es un indicio de que, a la distancia, hay caballos.

Desesperada, calculo el tiempo que nos queda. Quienesquiera que nos sigan, están a tres colinas, así que todavía nos queda un poco de tiempo, pero ¿qué haremos cuando lleguen?

El sol está más alto, pero todavía no hemos llegado a la cima de la colina cuando de repente, a alguien le empiezan a sonar las tripas.

—Ajá, escuché —dice Liam. Después aminora la marcha y se seca el sudor de las cejas antes de levantar la vista para ver la luz del sol—. Mediodía; hora de comer.

El carro se detiene. Geoff saca el cajón con carbón y la leña. Los hombres hablan de comida y de fuego. Tom saca sus odres vacíos y los llena de nieve para que luego tengamos agua para beber. Luego recolectamos leña.

Hob no hubiese permitido esta parada pero no está aquí para prevenir el peligro. Cuando me doy cuenta de las intenciones que tienen, ya es demasiado tarde. Me paro y, de golpe, lanzo un alarido de miedo. Se cortan las risas.

—Mendo, ¿qué sucede? —dice Cole. Señalo al demonio lejano de polvo. Benedict se pone la mano sobre las cejas y mira con los ojos entrecerrados. No tiene tan buena vista como yo y no es tan decidido como Hob.

—Ah, ahí los veo —murmura al fin Benedict, preocupado y con la boca fruncida.

El sendero forma una curva y allí, perdemos de vista a los jinetes. Detrás de la colina, vemos una nube grande de nieve arenosa que los caballos arrojan al aire mientras transportan a los que nos persiguen. Es alguien que cabalga muy rápido, o son muchos jinetes.

—Bien, ¿qué haremos agora? —pregunta Liam.

No tener a Hob es como si nos faltara un brazo. Todos sienten la falta, mas nadie sabe cómo llenar ese vacío. Los hombres siguen paralizados y sin un objetivo claro ante la pérdida del líder. Aún esperan a alguien que les diga qué hacer.

Echo un vistazo a un lado y al otro. El camino está marcado por matas de tojo y troncos mal cortados. Adelante, hay un espacio donde se abre el camino de los animales que conduce a un revolcadero lleno de nieve.

Hago un plan, señalo las matas de tojo y los urjo a avanzar.

Benedict duda. El clamor lejano de los cascos de los caballos invade el aire con un ritmo aterrador. El ruido está más cerca de lo que pensábamos; otro truco de los vientos del invierno.

Furiosa, hago un gesto.

Benedict se dio cuenta tarde.

—Tenemos que salir del camino —dice—. Es la única chance que nos queda.

Da una palmada y finalmente actúa.

—Bien —dice—. ¡Salid del camino! ¡Salid!

Los tojos y los helechos pueden servirnos para ocultarnos de un extranjero que pase rápido pero no creo que sea suficiente ante los ojos examinadores de un ladrón. Como mucho, servirá para salir del paso, como una almena improvisada.

Pero los hombres repiten el grito de Benedict.

—¡Salid del camino!

Cole, envuelto en varias capas de mantas, sale del carro en un abrir y cerrar de ojos. Despacio, quitan el carro del camino y lo empujan hacia la guarida. Casi tumban la carga al enterrarlo en el banco de nieve. Sigo instándolos a que avancemos; debemos ocultarnos bien.

Me sorprendo al ver la facilidad con que Liam se oculta en el páramo. En el pasado, debe de haber sido un fugitivo porque enseguida toma una rama y tapa las huellas del carro.

Poco después, miro el camino y ya no hay rastros de las ruedas; es como si se hubiesen esfumado en el aire helado.

Aun así, aquí nos pueden encontrar, y a pesar de los susurros furtivos, parece que los hombres todavía no son conscientes de que podemos esconder mejor nuestras pertenencias. Aunque nos encuentren, es posible que nos dejen ir si no tenemos nada que puedan llevarse.

De nuevo, debo llenar el vacío que dejó la pérdida de Hob. Rápido, tomo todo lo que habíamos escondido en el carro y con un gesto, les pido a los hombres que me den los objetos de valor. Benedict se resiste, pero al final le quito un saco de oro que llevaba en el abrigo. Sin decir nada, me lanza una mirada feroz de desconcierto. Bajo por la ladera para buscar un escondite nuevo.

Me duelen los pies del frío, pero debo alejarme todo lo posible. Las capas pesadas, las pieles, el saquito de oro, el alimento. Llevo todo en silencio con nuestras vidas en mis manos.

Cuando me deslizo por la última piedra, al pie del banco, veo que tengo un palo pesado clavado en el muslo. La blancura amarillenta es impactante. Un hueso.

Vine a parar a una tumba abierta, una colección de huesos y cuerpos desnudos. Aún quedan un par de harapos, pero ya se llevaron todas las capas. Fue tan solo unos meses atrás porque todavía hay madejas de pelo, pero no hay rastros de cruces, ni de la presencia de un sacerdote ni de ningún funeral. La curva del camino trajo hasta aquí a alguien desesperado, alguien que no vaciló a la hora de matar.

Meto las capas y demás pertenencias debajo de los huesos y tapo los bordes con nieve. Una corneja gorda aletea cerca en busca de presas frescas.

Salgo del hoyo y me alejo del escondite. Si me encuentran, no quiero que hallen todo lo que nos pertenece.

Mi respiración se convierte en una navaja desafilada en el centro de la garganta cuando llego a un lugar llano, cerca de la cima de la colina. El sudor rueda por mi rostro hasta entrarme en los ojos.

Desde los arbustos, veo al mismo hombre amarillento al que le faltaba un brazo. Avanza a caballo mirando de un lado a otro, reconociendo el camino. Tira de las riendas del corcel al ver una piel caída al costado del camino, señal clara de que alguien pasó por aquí hace poco tiempo. Maldigo por dentro nuestra negligencia.

El hombre se estira sin bajar del caballo y la levanta. Luego la huele y siente lo calentita que está.

Se me pone la piel de gallina cuando desvía rápido la mirada hacia los helechos, a través de las matas de tojo, en dirección a mi rostro oculto. Me estremezco con la esperanza de que no nos vea, pero los demás jinetes se acercan al galope.

Poco antes de que lo alcancen, el manco patea las costillas del caballo con el talón y, con una mano, les hace seña a los hombres para que avancen. Pasan todos al trote mientras contenemos la respiración entre las sombras.

Luego, pasa rebotando la jaula de hierro sobre ruedas deformadas y todos pueden ver a Hob allí encerrado. Se lo ve triste y acurrucado contra un barrote, resistiendo los sacudones constantes y con sangre que le chorrea desde el cuero cabelludo.

Durante un largo rato, permanecemos congelados allí, en los arbustos. Los demás hombres se dan cuenta, por fin, de lo que le sucedió a Hob.

☩

El camino está despejado y silencioso, una extensión blanca con nieve que de a poco se va acumulando. Esperamos durante un rato largo pero los bandidos no vuelven a aparecer.

Al final, oigo el castañeteo de los dientes de Cole como si se riera de los nervios. Ese sonido me hace pasar a la acción. Trepo de regreso por la ladera para recuperar las ropas pesadas, el oro y el alimento.

Ahora, debemos llevar el carro de regreso al camino abierto. No es tarea fácil, ni siquiera con los hombros enormes de Tom.

Ya tenemos la mitad del carro fuera de los arbustos cuando oímos un nuevo ruido. Nos damos vuelta para mirar, pero es demasiado tarde.

Un caballo solitario repiquetea a lo lejos por el sendero. Sale del soto de fresnos y serbales, las ramas se parten en dos y el jinete lo impulsa hacia adelante como un perro rabioso. Me atraganto y siento una opresión dolorosa en la garganta. Un gemido se me escapa de los labios.

De prisa, tomo la espada ranurada y la muevo alto en el aire con todo su peso, sosteniéndola como si fuese un estandarte.

Ahora, el hombre alto que cabalga solitario a toda prisa está al alcance de la espada. Nos muestra el rostro.

Veo una cabellera color trigo, una mandíbula bien marcada y una boca definida que sonríe con cada golpe de los cascos del caballo en el camino. Los flancos del animal están manchados con la espuma blanca que le forma la transpiración y que, al caer en la nieve fría, produce vapor. Es un caballo viejo de herrería, una yegua que no fue criada para exponerse al aire helado. El corazón me palpita fuerte.

Conozco el caballo. Todos conocemos al jinete.

CAPÍTULO 9

Una hermosa cabellera dorada que brilla a la luz, una barba puntiaguda y bastante desprolija, ademanes señoriales, una curva magnífica en los labios gruesos y atractivos. Es Salvius.

Quedo allí parada, helada ante la grata sorpresa.

Su respiración tan agitada produce vapor en el aire frío. Luego, tira de la brida y del bocado de madera.

La yegua picaza tiembla y tironea hacia adelante y hacia atrás. Recién al final, da un giro brusco. Me cuesta imaginar cuándo fue la última vez que salió de la aldea.

—Alto —le ordena Salvius a su corcel rebelde—. Bestia, ¡detente!

Cuando al fin el caballo detiene su movimiento frenético, Salvius nos mira con los ojos más penetrantes que nunca y con el cabello y la barba decorados con incrustaciones de hielo.

—Ajá, os encontré —dice mientras deja caer la espada pesada en el piso. De repente, me relajo y entonces me doy cuenta del cansancio que me pesa en las extremidades. *Estamos salvados*, pienso. *Salvados por el fuerte Salvius que agora puede guiarnos y convertirse en nuestro líder.*

Baja las piernas largas del caballo y mira el camino desierto que tenemos por adelante; luego, las matas de tojo que quedaron atrás y los pantanos donde dejamos el carro con nuestros hijos muertos.

Salvius toma un odre que lleva Tom entre los bultos y traga nieve derretida con rapidez. Hace una mueca al sentir el agua fría y se pasa una mano por la barba. Después, mira a los hombres acoquinados en la ladera.

—Bien, ya podéis salir de ahí. Esos bastardos no os molestarán más. Eran pura apariencia y fanfarroneo nomás. Pero…

—Se llevaron a Hob —dice Liam—. Se lo llevaron. Lo metieron en una jaula como si fuese una bestia.

—¿Esos bandidos se lo llevaron? —El rostro de Salvius se vuelve pálido y consternado por un momento—. ¿Para qué lo querían?

—Cazan hombres —dice Geoff—. También atraparon a Cole.

En ese momento, le contamos toda la historia, pero cuando Liam le habla sobre el acto heroico de Cole, Salvius señala al muchacho.

—¿Él? —Se ríe—. ¿Ese muchacho? He intentado criarlo valiente pero no tuve suerte. Le tiene miedo a los demonios y a las apariciones, ¿y sin embargo *él* los distrajo para que se alejaran de vosotros?

Cole parece avergonzado.

—¡Muy bien de tu parte, muchacho, bien por ti! —Salvius le da una palmada en la espalda.

Luego, se levanta la capa y nos muestra lo que lleva puesto como blusa. Es una túnica blanca con un león rampante y las descoloridas franjas rojas de *sir* Peter de Lincoln. Es propiedad del lord y quien lleve este símbolo estaría a salvo de que lo molesten en el Camino del Rey.

—Fatuos —dice Salvius pero en tono agradable. Os marchasteis sin un mandato, sin ropas, sin señal de la bendición de ningún lord. Fui a lo de tu esposa, Bene…

Benedict lo fulmina con la mirada.

Salvius alza la mano.

—Fui a lo de Sophia y revisé el galpón de la tejeduría. Me entregó esta túnica vieja que la Corte rechazó…

—Es cierto, salió mal —dice Benedict—. La tejí mal hace tres veranos. La trama salió torcida en la espalda y el lord no la quiso.

—Pero de frente, nadie se daría cuenta de la falla.

Con orgullo, Salvius se golpea el pecho donde está el león rojo.

—Así que la tomé como propia. Ya la probé una vez con un soldado descarado que me crucé en el camino. Le mostré el león y pasé la prueba.

—La traje para vosotros, para preservar vuestras vidas —dice Salvius—. Va a protegernos mientras circulemos por el valle de lágrimas.

Con entusiasmo, los hombres se arriman para tocar nuestra salvación. Noto que la túnica está vieja, manchada, deshilachada, pero es el estandarte de un noble, el símbolo que nos puede salvar. Él siempre piensa en el bien de todos.

✠

Los hombres se reúnen alrededor de Salvius como si fuese un estandarte que nos devolverá el coraje. Tom y Benedict le cuentan nuestra historia, que los salvé del saliente de nieve, que los hice salir del camino cuando vi a los cazadores de siervos, los bandidos, desde lejos.

—Bueno, al menos tenían al idiota de la aldea para salvarlos, malditos trapisondistas —dice Salvius entre risas.

Benedict cuenta la historia, y cuando llega el momento en que encontramos a Cole congelándose en el bosque, Salvius se acerca al muchacho con ira.

—Hay, sobrino. Me da tanto gusto verte con vida, entonces. Durante dos días enteros pensé que eras uno de los quemados.

Le da un abrazo tosco a Cole, un abrazo que denota los tiempos difíciles que compartieron.

Luego pienso en Nell y en el afecto que Salvius sentía por ella. Mi amiga confiaba en él. Cuando nos contó que había muerto, lo vi llorar como un niño. ¿Qué abrazos le dio a Nell antes de morir?

¿Podrá él ayudarme a encontrar la verdad en este laberinto de mentiras?

Salvius vuelve a sacudir la cabeza dorada como si hiciera caso omiso a mis preguntas mudas.

—¿Quién es su líder agora que Hob ya no está? —pregunta.

Los hombres se miran unos a otros. Esta mañana fui yo, pero nadie me nombraría.

Siento un relinche en los oídos. La yegua pide ayuda. Soy la única que le presta atención al enervado animal, y sé que puede ser un tesoro en el camino que nos queda por delante, así que le quito la nieve del cuero con un peine de hueso que había en las alforjas. Después, le envuelvo los flancos con una manta mientras respira agitada. Estrujo un paño húmedo y se lo pongo en la boca para humedecerle la lengua y después le froto las patas para secarle el sudor antes de que se congele. Todavía tiembla por el gran esfuerzo que hizo a lo largo del día, pero creo que si ahora puede caminar, la intensa corrida no la va a limitar ni la va a invalidar.

Liam se acerca a ayudarme; la hace caminar en círculos grandes y, de a poco, la enfría para que no colapse por su propio aliento helado.

Salvius ayuda a llevar el carro de regreso al sendero y le dice a Tom dónde debe atar la cuerda, cómo equilibrar la carga y cuán rápido avanzaremos hoy. Siento un peso menos en la espalda al verlo trabajar. Salvius fue el que se hizo amigo de Nell, el que me salva cuando necesito leña, fuego o alimento. Con su ayuda, enfrentaremos a los asesinos que nos quitaron a nuestros hijos.

Pero Geoff está encerrado en su idea.

—Mirad lo que le sucedió a Hob. Es hombre muerto, lo es, y yo no voy a morir aquí junto a mi niño. Mis otros hijos me necesitan.

—Maldita sea, Geoff. ¡Podemos vengar la muerte de nuestros muchachos! —grita Bene—. Si seguimos a…

—¿A esos bastardos apestosos? —dice Geoff—. ¿Con las espadas y caballos que tienen?

—Escucho a mi hijo. ¡Me llama! —grita Tom de repente con la voz rara, sobrenatural. Ese parloteo insensato me da escalofríos—. Es su sangre, ¡me grita!

—Está bien, Tom —dice Salvius.

Pero Tom levanta las manos en el aire con el movimiento de

quien sujeta algo, como si forcejeara con un enemigo invisible para nosotros. Luego nos mira con furia.

—¡Todas las noches sueño lo mesmo!

Tom señala el camino que tenemos delante con el rostro estremecido, y continúa:

—¡Una visión de mi hijo torturado por un judío con los dardos encendidos por el mismísimo demonio!

Mi padre francés tenía las palabras para eso. *Avoir le diable au corps. Non compos mentis.* Me estremezco; yo también tuve una visión donde había fuego, desgracia y muerte, y cuando desperté, era algo mucho peor que mi imaginación. Mi hijo ya no regresará a casa, nunca más.

Liam escupe en el piso.

—Ahí tienes, por las visiones y la estrategia... Yo me marcho a casa con Geoff. Y mi hijo viene conmigo.

Da un par de zancadas hacia el carro y toma un pie que sobresale. Benedict lo señala y ríe como un loco afligido.

—Ves, ahí está. ¿Vas a repetir el crimen, ah?

¡Cómo me gustaría saber más sobre lo que hizo Liam, sobre lo que Benedict teme!

Después grita Tom:

—¡Estamos tras el villano! Agora puedo olfatear a ese judío, os aseguro. ¡Tenemos un ángel que nos guía en este sendero, en el camino de los asesinos!

—Sí, esos hombres serán nuestros acusados —dice Salvius, y se santigua con fervor.

Liam se ríe a carcajadas con regocijo.

—¿Y eso es suficiente para ti? ¿Las malditas visiones del loco de Tom? ¿Un villano que Tom puede oler? ¿Quién es Tom acá? ¿Un detestable sabueso? ¿En qué nos va a ayudar contra los bandidos armados?

El llanto fúnebre de Tom interrumpe el alboroto.

—¡Encontrad a los judíos, halladlos!

Liam suelta el pie de su hijo y los cuerpos se mueven en el carro.

—¿Y qué vamos a hacer cuando los agarremos, ah?

Salvius toma con fuerza el hombro de Liam.

—Haremos que paguen —dice—. Los obligaremos a pagar por nuestras pérdidas. Liam, tú y yo, todos nosotros, nos conocemos desde hace mucho tiempo. Puedes confiar en mí. No pueden arrebatarnos lo que es nuestro y llevársela de arriba.

Liam se quita de encima la mano de Salvius.

—¿Oro?

La voz se eleva con tremendo dolor.

—¿Un poco de oro de mierda? ¿Cuánto oro alcanza para pagar la vida de mi hijo?

—¡Matadlos a todos! —grita Tom, y sacude con brutalidad el carro.

—Enterraré a mi hijo —dice Liam—. Aquí mesmo, en la ladera, donde pueda ver el campo. No me importa lo que hagáis vosotros o por qué estáis en este lugar, pero yo enterraré a mi hijo.

Salvius se acerca a Liam y habla fuerte para que se lo escuche a pesar del viento que se levanta y nos arroja la nieve en la cara.

—Estoy aquí porque tú eres demasiado idiota para andar por el camino con tu historia, y con la deuda de tu vida que te da vueltas en la cabeza. Así que tengo que vigilarte, Liam, y cuidarte, maldita sea.

Liam retrocede avergonzado mientras Salvius le sacude el pelo para quitar los copos de nieve recién caídos.

—Estoy aquí para cuidar de los fatuos.

—Sí que tiene razón —dice Benedict con estridencia.

La voz de Salvius tiene un tono de autoridad.

—Tranquilo, Bene.

Salvius mira de un lado a otro y fija los ojos en Liam y Geoff, en Cole y en mí.

—Agora, oíd todos; la única chance que tenemos de sobrevivir en este camino es manteniéndonos juntos, y vosotros estuvisteis de acuerdo en salir de la aldea, ¿verdad?

Liam asiente con desagrado mientras frota una marca que tiene en el brazo.

—Pero no entiendo cómo…

—¡Maldita sea! —La voz de Salvius retumba con enojo—. Juré a la aldea que encontraríamos al villano que nos hizo esto a todos y que buscaríamos justicia, pase lo que pase. Así que todos los cuerpos se quedan en el carro, ¿oísteis? Si quieres a tu hijo, vendrás con nosotros. Si no, puedes regresar a tu hogar. Agora, avanzad.

Salvius señala el camino lejano y desierto que conduce hacia la aldea. Nadie se mueve. Luego de largo rato, se da vuelta y señala hacia la otra dirección, el camino por donde se marcharon los bandidos.

—Esa es tu visión de sangre y terror, Tom. Esos son los demonios que mataron a nuestros muchachos… ¡Yo seguí a esos bandidos y voy a luchar contra ellos! ¡Liberaremos a Hob y nos vengaremos!

Los hombres lo miran boquiabiertos. *¿Venía siguiendo a los bandidos? ¿Quiere pelear?*

Salvius nos mira como un gran lord que vigila a sus siervos. El viento regresa. La nieve se levanta del suelo, nos golpea como cellisca y todos entrecerramos los ojos. Por fin, el viento se calma otra vez.

—Maldita sea, basta de payasear —dice Salvius en tono gruñón.

Luego le alborota el cabello a Geoff, le da una palmada suave en la espalda a Liam con una cordialidad bastante falsa, y añade:

—Vamos, al carro. Empujen con sus espaldas y lleven esta porquería de regreso al camino, amigos.

Liam avanza taciturno. Con suavidad, ubica el pie de su hijo junto a los demás y se seca las lágrimas.

Salvius señala hacia adelante.

—Al monasterio —dice—. Allí es donde defenderemos nuestro caso. Debemos acusar a esos bandidos, buscar la justicia de Dios para esos bastardos.

Cole me echa un vistazo, pero no permito que mi rostro traicione mis pensamientos.

Aunque las huellas que iban hacia la aldea aquella noche hayan sido de estos bandidos, sé que no fueron ellos los que iniciaron el incendio. Sin embargo, los hombres sabían quién es Hob, así que tal vez conocían también a Benedict. Estamos atrapados en una especie de conspiración, como en una telaraña.

Cuando logramos sacar el carro de las matas de tojo y del hueco que formaron los animales, el sol ya bajó y dejamos el Camino Blanco todo pisoteado, convertido en un barrizal. Perdimos mucho tiempo en este lugar.

Hasta a Salvius le cuesta respirar cuando lo logramos. Finalmente, las ruedas de hierro están otra vez en dirección al sur.

Ya estamos en la mitad de la tarde y sé que la claridad del aire invernal nos engaña. Tenemos muchos estadios por delante antes de que podamos dormir en el monasterio de Cluny.

Sin embargo, todos tenemos visiones de refugio, un poco de calor y comida calentita. Así que, le echamos carrera a la luz del sol por la alta colina con el deseo de alcanzar las puertas del monasterio antes del anochecer.

El caballo de herrería de Salvius, enganchado así nomás, a la volea, nos ayuda a empujar. El peso y las agallas de la yegua nos hacen mover más rápido las cargas pesadas por las colinas. No obstante, en los tramos llanos, aparece el verdadero cansancio. Se tambalea de un lado a otro como si se burlara de nuestro propio agotamiento.

Salvius da zancadas hacia adelante y hacia atrás con esas piernas largas mientras insiste como un maestro de armas en que nos esforcemos más, con el cabello rubio desaliñado por el sudor y las mechas sucias de barro congelado. Trabaja junto a su yegua. La detiene y la hace avanzar según las circunstancias. La voz es profunda y poderosa, con ese sonido que inspira y renueva.

Luego, una de las ruedas se atasca en un surco y, mientras Benedict empuja, Salvius se acerca y le dice que espere.

—Un momento —dice—. Empujaremos todos juntos.

En ese instante, Benedict inclina la cabeza hacia atrás y deja ir el carro. El gorro se le cae en la nieve, y el sol, ante el trabajo tan prolongado, le tuesta manchones en la cabeza calva. Lo mira a Salvius, que respira hondo. Al parecer, no se dio cuenta de que se le salió el gorro.

—Maldito hijo de un sacerdote —en el tono áspero y amenazante se percibe cierto enojo—. ¿Entonces contigo es así?

—¿Qué es eso? —dice Salvius. No abandona su tarea, sino que continúa como si nada preparando las ruedas para doblarlas en el sentido que él quiere.

Benedict eleva la voz.

—¡Qué descaro tiene, decirnos a todos lo que debemos hacer cuando nunca levanta un asqueroso dedo!

Siento vergüenza. Todos saben que Salvius trabaja tan duro como cualquiera de nosotros. Puede ser más nuevo en el trabajo, pero es muy activo.

Salvius mira fijo a Benedict por un momento, y luego sonríe de oreja a oreja como si hubiese oído la mejor parte de un largo cuento. Ese buen humor astuto siempre me ha llamado la atención. Es como la obra de un maestro. Surge como un rayo de sol en una nube de tormenta.

—Dios te bendiga —grita con fervor—. ¡Entonces dime cómo es, Bene! ¿Qué la peste me lleve a mí también?, ¿eh?

—Sí, qué la peste te lleve —murmura Benedict.

—La peste, ¿eh?—. Salvius se acerca y le murmura algo al oído.

Benedict aprieta los nudillos y se le vuelven blancos. Le susurra algo a Salvius por lo bajo.

—Sé que cuando yo no estaba, intentaste acostarte con Sophia. Sé que la deseas pero no puedes robar…

Luego Salvius murmura palabras que no logro oír. Benedict se sonroja y mira de un lado a otro como una bestia encerrada. Ve que lo estoy mirando así que avanzo como si nada.

Los hombres empujan con fuerza. Parece que soy la única que

observa este momento de temor en Benedict. En mis pensamientos, aliento a Salvius a avanzar. Espero que con la autoridad que tiene, sea él quien cuestione a fondo a Benedict para hallar la verdad. Quiero que descubra al villano, que revele el plan macabro que nos tiene envueltos en la oscuridad y la confusión.

Salvius retrocede mientras se quita una marca de barro del rostro. Benedict aún parece sobresaltado. Después, Salvius extiende una mano y la posa sobre el hombro de Benedict.

— Mujeres desgraciadas, siempre nos tienen agarrados de las pelotas, ¿no? ¡Qué la peste se las lleve a todas!

Con una palmada en la espalda, le muestra empatía a Benedict y ese rostro preocupado ya se relaja.

—Avancemos hacia el monasterio —dice.

Salvius inclina el hombro y sostiene la rueda. Benedict se detiene y lo mira indeciso. Pero luego, larga la rueda y el eje sale del surco. El carro vuelve a rodar.

✠

Caminamos durante horas por la cresta de la montaña, donde la curva del camino está totalmente barrida por el viento. Ahora, a medida que descendemos de las colinas, entramos en un valle profundo. La cuenca de las colinas que nos rodea protege el valle, y la luz del sol rara vez brilla aquí en invierno.

Ha caído nieve durante meses; cae y se congela, cae y se congela, cae y se congela en este valle de sombras. El camino es un río de hielo, resbaladizo y despiadado, una cruel extensión de hierro blanco tan frío que puede congelar por completo cualquier cuerpo al descubierto.

El carro se desliza de un lado a otro; los cascos de la yegua se desploman a medida que arrastra las patas hacia adelante. Vemos brillar las luces del monasterio y avanzamos a paso de tortuga en medio del anochecer.

Nos esforzamos para subir el último tramo como si nadáramos por un río atragantado por el hielo. Todavía a lo lejos, me parece ver un cuadrado de luz donde hay una fogata, ollas humeantes, un sendero largo. Parece ser una casa enorme en medio de esta luz incierta, una mansión con muchas habitaciones.

Debemos llegar al monasterio antes de que oscurezca del todo porque fuera de esos muros, en cualquier momento nos podrían atrapar los hombres que se llevaron a Hob.

Vemos que ya otros acamparon afuera. Quizás sea un campamento permanente de rocas, de esas que se acumulan en la parte de sotavento de los grandes muros de los castillos o de las abadías. Debe de haber mimos, juglares y campesinos sin tierras, la gente sin un lord y todo aquel que ejerce un oficio fuera de la tierra sagrada. Las fogatas pequeñas y rudimentarias iluminan la niebla que rodea el monasterio.

Ahora también se puede ver hombres en las puertas que las desplazan desde los calzos para que ya se instale la guardia de la noche.

Benedict se pone las manos a los costados de la boca a modo de bocina y les grita a los que cierran la puerta.

—¡*Hola!*

Cole se une al grito y Salvius le da una palmada al corcel. El picazo, por un momento, trota más rápido, pero con poca estabilidad al igual que todos nosotros.

Las pesadas aberturas se mueven. Luego de un momento, se oye el portazo y el monasterio queda cerrado.

No somos más que sombras lejanas en el crepúsculo.

CAPÍTULO 10

EXHAUSTA Y ENTREDORMIDA, desengancho la yegua. Como trabajo en la herrería, me conoce desde hace mucho y me tiene confianza. Hago la misma tarea que tantas veces realicé en la aldea. Le paso un trapo y la apeo para que no salga del campamento. Luego le doy agua y quito la nieve con el pie hasta que queda un poco de pasto seco para que pueda pacer.

Cuando regreso a la hoguera, su dueño me mira agradecido, pero no me dice nada por la tensión y la ansiedad que se sienten en el aire. Salvius hizo venir a Cole a su lado y la cara del muchacho se desarma con una notoria mueca de enojo en los ojos entornados.

No había escuchado a los hombres porque estaba con el caballo de Salvius. Ahora me paro y oigo voces enojadas. Luego, Salvius reparte disculpas.

—Sé perfectamente que hoy fue vuestro héroe, y por eso merece vuestros elogios. Pero también lamento que Cole les haya robado estas cosas. Un ladrón desenmascarado, a mi modo de ver. Y para ti, lo tuyo, tal como te lo quitó, Benedict.

Salvius le entrega un par de agujas de tejer de madera, barnizadas con aceite de nuez. Son las que Benedict usa a veces al lado de la fogata.

—Y aquí está lo tuyo, amigo.

Salvius le da a Liam una punta de flecha ancha y sin filo, un objeto muy preciado de su pasado. Me imagino que todavía no sabe que la extravió porque sería fácil robarla.

Luego Salvius le da a Tom una navajita que hizo con sus propias manos habilidosas.

Salvius dice haber encontrado todo esto entre las cosas de Cole, objetos que nos quitaron la primera noche mientras dormíamos. Al parecer, Cole nos estuvo robando todo el viaje.

Se me cae el corazón a los pies. *Hay, Cole, pobre Cole, un ladrón. ¿Por qué?* Aprieto entre las manos el anillo que llevo colgado de mi cuello con la cadena. Es el único objeto preciado que tengo, pero estaba bien escondido. Y quizás las botas de Christian; esas también son muy valiosas. A mí Cole no me quitó nada desde que salimos de Duns, pero aun así desconfío porque tiene una quemadura roja, furiosa y reciente en el cuello que trata de ocultar, pero que, con mi visión aguda, pudo distinguir igual. Eso prueba que estuvo allí la noche en que murió mi hijo y sabe quién más había en el lugar. Estuvo a punto de contarme algo sobre aquella noche. Y lo hará, si Dios quiere. Me contará la verdad. Pero ahora, demostró ser un mentiroso y falsario. Un ladrón. *¿Y entonces cómo puedo creerle lo que me diga? ¿Cómo hago para confiar?*

Al parecer, Salvius siente la misma indignación. Tiene el rostro serio y triste con los ojos oscuros y los dientes apretados. A menudo, se siente humillado por las fechorías de su muchacho. De nombre, es el tío, si es que no lo es de sangre también.

Los hombres también le arrojan miradas siniestras a Cole, y alguno que otro le lanza un puntapié al regresar a las mantas. Por último, meten las pertenencias bien debajo de las capas y los bultos.

La carne fresca de un conejo crepita en la fogata junto con nabos de invierno, pero tengo el estómago cerrado. Me han arrebatado las fuerzas. El único que parecía saber la verdad y que quería ayudarme resulta ser un falsario y un ladrón.

Benedict espera un momento al lado de la hoguera vacía. No puedo oír lo que le dice a Salvius, pero veo súplicas en su mirada.

Mientras Salvius escucha a Bene, cierto engreimiento se apodera de él. Siempre cargó un aire de nobleza, y esa bendición falsa que traemos, la túnica rota y andrajosa, pareciera otorgarle un lugar de honor dentro de la *troupe*. A mí, sin dudas, me alegra que sea Salvius quien lleve la túnica. Los extranjeros, a menudo, lo confunden con un noble cuando da vueltas por la feria. Está claro que, una vez más, tenemos un líder.

Salvius organiza la guardia nocturna y los turnos de cada uno. A los más pequeños y débiles, Geoff y yo, nos asignan turnos cortos. A Geoff le corresponde a los maitines y luego sigo yo, temprano a la mañana, a las laudes.

Me siento con los demás al calor del fogón, pero mis pensamientos están en Cole, que fue nuestro héroe y ahora lo marginamos. Giro la vista y lo veo merodear debajo del carro.

La rueda detrás de ese muchacho abandonado me recuerda a aquella gran rueda que Fortuna hace girar. Un día, un rey sale a dar batalla con las fuerzas tras él, en una formación espléndida, y al día siguiente, ese rey yace en una zanja junto a un campesino.

La rueda de Fortuna gira hacia un lado o hacia el otro y nos lleva a la cima o al abismo. Esa es la gran rueda en la que todos giramos atados a destinos que se elevan o se hunden al antojo de Dios.

Las estrellas parpadean en el cielo como puntos de hielo brillante sobre un río oscuro. Me tiro una piel de oveja encima de las piernas y estiro los pies en dirección al fuego. A pesar del frío, Liam toca la chirimía toda la noche. Luego de un rato, siento los ojos pesados y empiezo a cabecear.

Abro los ojos con el barítono profundo y melodioso de la voz de Salvius que cuenta un cuento. La chirimía de Liam dejó de sonar. He escuchado a Salvius contar muchos cuentos los días de feria. Es famoso por sus recuerdos de trovadores errantes y mimos que nos visitan los domingos de Pentecostés y en la víspera de San Juan. Salvius es un sinsonte. Puede imitar muy bien las fórmulas rítmicas de cualquier bardo itinerante o de cualquier noble de la Corte Real.

En medio de la oscuridad, sus ojos reflejan la luz como los de un gato por la noche.

—Oh Cristo, nuestro Dios, ¡qué maravilloso es su nombre! —Salvius eleva las manos como un sacerdote, recita con el tono de un erudito y bendice los restos de la escasa y miserable comida—. Por las bocas de nuestros hijos, denos su gran generosidad para que podamos proclamar su dignidad tal como lo hacen hoy nuestros hijos...

Hecho un vistazo al carro profano. Si nuestros hijos proclamaron la dignidad de Dios mientras estaban vivos y sonrientes, ¿qué proclaman ahora sus cuerpos torturados? Pero Salvius continúa.

—Os hablo de un santo joven, Hugo de Lincoln...

El pequeño Hugo de Lincoln. Una vieja historia de bar sobre un muchachito puro al que la madre le enseño a rezar como los sacerdotes, en latín. Y las palabras mágicas que repetía como loro, *Hoc est enim corpus meum,* fueron suficientes para que algún joven celoso lo empujara en una fosa.

Una historia sentimental, pero también sangrienta.

—Si Dios quiere, todos nuestros muchachos serán un orgullo como lo fue el pequeño Hugo de Lincoln para su madre.

Me exaspera sospechar que Salvius sabe sobre Bene y Hob y no poder confirmarlo ni estar segura. Tengo que unir las piezas en medio de la oscuridad. *¿Qué plan tenía Benedict con los muchachos? ¿Adónde los llevaba? ¿Qué indicios del asesino vio Salvius y cómo lo reconocerá cuando lo encontremos?*

Ahora, Salvius cuenta un cuento sobre otro secreto. No es

necesario aclarar que cuando encontraron el cuerpo hinchado del pequeño Hugo, ningún pendenciero admitió el hecho. En su lugar, esos judíos infortunados fueron acusados de haber matado al hijo de esta viuda. Hasta un borracho conoce los cuentos sórdidos del rito judío del sacrificio, el lazo de sangre que los más viperinos renuevan cada año con el asesinato de niños cristianos. En todas las fiestas de borrachos, alguno sale con este cuento y culpa a los judíos por la muerte del pequeño Hugo de Lincoln.

Suspiro. Si Christian estuviese vivo, preguntaría si es verdad. Llenaría al narrador de preguntas.

Ahora, Benedict interrumpe la historia, pero no con preguntas, sino con acusaciones. Intenta otra vez provocar a Salvius.

—Sal, debes saber que aquí, Geoff, hijo de un zopenco astroso…

—No —grita Geoff—. Fuiste tú quien los dejó huir de…

—¡Tú fuiste el villano! —grita Tom.

Las acusaciones van y vienen por encima del fuego, pero Salvius no entra en liza. Escucha y, por último, se pone de pie con las manos anchas de herrero extendidas en paz.

—El villano no está aquí. Pero pediremos justicia ante este abad.

Todos se disponen a oír la voz alta de Salvius.

—¡Atraparemos a los bandidos que mataron a nuestros niños! Mantendremos fuerte la guardia esta noche de modo que los villanos no nos tomen por sorpresa.

—¿A dónde se llevaron esos bastardos a Hob, en el carro? —Pregunta Liam—. ¿Entraron en el monasterio?

—No —dice Benedict—. No se atreverían a dirigirse al abad. Nosotros tenemos un agravio, ellos no. Si entraran, los acusarían. No pueden robarse un hombre.

—Pero si sirven a un lord del reino —arriesga Salvius—, si tienen una cimera real, todo lo que hagan sería juzgado como legal.

—¡Al diablo con eso! —grita Tom—. ¡Legal, las pelotas! Se llevaron a Hob, luego intentaron llevarse a Cole, después…

—Así es —dice Hob—, pero roguemos que hayan pasado el monasterio y que no tengan la bendición de ningún lord.

Entonces Liam eleva la voz, ronca y temerosa.

—Y debemos pensar cómo dirigirnos al abad para que no seamos nosotros los acusados.

De repente, se hace silencio. Todos aquí sabemos que las autoridades han hecho juicios equivocados.

Salvius asiente con la cabeza. —Debemos contar la historia de manera tal que no corramos riesgos.

Tom murmura algo por lo bajo y luego habla en voz alta. Esta vez no está borracho, y sus palabras se oyen claras como el agua.

—Es cierto, mi madre no contó bien la historia. No era culpable, pero murió. Murió a pesar de ser inocente.

No conozco la historia de Tom así que quisiera saber más, pero Salvius lo ignora.

—Encontraremos la manera de hablar con el abad; apelaremos a la autoridad —dice Salvius—, ya sea el monasterio o incluso el trono... —levanta una mano enorme para evitar la interrupción de Tom—, y les diremos la verdad sobre cómo nosotros, los pobres aldeanos, sufrimos asaltos de todos los frentes por parte de villanos que nos roban a nuestros hijos.

Liam aplaude.

—¡Oíd, oíd!

—Sí —dice Salvius—. Esos bastardos que se llevaron a Hob hasta serían capaces de robar y vender a nuestros hijos como servidores y siervos.

Bene, de repente, levanta la vista con atención mientras Salvius prosigue.

—Estos villanos se llevan las riquezas de nuestra larga labor. Siempre roban de nuestros campos y nuestro sustento.

Liam aprieta los dientes y añade:

—Es cierto, es verdad. Por eso cometí el crimen, por eso...

Me inclino hacia adelante para tratar de escuchar lo que hizo

Liam, pero entonces Salvius habla con la voz poderosa de un general en jefe y la sonoridad y soltura de un lord:

—¡Lucharemos! Y esto último, el asesinato de nuestros hijos, ¡es un golpe final que no podemos soportar! Esos bandidos y asesinos siempre trabajan para algún lord, y durante mucho tiempo los lores nos han atormentado. ¡Los grilletes de esos lores son lo último de la larga lista de quejas que yo le llevaría a la Corona! ¡Presentaremos la petición ante el Rey y le rogaremos que juzgue a estos villanos! Nos someten desde todos los frentes, pero no nos han vencido. ¡Estamos afligidos, pero no perderemos las esperanzas!

Los hombres quedan sin aliento ante tanto valor, pero ya hace mucho que veo una conexión entre todas estas heridas. Al igual que yo, Salvius piensa más allá del momento angustioso que estamos pasando, más allá del dolor actual. Nuestro líder tiene en cuenta todos los males que padecemos y también este último y más doloroso golpe.

La acusación que haremos roza el límite con la traición, pero es este el motivo por el que Salvius vino con nosotros. Vino a ponerse al mando, a darnos esperanzas y un propósito.

—Lucharemos —dice—. ¡Lucharemos incluso contra los reyes y nobles, os aseguro!

Cae un tronco en la fogata. Florecen las chispas saltarinas y los hombres permanecen en silencio, perdidos en sus pensamientos.

—La historia —dice Geoff al final—. Cuente el resto de la historia del pequeño Hugo.

—Sí—dice Salvius con voz ronca. Se limpia los ojos y se aclara la garganta. Bebe un trago. Al final, el profundo barítono fluye de su boca otra vez.

—Como todos vosotros sabéis, el pequeño Hugo cantó incluso después de su muerte. Incluso cuando el alma ya se había separado del cuerpo, él continuaba cantando alabanzas a la Virgen. La boca se abrió y la garganta muerta cantó.

Hace apenas unos pocos años que hallaron el cuerpo y ya están diciendo que la muerte de este Hugo fue un milagro, que el cuerpo cantó después de la muerte como un mártir. Tal vez algún día digan que nuestros hijos nos cantaron himnos provenientes de sus gargantas congeladas mientras transitábamos este camino horrible en pleno invierno, jubilosos por nuestro sacrificio.

Siento frío en el alma y me mareo. Mi hijo está muerto y ya no habrá ningún canto. Nunca más.

—Pero a algunos no les gusta mucho la música sagrada —continúa Salvius—. A los que son capaces de llevarse a los pequeños, los propios hijos de Dios, y venderlos a los judíos para sacrificios. ¡Ellos son los que están malditos para siempre!

Los hombres lo aclaman a gritos. Salvius dirige la mirada hacia Tom y Benedict.

—Sí, malditos, ¡porque Dios sabe la verdad que hay en los corazones, en aquellos que venden sus almas, que se aprovechan de esas vocecitas inocentes!

Salvius bebe otro trago de agua y frunce la boca ante el frío glacial como si tuviera el mismo escalofrío que siento yo en los huesos.

—Veréis, la aldea de la que os hablo había permitido que los judíos permanecieran allí; se habían quedado con la comunidad por la usura sucia y el dinero ganado con deshonra, para vender los huesos y beber la sangre.

Me enrollo bien en la manta y voy más cerca para escuchar mejor, temblorosa por el frío.

—Los judíos, amigos, son el avispero de Satanás… En este pueblo del que os hablo, había una judía muy seductora. Era una aldea donde todos los judíos vivían en la misma calle…

De hecho, en la aldea de Duns, antes, estaban ubicados así. He escuchado que una vez había tres judíos viviendo allí.

Pero hay algo en el cuento de Salvius que pareciera responder una pregunta. Hay algún hilo en la trama que intento descifrar.

Miro el rostro serio y avejentado de Benedict. *Él, que tiene una esposa, Sophia, con sangre judía, ¿qué pensará de esta historia?* No alcanzo a leer ninguna expresión cuando de repente, se quita el sombrero y se frota la cabeza calva y redonda. Su rostro es un enigma en la luz tenue.

—A lo largo de ese camino de judíos, los hombres podían montar o deambular cuando quisieran porque era libre y abierto a ambos lados —dice Salvius guiñando un ojo.

Luego, pesco una risita desagradable en la cara de Tom por el doble sentido. Allí hubo un insulto a Sophia. ¡Con qué facilidad estos hombres encuentran los defectos de sus esposas y hermanas! O eres una Virgen Santísima, o eres una puta maldita. Pareciera que no pueden ver ninguna otra posibilidad.

Sin embargo, las palabras están entramadas de una manera que me vendría bien comprender. Una trama tejida con fuego, muerte y odio oculto. Una historia que se sigue tejiendo según las visiones que tiene Tom de su hijo, la sospecha de Geoff, el viejo crimen de Liam, las numerosas mentiras de Benedict y los robos de Cole. Sophia, la judía con necesidad de ser amada que ahora Salvius difama, *¿Por qué? ¿Qué me dice esto?*

Perdí el hilo, así que las piezas todavía no encajan. No puedo ver a través del espejo oscuro del mundo que distorsiona las imágenes.

Me harta el cuento de Salvius. Me pongo de pie y, enfadada, camino por la nieve hacia mi choza. Sin embargo, aún puedo oír la potente voz de Salvius que resuena en todo el pequeño campamento mientras recita las palabras que memorizó cada primavera en las visitas del sacerdote a la aldea.

—Hay, maldito pueblo de Herodes, ¡esos condenados judíos! ¡El asesinato saldrá a luz! El martirio brilla tanto como los rubíes. Cantad juntos agora, ¡demostrad al cielo que vuestros hijos se sentarán en el regazo de la Virgen Santa!

Desde mis mantas puedo ver a Salvius que ahora está de pie y arrastra con él a los hombres cansados.

—¡Dejadnos cantar al cielo!

Tom se inclina y lanza un par de puntapiés al pobre Cole para despertarlo. Salvius le dice que se detenga, pero después, una vez que Cole ya está despierto, lo llama.

—Canta, mi muchacho. Canta por tus pecados y tal vez María, en el cielo, te perdone muchas mentiras.

Al principio, Cole habla con la voz temblorosa y medio ronca por el miedo al castigo y además, arrastra las palabras por el sueño. De a poco, el resto también se une. Las voces interpretan con dificultad la vieja melodía y los rostros con lágrimas brillan a la luz del fuego.

> Alma Redemptoris Mater, quae pervia caeli
> Porta manes, et stella maris, succurre cadenti…

Me desespera la necesidad de tejer la trama, de unir los hilos de la verdad, de descifrar las mentiras. *Ayúdame, Virgen Madre, a descubrir la verdad.*

En la noche oscura, cierro los ojos y juro que puedo oír el tenor joven de Eduardo que se une a las voces de los hombres al lado del fuego. Su voz resuena en mis oídos.

> Alma Redemptoris Mater, quae pervia caeli
> Porta manes, et stella maris, succurre cadenti…

En mi ensueño, me imagino con Eduardo. Tenemos a Christian a nuestro lado, a nuestro hijo. Mi mente se abre a los matices de la noche, veo a Eduardo que espera en el camino que tenemos delante con el emblema reluciente de su casa y un caballo blanco para su *lady*. Para mí, su amor. Y él también canta:

> Madre del Redentor, virgen fecunda...

> puerta del cielo siempre abierta, estrella del mar, ven a librar al
> pueblo que tropieza y se quiere levantar…

CAPÍTULO 11

U N SUSURRO ME despierta en medio de la oscuridad glacial. Un hombre se inclina hacia el carro y habla tan bajo que apenas puedo oírlo. Es Tom, con un tono ronco y furtivo.

—Hijo —dice en voz baja a los cadáveres—, yo sé quién te hizo esto... Es el mesmo crimen de antes... Es él quien produjo los incendios...

Luego su voz se vuelve un murmullo. Aunque me esfuerzo por escuchar, no puedo descifrar las demás palabras.

Al cabo de un rato, habla más claro. La voz se eleva con el susurro de una promesa.

—Te juro, por la memoria de mi madre, que vengaré tu muerte —Luego, continúa—: Esta vez, haré que pague por la muerte de m'hijo, nigromante. Por la sangre de Cristo...

Liam gira al lado de la fogata y se oye el ruido de la escarcha que cae de la manta. Tom se queda en silencio y con la promesa por la mitad. Después se aleja para orinar en un banco de nieve como si esa hubiese sido su única intención.

Nadie más se mueve a esta hora helada. Tengo la nariz y la boca envueltas en la capa congelada y rígida. Permanezco acostada con los ojos abiertos en la oscuridad total. Ya no puedo dormir.

Tom estaba sobrio y habló de una bruja. ¿Sabe algo de la verdad más allá de las bobadas? ¿Y hablaba de un hombre? ¿Quizás Liam repitió algún crimen del pasado? *¿O hablaba de una mujer?*

Al pensarlo, me corre un escalofrío por la espalda; siento una puntada de miedo a que me descubran y me acusen de bruja como a Nell. Entierro ese miedo como tantas otras veces. Hay otros que podrían acusar de nigromantes. Hombres y mujeres; mucha gente.

Tal vez, Benedict también pensó en esto cuando se le incendió la casa. Ahora pienso que emprendió este viaje para evitar que acusen a Sophia de judía y asesina.

Pero, aquí estamos, en un monasterio. Benedict y Salvius están planificando minuciosamente la historia que le contarán al abad sobre nuestra pena. Pedirán justicia, compensación y tal vez incluso que se los sepulte en terreno sagrado.

La historia no incluirá al nigromante de Tom. Será una historia diferente. Todos tenemos historias que no queremos contar.

Hob tenía malas intenciones con los muchachos, pero lo descubrieron. Hizo un trato que se le volvió en contra.

Benedict hizo un plan con Hob, el plan salió mal y nos mintió. ¿Pero podría haber sido capaz, realmente, de quemar la casa con su propio hijo adentro? Aunque tuviera que esconder un crimen infame, ¿por qué haría semejante cosa? Para mí, Benedict acusa a Geoff de haber jodido a los muchachos para mantenerlo tranquilo.

Tom grita del dolor, pero hace una promesa a su hijo muerto. Un asesino no haría eso.

Con esto, mis suposiciones se desmoronan como la paja de la que estaban hechas, pues Salvius sabe algo sobre el plan de Benedict y también Tom sabe parte de la verdad, pero ninguno se atreve a decirlo. Tom perdió a un hijo y, si Benedict lo hubiese matado, sería el primero en llamarlo torticero o criminal. Sin embargo, no lo hizo.

Cole no puede mantenerse en pie por el dolor de la pérdida de sus amigos. Es el único de la edad que sobrevivió; no pudo impedir las muertes y pretende subsanarlo.

Me doy vuelta entre mis mantas. Ahí cerca, está Cole dormido.

Tiene los ojos cerrados e inhala pequeñas bocanadas. En la penumbra del incipiente amanecer, las mejillas se le sonrojan mientras duerme profundamente. De todos modos, lo despertaría para sacarle la verdad si no fuese porque alguien podría oírlo al hablarme.

Recuerdo a Cole y a Christian cuando jugaban de pequeños en el bosque, junto al arroyo, mientras Nell me los vigilaba. Recuerdo esa voz suave que me cantaba en el bosque en la puesta del sol. Era ella la que me seguía cuando tuve la sensación de que me observaban en el bosque. Me siguió el rastro y alimentó a mi pequeño Christian cuando yo me enfermaba o no podía caminar mucho. Recuerdo la vista aguda que tenía y la delicadeza de su fuerza. *¿Cuánto habrá sufrido antes de morir?*

Mi amiga Nell. Ya hace tanto que partió y jamás llegó a contarme su historia ni sus secretos.

Yo ya me había asentado en la aldea. Era la encargada del fuelle de la fragua, la leñadora, o el leñador, que aquel fuego insaciable necesitaba, y era también la que hacía las tareas indeseables. Me había adaptado al ritmo de la aldea y la gente se había acostumbrado a mi presencia. Algunos hombres habían muerto por la peste durante los últimos dos años así que estaba claro que Salvius me necesitaba. También hubo otros que valoraron mi predisposición para el trabajo. Hice trabajos pequeños, construí galpones, faené pollos y corté madera a cambio de comida o mercadería.

De un modo u otro, mantuve a mi hijo con todos estos trabajos, esforzándome día y noche. Todavía pedía que le diera de mamar, pero solo podía hacerlo si nos internábamos en el bosque.

Una vez, meses después de llegar, estaba escondida en un soto de alisos cuando volví a sentir a esa persona que me observaba en el bosque. Podía oír el sonido silencioso de las pisadas suaves sobre las hojas secas y la corteza vieja. Siento el perfume a lavanda y menta. Me pregunté si estarían apuntándome con una flecha lista para disparar.

Levanté a Christian dormido y avancé sigilosa por el bosque hasta encontrar un escondite mejor y con mayor oscuridad, un cedro viejo con ramas de olor fuerte que formaban una especie de nido. Tenía que amamantar a mi hijo.

Desde allí, finalmente la pude ver. Una silueta menuda y cautelosa que andaba en puntas de pie entre los corros de brujas y los troncos caídos arrancando con cuidado salicarias purpúreas, rosales silvestres y tomillo. Era la primera vez que veía otra alma solitaria tan alejada porque era un lugar donde solía haber lobos y jabalíes. Solo llegábamos hasta allí quienes de verdad lo necesitábamos. De hecho, yo pensaba que era la única que se alejaba tanto de la aldea, que se internaba tan adentro en el bosque. Era una mujer de mi edad, pero pequeña como una muchachita joven. El cabello era fino y brillante como paja suelta. La observé durante una hora larga y pensé que había huido sin verme.

Cuando comenzó a caer el día, a comienzos de la primavera, emprendí el regreso con una buena cantidad de leña pesada en la espalda y Christian dormido en mis brazos. Pasó un vientito entre los álamos. Se oyó el reclamo de un mosquitero común y en el aire había olor a lluvia.

Cuando todavía no había llegado a la aldea ni al ejido, vi la lucecita de una casa de adobe construida en un hueco oscuro. Oí el ladrido corto y agudo de un perro, y apareció la mujer.

No había ninguna flecha ni ningún arco. No era un espía secreto.

Danzaba con alegría por el camino que conducía hacia su hogar. Luego, espió mi rostro asustado y, con tranquila solemnidad, me hizo una seña para que entrara.

Allí dentro, me di cuenta cuando anocheció porque en la casita había algo inusual. Tenía huecos en las paredes que estaban cubiertos con finas capas de hule. El crepúsculo oscuro de afuera tiñó todo el lugar y las motas de polvo se veían a la deriva en la luz cálida. Me dio un tazón de caldo para beber.

—Te vi amamantar al bebé —dijo sencillamente—. Eres mujer, pero soy la única de la aldea que lo sabe.

La miré fijo y me pregunté si aún sería capaz de hablar. Todavía tenía la lengua inflamada a pesar del paso del tiempo porque me la había abierto hasta la raíz cuando caí sobre la piedra. Ahora ya se me había regenerado; el espacio se había completado con miedo.

—No es necesario que hables, muchacha —sonrió—. No hay nada que temer.

Cenamos allí, en un silencio tan placentero. Christian se despertó y, sin secretos, volví a amamantarlo.

—¿Quiere una hierba para cortar definitivamente la leche?

Atontada, asentí con la cabeza. Se estiró para alcanzar las maderas del techo de donde colgaban las hierbas para secarse. Sacó salvia y acedera secas y me las dio para hervir en agua. Para entonces, ya la había reconocido. Era Nell, la que preparaba tinturas y cerveza para todos los aldeanos.

Envolvió más hierbas en otras hojas de mayor tamaño.

—Empápate los senos con vinagre y alcaravea. Puedes venir aquí cada vez que necesites darle de mamar.

Se acercó y besó mi frente, una pequeña salpicadura en la ceja—. Juro por mi vida que tu secreto está a salvo conmigo. —Se rio con delicadeza y dulzura.

Desde aquel día, al regreso del bosque rumbo al ejido de la aldea, con Christian solíamos pasar por lo de Nell. Saludábamos al perro y pasábamos el rato en silencio mientras ella pelaba judías, se ocupaba de las hierbas o alimentaba el caldero para la cerveza con frutos de lúpulo y cebada fresca.

Las hierbas que me dio me ayudaron a dejar de amamantar. Al poco tiempo, el muchachito ya tomaba la leche de un trapo humedecido con leche de cabra. Tuve los pechos inflamados y un poco doloridos, pero al poco tiempo, se secaron.

Luego de la primavera, llegó el verano y ahora mi rutina incluía a Nell. Aprendí que su macizo secreto con tomillo y menta estaba en lo profundo del bosque junto al arroyo melodioso que desaparecía bajo la tierra.

Todos los días, recolectaba las plantas que necesitaba. Era como una niña juntando flores en mayo; las elegía a su antojo, las acomodaba en forma de ramo, les cantaba, y con cariño, le ponía un nombre a cada planta y a cada hoja. Danzaba a la luz del sol y a la sombra. El solo hecho de mirarla por un momento dilataba mi ánimo.

Sin embargo, un día gris, llegué a la granjita y la encontré acurrucada sobre la paja en el piso, negada a abrir los ojos.

—Se fueron —murmuraba una y otra vez—, se fueron todos, todos, para siempre.

Me senté y esperé mientras Christian mamaba.

Nell susurraba bajito.

—¡Ay!, mis bebés, todos se fueron. ¡Ay de mí! —Repetía esas palabras como si fuese un rosario, como un hechizo que la mantendría a salvo. Y dijo algo más ese día—. Me prometí que viviría como si mi familia nunca hubiese existido; prometí que nunca me afligiría por sus muertes.

Después de ver eso, creo que esta mujer luchaba por su felicidad como un pájaro bate las alas contra la oscuridad tan solo para no caer.

Cuando regresé al día siguiente, había una sonrisa en su rostro, dio un saltito en la entrada y no se oyó un solo lamento. Nunca más volvimos a hablar de aquel momento gris.

Durante todo el año, los días fueron pura luz y alegría. Nell se reía y me hablaba al oído como una niñita.

—Ven —decía de repente—. ¡Bailemos! —y me hacía girar como un hada en el bosque, divertida, sonriente, despreocupada.

Sin aliento, se arrojó al piso y comenzó a quitar los pétalos de una margarita.

—Me quiere, no me quiere, me quiere…

Me miró y se sonrojó.

—Siempre ha sido bueno conmigo —dijo—. ¡Y es bien buen-
mozo, sí que lo es!

Dejó la flor.

—Tú sabes... —dijo seria—. Viene a mi granjita, sí, viene, y me
compra hierbas y cerveza como a cualquier comerciante, y de tanto
en tanto, se queda y conversa.

Le eché una mirada de duda burlona. *¿Quién era?*

—Tengo novio —dijo—. Te mostraré quién es.

Limpió una partecita del suelo del bosque y luego esbozó una
mandíbula firme. Usó pétalos azules para los ojos. Luego encontró
tallos derechitos de granos secos para el cabello amarillo.

—¿Sabes quién es? —susurró.

Le dije que sí con la cabeza. El bello Salvius, mi empleador y
patrón.

—A decir verdad —continuó—, pienso en estar con él porque es
difícil estar sola.

Realmente debe de haber sido difícil. Los hombres tienen la
bendición de Dios para mandar, pero una mujer sin amo no tiene
derecho a tomar decisiones sobre la riqueza, las bestias ni la tierra.
Por lo tanto, Nell no podía vender ni intercambiar mercadería legal-
mente con un hombre.

—Sal me desea, pero no me lo llevaré a la cama. Le dije que no el
otro día. Eso le dije. No volveré a hacer eso, nunca más en mi vida.

Los ojos de Nell se volvieron melancólicos.

¿Por qué le negó su cuerpo? ¿Será que no permite que ningún
hombre se meta en su cama por la vida que tuvo en el pasado? Nunca
lo supe. Si bien le dijo que no, me pregunto si habrá estado sola en la
choza y en su lecho de paja.

—Ya sabes... Vivo como un hombre, sola y libre —decía siempre
Nell—. No estoy atada a nadie y así he de morir, supongo.

Yo no viviría como mujer en esta aldea. Al principio, planeaba quedarme hasta que Christian tuviera edad suficiente para viajar. Después, en vez de un año, pasaron cinco, y los cinco se convirtieron en diez, y decidí que nos quedaríamos hasta que mi hijo tuviera la edad para reclamar su derecho natural. Pero en verdad, creo que me quedé por mi amiga Nell y su compañía.

La dura oscuridad del recuerdo me invade como una ola que produce escalofrío.

Y agora, ¿la extrañará Salvius como la extraño yo? No creo que algún día me entere.

Salgo de abajo del carro, enrollo las mantas y busco un lugar menos frío, cerca del carbón quemado de la fogata, donde ronca Salvius. Aquí busco la comida en medio de ese ruido grave y estruendoso como maremotos en una costa lejana.

No obstante, quedo fría como un muerto porque sé de qué forma murió Nell.

LiBRO 11

CAPÍTULO 12

ME DESPIERTO OTRA vez a las laudes, cuando la noche se esfuma en el amanecer. Es mi turno de guardia por si se acercan bandidos. Me doy vuelta y me froto las manos para volver a sentirlas. Con disimulo, controlo que los senos estén bien apretados, como todas las mañanas, pero al sentarme y levantar los brazos, choco el codo con la cabeza de Liam que está dormido y pega un grito de dolor.

—¡Hay, Dios! ¿Qué diablos fue eso? —lloriquea.

Tiene la nariz roja y le sangra como una fruta aplastada. Mareado, se toca y le queda un cuajo de sangre en la palma de la mano.

De prisa, tomo nieve recién caída y la presiono para formar una compresa. Primero intento ponérsela en la nariz, pero no me deja. Con los ojos pesados, me sonríe muerto de sueño. Tengo la suerte de que siempre perdona rápido.

Le hago una gran sonrisa a modo de disculpas y, con mímica, reproduzco lo sucedido para que sepa, sin palabras, la causa del dolor. Por último, toma el puñado de nieve húmeda y se lo aplica. Le chorrea sangre roja y rosada por los dedos durante un rato. Luego, la hemorragia se detiene. Bufa en broma y se desploma dormido otra vez, con la respiración entrecortada.

Me quito las ataduras de la ropa para vendarme los dedos helados. No es fácil dominarlos entre los tronquitos chamuscados y ya fríos de la hoguera. Escarbo hasta que al fin encuentro unas brasas brillantes debajo de las capas de cenizas. Soplo el carbón amontonado y el frío me llega a los pulmones.

Cuando al fin sale un hilo de humo oscilante de la hoguera, se ve como una línea gris sobre el azul traslúcido del horizonte. El sol se fue asomando sin que nos diéramos cuenta.

También puedo ver que algún alma valiente del monasterio trabaja con la misma ingratitud. Un manchón de humo se eleva desde, supongo, el refectorio y las cocinas. Oigo el coro de la mañana que se prepara para el oficio de las laudes. La melodía lejana se hace casi imperceptible en esta mañana de invierno; es como si el eco atravesara millas de agua azul helada.

En lo alto, el cielo está oscuro y gris como hielo viejo. Los hombres empiezan a moverse entre las mantas. Mientras esperamos en el umbral del monasterio, el fuego llamea brillante en un pozo de alquitrán que dejamos atrás.

Los ruidos de la plegaria de las primeras horas de la mañana llegan a su fin, y cuatro monjes novatos vestidos con túnicas cluniacenses abren las enormes puertas de hierro.

Siento que la mitad de mí está viva. Soy algo incierto puesto sobre extremidades muertas que tambalean al atravesar la puerta junto a los demás. Tengo el alma marchita y gastada en mi interior.

Benedict y Salvius continúan planeando en voz baja la manera en que le pedirán socorro al abad, la forma en que le hablarán de nuestra pérdida, nuestro agravio y la acusación a los judíos infames. Se meten en un terreno peligroso, pero si cuentan bien la historia, al final se hará justicia.

Por el momento, conseguimos lugares para descansar.

Los monjes nos dan una celda de aislamiento mediana a cada uno. La mía tiene un colchoncito pequeño de paja e impecable, un orinal roto en el rincón y un crucifijo en la pared. A mi modo de ver, es espacioso. Una vez que dejamos las cosas, nos llevan al refectorio. Allí nos dan avena hervida con pasas y trigo molido, y bayas para el desayuno, tesoros valiosísimos en medio de este invierno. Todos los del grupo nos concentramos en una mesa grande y bebemos sorbos de vino calentado con especias y endulzado con miel.

Luego nos alejamos en diferentes direcciones. Salvius irá a hablar con los hombres del abad mientras Benedict sale rumbo a la parroquia. Dice que quiere dedicar una plegaria por su hijo. Pero mientras nos dispersamos por el monasterio, me llama la atención que Tom parece seguir a Benedict. Recuerdo la promesa que hizo por la noche y me pregunto qué busca con Bene. Así que, al salir del refectorio, lo vigilo bien de cerca. Si Tom sabe algo, este puede ser el lugar donde la verdad salga a la luz.

Conozco este lugar y sus rutinas. Si bien no es la abadía donde me crie, me resulta lo bastante familiar como para manejarme con prudencia por los pasillos y senderos, y puedo ocultarme aquí como cualquiera.

Cuando Benedict y Tom entran en el salón principal de la iglesia, respiro hondo; había olvidado lo suntuosa que era esa cúpula inmensa, como una hondonada en medio de una arboleda añeja. Las columnas llegaban hasta las tenebrosas profundidades del cielo, donde se entrevén grandes vigas en medio de la penumbra y donde los pasitos de un gorrión o un murciélago hacen eco en los campanarios.

Es como si el tiempo no hubiese pasado nunca en este lugar. Las piedras grandes debajo de mis pies, la extensión abierta del santuario, el aroma tan intenso del incienso, las largas hileras de velas blancas que parpadean con la corriente de aire del invierno... todo sigue intacto. Las pisadas de Benedict resuenan sobre las losas del gran salón cruciforme.

Oigo un par de pasos acelerados en el nártex y decido ocultarme en un hueco en contra de la estatua de María Magdalena. Es Tom. En la nave, Benedict lo ve y se detiene. Me encojo de miedo al ver la sombra de Tom que lo toma con fuerza.

—¿Qué les hiciste? ¿Tú...

El resto, no lo logro descifrar.

—Yo solo quería —comienza a decir Benedict— quería...el oro.

Sí.

Tom lo empuja contra uno de los grandes pilares de los arcos.

—¿Pero jurarás que tú no...

Baja la voz y luego vuelve a elevarla.

—Aunque les cuente a los demás cómo obtuviste...

Me mata la frustración. Estoy demasiado lejos y me pierdo la mitad de la conversación. Las voces van y vienen como un murmuro insidioso.

—Yo no fui. No sé quién los mató.

La voz de Benedict tiembla.

—Tom, yo no sería capaz de iniciar semejante incendio. Puedo ser usurario... avaro con ella, pero...

La voz es una súplica en voz baja.

—Fideputa, por todos los santos, Tom...

Luego oigo otro ruido, un gemido de alguien ahorcado. Asomo la cabeza por detrás de la estatua para poder ver. Tom estrangula a Benedict contra la pared. Lo zamarrea y luego lo arroja como un toro que atrapa un perro con las guampas curvadas. Benedict cae contra la pared y, todavía medio ahogado, se frota desesperado la garganta.

Ahora entiendo por qué Tom lo soltó, por qué ambos inclinan las cabezas y se alejan. Una fila de monjes sale del santuario desfilando a coro. Tom y Benedict se agachan contra la pared.

Esta es mi oportunidad de acercarme sin que me vean. Llevo un atuendo viejo de color gris, así que me oculto en la larga fila de monjes, pero en eso me doy cuenta de que conozco uno de los rostros.

Desde los recuerdos más remotos, se me viene el nombre a la memoria. Moten, con la barriguita, la lengua rápida, el rostro de hurón y los ojos brillantes de color cereza. El hermano Moten.

Bajo rápido la cabeza, cruzo los brazos como los demás monjes para que, por ahora, no pueda reconocerme. La última vez que estuve en este monasterio fue hace diez años. Sin embargo, a pesar del paso del tiempo, recuerdo que el hermano Moten era de Yorkshire y estaba encerrado aquí, con el acento de su país, en medio de estos franceses cultos. Tiene el rostro ovalado y demacrado, los ojos brillantes y los rasgos típicos de la gente de Yorkshire. En aquellos años, solía pedirle consejos y compartirle mis confidencias. Era algo así como un amigo. De todos modos, conoce mi pasado, y si le digo algo ahora, mi secreto podría salir a la luz.

Me corre un escalofrío por la espalda de solo pensarlo, pero cuando levanto la vista, noto que ya no está. Lo perdí al girar en la esquina del nártex. Ahora, Tom y Benedict están cerca, pero cuando avanzo, Tom da media vuelta y sale sigiloso de la catedral. Espero al fondo para ver qué sucede.

Benedict avanza, enciende una vela y reza una plegaria. Luego se marcha, pero esta vez no lo sigo.

No puedo unir los hilos. No puedo unir la mentira de Tom con el plan de Benedict, las sospechas de Geoff ni la información que tiene Cole. La cabeza me da vueltas como un trompo, con los pensamientos dispersos y a la deriva.

Solo puedo pensar en Christian. Solo puedo ver su rostro. Sus ojos. Mi tesoro perdido.

Adelante, están los altares de la catedral de color dorado tenue, que parecen elevarse entre los rayos que entran por las ventanas abiertas, y detrás de ellos, el paraíso de la columnata, aquel espacio entre el altar de Cristo y el muro terrenal. En algún paraíso más grande, ¿estará Christian esperándome más allá del altar? ¿Me esperará?

Ya es la fiesta de la Candelaria, la Purificación de la Virgen María. Recuerdo bien esta semana. Los novicios vestidos de blanco, las interminables plegarias a María, las filas de velas encendidas.

Llego hasta las barandas del altar exterior y ya no puedo pasar. Hay estantes con velas encendidas que parpadean y chorrean, y un olor a sándalo tan dulce que debe de estar a punto de pudrirse. Me arrodillo sin pensar, tomo entre mis manos una vela apagada y me inclino delante de una llama temblorosa. La sombra oscura de mi mano con la vela blanca y sin ornamentos avanza a lo largo de la nave, pasa por delante de los vitrales, luego, frente al altar, y baja. Más y más abajo.

La vela se me cae y se rompe sobre las losas duras. Después, también yo caigo de rodillas en el suelo y con los brazos extendidos. Me desplomo y, recién a último momento, alcanzo a poner las palmas y dejo escapar un sollozo.

Extraño a mi hijo. ¡Ay! ¡Cuánto lo extraño!

Lloro, chillo, grito y me lamento con un ruido que rosa la hilaridad más horrible. Terribles sollozos insoportables y un ataque de angustia que me desarma sin querer con cada suspiro.

Allí, tendida sobre la barandilla del altar, siento una mano en el hombro.

Me doy vuelta.

Es el hermano Moten, el monje que conoce mi rostro desde hace tantos años.

El llanto vuelve a apoderarse de mí y no puedo mantenerme quieta. Dejo caer la cabeza sobre el hábito rugoso del hermano Moten y lo empapo con mis lágrimas. Al principio parece alarmarse, pero luego se acomoda bajo mi manto de dolor. Me aferro con tanta fuerza que sé que le dejaré las marcas en el cuerpo.

Me trago la tristeza sobre su hombro con un dolor tan genuino y una puntada continua de dolor.

Cuando el hermano se echa atrás, me limpio el rostro con la palma de la mano y corro hacia un lado los mechones sueltos de pelo castaño que me tapan la visión.

Cuando levanto la cabeza, me está mirando. Se me abrió la capa. No sería grave si esta mañana, con el golpe que le di a Liam y con mi estado mental, hubiese recordado vendarme los senos. La prominencia en el pecho está a la vista, y veo algo en los ojos de este hombre que me preocupa. Observa mi femineidad. Hace diez años que ningún hombre me examina el cuerpo de este modo, y siento que no estoy preparada. No lo extrañé en absoluto.

Sin embargo, está claro que por muy espantoso o erosionado que se vea mi rostro tras el paso del tiempo, me ve como lo que soy. Me ve como mujer.

CAPÍTULO 13

DE PRISA, CIERRO la capa y escondo el busto. Me quito las lágrimas y la suciedad del rostro.

—¿Miriam? —me dice.

Se lo ve contento de verme luego de todos estos años.

—Dime qué te sucede —dice con ternura el hermano Moten—. ¿Cuál es la causa de tanto dolor, hermana?

Este monje cluniacense no tiene el recuerdo de un campesino viejo con atuendo masculino, sino el de una muchacha conversadora y joven de cabello castaño y con un pequeño en brazos todo el tiempo. De repente, le temo. Aquí está lleno de hombres cultos, de esos que leen entre líneas. ¿Qué tal si leen mi verdad, también? Ahora soy una mosca atrapada en una telaraña.

—¿Miriam? Háblame —dice Moten.

Luego, me doy cuenta de algo. Quizás yo sea la araña y pueda utilizar la preocupación de este hombre para revelar la verdad. Moten confiaba en mí hace muchos años.

En un ataque de ilusión, pienso que el hermano Moten me ayudará a develar el misterio de lo que sucedió con Christian y los demás muchachos. Los hombres del monasterio son religiosos, siguen la lógica, interceden en pos de la verdad divina. Cuando este misterio salga a la luz y se sepa sobre las muertes, seguirán el hilo de la verdad hacia un rincón oscuro, dondequiera que sea, y procederán al juicio.

Preguntarán sobre Cole, Liam y Benedict. Descubrirán quién miente y quién dice la verdad.

Me aclaro la garganta, y en voz baja y ronca le digo:

—Estoy disfrazada, amigo mío... No puedo contarte toda la verdad agora... No tengo fuerzas en la voz.

A decir verdad, tan solo un susurro ya me hace doler la garganta. Estas son las primeras palabras que salen de mi boca desde la muerte de Christian.

Moten se acerca para poder oírme. Las palabras son casi inaudibles.

—Alguien mató a nuestros hijos. Por eso los aldeanos vinieron hasta aquí, en busca de la verdad.

—Ah, sí —dice el hermano Moten—. Oí que teníamos visitas de una aldea del sur. Lo que nunca pensé es que te encontraría a ti entre ellos. Debemos contarle al abad sobre el crimen y...

Levanto la mano para interrumpir sus palabras y me mira el rostro aún con rastros de lágrimas.

—Hermano Moten —murmuro—, debes resguardar mi confidencia. De ellos... de todos ellos... Soy... muda.

—¿Muda? —dice Moten con desconcierto.

—Sí —susurro—. Júramelo. Jura que no le dirás a nadie que puedo hablar.

Asiente con un aire de gravedad.

—Lo juro.

Pareciera que vuelve en sí, vacilante y sorprendido.

—¿Pero en verdad actuarás como una muda? ¿No hablarás con los demás? ¿Nada de nada?

Niego con la cabeza con gran énfasis. Me paso un dedo por la garganta, hacia arriba y hacia abajo, como señal de mudez, como si no tuviese lengua.

—Ah, ¿les dijiste que te cortaron la lengua? ¿Eso piensan los de la aldea?

Asiento lento con la cabeza mientras reconsidero la respuesta. Siempre me da que pensar porque los que pierden la lengua como castigo son todos traidores y falsarios.

Moten me mira fijo.

—¿Y dónde está tu hijo agora? ¿Qué ocurrió?

¿Por dónde comienzo? ¿Cómo puedo hacer para que me pregunte sobre los demás? ¿Tendría que contarle sobre los hombres que nos siguieron y se llevaron a Hob? ¿O debería decirle que la persona que inició el incendio podría estar viajando con nosotros, como uno más de la comitiva? ¿Tendría que contarle sobre Benedict y su conspiración para sacar provecho de nuestros hijos? ¿Le cuento que Liam es un fugitivo?

En vez de continuar, decido no decir nada más y simplemente, tomarlo de la mano. Salimos del vestíbulo del ingreso, en dirección a la nave, pasamos los paneles dorados de metal y madera que dividen las nueve capillas. Las ventanas tienen vidrios con diseños imponentes para que el aire helado no llegue al salón. Sin embargo, ni el vidrio ni el tiro caliente que llega desde el calefactorio durante las misas son suficientes. Hace frío. Emanamos vapor al exhalar, nubes que se tiñen de rojo y verde con los vitrales.

Ya fuera de la nave, pasamos el *scriptorium*, el refectorio, la sacristía y el relicario hasta llegar a la sala de los novicios. Allí nos detenemos un momento. Moten me lleva hacia el hospicio, donde están las celdas en las que duermen mis compañeros. Debe pensar que busco la mía, pero lo desvío hacia el carro que quedó olvidado contra la pared del monasterio. Tomo una punta de la arpillera desgastada por el viaje, la corro y le muestro a mi hijo.

Los hermanos de Cluny comienzan a venir desde el refectorio ante el llamado horrorizado de Moten. Mis compañeros también vienen corriendo desde sus albergues ante el escándalo tan grande que armó el hermano.

Mi idea era continuar con la charla tranquila, mostrarle a Moten la evidencia y contarle lo que sé. Pensaba señalarle la cicatriz de Cole y contarle sobre Benedict. Creí que solo asentiría serio con la cabeza y que luego haría lo que le pidiera.

El hermano Moten sería el inquisidor, y Tom se quebraría ante la avalancha de preguntas intimidantes. Lo mismo para Liam. Al final, Benedict y sus cómplices, quienesquiera que fuesen, responderían con la verdad.

Pero Moten no es cuidadoso ni concienzudo. No estamos cortados con la misma tijera. En vez de reflexionar o investigar, se consterna y desespera al ver tantos muertos. Grita y los convoca a todos para que vengan a ver esta tragedia. Una vez que todos los hermanos cluniacenses y mis compañeros de viaje se reúnen en el lugar, todo intento por contar la historia fracasa.

Liam trata de explicarlo.

—Se los llevamos a los judíos...

—¡A los judíos no! —dice Salvius—. Se los llevamos al abad y al rey.

—¿Todavía nadie los enterró, ni los bendijo, ni los santificó? —pregunta Moten agitado y ronco luego de tanto gritar.

—¿Y de qué otro modo podríamos pedir justicia por el crimen? —le responde Salvius—. Estas almas no estarán en paz. No descansarán hasta que se haga justicia, hasta que los judíos paguen.

Moten lo mira fijo y pestañea rápido con los ojos brillantes.

—¿Entonces fue un judío?

Benedict se apresura como perro que responde al grito de un cazador.

—¿Quién más podría hacer una cosa así? —dice— Una madrugada espantosa, amanecemos y encontramos a nuestros muchachos quemados. ¿Quién otro podría iniciar semejante incendio si no es un judío? ¿Quién provocaría un incendio más que un nigromante o un judío?

—Fue un sacrificio, ¿sabéis? —agrega vacilante Tom—. Un sacrificio ofrecido a esos dioses paganos de los judíos...

El rostro de Moten parece confundido.

—¿Judíos con dioses paganos? No tiene mucho sentido. Dejar a estos muchachos sin enterrar está mal, más allá de...

¡Cuánta frustración! Pensé que aquí contaría la verdad, pero ahora solo se oyen gritos y más gritos.

Tom se para ante mí y me empuja con los brazos enormes.

—¿Qué le anduviste contando, Mendo? ¿eh? —me grita—¿Le estuviste llenado la cabeza con mentiras? ¿Eh?

—Maldito sandio —dice Liam—. ¿Cómo puede el mudo de Mendo hablarle al estúpido monje?

Benedict se echa las manos a la cabeza.

—Bien, ¿entonces qué hace aquí el monje, molestando a nuestros muchachos? ¿Eh? ¿Qué hace? ¿Qué diablos hacía este mostrándole nuestro agravio?

Liam me agarra del hombro y me da vuelta.

—Nada. No hacía nada. ¿Verdad, Mendo?

El hermano Moten me mira fijo.

—¿Mendo? ¿Este? ¿Quién?

Abre grandes los ojos al notar la forma en que me tratan los aldeanos, con total naturalidad, como si yo fuese un hombre. Lo veo y maldigo que sea de mente tan lenta.

Salvius da un paso adelante, untuoso y zalamero.

—Sí, no permitáis que el viejo Mendo, mi ayudante de herrería, moleste a ninguno de vosotros. Es un viejo mudo. Podemos cuidarnos entre nosotros. ¿Por qué no dejamos a estos muchachos solos? Los trajimos para pedir justicia, créame.

El hermano Moten suspira y sacude la cabeza.

—¿Entonces no los trajisteis para dar sepultura?

Salvius se encoje de hombros.

—Solo si el abad hace honor a nuestro pedido. De lo contrario, recurriremos al Rey. Debemos hacer lo que esté a nuestro alcance por estas muertes inocentes.

Salvius hace una pausa al quedarse sin palabras.

Miro a Benedict y noto en su rostro una verdad oculta y encubierta pero también evidente, visible en esa mirada poseída y atormentada, en la cabeza calva y moteada, en las manos temblorosas. Geoff lo acusa con los ojos fijos sobre él, pero Benedict lo esquiva y continúa hablando tranquilo, como si solo lo hiciera desde el dolor:

—Vengaremos sus muertes. Estos inocentes son nuestra sangre y no merecían morir de esta manera.

Luego salta Salvius y le agrega un tono melodramático.

—¡Después de un crimen como este, no podemos dejar de recurrir a la justicia de Dios, ni podemos sepultarlos sin que el Rey en persona los honre!

Moten me mira dubitativo, como instándome a hablar, pero permanezco callada. Con el rostro lleno de arrepentimiento, levanta la mirada hacia la multitud de hombres enojados y luego me mira.

—Tal vez me equivoqué, entonces —dice con calma— en hablar de vuestro agravio, de vuestro dolor.

Un monje más viejo, de cara alargada, da un paso hacia adelante y posa una mano sobre el hombro de Moten. Habla con autoridad.

—*Non, vous n'avez rien fait de mal, Saint Frère Moten.* Campesinos errantes e ignorantes.

—Saint Frère, yo diría que no todos son ignorantes —agrega, y me lanza una mirada inquisitiva.— Supieron lo suficiente como para...

—*Non,* no se puede tolerar esta ofensa a Dios. Mandaré a llamar al abad —dice el monje más viejo.

Moten mira a Salvius y los rostros rígidos de alrededor.

—Amigos, debéis saber que esto que habéis hecho es una ofensa a la regla de Cluny y de San Benito, y sobre todo, a la gracia de nuestro Salvador, Jesucristo.

—¿Qué diablos quiere decir con eso? —pregunta Tom— Cuidamos a nuestros hijos.

Moten respira hondo dos veces, como si le faltara el aire. Mira a su alrededor la colección de rostros adustos y horrorizados. Señala al fondo de la muchedumbre y se me cae el alma a los pies. Veo al moreno grandote y al manco, los que encerraron a Hob, los que metieron a nuestro amigo en una jaula a los golpes.

—Aquellos hombres —dice Moten— que sirven a lord Bellecort

de Orange, ya os han acusado. El abad envió monjes al amanecer a buscar por el campo, pero esperábamos encontrar un grupo de muchachos de pie, no muertos en un carro.

Entonces Moten me mira con ojos de desconsuelo.

—A vosotros ya os han acusado.

El monje de rostro alargado habla con voz fuerte.

—¡Sí, desde luego que sí!

Le miro el hábito. Tiene un lazo y un nudo complicado con hebras de oro y plata. Cuando vuelve a hablar, levanto la vista y lo miro.

—No habéis enterrado a vuestros muertos, así que no solo sois ladrones que tomaron lo que pertenecía a lord Bellecort. También debéis de ser paganos.

—No, aún no sabemos demasiado como para afirmarlo —dice Moten con sensatez.

—*Saint Frère Moten* —dice el monje de rostro alargado—, debe admitir que aún queda gente en el campo que sigue a los antiguos dioses.

—Sí —dice un monje corpulento de barba oscura—. Los paganos sacrifican a los niños en la oscuridad del invierno. Derraman sangre para que regrese la luz.

Se toca la barba.

—He estudiado estas prácticas perversas.

Alguien que no alcanzo a ver entre la multitud está de acuerdo con él.

—Es verdad. Algunos hasta han cocinado a sus hijos como hostias diabólicas para adorar a la bestia.

— *Le massacre des Innocents* —dice el líder de rostro alargado—. La matanza de los inocentes.

—Mirad esto —vocifera el moreno, el que se llevó a Hob.

Ha encontrado su propia espada acanalada en el carro.

—Tienen mi espada. ¡Le robaron una espada noble a quien había jurado servirle al lord de Bellecort!

Se santigua con hipocresía.

El grito de Moten fue como una piedrita que terminó en una avalancha. Nos cae una montaña de acusaciones. Moten intenta volver a hablar para reparar el daño, pero ya es demasiado tarde. El monje de rostro alargado habla por encima de él con una autoridad imponente en el tono de voz. Habla muy bien en inglés, pero el acento es galo.

—En virtud de la gracia que me ha sido conferida como Director de la Escuela de la Magdalena, los declaro almas perdidas bajo la protección del Priorato de Santa María Magdalena y los…

—No es necesario —dice Moten con vehemencia—. No hasta haber oído su versión.

—Debemos darles asilo —dice el Director de rostro alargado—. Es nuestra obligación.

—No somos culpables de robos ni de muertes —dice Liam—. Perdónenos, no buscamos ningún asilo.

—Y si lo buscarais, no socorrería a nadie como vosotros.

El Director no los mira, ni a Liam ni a Benedict. Cubre los cuerpos que están en el carro con un poco de arpillera.

—Es para estos pobres muchachos muertos… A ellos les he ofrecido asilo. Los entregaremos a nuestro terreno sagrado. Nos ocuparemos de ellos por la gracia de Dios. Sepultaremos a estos pobres corderos muertos. Y luego, vosotros, ladrones y asesinos manganceses, serán arrestados para recibir su castigo.

CAPÍTULO 14

CON LAS MANOS envueltas en guantes duros de cota de malla, nos arrastran por el patio hacia la capilla.

El Director señala a Liam con un movimiento brusco.

—Él. Tomad primero al pelirrojo para que reciba su penitencia.

Lo oí decir 'Perdonadnos', así que tal vez sea el primero en confesar la verdad.

—Pero, Su Ilustrísima, le ruego piedad.

Estas son las únicas palabras de Liam antes de que los guardias le peguen. Aprieto los dientes cuando veo que lo golpean una y otra vez como a una gallina de Bantam.

Se me aflojan las piernas porque sé que soy la próxima, y va a doler.

Al final de la penitencia, un novicio de blanco baña a Liam con agua helada y vocifera:

—Esta es el agua del bautismo de su alma. Confiese los pecados.

Liam titubea, pestañea y tiembla al responderle. Un guardia le da un puntapié y lo hace caer de rodillas.

—Pero ¿qué puedo confesar? —implora Liam.

El Director se pone de pie, da unos pasos hacia adelante y proclama:

—Estos hombres —avanza hacia el moreno y el manco que se regodean—, los hombres al servicio de lord Bellecort, han solicitado juicio sumario para estos simples campesinos por haber robado muchachos que eran propiedad legítima de su lord. Es por eso que deben confesar antes del castigo.

Ahora el sacerdote inicia aquel largo canto de la Confesión en Latín que muy bien conozco. Liam recibe una hostia y lo golpean una vez más. Luego, uno de los guardias lo saca a la rastra de la habitación. Al llegar a la puerta, Liam me mira con ojos de sueño. Le chorrea agua y sangre por el rostro.

¿Volveré a verlo con vida alguna vez?

Luego, siento los golpes penetrantes y despiadados en mi carne. Me acoquino y me cubro la cabeza.

—*Dómine, non som dignas* —corea el Confesor.

A pesar del dolor, mi mente no deja de funcionar. Puedo oír que este monje de campo no sabe decir bien la frase en latín. En realidad debería decir *sum dignus.*

—*Ut intres sub tectum meum: sed tantum dic verbo, et sanabitur anima mea.*

Señor, yo no soy digno de que entres en mi pobre morada, mas una sola palabra bastará para sanar mi alma.

Hace casi una década que no confieso. Todas las primaveras en la feria ambulante, veo al sacerdote y recibo la comunión pero en silencio, como siempre. Sin embargo aquí, estoy obligada a abrir la boca. ¿En qué lengua habla Dios? ¿Latín? ¿En la lengua de mi padre o en la de mi madre?

Para los hombres de la aldea, oír mi voz sería un milagro. Hace años que sellé mi boca para proteger a mi hijo. ¿Ahora a quién protejo? ¿Puedo proteger mi vida o las de ellos si muevo la lengua?

Están esperando que hable. Se acerca un guardia con un báculo de madera de avellano en alto para darme un golpe terrible y así sacar palabras de mi boca a la fuerza.

De reojo, veo a Moten en la multitud. Se abre paso entre los monjes aglomerados en esa muchedumbre y se acerca al confesionario.

—Perdóname, hermano Herbert, —dice— pero esta... Este. Él... Este aquí..es mudo. No puede hablar. No tiene lengua. Hubiese deseado avisarte antes...

—Ah —el Confesor relaja el rostro adusto—. Daremos sus crímenes por confesados entonces, por intercesión del Señor.

Alguien me mete en la boca una hostia gruesa y casi imposible de comer. Me atraganto con el gusto a serrín mientras el sacerdote continúa cantando. Luego viene un trago de vino agrio. Y con una tos perruna, casi me pierdo las palabras que dijo el Confesor a continuación:

—*Accipe, frater, Viaticum Córporis Dómini nostri Jesu Christi, qui te custódiat ab hoste maligno, et perdúcat in vitam aetérnam. Amen.*

Recibe, hermano, el viático del Cuerpo de Nuestro Señor Jesucristo, que te defienda del espíritu maligno y te conduzca a la vida eterna. Amén.

El viático es el último sacramento que se recibe antes de que llegue el final, es alimento para la *via*, para el camino hacia la muerte y el más allá.

De repente, siento el cuerpo húmedo por el sudor frío y pegajoso. El viático. Se nos leen los últimos ritos. El castigo es la muerte.

Implacable, el sacerdote continúa. Bosteza y se santigua.

—*In nomine Patris et Filii et Spiritus Sancti. Amen.*

Los últimos ritos. La confesión. El agua y el fuego para limpiarnos la carne hasta los huesos. No hay tiempo para pensar ni para planear qué hacer.

Me sacan al aire helado. Los leños se van consumiendo de a poco con el alquitrán en los calderos. Cada leño se ubica alrededor de estacas verdes, fuertes y altas como árboles jóvenes.

Me tiembla el alma al ver la leña porque recuerdo haber oído los gritos de un hombre quemándose ante mis ojos, con las vísceras expuestas a las llamas. Estaba vivo y gritaba a pesar de estar quemándose.

Los guardias me hacen pasar al lado de la leña ya preparada. Cruzamos el patio y me arrojan en un granero viejo de piedra. Con gran estrépito, se cierra una puerta de hierro.

Allí está Liam, sano y salvo, calentándose las manos llenas de moretones con el fuego encendido en un hoyo negro, en medio del suelo del granero. Este es el calabozo del monasterio, una construcción tan antigua que deben de haberla hecho los romanos; casi una fortaleza más que un establo. Cada uno de los compartimentos estrechos para caballos tiene unos barrotes en el frente para que el prisionero no se escape, pero primero los dejan levantados y con los compartimentos vacíos hasta que ya hayan llegado todos los apresados. Por el momento, todavía podemos acurrucarnos cerca de la fogata que hay en el centro.

Nos declararon culpables enseguida por la acusación de los hombres que se llevaron a Hob, hombres que juraron servirle a lord Bellecort. Y ahora los monjes nos han declarado culpables del robo de los muchachos, de nuestros propios hijos, vendidos al lord para que pasaran a ser de su propiedad. ¡Hob hideputa! ¡Cómo pudo vender las almas de nuestros hijos por plata!

Podemos defendernos de las acusaciones de robo, pero hemos hecho cosas mucho peores para los ojos del monasterio. Todo buen cristiano entierra a sus muertos. Para estos mojes, merecemos morir por haber acarreado jóvenes muertos con nosotros.

Puedo oír afuera el alquitrán que se quema de a poco y la explosión de la leña que cae sobre él. El ruido me da escalofríos.

Liam me mira.

—¿Tú qué crees que sucedió? —dice finalmente—. Yo creo que lo sé.

Lo miro de reojo. *Ya no nos servirá de nada resolver el misterio.*

Mueve una mano delante de mis ojos para llamar la atención.

—No me malinterpretes. He estado pensando en esto durante bastante tiempo. Me llevó todo el viaje abrirme camino entre los matorrales de mentiras.

Solo lo miro. ¿No sabe que estamos a punto de morir?

—Te preguntarás por qué Bene nunca le levanta la mano a Tom... —dice Liam—. Benedict agora es rico porque cuando vino la plaga, les robó a los muertos. ¿Recuerdas que Tom respondió por él cuando se lo acusó? Agora vemos cómo lo retribuye. Se mantiene tranquilo, eso hace.

Niego con la cabeza. *No comprendo.*

—Ya sabes —insiste Liam— que Tom trepa por la ventana de la mujer de Bene cada vez que se le presenta la oportunidad. Bene lo retribuye haciendo la vista gorda con los amoríos de Tom y la dulce Sophia.

No lo sabía. ¿Cómo es posible que nunca me haya enterado de lo que sucede entre Tom y Sophia? ¿Además de muda, soy ciega?

Liam continúa hablando.

—Y lo más triste es que Benedict piensa que su mujer se sentirá más atraída si consigue más oro; cree que con ese oro puede mantener a Sophia a su lado. Pero a ella ni le importa el oro.

Niego con la cabeza. ¡Si tan solo Salvius estuviese aquí! Con él me puedo comunicar sin decir una palabra. Él sabría cómo armar este rompecabezas.

Más allá de que no confío en Liam, sé que tiene razón sobre Sophia. Nunca le importó ser rica. Es una mujer que necesita de otros tesoros para sentirse completa. Tiene deseos irrefrenables en su interior. El hambre constante que siente nunca llega a saciarse con su marido, y no sé si alguna vez alguien podría lograrlo.

Liam mueve triste la cabeza.

—Lo único que quiere es el amor de Benedict pero a él le da igual. Solo cree que la mujer es de su propiedad, como quien es dueño de una vaca. Entonces, ella termina acostándose con Tom. Igual, no entiendo con qué necesidad.

Tom es corpulento y fuerte, pero yo tampoco lo hubiese elegido justo a él. De todos modos, Sophia siempre quiso tener a alguien que la mirara y la conociera. Siempre deseó eso, como una flor que desea recibir la luz del sol. Tal vez Tom le dé lo que necesita. *¿Pero qué tiene que ver la necesidad de Sophia con mi hijo?*

Le echo una mirada de duda burlona.

—Por eso preguntábamos por los muchachos. Como ella anda

con otros hombres... Si Benedict supo de algún nuevo amante y...

Oigo afuera el ruido de leña que salpica el alquitrán y me distraigo. Escucho desde cero la verdad sobre aquel día, pero ahora ya nada de eso importa. Le hago señas con las manos. Intento explicarle lo que significan esos últimos ritos que nos leyeron: *Estamos a punto de morir.*

—No, no puedes pensar que fue Geoff —dice Liam, al malinterpretar los gestos que le hago y mi urgencia repentina—. Podría haber sido Geoff pero la verdad es que estaba...

Y en ese momento, se abre la puerta enorme de hierro y los bordes congelados se caen y se hacen pedazos contra el piso mientras los guardias arrojan a Tom al interior, con nosotros. Luego la puerta se vuelve a cerrar con gran estrépito.

Lo tiraron de cabeza contra el piso de piedra. Levanta la cabeza y nos mira con una necesidad extraña en los ojos.

—Te escuché —dice—. Así que, Geoff, ¿ah? Lo mataré antes de que acabe la noche. Ese maldito, tan imbécil como el padre, fue quien inició los incendios y mató a nuestros muchachos.

Liam suspira.

—Geoff es inocente. ¿Por qué tienes que mencionar al cerdo de su padre?

Se refieren al padre lascivo y cruel de Geoff que, según dicen, lo encerraba por las noches como si fuese una oveja. Imagino a aquel viejo pecador, desenterrado ahora con la verdad, con el rostro gris y demacrado como un cadáver y con una mirada lasciva hacia nosotros a la luz de las llamas.

Tom se sonroja de la ira.

—De tal palo, tal astilla. Geoff es el responsable de este pecado, ese astroso...

—Durante años, nadie le creyó a Geoff cuando contaba lo que le pasó. ¿Por qué le crees agora?

—Porque había alguien que le creía —dice Tom—. Mi propia madre... Sí, ella. Y se puso del lado de Geoff.

La voz de Tom tiembla de la ira.

—Los hombres de la aldea la mataron por haberse involucrado, y agora vosotros... Y agora vosotros haréis lo mesmo con él, ¿ah?

La mirada de Tom está cargada de furia.

—Bien, ¿por qué mataron a mi madre y no a esa cabra vieja en celo? Geoff se komplotó para que su propio padre siguiera vivo y ella muriera... es lo que pienso.

—Tom —dice Liam—, Bene te tiene atado y...

—¡Yo no soy el perro de nadie!

Oímos el crujido del pestillo de la puerta del granero y, sin aviso previo, meten a Geoff de un empujón.

—Tú —grita Tom mientras corre hacia él—. Tú los mataste.

Liam estira un pie, Tom vuelve a salir volando y cae sobre las piedras.

—Maldito seas, Liam.

Tom se levanta del piso. Geoff camina con desconfianza alrededor de Tom.

—¿Qué le pasa?

—Tú los mataste —gruñe Tom—. Tú, magancés, les hiciste esto a tu hijo y...

—¡Cierra esa puta boca! —Geoff lo embiste—. Yo jamás...

—Geoff no los mató —dice Liam, y toma una rama encendida de la hoguera y la clava entre ellos.

—Yo lo vi esa noche. Estaba en la otra punta de la aldea, Tom.

—¿Pero entonces por qué? —grita Tom—. ¿Por qué la mataron? ¿Por qué los mataron a todos?

El pasado se apodera de Tom y lo domina como un demonio. Tiene el rostro inflado de rabia.

—¡La ahogaron como a una bruja y no se lo merecía! En cambio, la madre de Geoff sí, ¡esa ramera!

Geoff intenta atacar a Tom otra vez.

—Maldito bast...

—Eres un cabrón, Tom.

Liam agita la rama como si fuese una espada para mantenerlos separados.

—¡Geoff ni siquiera estaba allí!

A la luz, y con la antorcha encendida en la mano, Liam parece un ángel de la muerte. Un fuerte sonido metálico hace eco en toda la habitación, el pestillo se corre una vez más y la puerta de hierro se abre de golpe. Entran Cole y Salvius con nieve pegada en los pies.

Tom señala hacia arriba, hacia el cielo.

—Tuve una visión, creedme. De una bruja en el bosque. Encendía el fuego con Geoff. La vi por la noche, venía a…

—¡Magancerías! —grita Geoff—. Ni brujas ni visiones. Alguien los mató.

Salvius nos mira fijo. Es un hombre sabio. En su rostro puedo ver que sabe lo que nos espera.

Escupe en el fuego.

—De todos modos, ¿creéis que es oportuno discutir esto? Ya todo se acabó, ¿no os dais cuenta? Por la mañana estaremos muertos.

Geoff hace algunos gestos de enojo.

—¡Justicia! ¡Justicia! ¡Quiero justicia! Por nuestros muchachos muertos hemos venido hasta aquí.

Escucho a los monjes afuera que llevan barriles rodando hacia la corte central. Los llenarán con piedras y una vez cargados, se usarán para que las estacas permanezcan derechas mientras los hombres se achicharran allí atados.

Liam señala a Cole.

—Él iba a ir a lo de Benedict esa noche. ¿No es así, Cole?

Salvius se sienta fatigado en el piso y suspira.

—¿A quién diablos le importa tu puta justicia? Agora ya no importa.

—Sí que importa —dice Liam—. Di lo que sabes, Cole, dinos lo que viste.

Cole da un salto y se pone de pie.

—¡Yo sé lo que sucedió! Yo quería ir junto con ellos.

Me inclino hacia adelante para escuchar, pero Salvius sienta a Cole y le tapa la boca con el dorso de la mano.

—Ya déjate de decir fatuidades. Ya basta de mentiras. Deja que estos babiecas sigan discutiendo. Tú, mantente al margen.

Acobardado, Cole se agacha al lado del fuego para curarse el labio ensangrentado.

Tom duda.

—Seamos sinceros. No fue culpa de Bene. Él solo trataba de ayudarnos. Había sido una cosecha terrible. Todos lo sabemos. Y si no recibíamos algo, todos moriríamos.

Liam y Geoff asienten al mismo tiempo. Son los más pobres y sus familias fueron las más afectadas por la mala cosecha y la época de hambrunas. Cuando nos marchamos de la aldea, sus hijos demacrados parecían bolsas de huesos.

Tom continúa.

—Estábamos desesperados; necesitábamos comida para los niños. Lo único que nos quedaba por hacer era…

Un estruendo terrible anuncia la llegada de Benedict. Con un empujón en la espalda, un guardia lo hace entrar por la puerta de hierro.

Geoff le quita el palo en llamas a Liam y lo clava adelante con Benedict como rehén.

—Maldito seas, Bene —grita Geoff—. ¿Qué le hiciste a mi hijo?

Tom se pone de pie y estira los brazos para proteger a Benedict.

—Él no fue —dice Tom con calma—. Bene, cuéntales.

Benedict nos mira de reojo a la luz de las llamas. Lo golpearon fuerte y durante un rato largo. Tiene la cabeza llena de moretones y apenas puede abrir los ojos de lo inflamados que están.

—Les contaré —dice Bene en tono bajo y con el aire escaso de quien acaba de ser estrangulado. Hace a un lado a Tom y se sienta junto al fuego cada vez más débil, con la luz que parpadea en el rostro destrozado.

—Les contaré la verdad.

—Reuní a todos vuestros hijos para llevarlos al pueblo de Lincoln —dice lento—. Les pedí que guardaran el secreto. Les dije que los llevaría para trabajar —se le quiebra la voz—. Les dije que volveríamos al cabo de quince días, bien alimentados y ricos como un rey. Por eso vinieron; por eso me creyeron. Pero la verdad era otra.

Geoff resopla incrédulo.

—¿Una paga por los cadáveres? ¿Pero qué clase de…

—No, yo no los quemé. Yo no provoqué ningún incendio.

—Pura mierda —dice Salvius—. Si tú no fuiste, ¿entonces quién?

—Yo no fui —responde Benedict casi sin aliento—. En verdad, Hob dijo que lord Bellecort me pagaría por traerle a los muchachos como servidores. Siervos. Sin remuneración de por vida. Y yo, sería rico.

Liam larga un gemido angustioso.

—¡Bastardo! ¿Pensabas vender a nuestros hijos? —Geoff apunta con la antorcha encendida a Benedict—. Te mataré, bellaco.

Liam cierra el puño y le arroja un golpe. Benedict lo esquiva sin perturbarse.

—¿Por qué? —pregunta Salvius—. ¿Por qué cometerías semejante crimen? ¿Por qué…

—Tuve que hacerlo. No tenía opción. Necesitaba oro.

Liam suelta una risita amarga.

—Tú no necesitas oro. No justamente. Bastardo asqueroso, apestado. Deberíamos descuartizarte.

Bene nos mira. No parecieran importarle las amenazas. Los ojos se le llenan de lágrimas que comienzan a rodar por las mejillas avejentadas.

—La verdad es que yo la quería —murmura—. La quería solo para mí, y lo único que la mantendría a mi lado por siempre sería el oro.

—¿Y tu hijo, tu propio hijo? —le pregunta Liam—. ¿A él también lo pensabas vender?

—Él también vendría con nosotros, pero no para quedarse. Regresaría conmigo. Mi hijo no estaba a la venta.

—¡Cabrón cruel, egoísta! —dice Geoff.

Benedict eleva la voz y protesta.

—Pero tendrían comida, ¡todos los días! ¿Os imagináis semejante lujo para esos muchachos? Y habrían estado muy bien. Sí, habrían servido en Lincoln. Pero pensad... Todos los días con un plato de comida. Nunca más habrían pasado necesidad, maldita sea, ¿es que no entendéis?

—Ya es suficiente, Bene —dice Tom—. No es necesario que digas nada más.

Geoff ataca a Tom.

—¡Magancés! ¿Y tú por qué lo encubrirías? ¿Por qué?

—Mis hijos hubiesen muerto este invierno —dijo Tom con tristeza—. No tenemos comida. Las reservas del molino se llenaron de moho en el otoño. No había manera de que subsistiéramos. Bene me dijo que, si vendía a los mayores, los demás podrían vivir.

Al otro lado de la puerta, se oye un guardia que abre la trampilla.

—Vosotros, cerrad la boca. Confesad, y ya.

Todos quedan en silencio por un buen rato. Oigo a los hombres jadear como bestias destrozadas. Me quedo pensando en lo que dijo Tom. *¿Qué padre no vio alguna vez a un hijo al borde de la muerte en invierno? Todos los años muere otro bebé.*

Casi todas las madres que conozco se han ahogado en lágrimas en al menos una tumba pequeñita. Algunas ni siquiera les ponen nombre a los hijos hasta que hayan cumplido los tres años.

Tom vuelve a hablar.

—Entonces... Bene dijo que les daría alimentos y una vida en la ciudad. Una buena vida, y dijo que podría…

Cole saltó.

—Yo quería ir. Pero no sabía sobre la venta que planeaba Hob. Era un trabajo secreto para todos los muchachos fuertes, según él. Y el dinero, también.

Geoff deja caer el palo en el fuego y comienza a sollozar.

—No, no. —Se mueve hacia adelante y hacia atrás. —No lo mataron por tu vanidad. No por tu oro asqueroso. No fue por eso.

—Ya os he dicho —continúa Benedict—. ¡Yo no maté a ningún muchacho! ¡No sé quién inició el fuego, ni tampoco sé quién produjo los demás incendios! ¡Quizás fue alguno de vosotros!

—Echacantos —dice Salvius—. ¿Y todavía te atreves a acusarnos de esto?

—Eres un bastardo —refunfuña Liam—. No te creo. No te creo una sola palabra.

—Escúchame —grita Benedict—. Se suponía que con los muchachos, nos encontraríamos a las completas. Cuando regresé a las nocturnas, mi casa ya estaba envuelta en llamas con los muchachos allí encerrados. Yo no até ese puto nudo. No sé quién fue. Yo no los quemé; solo los reuní. ¡Pero yo no fui!

Desde la puerta de hierro, se oye otro grito del guardia.

—¡Cerrad la boca, mierdas! ¿O queréis una buena paliza?

Vuelve a producirse el silencio. Miro los ojos llorosos de Benedict, el rostro pálido y temeroso, y le creo que no fue él quien prendió el fuego. Vaga en medio de la oscuridad, igual que yo. Sin embargo, alguno de los hombres que están aquí es culpable. Alguien ató ese nudo.

—Eres un maldito bausán —grita Geoff—. Tú y Hob los mataron.

Benedict eleva la voz y protesta.

—Siento vergüenza por lo que planeé hacer, pero la verdad es que nunca los saqué de la aldea… ¡y nunca los quemé! ¡No lastimaría una sola alma, jamás!

—A *nosotros* nos van a lastimar —dice Salvius—. Moriremos por lo que tú hiciste, Bene.

El cerrojo se vuelve a mover.

—¡Os advierto, esta es vuestra última oportunidad!

Pero Benedict no puede evitar reclamar por su inocencia otra vez.

—¡No soy culpable de nada! ¡Nunca se los entregué a lord Bellecort y nunca los vendí! ¡Jamás entregué a esos muchachos por el oro que nunca recibí! No fui yo quien los mató. ¡Os estoy diciendo la verdad!

—Al diablo contigo y tu preciado oro.

Liam comienza a lanzar puñetazos cargados de furia. Con un grito rabioso, ataca a Benedict y a Tom, y el granero de piedra estalla en ira. Tom grita de dolor y Benedict cae al suelo, pero Salvius se para delante de Liam para protegerlos. Geoff toma de nuevo la rama encendida y de repente, la túnica raída de Salvius se quema. El último símbolo de *sir* Peter de Lincoln, envuelto en llamas.

Se oye un grito. Un alarido furioso. Los guardias entran a toda prisa. Le lanzan a Salvius un balde de nieve, y la hoguera se apaga. Quedamos a oscuras y ahogados por el humo. Nos meten en compartimentos diminutos y apestosos. Cierran los barrotes, y allí quedamos, como animales enfurecidos.

Geoff todavía grita fuerte y su voz se hace eco durante largo rato en la noche negra y salvaje, como el primer grito de un niño.

—¡Justicia! ¡Maldita sea, quiero justicia!

Por la mañana, habrá un momento para el juicio y la confesión ante el abad. Luego, nos amarrarán a una estaca, encenderán la leña alrededor de una especie de Gólgota, y así llegará el final.

CAPÍTULO 15

EL ABAD DE la orden cluniacense de Santa María Magdalena tiene una magnífica cabeza leonina. El cabello es de color plata y tiene la mandíbula firme típica de las personas autoritarias. Los monjes entran en el vestíbulo en fila detrás de nosotros y cuelgan las sotanas pesadas y abrigadas de un gancho, al lado de las puertas enormes de madera. Llevan hábitos lisos, blancos y negros, y hacen una genuflexión ante el abad a medida que se ubican en el suelo para ver el juicio. Todas las almas vivas del monasterio están aquí reunidas, una multitud de rostros que, de rato en rato, se ven iluminados por haces de luz, o se pierden en la oscuridad.

Se aclara la garganta y todos los ojos se dirigen hacia el trono.

—*Les œuvres de charité chrétienne...*

A pesar de los años que han pasado, aun entiendo bastante francés, la lengua de mi padre, y en mi mente traduzco mientras habla el abad:

—Vosotros sabéis tan bien como yo cuáles son las obras de caridad: dar de comer al hambriento, dar de beber al sediento, vestir al desnudo, dar posada al peregrino, visitar a los enfermos, redimir al cautivo, enterrar a los muertos.

Sin embargo, para el aldeano corriente, el francés es un idioma raro y extranjero. Mis compañeros no hablan la lengua gala. Miran con ignorancia la opulencia de la habitación, los vitrales resplandecientes y el oro brillante de los candelabros y del trono.

Años atrás, los hermanos de Cluny llegaron al país por invitación del Rey para sembrar fe en este terreno fértil, lejos de Francia. Sin embargo, muchos de estos hombres de las Órdenes Sagradas nunca aprendieron la lengua inglesa. En la Iglesia y en la Corte, el francés se usa tan a menudo... Es la lengua de los que lideran y deciden sobre las vidas de los demás, de los que yacen en lo más bajo de la inmensa y vieja rueda de Fortuna. Los campesinos quedamos atrás. La manera de hablar y las costumbres nos dejan afuera como personas de menor valía en todo sentido.

—*Enterrez les morts*...—el abad prosigue en francés— Enterrar a los muertos. Lo establece la caridad. ¡Castigaremos a los asesinos que no respeten el decreto del Cielo!

Levanta una mano.

—*Au nom du Père, du Fils, et du Saint-Esprit*...

Miro a mi alrededor y no hay una sola mirada compasiva. Para estos monjes, somos vagabundos ilegales y sujetos a todas las leyes del Cielo y de la tierra. Todos los hombres llevan grilletes excepto yo. Tengo las extremidades demasiado delgadas como para que las cadenas me sujeten. Las manos pasaban derecho por las esposas. Así que, uno de los guardias me las sostiene.

Frente al abad, los hombres que nos asaltaron como bandidos nos miran con orgullo, como si su vínculo con lord Bellecort los convirtiera en defensores del propio Rey. El moreno lleva la túnica del lord con aires de grandeza en el rostro. Nos mira arrogante, como si fuésemos de su propiedad.

Aprieto los dientes. A decir verdad, esos hombres sí tienen derecho a acusarnos aquí, a pedir que nos maten.

Sin embargo, y a pesar de la amenaza inminente, discutimos. Geoff bufa furioso con Benedict mientras Tom continúa tratando de convencer a Liam de la visión que tuvo de una bruja en el bosque. De repente, se produce un alboroto. Geoff empuja a Bene.

Al ver el escándalo, el abad hace una pausa y luego prosigue en inglés:

—Para los novicios que solo hablan inglés y para esos —mira a Geoff, que ahora lucha con su propio guardia— campesinos intonsos, daré agora las órdenes según mi fallo. Tomás de Aquino nos ordenó que enterráramos a los difuntos. Y los que matan con sacrificios paganos deben sufrir su muerte para así quemar por completo los terribles pecados cometidos. *Au service de Dieu,* y de acuerdo con las palabras del canonizado Aquino…

Gracias a Dios, Salvius eleva la voz y protesta. Sacude la cabeza rubia como si se quisiera deshacer de un tábano molesto. Deja atrás a Geoff y a Benedict con la pelea y avanza desafiante a pesar de las cadenas. Habla en voz alta pero, a decir verdad, ha perdido parte de su porte imponente. Las vestiduras rasgadas y quemadas de *sir* Peter se ven indecorosas en esta habitación tan opulenta. El ruido metálico de las cadenas lo interrumpen y su voz melodiosa no es suficiente para salir victorioso.

—No tengo idea de quién es ese Tomás Anquilo del que habla, pero no importa lo que haya dicho. Yo sé que tenemos derecho a tratar a nuestros bastardos como se nos dé la gana todos los días, desde que nacen. Mis semejantes reclaman ese derecho…

—*L'un d'entre vous ose interrompre?* ¿Quieres debatir?

El abad mira a Salvius como si hablara una lengua extranjera.

Aunque la manera de hablar de Salvius inspira autoridad, está lejos de la elegancia de un galo. Su lengua es el inglés, la lengua de los que rara vez conocen los placeres de un lecho de plumas de ganso o de un trono con joyas incrustadas.

El abad se inclina hacia adelante y habla con vehemencia.

—*Entonces, dime, campesino señorial,* ¿*pourquoi?* ¿Por qué sometiste a estos cuerpos a semejante enredo? Le dirás toda la verdad a Dios, y morirás.

Salvius, envalentonado, eleva más la voz.

—Me presento ante usted por todos aquellos que han sufrido sin merecerlo, aquellos que por siempre buscan justicia. Hemos visto una bruja en el bosque y quisiéramos decirle que…

—*Quel emmerdement* —musita el abad.

Luego le habla a Salvius en inglés.

—Pretendes debatir, aunque no tengas posición alguna en la Iglesia. Tú y esos campesinos apenas tenéis dominio de vuestra lengua nativa, si es que se le puede llamar dominio. *Foutez le camp.*

Me impresiona lo tosco que es el abad, y luego me distraigo con el empujón de un guardia que intenta detener a Tom mientras avanza y toma a Liam por la oreja.

—Os estoy diciendo la verdad —vocifera Tom—. Fue una bruja la que causó todo esto... ¡Tuve una visión!

—¡Cierra la boca, Tom! —dice Liam—. Fue Benedict. Contaré todo sobre su perfidia. Él y su esposa los mataron...

Geoff empuja a Tom.

—¡Sí, le contaremos la verdad al abad! Tú y Bene...

Un guardia lo golpea con el revés de la manopla de la loriga y oímos el sonido de las láminas de metal que le marcan el rostro. Liam empuja al guardia.

El abad extiende el brazo y quita la túnica quemada de Salvius con la punta de oro del báculo.

—*Assez de ces paysans vagabonds!*

Salvius regresa con la multitud. Hemos perdido a nuestro defensor.

¿Y agora quién nos rescatará?

El moreno da una palmada como burlándose de nuestro intento. Mientras la multitud comienza a agitarse, Tom y Geoff forcejean y gritan en el suelo.

El abad sacude la cabeza disgustado.

—*Saints Frères*.... Santos Hermanos, lamento que tengáis que ver esto. Si ninguno de los *premier état* (el primer estado) defenderá a los vagabundos, castigo a estos malhechores y los sentencio a...

—Su ilustrísima, yo hablaré en nombre de ellos —dice alguien con un dejo de York.

Estiramos el cuello para ver de quién se trata. La multitud de monjes murmulla con asombro. Sorprendida, veo que el Hermano Moten da un paso al frente.

No habla francés, pero está claro que es un cluniacense y que, con ese tono, piensa cuestionar al abad.

—Como Hermano de Cluny, le ruego un debate, su gracia. Hablaría con usted en la lengua común, si así lo desea.

El moreno da una zancada.

—Su gracia, no hay necesidad de ningún debate. Tan solo pedimos lo que corresponde por el gravísimo daño que estos hombres le causaron a la propiedad de lord Bellecort. No pedimos más que el castigo justo de Dios.

Pero el abad eleva una mano majestuosa.

—Te escucharé. ¿Con qué fundamentos debatirías, joven monje?

Moten hacer una genuflexión.

—Tenga piedad de mí, un hijo de Cristo. Debatiría con usted la teología de la carne, su gracia. Creo que la lectura que acaba de hacer del más venerado, Tomás de Aquino, es errónea.

El abad se pone de pie y se acerca a la multitud para mirar fijo a quien lo cuestiona. Las luces de la epifanía brillan a su alrededor, y las llamitas se mueven y reverberan en las vestiduras doradas.

—Hermano Moten —dice al fin el abad.

Habla resignado, como si algo así solo pudiera esperarse de Moten.

—Sí, su gracia.

Moten hace una reverencia y esboza rápido una cruz sobre la boca como muestra de lealtad.

—Humildemente, según mi interpretación del canonizado Agustín, que un cuerpo se entierre o no, no afecta al alma inmortal. Condenar a los campesinos a muerte —titubea— ¡sería un error, su gracia!

El hermano Moten tiene voz aguda. Su lengua es la del campo, con el habla vulgar de los montes Peninos y los páramos. Las frases no tienen ni la elegancia ni el barítono profundo del abad. Sin embargo, sus palabras repercuten en cada rincón como piedra que cae en una charca. Vuelve el murmullo.

El abad eleva una mano grande con anillos de oro. De a poco, se hace silencio excepto donde Tom y Geoff están peleando. Un guardia los aporrea, pero continúan sin separarse.

El abad refunfuña ante la irrespetuosa interrupción.

—Habrá debate —dice al fin frente a la multitud reunida—. Es importante que todos los monjes y novicios comprendan que enterrar a alguien es en verdad necesario para el difunto. En eso no estoy equivocado.

A continuación, el abad eleva la mano como si escribiera en el aire.

—Porque Damasceno, en *De qui in fide dormierunt*, escribe, 'Quemad aceite fragante en la tumba; porque a Dios le agrada todo lo inherente al funeral y os recompensará por mostrar devoción al cuerpo después de la muerte'.

De repente, Tom da un alarido. Geoff le hundió un pulgar en el ojo. El guardia que me sostenía los grilletes, me suelta y se dirige hacia Geoff para que suelte a Tom.

Moten, ante la interrupción, eleva más la voz.

—Su gracia, la cita no viene al caso. Dicen que, en este sentido, Damasceno citaba a Atanasio, el pagano. Y si hablamos de un consejo pagano, ¡él no tiene en cuenta nuestra esperanza de resucitar en nuestro Señor Jesucristo! Por lo tanto, Damasceno se equivoca. No hay dudas de que debemos encontrar nuestra manera de tener compasión en este caso.

El abad regresa a su trono. Se lo ve inquieto y vacilante luego de la corrección de Moten.

—Si la cita es o no pagana, es irrelevante, Moten. Debes admitir que la obra de caridad hacia los muertos tiene que realizarse... eh... como señala Santo Tomás en *Summa Theologica*, creo...

La mente de Moten parece ir un poco más rápido y de inmediato, larga una respuesta.

—Se equivoca, su gracia. Santo Tomás habla de esto en *Prima Secundae Partis*.

El abad parpadea.

—Exacto —admite.

Entonces, Moten responde enseguida.

—En verdad, su gracia, San Agustín corrige a Tomás de Aquino en la segunda parte de *De cura pro mortuis*, cuando dice 'Ningún servicio que se le realice a un cuerpo ayuda en la salvación, sino que es un oficio de humanidad'.

Moten se sonroja de la emoción, los pensamientos arden en su mente y le hacen temblar los labios. Esto puede ser un momento de diversión para él, pero nuestras vidas dependen de cada una de sus palabras.

Benedict está a los puñetazos en el suelo. Intenta ahorcar a Geoff con sus propias esposas. Carraspea desesperado mientras trata de escapar. Liam golpea a Benedict, una y otra vez, y el guardia ya se olvidó de mí en el intento por separar a los combatientes.

Entre los gritos y el alboroto, Moten eleva la voz.

—Los actos de compasión pueden beneficiar a los muertos. Pero si leemos a Gregorio de Nisa, sabremos que cuando se le da sepultura a alguien con pecados graves, se le puede hacer un daño al alma por enterrarlo en suelo sagrado.

La mirada del abad ahora queda fija y penetrante mientras proclama desde el trono:

—Os aseguro con total certeza. La caridad cristiana exige el entierro. ¡No hay *raison* para que estos cuerpos queden sin enterrar! Lo único que podemos suponer…

Esta vez, Moten eleva la mano y acalla al abad.

—Su gracia, debo decirle que en verdad sí hay una razón en este caso. Debe ser compasivo y concederles…

El moreno nos señala y vocifera.

—Estos hombres, su gracia, se adueñaron de la propiedad de lord

Bellecort. Ya nos apoderamos del peor. Se llama Hob, y ha hablado. Le aseguro que ese malhechor confesó, y el crimen fue gravísimo. Estos hombres quemaron cinco almas en sacrificio. ¡Le robaron a la nobleza, al lord que el mesmo Dios bendijo!

Moten tartamudea, pero se recupera enseguida.

—Sí, tal vez sea cierta esa confesión. ¿Pero qué tal si esos niños provenían de linaje noble? ¿Qué tal si estaban destinados a un sepelio real? En tal caso, ¿no deberíamos...

El moreno se burla.

—¿Acaso usted ve algún signo de nobleza? —y hace un gesto hacia los campesinos que gruñen y pelean como salvajes.

—¿El rey de los puercos, tal vez?

El abad asiente con la cabeza.

—No, su ilustrísimo. Tengo pruebas —dice Moten sin dar vueltas—. Hace muchos años, el Conde de Hereford buscó a una mujer.

—¿Una bruja? —pregunta el abad muy serio.

—No, su gracia. Esa mujer se refugió aquí. Huyó con un tesoro real y, en privado, podré darle más información como prueba de que los culpables del asesinato de estos muchachos podrían ser los enemigos del rey para así lastimar a esa mujer y debilitar al séquito del rey.

Se me sube el corazón a la garganta. ¿Qué tal si luego de exhibir los cuerpos ante todos, ahora Moten revela mi historia? Aunque lo hiciese para evitar que nos quemen, me traicionaría, me ofrecería como chivo expiatorio en el altar. *Moten pretende develar mis secretos. Me va a traicionar.*

Me abro camino entre la multitud. Mi guardia sigue tironeando a Benedict y pegándole a Geoff. Nadie notó que me fui.

—Si es un asunto de la nobleza, una ofensa al rey —dice pausado el abad—, lo correcto sería que delegue los asuntos de la tierra al Rey mesmo, a la Cámara Estrellada. A la Iglesia no le concierne. Si esto es verdad...

Me marcho hacia atrás entre los hábitos negros y ásperos. La multitud de monjes se comienza a dispersar. De repente, siento la pared trasera en la espalda. Los guardias, con cota de malla y abrigos cluniacenses de piel de marta cibelina, esperan a los costados de las puertas.

Se siente un grito desde el frente.

—¡Separad a los malhechores! —vocifera el abad frustrado—. No se puede sostener un debate sagrado con estos campesinos bastos en pleno combate. Separadlos y que rindan cuentas. ¡Qué oigan el debate mientras decidimos su destino!

Los guardias dejan de custodiar la puerta y avanzan con rapidez. Debo apresurarme. Pronto me perderán de vista.

Veo a mi alrededor las sotanas y las capas pesadas de los monjes, todas juntas colgadas de unos ganchos. Con mucha delicadeza, me quito las esposas y las escondo en el suelo, debajo de las capas. Estiro el brazo y manoteo temblorosa una sotana negra y desgastada, y una capa. Me la pongo y, con la capucha, me tapo la cabeza. Nadie puede verme en medio del mar de hábitos cluniacenses.

Me dirijo hacia una puertita pequeña sin despegar los ojos del suelo. Luego, apoyo una mano en la puerta y me pregunto a quién le habré robado la identidad.

¿Qué monje soy?

Me miro la cintura y encuentro una insignia idéntica a la que llevé años atrás. Según lo que dice, soy un monje venerado y con un cargo importante. Ya no soy Mendo. Me llamo Stephen, por el mártir.

—Falta uno —gritan desde el frente del vestíbulo—. ¿Dónde está el último campesino con las cadenas?

Empujo la puerta y me tropiezo. Levanto la cabeza y veo una luz brillante y cubierta de nieve.

CAPÍTULO 16

RÁPIDO, LLEGO HASTA la punta del vestíbulo del abad, doblo y paso por el claustro. Por ahora, nadie me sigue. Tengo que averiguar qué sabe Moten sobre mí, y cuáles son sus sospechas. Si todavía conserva la costumbre de antes, sé dónde encontrar sus secretos, sé dónde guarda el repositorio de historias que recoge como un trapero. Corro rápido hacia allí.

Las volutas en la puerta me confirman que es el mismo lugar donde me refugiaba hace años en Canterbury. El *scriptorium*.

La puerta se cierra y me detengo. Si los guardias me persiguen hasta aquí, las posibilidades de escapar serán casi nulas porque hay una sola puerta. Apenas lo pienso, se acerca un hombre. Tiene la pisada ágil y firme de un *armarius*, un rubricador o un *ligator*.

—Buen hombre, no puede aguardar en la puerta.

Habla en tono altanero y con la mirada desconfiada.

—Ocúpese de sus tareas y si tiene un recado, démelo rápido. Tengo trabajo.

Aquí es muy respetado su oficio y hasta los monjes con los cargos más importantes deben escucharlo. No obstante, en todo monasterio hay algunos que hacen votos de silencio, así que puedo fingir.

De hecho, su arrogancia es mi fuente de inspiración. El mismo Simon Sudbury me dio permiso una vez para leer, aprender latín y estudiar la lengua de mi madre, y escuché que ahora es muy respetado; sus órdenes se llaman las Reglas de Sudbury.

Sí, a mí, *una mujer*, Simon Sudbury me estimaba. Siento calor en las mejillas al hallar la solución, y de golpe, me siento joven y sin miedo, como la Miriam de antes.

Avanzo rápido y tomo un puñado de arena del lavabo del atril, de la que usan para quitar las manchas de tinta. Bien usada, la arena puede borrar la tinta del pergamino también. Disperso el polvo dorado en un banco y con el dedo, esbozo dos palabras en latín. *Ego lego.*

Luego escribo también en francés. *Je peux lire.*

El *armarius* se inclina para leer las letras bien dibujadas y definidas con los dedos: *Sé leer.*

Cuando vuelve a enderezarse, le veo el desconcierto en los ojos. El francés es la lengua de la corte. El latín, la de la Iglesia. Hay algunos que saben pronunciar las palabras que acabo de escribir, pero pocos pueden leerlas y casi nadie sabe escribirlas.

—Oh, sí, sí, claro que usted sabe leer.

Hace una reverencia y con cuidado, retrocede y me deja sola junto a la mesa.

—Usted es un erudito. Cualquiera podría darse cuenta… Le pido disculpas… Lo dejo en compañía de los libros.

Se aleja rumbo a su atril. El *scriptorium* está casi vacío porque los llamaron a todos para que fueran al vestíbulo del abad. Comienzo a merodear entre los atriles.

Buscaré entre todo lo que Moten más aprecia y descubriré qué peligro corro en verdad.

Desde adentro puedo oír a los hombres gritándose unos a otros.

—Por aquí —vociferan—. Se fue por aquí.

Pero ¿qué prisionero huiría para esconderse entre los libros? Por ahora, en este lugar estoy a salvo.

Hecho un vistazo rápido a las hojas abiertas sobre las tablas para encontrar el pupitre de Moten, con sus anotaciones y manuscritos.

Como de costumbre, los monjes trabajan en el *scriptorium* para registrar los secretos de los antiguos. Cada atril tiene un libro antiguo y uno nuevo. Los tinteros están tapados, las plumas tienen las puntas afiladas y los libros yacen allí, con las líneas de tinta húmeda por la mitad.

Mucho tiempo atrás, yo también hice lo mismo. Busqué hoja por hoja hasta encontrar lo que necesitaba saber. Leí cuanto libro pude encontrar y memoricé las citas. Me regocijé en el privilegio que tanto me costó conseguir. Pocas mujeres tienen el poder de las letras. Me sumergí en lo profundo de los textos antiguos y aprendí hasta griego y hebreo, el idioma de los judíos, aunque a nadie le interese esa lengua. Esperaba usar el conocimiento para cumplir el último deseo de mi madre, pero no he podido hacerlo... no todavía.

Bajo la vista y encuentro un fragmento sobre cosmología en un papel. Lo devoro con la habilidad intacta de leer detrás de un muro de mudez y locura de años.

> Existen nueve esferas que giran alrededor del gran firmamento de los cielos. Como escribió Pitágoras, cada esfera sostiene las estrellas como joyas brillantes que giran siempre sobre sus órbitas. En el centro de esos enormes orbes en movimiento de quintaesencia, descansa la roca inmóvil, la tierra, nuestro Edén y, en algún momento, nuestro infierno...

Los antiguos entendían todo, desde los misterios de nuestra carne frágil hasta los lenguajes de los animales y los ángeles. Esto es todo lo que nos queda de su conocimiento. Las voces del pasado hacen eco en nuestra era desestimada.

Los gritos del exterior se van acercando. Quizás los guardias hayan visto mis huellas en la nieve. Llego al rincón donde se hallaba el pupitre de Moten pero ya no está. El hueco se encuentra vacío.

Toda la misión para llegar hasta aquí fue en vano.

Siento un escalofrío. Todavía me espera la pira en el patio. Es posible que termine bajo tierra sin enterarme de lo que Moten sabe de mí, ni de cómo lo sabe.

Tengo que encontrar una manera de salir de este monasterio lo antes posible, aunque eso implique dejar a mi hijo y abandonar la promesa que le hice a mi madre.

De repente, se abre la puerta. Entra uno de los guardias y desenvaina la espada. Llego rápido a la esquina, doblo y me agacho detrás de la chimenea que preserva los libros de la humedad y del frío.

—*Armarius* —grita el hombre desde la puerta—. ¿Ha visto usted a un prisionero extraño? Un hombre con marcas de golpes en el rostro. Las huellas nos condujeron hasta aquí.

—¿Por qué me molestas? ¿A quién buscas? —dice el *armarius*.

Su arrogancia y mentecatería me permitirán ganar tiempo.

Mientras avanzo hacia la esquina, veo que un pupitre soporta el peso de una pila de manuscritos desordenados. Podría reconocer el área de trabajo de Moten en cualquier lado.

Los estantes están repletos de páginas y pergaminos rotos. La madera está llena de manchas de tinta vieja. A lo largo de los años, ha acumulado muchos retazos de pergamino, todos los restos que quedan de la elaboración de los libros. Encuentro su propio manuscrito en el estante de abajo. Siempre tuvo la costumbre de coser pedacitos y escribir en ellos sus pensamientos con un estilo florido. Veo que continuó escribiendo en esta cosa que él denomina su *Crónica*, su propia historia.

En ella, plasma todos los pequeños acontecimientos de su vida. Cuando lo conocí, acababa de comenzar con esta práctica rara y furtiva. Gorroneaba restos de manuscritos por doquier. Cada página del pergamino tiene una anotación con el día, el mes y el año. Este es el registro secreto que estaba buscando.

Paso las hojas a gran velocidad. Viajo en el tiempo como por arte de magia. De repente, veo mi nombre. Aquí dice *Miriam*.

15 de augusto de 1365
Este mes, la hermana Miriam llegó al monasterio con su hijo, Christian.

Es una hermana de Canterbury de otrora, y me cuenta toda su historia. Me habla de su amante, Eduardo, y del juramento que él le hizo de utilizar el nombre de su casa, Houmout, en su propia cimera. El Conde de Hereford la ha mandado a capturar. Está desconsolada, pero la esperanza y el amor le dan fuerzas. Me muestra la prueba de amor que Eduardo le dio. Es un…

¿Estaría a salvo si destruyo esta hoja? ¿En qué momento de estupidez se me ocurrió contarle a Moten mi historia hace años? Quizás fue más fuerte que yo. Era tan joven... Pensaba que el amor de Eduardo era verdadero. Luego entendí que no era así. Supe que nunca me había amado. Intenté superar el miedo desahogándome con Moten y me aferré a él, a la persona más entrañable que encontré, un amigo. Le compartí mis ilusiones y los sentimientos más profundos. Le revelé todo sobre mí.

Hubiese querido tener más tiempo para leer, para enterarme de lo que Moten sabe y lo que no. ¿Querrá traicionarme?

El *armarius* eleva la voz.

—El abad ordenó que no se moleste a quienes trabajan aquí. No existen motivos para invadir el santuario de las sagradas escrituras. ¡Los eruditos están trabajando!

Me siento en el pupitre y me acomodo como si trabajara durante largas horas. Bajo la vista y leo cada renglón con fervor. Me acerco al manuscrito concentrada en mi trabajo.

—Hermano —dice con serenidad el guardia—, estamos buscando a un prisionero, y el abad le ruega que…

En eso, veo dos monjes en silencio al lado de la chimenea. Están viejos y canosos. Uno tiene una tonsura que se le expandió por toda la cabeza. Está casi pelado como Benedict. Los hombres venerables como ellos han visto innumerables debates, así que hoy decidieron no presenciarlo más allá de lo que esté en juego. Prefirieron jugar este juego, que puede durar días.

El guardia se va acercando al pupitre de Moten. Decido irme, pero no me conviene llevar el manuscrito por si tengo que correr en la nieve.

Me alejo despacio del pupitre y me voy arrimando al sector de la chimenea, donde puedo ver jugar a los monjes. Así, puede que el guardia crea que soy parte del partido.

Es un juego de la corte que se llama échecs. Eduardo me lo enseñó. Tiene piezas de madera o de hueso tallado que imitan pequeñas figuras de gente. A veces usábamos piedras de formas raras como jugaban los moros, según Eduardo. Pero en el juego que yo aprendí, hay un rey asediado y un compañero de armas más poderoso llamado *fierce*. También hay dos *fools* de la corte con un poder bastante engañoso y dos *chevaliers*, caballeros orgullosos a caballo. En cada extremo, hay una torre *margrave* con almenas, y delante de todos estos personajes poderosos, la peor parte se la lleva la gente común, los diferentes peones, como en la vida misma. A veces la suerte está de su lado y sobreviven. Otras veces, no. Hoy, estos monjes no juegan con dado. Solo utilizan el ingenio para desplazarse por el tablero.

Con Eduardo siempre jugábamos en cuadrantes. Uno tenía piezas rojas y el otro, negras. Los monjes hacen lo mismo: uno, la sangre y el otro, la muerte. Uno de los monjes mueve la poderosa *fierce* hacia adelante.

En Francia, a veces la llaman *dame*, que significa «la reina del lord». Eduardo solía bromear diciendo que yo sería su *fierce*. En aquel entonces, le seguía el chiste, pero ahora me produce un sabor amargo en la boca. ¿Por qué no soy su reina, con todos los derechos y los honores propios de la madre de su hijo?

De repente, tengo una intuición. Debo buscar a Eduardo. Cuando sepa la verdad sobre su hijo, querrá tenerme cerca. Una vez que lo encuentre, todo estará bien. *Todo estará bien.* Él me necesita y yo lo necesito a él si tengo que permanecer en este mundo sin mi hijo.

Pero ahora no me puedo ir. Estoy en peligro. Trato de concentrarme en el juego. El otro monje toma una pieza y la vuelve a apoyar.

Parece no saber cómo continuar. Con la mano, señalo el pequeño peón y la parte de atrás del tablero.

—¡Ah! —dice—. Gracias, amigo.

Corre el peón y con un movimiento, lo convierte de inmediato en una *fierce*. Los plebeyos también pueden salir beneficiados en la rueda de Fortuna.

A mí también me podría haber pasado. Yo era la asistente de la abadesa cuando él me encontró; tenía prestigio dentro de la Iglesia. A nadie le sorprendía verme allí, en la corte. Pasar de la abadía de Canterbury a ser consorte de aquel lord no habría sido de lo más habitual pero tampoco algo imposible. El Conde de Hereford me guardaba rencor, pero Eduardo siempre juró amarme, y me lo demostró una y otra vez.

El guardia se acerca y mi corazón se acelera demasiado. Me ve inclinarme hacia el tablero con el rostro cubierto por la capucha, concentrada en el juego.

—¿Usted es...? —vocifera.

El primer monje refunfuña y se sostiene el broche en la cintura. Yo hago lo mismo, indiferente, sin dignarme a mirar al guardia aunque la capucha esconda bien los moretones.

—¿Qué hace? —se queja el otro—. ¿Por qué invade el *scriptorium*? ¿Con qué derecho?

Al final le dice su nombre y el guardia se marcha hacia la puerta.

Respiro una vez más, lento y con cuidado. Mientras espero a que los guardias se retiren con el calor del fuego en la espalda, me pregunto si podría esconderme aquí para siempre.

¿Y si fuese al convento como si hubiese hecho un voto de silencio? ¿Y si volviese a ser mujer? ¿Y si entrara en la Orden una vez más? Sería como no haber abandonado nunca mi viejo hogar en la abadía de Canterbury.

Cae un leño en el fuego y saltan las chispas. Las barro con la bota y aparecen vetas negras en el suelo al deshacerse la brasa. Antes era fuego; ahora, cenizas y polvo. *Ningún hombre puede cruzar el mesmo río* dos veces, escribió aquel filósofo, *porque ni el hombre ni el agua serán los mesmos. El agua se va. Se pierde para siempre.*

Vuelvo a oír los gritos provenientes de afuera.

—No. En el estercolero no está. ¿Y en el *scriptorium*?

—Ya revisé yo. No. Solo hay un par de ancianos jugando con un tablero.

—Eres un badulaque bisunto. No puedes hacer nada bien. Volveré a revisar.

Se oyen los pisotones fuertes en los escalones fuera del *scriptorium*, como si quisieran quitarse la nieve y el hielo de las botas.

—Os aseguro que el prisionero se robó una capa, la de Stephen. Buscad la capa de Stephen.

Me apresuro entre los pupitres en dirección a la puerta. Cuando entran los guardias, dejo caer la capucha. Tomo un manuscrito del estante que tengo cerca y lo sostengo cerca del rostro como si no pudiese dejar de leer, ni siquiera con gente yendo y viniendo a mi alrededor.

Salgo rápido por la puerta del *scriptorium*, imperiosa con mi capa negra y el manuscrito bien agarrado. Los guardias se apartan con respeto a medida que avanzo y vuelven a entrar para continuar buscando a ese pobre prisionero.

El escape fue un roce con la muerte.

CAPÍTULO 17

EN LAS PROFUNDIDADES *de la tierra me esconderé.* El rey sagrado, David, se refugió allí cuando lo perseguían. Debajo del santuario, están las catacumbas con los muertos esperando la resurrección. Los vivos no se atreven a entrar.

Si logro ocultarme ahí hasta las vísperas, detendrán la búsqueda para el servicio de oración. Ese será el momento de huir del monasterio.

La única luz que reciben las catacumbas son los rayos tenues provenientes del santuario. Las paredes tienen grabadas flores de escarcha, pero al menos estoy al resguardo del viento. Hay un rincón más cálido por el tiro del calefactorio, así que me acurruco contra la rejilla de donde viene la corriente de calor. El vestíbulo que tengo delante está lleno de huecos oscuros, una verdadera madriguera en la que cada agujero emana aromas del pasado.

Aún tengo el manuscrito del *scriptorium* bien agarrado. Lo miro. Es un libro de oraciones. Al abrirlo, caigo en la página de «El entierro de los muertos».

...porque ninguno de nosotros vive para sí, y ninguno muere para sí...

Las palabras me recuerdan a Eduardo.

Leímos esas palabras en un cementerio. Me paré a su lado mientras enterrábamos a un compañero de armas herido en la batalla de Poitiers pero que había logrado sobrevivir durante dos largos años, debatiéndose entre la vida y la muerte, antes de sucumbir al final. Fui yo la que le encontró a Eduardo el pasaje correcto para ese funeral y la bendición final.

Fueron los libros los que me llevaron hacia Eduardo, siempre los libros. Estaba en el noviciado cuando demostré por primera vez que tenía aptitudes para la lengua y los textos antiguos. No había nadie de mi clase en el *scriptorium* la primera vez que fui, y quizás debería haberlo tomado como una señal.

El primer año no me daba cuenta de que incluso los nobles recitaban de memoria en latín, griego y hebreo antiguo, ciegos de entendimiento. Incluso aquella gran heredera, Teresa de Avignon, que viajó como postulanta durante los meses de la conquista de su padre en el extranjero, era bien ignorante. De hecho, en seguida se puso celosa de mi rapidez con los manuscritos y la pluma, e intentó que me echaran. Simon de Sudbury, el *armarius* y bibliotecario, fue el único que intervino para concederme el acceso a aquellos textos que se convirtieron en mi vida, a aquellas voces que aún frecuentan mis sueños. Nadie supo que, en realidad, siempre busqué saber más de lo que mi madre ya me había enseñado. Nadie supo que sus palabras resonaban en mi mente y que esperaba encontrar su último secreto aquí, enterrado en los libros antiguos. Siempre andaba con los ojos anclados a un libro. Solo desviaba la vista para inclinar las páginas del pergamino en dirección a la luz de las velas, la mejor para traducir los manuscritos borrosos.

Así, encorvada, me cruzó por primera vez Eduardo de Woodstock. Hasta hoy sigo sin saber para qué había ido al *scriptorium*. Lo que sí sé es que poco después de llegar, ya había encontrado alguna excusa para acercarse a mi pupitre. Me habló, pero no lo escuché. Levanté la vista y me topé con sus ojos grandes, demasiado profundos como para no perderse en ellos. Vi sus labios fruncidos y levantados con un toque de arrogancia. Sostuve la mirada.

No tenía miedo. No desvié la vista ni me levanté del pupitre. De hecho, ni siquiera le eché un vistazo al escudo con plumas blancas que tenía en el pecho ni me di cuenta de la posición inalcanzable a la que pertenecía. Lo único que hice fue mirar fijo esos ojos azules profundos en los que brillaban los vestigios de una sonrisa. Algo despertó en mí de forma espontánea.

No había escuchado lo que dijo. Tampoco importaba. Me limité a saludarlo con una mano y regresé al códice. Lo ignoré; pensé que sería algún noble raro que no entendería la respuesta, aunque le contestara. Tampoco le di importancia a la sensación que me surgió en el pecho. No pensé que volvería a sentirla, y cada vez con más fuerza, en las semanas siguientes.

Las tareas que realizaba en la abadía de Canterbury me habían llevado una sola vez a las catacumbas. Allí cerca estaban los sepulcros de los muertos con un olor repugnante de antaño. Y a ese lugar sagrado me llevó. Los ojos de Eduardo estaban cerrados. Estaba ciego de lujuria. Luego de esa primera vez en que me convirtió en su consorte, quedé atada a él, y creo que se dio cuenta porque cierta arrogancia se apoderó de Eduardo, como si yo fuese un territorio conquistado o una victoria ganada.

Esa altanería incipiente no me gustaba nada, pero lo que más odiaba era ese deseo carnal que sentía por él, así que lo rechacé. Rechacé cada súplica y fingí que mi corazón no lo necesitaba.

Sin embargo, mi propia sed de Eduardo nos llevó de regreso a la profundidad del sepulcro, el único lugar seguro y secreto en aquella enorme abadía para un noble y una monja. Regresamos una y otra vez, con la gran catedral sobre nosotros y los muertos a nuestras espaldas. A veces escuchábamos a los monjes en el claustro cantando la antífona, y era como si elevaran nuestro éxtasis al cielo.

Cierro los ojos y su olor está allí. Cuero y humo viejo. Aceite de sándalo de Jerusalén. Inspiro profundo por la nariz, y estoy tan cerca que puedo sentirlo. La sal del océano y los bosques profundos se mezclan con una fragancia penetrante como la del ciprés, el olor a animal del campo de batalla.

Eduardo, con la nariz aguileña y esa fuerza arrogante, una masa de rulos claros y brillantes, y una barba áspera. Noto que estoy temblando. Mis sentimientos por él siguen vivos a pesar de los años.

¿En qué estaba pensando cuando me acosté con Eduardo?

Es curioso que lo que no podíamos tener era justamente lo que nos atraía, lo que nos seducía. El deseo de un hijo. Pero todos tenemos la esencia de un niño. Es una mancha en la sangre transmitida por aquella primera niña que no podía obtener lo que quería: Eva. Y en esa historia está la amenaza y la maldición, porque al final, la tomó.

Y del mismo modo, Eduardo me tomó a mí. Como al principio lo rechacé, regresó una y otra vez, una y otra vez. Siempre aparecía por el *scriptorium*. Decía que venía a estudiar sobre la guerra en la antigüedad (la Batalla de las Termópilas y la Guerra del Peloponeso) pero ahora tengo mis dudas. En cuestión de semanas, se las ingenió para despegarme del pupitre y del tintero de cuerno.

Hubo largas caminatas en las noches de primavera mientras iba a las vísperas, y también vino caliente con azúcar y especias a las laudes.

Mi falta de miedo fue lo que lo sedujo, lo que lo cautivó. No me importaba que avanzara ni que se me insinuara. Mentiría si dijera que no me daba cuenta, pero aun así, si hubiese sido al menos un poco sensata, me habría alejado. Sabía muy bien cuáles eran sus intenciones.

Pero jugué con él como un gato con un ratón. En verdad, se trataba de un juego de mucho riesgo, como cuando quídam jugó con Satanás y recién después se dio cuenta de que ese juego se volvió contra su propia vida, contra la salvación eterna. Atormenté a Eduardo y me atormenté yo misma con mi propio deseo audaz. No le temía ni a él ni a la Iglesia. Ignoré todo tipo de consecuencias.

Y así fue como empezamos a frecuentar las catacumbas. Nuestros cuerpos se unieron. Mis ojos, mi boca y mi cuerpo se atiborraron de esa fruta prohibida. ¡Oh! Comí con desenfreno, ¡cuánto gocé! Comí, y no sabía que me habían dado la manzana de la muerte.

Después, Eduardo me dijo que su corazón se quedaría conmigo para siempre. Sin embargo, cuando le pedí una prenda de amor, hizo una sonrisa tierna por donde se vislumbraba su lado cruel. Me prometió suplicarle a su padre que no lo enterraran junto a la familia sino en la cripta de Canterbury, donde nos dábamos placer. ¡La juventud le da un amor tan mórbido a la muerte!

Eduardo tocó el piso de piedra de las catacumbas y luego levantó una mano para sostener mi cuerpo tembloroso.

—Aquí —dijo—. Me enterrarían aquí, contigo, para siempre.

—Una prueba —susurré—. Exijo una prueba de tu amor. Una prenda, te lo imploro, una muestra de tu amor.

Y me la dio. Era más de lo que cualquier plebeyo podía pedir, y sin embargo, me llené de rencor. Tal vez ese fue el comienzo de todos mis problemas. Tal vez ese fue, al fin y al cabo, mi error.

Abro los ojos en este laberinto de tumbas. Comienza a oscurecer. Los rayos van cayendo a medida que termina el día. En la pared, sobre mi cabeza, hay una pintura. Es San Miguel y la balanza con la que pesa las almas de los muertos. Hago una cruz sobre mi pecho, aunque ya no me queda nada de fe.

Desde el techo de las catacumbas, caen pizcas del pigmento del yeso con que se hicieron las ropas bendecidas de San Miguel. Oigo un ritmo ensordecedor y poco coordinado. Al principio, no logro reconocer las pisadas fuertes de las botas con metal sobre la piedra.

Están aquí.

Voy de prisa hacia la escalera trasera que conduce hacia el coro, pero mientras subo, veo un par de pies que me bloquean el paso. Ya enviaron guardias, así que corro y me vuelvo a esconder debajo de la pintura de San Miguel.

—Siéntate allí —ordenan desde el santuario.

Siento el ruido de varios hombres arrojados al suelo sin ninguna delicadeza.

—Esta es tu última bendición.

El sacerdote comienza a murmurar en latín.

Los hombres se sientan sobre mi rejilla calentita y puedo verlos a través de las ranuras. Alguien afloja la cadena gruesa y fuerte que mantiene las esposas unidas entre sí. Las largas uniones de hierro caen sobre el suelo, y el eco del ruido metálico resuena en las catacumbas.

Sin embargo, aunque las cadenas ya no los tienen amarrados unos con otros, permanecen inmóviles. En lugar de correr por sus vidas, se quedan en el suelo hablando entre ellos mientras el sacerdote sigue con la cantinela.

—Malditos ladrones —refunfuña una voz conocida; es Geoff—. Esos bandidos quieren vernos padecer por sus negocios despreciables.

—Ese bastardo asqueroso y trapisondista vendió a nuestros hijos —dice Liam.

Se oye un puñetazo, luego alguien que se ahoga y agoniza, y después, el bochinche de las esposas de Liam en el cuerpo de Benedict.

—¡Ay! —murmura Benedict.

—Tú— dice un guardia con voz áspera—, suéltalo, déjalo en paz. Ya tendrás con qué entretenerte dentro de un rato.

Veo caer a alguien. A través de la rejilla distingo una cabeza calva. Es Benedict, que sigue proclamando su inocencia con un susurro ronco que se va perdiendo en la oscuridad.

—Os aseguro, yo no los maté. No tuve nada que ver con…

—Cierra esa maldita boca —musita Geoff—. Ya basta con toda esa mierda.

A lo lejos, el sacerdote comienza a cantar. Estoy segura de que el abad les está dando la extrema unción antes de que se encienda el fuego y los quemen.

Se me revuelve el estómago, pero los hombres ni siquiera parecen darse cuenta del peligro que corren.

—Si me permite, tengo una pregunta —dice Salvius. Oigo que cuchichea con un guardia, pero no entiendo lo que dicen hasta que Salvius vuelve a pisar la rejilla.

—Escuchad. Una vez que encontréis al otro prisionero, estaremos en marcha otra vez.

En marcha hacia la muerte, supongo. Cuando me encuentren, se acabará todo. Me escondo en un rincón alejado.

—Esos malditos bandidos —ríe Salvius—. Han cavado su propia fosa con esa charlatanería sobre la nobleza, el honor de su lord y toda esa mierda. Los monjes nos habrían quemado si no hubiesen hablado.

—¿A quién iban a quemar? —pregunta Cole tembloroso.

—A ti, bausán. Nos habrían quemado a todos —dice Salvius lacónico—. Gracias a Dios que ese maldito monje los derrotó en su propio juego. Gracias a eso sobrevivimos un día más.

Sobrevivimos un día más.

Liam lanza una risa irónica.

—Seamos sinceros. El viejo hizo que el monje de Yorkshire se mande a mudar hasta que todos olviden de que le rompió el culo, ¿no os parece?

¿El abad le dijo a Moten que se marche?

El ruido de pisadas se oye más fuerte y hace eco en las catacumbas. Son guardias. Están bajando las escaleras traseras.

Me levanto de la rejilla del calefactorio. Las piernas no me responden luego de estar tanto tiempo en el suelo, así que rengueo hacia delante. Abro lentamente la puerta, pero las bisagras oxidadas hacen ruido.

Alguien grita. Me escucharon. Sigo avanzando y empiezo a sentir pinchazos en las piernas a medida que la sangre vuelve a moverse. Tropiezo con un ataúd de piedra.

—¡Eh!

Vuela una antorcha. Paso corriendo al lado de una hoguera y se ve mi sombra. Una ballesta hace añicos la piedra que estaba justo sobre mi cabeza.

Me escurro como una rata por los vestíbulos ocultos en la oscuridad mientras las antorchas se acercan cada vez más. Me deslizo por una esquina y choco de frente con un hombre con cota de malla. Termino en el suelo.

—¡Tú! Te tuve bien amarrado, pero parece que no te agradó mi compañía —Es el mismo guardia que me tenía en el vestíbulo del abad—. ¡Yo mesmo debería lanzarte al fuego!

Me aprieta con fuerza y me zamarrea como un perro que atrapa a un canalla con la mandíbula.

—¡Tú! —vocifera—. ¡Serás el primero que morirá quemado!

Ya pasó demasiado tiempo como para recordar el olor a sándalo de Eduardo. Lo único que puedo oler es mi sudor apestoso y ácido de tanto miedo, y el hedor a óxido que emana el guardia.

Estoy segura de que afuera hay una multitud con miradas demoníacas y sed de sangre. Esos perros hambrientos ya se están encargando del fuego, calentando el alquitrán donde mi cuerpo se retorcerá y achicharrará muy lento hasta la muerte.

—¡Te quemaremos! —grita mientras me empuja hacia las escaleras.

Mis amigos estaban equivocados. No se suspenderá ninguna pena. La mano del guardia abre la puerta que lleva al santuario. Aterrada, siento un escalofrío y sudo más que nunca.

CAPÍTULO 18

S E SIENTE UN clamor escandaloso proveniente del santuario. Son los cuervos que se reúnen en el techo del monasterio. Se oyen las campanas, y un cadáver de plumas negras vuela por los aires. Repican para anunciar que ya es la novena hora, nona.

—¡Te quemaré!

El guardia me empuja hacia la puerta, bajo los escalones de piedra y salgo en plena luz de la tarde. Las estacas y las pilas de leña embebidas en alquitrán nos esperan al otro lado del patio.

¿No fue suficiente con la muerte de mi hijo, con la extinción de mi única esperanza, con la pérdida de esa chispita andante que tan pronto me apagaron? ¿Es necesario que me achicharren a mí también?

—Déjalo en paz.

Es Moten. Siempre supo mis escondites. Debe de ser él quien los trajo hasta mi lugar secreto para que me encuentren. *Me traicionó.*

Moten me aprieta el brazo con fuerza.

—¡Vamos, continuad! —les grita a los guardias con cota de malla. Bajan las ballestas y se alejan.

Veo unos monjes alrededor del carro que traíamos. Levantan bolsas y sacos, y los van cargando en el viejo carro de la aldea. *¿Qué hacen allí?*

Moten me mete de nuevo en el santuario y mira de un lado a otro apretando su mandíbula estrecha.

—No sé qué les hiciste a estos muchachos ni por qué —susurra—. El abad considera que esta es una cuestión de honor terrenal para someter a juicio del Rey. No será Dios quien juzgue la verdad. Pero tú todavía tienes el poder de la palabra. ¿Por qué no lo usas?

No le respondo y se queda mirándome.

—Descubriré la verdad, así que pido al Cielo que me ayude —dice.

Siento los dedos helados por el temor que me invade mientras camino. Me muevo a rastras, muy despacito tratando de respirar como puedo.

—Todavía no te matarán, querida —susurra Moten—. Iremos a ver al Rey, pero no es un viaje que cualquiera pueda soportar. El abad me ordenó ser amo de vuestro destino. La verdad es que agora soy tan prisionero como tú, pero recuerda que sé todos tus secretos.

Me suelta el brazo. Sus palabras hacen eco en mi cabeza como el doblar de una campana.

Mareada, con las piernas débiles y la mente en blanco de tanto miedo, me obligo a seguir adelante, fuera de la iglesia. Tropiezo con los escalones, pero ningún guardia me agarra. Nadie me atrapa. Los monjes atan con cuidado un retazo de lienzo para cubrir el carro.

Vinimos hasta aquí con paja vieja y podrida del granero, con arpillera carcomida y con los cuerpos desnudos y salpicados con escarcha. Para mi sorpresa, veo a cada uno de nuestros muchachos delgaditos cubiertos con un sudario blanco para sepultura, un lujo que hace años no se ve en la aldea de Duns. Ahora descansan sobre paja fresca.

Reconozco a mi niño por el pelo alborotado. Christian continúa en silencio entre los muertos. Una corneja despliega las alas y roza los cuerpos en el carro, como si los marcara con un sello.

—Casi lo logras —me dice Liam mientras agita los brazos imitando a la corneja—. Si tan solo te hubiesen crecido alas y hubieras podido volar, ¡habrías escapado!

Lo miro. Todavía no quemaron a nadie.

Salvius responde a mi expresión de duda.

—El abad nos suspendió la sentencia por un tiempo.

—Ese monje apestoso le explicó por qué —Tom señala con el pulgar a Moten, que baja las escaleras—. El abad estaba casi decidido a dejarnos ir como inocentes.

Geoff se inclina y habla resentido.

—Y luego, esos malditos bandidos que se llevaron a Hob abrieron la boca y reclamaron. Dijeron que era un tema de honor de la nobleza y que habíamos ofendido a su lord.

—Una mierda —murmura Liam.

Salvius empuja a Geoff.

—Así que allí vamos, a ver al Rey. El asunto le corresponde a la nobleza —agrega Salvius.

Benedict lanza una carcajada.

—Deberías haber visto las caras de esos bandidos. Parecían halcones a los que se les escapó un ratón.

—Sí —el rostro de Benedict se oscureció—, y después, cuando el abad les dice que traigan a Hob para que venga con nosotros, los bastardos le tienen que decir que ya se murió en un interrogatorio.

Niego con la cabeza. Ahora ya no tendremos ni una respuesta por parte de Hob. Nunca sabremos la verdad de lo que hizo. Salvius se hace la señal de la cruz.

—Pobre Hob, que Dios lo tenga en la gloria —murmura Benedict.

—Al diablo con Hob —le responde Geoff—. ¡Que se pudra en el infierno!

Un sacudón de Benedict es suficiente para que Geoff caiga en los escalones de piedra. Los guardias dan un par de zancadas y Geoff se pone de pie otra vez, aunque con poca estabilidad.

—Vamos a ver al Rey en busca de justicia —dice Liam al rato—. ¿Imagináis a mi hijo y a mí yendo a ver al Rey?

—Sí, en calidad de prisionero bisunto —dice Salvius en tono cortante—. No irás como peticionario, sino como prisionero.

—Iré —porfía Liam—. Iré con mi hijo.

—Prisionero bisunto —repite Salvius—. Enviados a la Corte Real y a una tal Cámara Estrellada para un juicio sumario. El abad estaba impaciente por vernos marchar hacia Londres. Dijo que los jueces no estarían cerca por mucho tiempo más.

Moten se acerca. Los hombres desconfían, pero continúan la conversación. De a poco se va convirtiendo en uno de nosotros. Ahora él también es prisionero de este viaje.

—Tardaremos unos quince días en llegar a Londres —le dice Benedict a Salvius—. Deberíamos llegar a tiempo.

Moten sacude la cabeza.

—Quizás no. La Corte se marchará hacia Cornualles el 10 de febrero para la semana de carnestolendas.

—¿Qué hay en Cornualles? —pregunta Salvius.

—El Año Nuevo, y esta vez comienza el 25 de marzo. La Corte siempre se reúne en sesión en Cornualles para el Año Nuevo.

Benedict encoje los hombros.

—¿Y en qué nos afecta a nosotros el Año Nuevo?

—Si para carnestolendas aún no os han juzgado, deberéis esperar hasta que la Corte pueda regresar y llevaros a juicio en la Cámara Estrellada. Os pudriréis en la Torre de Londres durante meses.

Geoff se estremece y se pone pálido. Hasta en los lugares más remotos sabemos que los hombres mueren en la Torre. El frío, la inanición y la tortura terminan con las vidas de los pobres desafortunados que luego se convierten en alimento para las ratas.

Rápido, cuento los días con los dedos. Ya culmina la semana de la fiesta de la Candelaria aquí en la abadía, la segunda semana de enero. Si sobrevivimos a esta estación tan oscura, deberíamos llegar a Londres para carnestolendas, en febrero. Si para el 10 de febrero la Corte ya está disuelta, y con ella, los poderes de justicia de la Cámara, nos quedan tan solo dieciocho días para completar el viaje, y en medio del recio invierno.

Moten se da vuelta para ocuparse de los caballos y Tom le hace burla por la espalda.

—¿Por qué le encargaron a este bastardo bocaza que se ocupara de nosotros? ¿Por qué el abad no escuchó a Salvius?

Hace un gesto grosero.

—Tal vez porque en la Cámara Estrellada nos espera el perdón del Rey —responde Benedict—. Podemos llevar nuestro reclamo contra los judíos.

—Cierra esa maldita boca —dice Geoff—. Tú tienes la culpa de que estén muertos.

No tiene intención de terminar con la pelea.

Liam me sonríe con cara de aburrido y me alcanza la capa y las mantas.

—Tenemos que abandonar el monasterio hoy mesmo. El abad dice que debemos marcharnos antes de que caiga el sol.

Al atardecer hay que estar en marcha. De acuerdo con la Regla de la Orden de Cluny, los restos de los difuntos no pueden permanecer al aire libre durante más de lo que dura un día. El abad está respetando esa regla y por eso ordenó que nos marcháramos con nuestros muertos antes del anochecer.

Nos dio dos caballos de tiro fuertes para arrastrar la carga así que el rocín viejo de Salvius está atado detrás del carro. También vendrán tres guardias, que suben yelmos, ballestas y armaduras adicionales en el carro junto con los muchachos congelados.

Todos me tratan igual que siempre, pero ¿Moten no estuvo contándoles mi historia al abad y a toda la multitud? *¿Salió a la luz mi verdad? ¿Qué saben los hombres de mí agora?*

Hay un único secreto que jamás conté, un enigma que nadie descubrirá jamás. De todos modos, aunque nunca se sepa, el resto de los misterios son más que suficientes para que me asesinen.

Se abren las puertas del monasterio y aparecen dos caballos nuevos, fuertes, que emanan nubes de vapor al exhalar; el abad se los ha prestado a Moten. Nos corremos.

Al otro lado del monasterio, donde acampamos la primera noche, el lodo se extiende como venas. Unos caminos y huellas van uniendo chozas pobres y tiendas armadas a la ligera.

Al otro lado del muro, en el abrigo, al resguardo del viento, hay otros como nosotros, que viajan al extranjero sin ataduras ni permiso de ningún lord, y monjes marginados que no cumplieron las reglas. Es un campamento donde están todos los que tienen prohibido pisar el Priorato de Santa María Magdalena, incluidos los ladrones con marcas de algún castigo (como un miembro amputado, un ojo arrancado) y juglares, mimos y actores errantes, entre otros.

Al lado de nuestro carro con los difuntos, hay otro con una carga bastante extraña también: una masa de rostros de madera de tamaño considerable. Logro distinguir algunas máscaras, las alas de un ángel, y al lado, las garras de un dragón. Es la Bestia del Apocalipsis. Este carro lleva los elementos de los actores. Realizan ese oficio vergonzoso, *artem illam ignominiosam*, pompa y teatro, sin permiso de ningún lord, y además está prohibido por la Santa Iglesia.

Los actores están sentados al aire libre, cerca de un fogón. Hay un muchacho con guedejas pajizas, una sirvienta de mediana edad y rostro de mal genio, un grandote de cuclillas al lado de las llamas y uno menudito con una tonsura que ya le queda chica en la cabeza.

Ensayan en el lodo congelado con la esperanza de que tal vez les permitan realizar la obra dentro del monasterio.

—¡*Usted, malquisto!* —proclama el que lleva una enorme corona con pequeñas esquirlas de vidrio brillantes—. *Sus artimañas dan asco. ¡Esas fábulas falsas... son tan densas!*

Cuando mueve la cabeza, los trocitos de vidrio brillan a la luz como si tuviese escamas en la piel. Es Dios Todopoderoso.

El resto de mi grupo ya está descargando el carro, pero no muevo un dedo para ayudarles. Estoy paralizada por los actores. Deus vuelve a hablar:

Adam, por haberte comido la manzana,

Andarás desnudo, hambriento y descalzo.

Comerás yerba, pasto y raíces.

Y deberás vagar por el mundo como un desgraciado.

Luego el Diablo se pone de pie. Habla, y Dios le responde. Tenemos muy poco para desempacar, así que al cabo de un rato, los guardias también miran y se van pasando una cantimplora con sidra. Al rato, los actores culminan el acto y colapsan al lado del fuego, agotados por el trabajo.

Moten saca salchichas y nabos del equipaje y pone a Benedict a cocinar. Quedamos asombrados ante semejante banquete, y nos vemos obligados a compartir esta comida tan lujosa. Salvius le agrega leña al fuego de los actores y amplía la ronda.

—Mientras tanto —les dice Tom a los actores—, ¡yo también tengo una historia para contar! Es la historia de nuestros hijos, que yacen aquí, muertos. Es la historia de su victoria.

He oído las historias de Tom en muchos días de feria. Sabe parodiar muy bien a los trovadores errantes y a los mimos que nos visitan en Pentecostés y en la víspera de San Juan.

Tom se atora con la cantimplora de cuero del guardia. Luego se pone de pie y eleva la voz para que se oiga por encima de las salchichas y el fuego que chisporrotean.

—La casa se quemó con el humo más negro que podáis imaginar. ¡Pelearon con cuchillos ensangrentados en la mano! Lucharon…

Geoff bufa.

—¿Cómo pelearon? Dinos. ¡Murieron en un maldito incendio! Estaban limpios de sangre. No hubo elementos de guerra, ni navajas, ni nada de toda esa mierda.

Tom mira furioso a Geoff.

—Cállate la boca, maldito porro.

Benedict lanza una carcajada de desprecio.

Tom se pone en pose de caballero.

—¡Nuestros muchachos tejieron las banderas heráldicas, las

monturas y los atuendos para las batallas! Tejían para *Sir* Peter y su peregrinación. Faltaban dos horas para el amanecer. Con corazones sagrados y llenos de optimismo, esperaban alcanzar la victoria.

El guardia que me sujeta le quita la cantimplora a Tom. Ya me dijo su nombre. Se llama Roben Broussart y me sonríe al pasarme la sidra. Sabe fuerte, destilada en los fuegos ardientes de agosto, con el sabor amargo de las manzanas podridas.

—¡Qué buena historia! —dice Roben—. ¡La historia de hombres ingleses!

Tom eructa con ganas y se limpia la boca.

—Nuestros hijos no sabían que la casa se quemaría con ese humo tan negro mientras dormían. ¡Es la traición del asesinato en la cama!

Geoff se ríe con cierto resentimiento.

—¡Ni siquiera dormían, maldito sandio! Trataron de salir, pero los habían encerrado.

Tom, con hipo por la borrachera, eleva la voz.

—Cuando las antorchas de repente silbaron, la sangre se derramó en un sacrificio sagrado. ¡Por cada hilo que tejieron, bendecido con sangre inocente, el fuego de un altar se encendió con tanta fuerza que el gran templo de Dios en el cielo podía verlo!

Liam me dice al oído:

—¡Pura mierda! ¿De verdad creerá que fue así?

—Agora cumplid vuestro deber, ¡¡jóvenes y orgullosos caballeros! —Tom se pone de pie y se balancea. Le cuesta hilar las palabras—. ¡Combatid a los franceses! Lanzas arriba, a veinte pies de altura, ¡y disparad las flechas bien puntiagudas y brillantes!

—¡Sí, como en Crécy, cuando derrotamos a los malditos franceses! —grita Roben.

Me acuerdo de Crécy. Supe de la batalla por boca del propio Eduardo. Tenía dieciséis años y mucho miedo. Estaba rodeado de veteranos canosos que lo duplicaban en edad y aún más en experiencia. El primer día en el campo, una lanza francesa le atravesó el yelmo a su escudero. Vio brotar los sesos y la sangre de ese hombre hasta la muerte.

Pero el padre de Eduardo le había dado una armadura árabe, negra como el ébano, y le había dicho que con ella se vería aterrador ante los demás. Y en cierto modo, fue así, incluso aquel primer día. Es extraño, pero llegado el momento, el color negro que usó para ocultar el miedo se convirtió en la actitud que mostró. En el suelo de Crécy, vestido de negro, ganó las espuelas con solo dieciséis años, y desde entonces, Eduardo siempre portó un recuerdo de aquella batalla: un símbolo negro con tres plumas blancas que les quitó a los franceses. Siempre imaginé al muchacho de rostro fresco, con ojos de color azul profundo, atemorizado y patizambo entre las lanzas dirigidas hacia él en medio de las praderas sangrientas.

A medida que Christian crecía, más se parecía a Eduardo. Imagino a mi hijo repleto de honores en las listas, con sus ojos azules brillosos como la escarcha en el yelmo de corazón de león.

Tom vuelve a tomar la cantimplora y le da un buen trago. Luego realiza maniobras como si clavara una espada y no la soltara.

—El tejido negro que hicieron, brillante como un cuervo, con las garras de león, el brillo rojo como rubíes de fuego, el resplandor amarillo como el sol…

Liam se ríe lacónico, como burlándose.

—¿Qué les sucedió a nuestros hijos, Tom? Esa historia no tiene nada que ver con ellos. ¿Por qué mencionas a los franchutes?

—Nuestros hijos cosieron la heráldica noble en la cota de malla y en los petos —balbucea Tom.

Geoff bufa.

—Mierda. ¡Pura mierda! Quisiera saber si…

—¡La única mierda es la que sale de tu boca! —vocifera Tom. Camina como puede por la borrachera y lo mira furioso a Geoff y a nosotros—. Entonces cuenta tu propia historia, Geoff. ¡Eres un malsín!

—Nuestros hijos están allí, muertos —Geoff los señala con una mano de carpintero que no tiembla ni un poco—, ¡y yo, por mi parte, quiero que se haga justicia!

Se acerca y, en confianza, nos dice:

—A decir verdad, todavía estoy averiguando quiénes hicieron esta barbaridad.

—Te has vuelto loco —dice Liam—. Los bandidos, los que servían a lord Bellecort, ellos quemaron a nuestros muchachos.

—No —dice Tom—. Esa bruja está aquí. La facinerosa que nos hizo esto está entre nosotros.

—¿Qué bruja? —dice Salvius de golpe.

—Fue un hechizo. Estoy seguro —grita Tom—. Un hechizo para taparnos los ojos. Esa bruja complotó con Hob todo el tiempo, y encontró la manera de que se nos acusara y condenara.

—¡Yo también lo pensé! —dice Geoff—. La que embrujó a Hob.

—¿Y esa mujer que el monje le describió al abad? —dice Salvius.

—Usted —Tom señala a Moten—. Usted la nombró. ¿Una mujer escondida? ¿Una bruja, eh? ¡Una bruja, mujer!

—Por primera vez estamos de acuerdo —dice Geoff—. Esto es obra de una bruja. Y está aquí, entre nosotros.

Moten carraspea.

—Esa mujer de la que hablé… En verdad…

Desvía los ojos en dirección a mí. Me siento, imperturbable. El corazón se me acelera.

Moten vuelve a hablar.

CAPÍTULO 19

ARDE EL FUEGO, y las chispas se agitan y se elevan en la noche. Las máscaras de los actores, abarrotadas en el carro, se reflejan en las llamas y relucen a nuestras espaldas como rostros falsos que cambian con la luz.

—Es muy real —dice Moten—. Sé dónde se encuentra agora.

Miro hacia otro lado y Moten aprieta fuerte la boca. Frunce el ceño.

Benedict se inclina.

—¿Por qué dijo que esa bruja estuvo en el monasterio hace años?

—Bueno… Yo —tartamudea—… Es verdad que le conté al abad sobre el rumor de una mujer que robó un tesoro. Y esa mujer tenía motivos para huir.

Hace una pausa.

—¿Entonces? Adelante —grita Geoff mientras señala a Moten—. ¿Qué hay de verdad en esa historia que le contó al abad sobre una noble?

Moten mueve la boca, pero no emite sonido.

—¡Hable! —dice Salvius impaciente—. Convirtió la muerte de nuestros hijos en una cuestión de orgullo noble, ¿no es así? Todo hombre con túnica tiene derecho a discutir ante el rey. Entonces le habló al abad sobre una mujer de la Corte que huyó con un tesoro real. La bruja de la que hablamos, ¿es esa misma mujer? —farfulla.

—Bueno… Yo… eh… Yo también oí rumores sobre esa mujer hace años.

Hace otra pausa. El corazón me late con tanta fuerza que estoy segura de que los hombres pueden verlo.

—Llegó aquí, a este monasterio. Cuando ya se había marchado, llegó un mensaje. Lo trajo un mensajero de la Corona.

—Sí, lo recuerdo —resopla Tom—. Hace nueve o diez años, un mensajero anduvo por todas las aldeas de la Corona ofreciendo una recompensa.

Roben, el guardia se inclina para escuchar.

—¿Recompensa? ¿A cambio de qué?

—De una mujer rica que le había robado un tesoro a la Corona —explica Benedict—. Así que estuvimos atentos a ver si aparecía algún carruaje suntuoso, algún caballo fino, alguien que hiciera alarde de ganancias ilícitas. Pero nunca vimos a nadie así por la aldea.

—A decir verdad, creo que se las ingenió para llegar a nuestros bosques —dice Geoff—. Nos siguió hasta aquí. Esa bruja mató a nuestros hijos y haré que agora la maten a ella por la vida de mi hijo. La he visto cerca de la aldea.

Parpadeo sorprendida.

Salvius sonríe en tono burlón.

—Ajá. ¿La viste en alguna de las visiones de borracho que tiene Tom?

—¿Tú también tienes visiones agora? —pregunta Tom.

—No —responde Geoff medio gruñón—. La he visto en el medio del bosque una vez, bailando con la otra bruja. ¿No la recuerdas, Sal?

Salvius se encoje y, en ese momento, me doy cuenta de que estuvo enamorado de Nell.

—Os aseguro. Yo vi a esa mujer extraña con ella, una mujer que no había visto nunca antes. Se reían fuerte y cantaban en el medio del bosque. Estaban lejos, al otro lado del valle, pero las vi. Celebraban algo. ¡Tal vez el fin de algún niño que mataron!

—Fuego fatuo. Una mujer chamán —susurra Tom—. ¡Brujas!

Roben se carcajea.

—¿Qué brujas son esas?

Tom también se ríe, pero cuando Geoff lo señala, se detiene.

—Tú sabes quién era la bruja.

—Nell —dice Tom.

—Ajá —Geoff asintió con la cabeza.

—La que encontraron en su granjita —responde rápido Liam—. No sé si la mataron por brujerías o no, pero…

—Tú la conocías, a esa tal Nell —Geoff señala a Salvius—. Eran amigos, ¿verdad?

Salvius da media vuelta y lo mira fijo. Se aclara la garganta. Tiene la mirada acerada y tranquila.

—La fui a ver porque quería una tintura para mi hijo, para Cole, que había sufrido una parálisis. Eso es todo.

El leño sisea y hace una lengua de fuego. Vuelan chispas en el aire. Las lucecitas parpadean, pero puedo ver un fosfeno tenue, vapor y cenizas.

Salvius logra salvarse. Pero si me pueden usar de chivo expiatorio, todo estará perdido. Nunca sabré quién mató a mi hijo.

—¡Maldita sea, te estoy diciendo la verdad! —dice Geoff—. No era la única. Había otra mujer con esa tal Nell. Cantaban y bailaban entre los árboles, en el medio del bosque adonde solo van los leñadores. Yo andaba buscando cedro para un trabajo de labrado de lord Peter. Me había encargado cedro labrado para el banquete de Navidad con la aristocracia. Así que estuve ahí, y la vi.

Se me hiela la sangre con el recuerdo. Es verdad que Geoff nos vio. Recuerdo cuando nos pusimos flores en la cabeza y Nell me persuadió para que bailara con ella. Por primera vez en años, me había vuelto a sentir una niña. Está claro que no fui la única que lo pensó.

—¿Por qué nunca dijiste nada? —pregunta Roben.

—¿Qué? ¿Que vi dos mujeres bailando como niñitas? Es que recién agora, luego de tantos años, me doy cuenta de que había un secreto oscuro en el bosque.

—¿Y será parte de una conspiración junto con esa otra mujer de la Corte? ¿O es la misma mujer?

—No lo sé.

Pero Roben parece comprender.

—Y cuando aquella bruja murió…

—Nell —dice Liam.

—Ajá —Geoff lo mira de reojo—, cuando murió, jamás se pudo encontrar a la otra. Os aseguro. Hay una mujer, una criatura escondida en el bosque, y tenía un plan siniestro. Y cuando vi la huella de herradura en el camino, con el casco del caballo agrietado, supe que estaba delante de nosotros. Nos mandó los bandidos, les transmitió sus pensamientos malvados y les echó una maldición para que vinieran a matarnos a todos.

—¡Badajadas! —dice Cole de repente—. No hay ninguna bruja, ninguna mujer nos deseó el mal. La verdad es que…

De repente, temo que mi hijo Christian le haya contado a Cole mi verdad. Luego Salvius lo atrapa con los enormes brazos.

—Cole, muchacho —le dice con voz suave—, silencio. No es bueno hablar de Nell. Cállate.

Estoy agradecida a Salvius, pero algo cambia en mí cuando lo oigo susurrar esas palabras. Nell tiene que haber sido importante para él. ¡Si tan solo dijera algo más sobre la historia de mi amiga!

Cole murmura algo, pero se calma. Creo que hasta aquí llegó el tema, así que suspiro aliviada.

Sin embargo, de repente Liam lo retoma.

—Yo una vez salí en busca de esa otra —dice.

—¿Quién? —contesta Geoff— ¿Nell?

—No, esa de la Corte que mencionaste. Tú conoces mi crimen.

Geoff asintió con la cabeza. Les hace un gesto a los hombres reunidos alrededor del fuego.

—¿Les contarías tu secreto agora?

Liam asiente resignado.

—Ya estoy perdido. ¿Qué más podrían hacerme? Pronto, todos lo sabrán. Amigos, soy un desertor. Abandoné el ejército Real.

Roben, el guardia, se inclina con los ojos bien abiertos.

—¿Serviste al rey?

—Sí —responde Liam—. Veréis, yo era arquero del rey, y bueno...
me mandó a buscarla. Me mandaron a buscar a esa mujer ambiciosa
que se había robado un gran tesoro de la Corona.

Roben queda boquiabierto.

—¿Fuiste arquero?

—Esta es la pura verdad —dice Liam con una mano en el
corazón—. ¡Juré lealtad! Fui arquero durante años en el ejército del
rey, y luego me enviaron tras esa fugitiva.

Me da vueltas la cabeza. Es la primera vez que me entero del
pasado de Liam como arquero y espía del rey. *¿Este era el crimen que
Liam ocultó durante años? ¿Deserción del ejército?*

Sabía que Liam había llegado a la aldea apenas unos meses antes
que yo, pero ya casi ni me acordaba de los retales andrajosos de una
faja de arquero que llevaba la primera vez que lo vi.

¿Seguirá siendo espía del rey?

Roben toma del brazo a otro guardia.

—¡Sacad la cerveza! ¡Cerveza para todos por el arquero de arco
largo que tenemos entre nosotros!

Nos sirven cerveza mientras Liam continúa.

—Y pensé que sería arquero por el resto de mi vida. Pero todos
saben lo que me sucedió en la aldea.

—Sí. Conociste a la muchacha más hermosa de este lado del
Támesis.

Tom levanta la cerveza a modo de brindis por la belleza de Kate.

—Exacto. Kate me atrapó con sus encantos. Y allí me asenté, en la
aldea de Duns. Así que, bueno, tenemos dos hijos.

Liam bebe un trago de cerveza. El rostro se le entristece al mirar
hacia el carro.

—Agora, solo uno.

Pero Roben se entusiasmó con el tema.

—¡Cuéntanos sobre la misión del rey! ¿Entonces eras un espía en busca de una fugitiva? ¿Y cuál era tu misión?

—En verdad, no nos dijeron casi nada. La habían visto yendo hacia el norte, pero luego se la tragó la tierra. La última vez que la vieron, estaba en el camino que me llevó hacia la aldea. Y allí terminó mi búsqueda.

—Deserté del ejército, quedé rezagado. Nunca encontré a esa bruja, quienquiera que haya sido —Liam se encoje de hombros—. Así que falté a mi promesa y desde entonces, soy un fugitivo del ejército del rey, incluso agora, luego de tantos años.

Roben se ríe.

—Supongo que todavía podrías buscarla, ¿o no? ¿Ofrecieron oro?

—Sí, la buscaba la Corona. ¡Ofrecían una buena cantidad de oro a quien la encontrara! Dedujeron que estaba a la fuga, pero no sé cómo pudo esconderse alguien como ella. Cualquiera habría identificado a la distancia a una ladrona endeble de la Corte, con un caballo fino y todo eso.

—Sí, eso es cierto —dice Benedict—. Y las mujeres de la Corte son débiles y de complexión delgada.

De reojo, miro a Geoff y a Liam. Ninguno me supera en altura. Antes era menudita, pero haber parido a un hijo, sumado al trabajo en la herrería y en el molino, me ha cambiado el cuerpo. Ya estoy muy lejos de ser una niñita. Ahora tengo brazos grandes y fuertes.

—Sí... me gustan así... debiluchas —masculla Tom.

—Eres un sandio —dice Geoff.

—¡Y tú, un bastardo!

Tom va hacia él con una actitud de salvaje. Geoff le hace una zancadilla para tumbarlo y al cabo de un momento, ruedan por el suelo.

Liam habla por encima de los dos pendencieros.

—Nos dijeron que tenía una cabellera blanca y brillante como el sol. Se supone que así la reconoceríamos.

Me toco el pelo, todo descuidado. En algún momento tuve una

melena de color dorado oscuro por el sol del verano, y brillante como el cobre en invierno. Ahora, en medio de mi cabello cortado comenzaron a aparecer algunos de color plata y plomo, sin nada de brillo. Está disparejo, corto. Se me escapa una sonrisa irónica. No corro ningún peligro luego de lo que Liam acaba de revelar.

—Llevaba un tesoro —dice Liam—, pero nunca nadie supo de qué se trataba.

Echo un vistazo al carro con esa carga horrible. Me costaba quitarle los ojos de encima a mi hijo, tanto cuando dormía como cuando deambulaba despierto. Era la razón de mi vida. Mi único tesoro auténtico.

—Pero, ¿se llevó oro y plata? —pregunta Geoff—. ¿Podríamos quedárnoslo?

Debajo de la capa, siento el borde redondeado del colgante y el anillo fríos sobre mi piel. Lo último que me queda de plata verdadera sigue escondido aquí, bien sujeto al vendaje de mis pechos. La última reliquia familiar la tengo a salvo.

Moten eleva la voz.

—Puedo contaros más sobre lo que le dije al abad —dice en un tono bien alto mientras me mira de reojo—. Puedo deciros quién es y…

Geoff se acerca de manera muy peligrosa al fuego y tira de los pelos de su oponente con fuerza. Tom chilla y maldice. Decido unirme a la melé. Me pongo de pie y le doy un empujoncito en el codo a Moten que le hace derramar la cerveza en toda la sotana.

—¿Qué haces? —farfulla—. Acabas de…

Y ahí es cuando levanto el puño y le golpeo la cara con todas mis fuerzas.

Benedict se queda sin aire.

—¿Qué le hizo el monje a Mendo?

Cole alienta a ciegas una pelea.

—Creo que a Mendo no le debe haber gustado toda esa conversación sobre las brujas —dice Liam mientras se aleja.

—Mendo, por Dios, no le pegues al monje, maldito bausán —dice Salvius.

Moten eleva los brazos y me empuja, pero yo me quito de encima sus manitos débiles de académico para poder pegarle de nuevo. Lo golpeo en los ojos, lo dejo ciego y hago que tropiece. Luego, de un empujón, termina en el lodo. Entonces Roben, el guardia, se pone de pie, renguea en dirección a Moten para ayudarlo, pero antes de que me alcance, vuelvo a pegarle y le entierro el puño en el vientre. Moten tiene los ojos enormes y aterrados. Solo se ven blancos. Los guardias me apartan.

Ayúdame, Dios. Quiero generarle miedo para que no cuente mi historia, para que nunca revele mis secretos. Necesito acobardarlo y mantenerlo callado.

Una bocanada de aire helado arrastra la nevisca furiosa con trocitos de hielo que danzan en el viento. Las motas de escarcha me salpican el pelo como una plaga de insectos de color ceniciento.

Los guardias me tiran sobre las mantas. Estoy rodeada por todos los flancos. No tengo a Christian, ni a Nell, ni a Salvius, ni a Moten. Estoy completamente sola. El mundo me dio la espalda.

La lluvia congelada sisea al caer en el fuego débil. Es una noche de cellisca y mucha nieve que se remolina y nos entra en los ojos. La última luz llamea y se apaga.

CAPÍTULO 20

POR LA MAÑANA, el cielo se ve oscuro y obstruido por la nieve. Partimos temprano por el Camino Blanco[2]. El monasterio se desvanece a nuestras espaldas como una mancha en una ventana de hule hasta que lo perdemos de vista.

—Podríamos llegar a Londres en quince días —anuncia Moten—. Copié un mapa donde se puede ir rápido por el Camino Blanco entre Peterborough y Londres, siempre y cuando contemos con corceles ágiles, buen tiempo y suerte.

Nadie se atreve a mencionarle a Moten que nuestros corceles son caballos lentos de tiro. El aire huele a nieve y la suerte se nos pone en contra. Recorrer esta distancia podría llevar muchas semanas, y según mis cálculos, solo nos quedan diecisiete días para llegar a Londres.

Ahora se nos sumaron unos peregrinos zaparrastrosos que, por el bien de todos, viajan atados unos con otros. Entre ellos, se encuentran los actores con el carro abigarrado y algunos nobles. El grupo de hombres con túnicas heráldicas y armas de la nobleza también se nos une. Acompañan a una *lady* vestida de rojo y dorado. La he visto en el vestíbulo del abad con el velo gris de duelo sobre la librea reluciente.

Al mediodía, almorzamos, así que se levanta el velo para comer.

---

2   Antiguo camino construido originalmente por los romanos, caracterizado por sus piedras blancas.

Su rostro brilla con el aceite limpio, y debajo de ese resplandor, lleva una raya curvilínea en cada ceja dibujada con un trozo de cáñamo carbonizado. Tiene las mejillas ruborizadas para que el color rosado dé la sensación de calidez. Recuerdo cuando Teresa de Avignon se hundía una aguja en el pulgar, extraía dos gotas gordas de sangre y se frotaba una en cada mejilla para que el rostro se le ruborizara y tuviera un aspecto más cálido.

Me sobresalto al reconocerla.

Sé que la conozco.

Comenzó como una huérfana en Canterbury, una novicia como yo. Luego estuvo al servicio de la *Lady* de Doncaster. Ahora, ya madura, la niña parece haber tomado el lugar de aquella mujer augusta. Quizás a su excelencia le pareció atractiva esta camarera jovencita, y tal vez por eso la haya llevado a su alcoba. El lord es la mismísima persona por la que la *lady* está ahora de duelo.

Los ojos de mirada penetrante se desvían hacia donde estoy yo. Rápido, escondo la cabeza.

En medio de la tropa de soldados vestida de rojo y dorado, la *lady* se pone de pie con gracia y en una actitud de autoridad. Sin embargo, en mi mente, veo a la niña menuda y límpida que alguna vez fue. La rueda de Fortuna gira al azar, y a él queda librada cada vida.

Ahora yo estoy del otro lado de la rueda de Fortuna, custodiada por los guardias como prisionera. Con Geoff, estamos obligados a caminar con cadenas como castigo por las palizas que dimos la noche anterior. Esta vez sí encontraron la manera de que las esposas me sujeten bien.

Se supone que los demás hombres de Duns también son prisioneros, pero andan libres entre los guardias. No tiene sentido constreñir a los viajeros en un camino tan peligroso.

Moten va cerca de la *lady*. Ni me mira, salvo cuando piensa que no lo estoy viendo y me observa de reojo. Le quedó un ojo negro y tiene un moretón en la mejilla. Todavía no logra entender.

Salvius se congració con Moten y camina altanero junto a él y a esta *lady* del Reino, siempre con actitud señorial y una librea noble.

Moten pregona los detalles del debate que tuvo con el abad ante Salvius y la *lady*. Luego, cuando ella ya pierde el interés, cuenta cuentos de un monje y una doncella que deambulan juntos por el monasterio, historias de sus aventuras. A decir verdad, puedo identificar a la doncella que describe. Cada detalle me recuerda a mí cuando era joven. El retrato que pinta es fiel a la historia, pero ya casi no recuerdo aquellas correrías. Después de todo, solo pasé una temporada en su monasterio, un verano corto antes de oír los rumores de que habría hombres en el camino abierto en busca de una mujer con mis características. Una noche, me fui sin avisar.

En todos estos años, pasé de ser una doncella con un bebé en brazos a convertirme en un padre, y madre, aunque en secreto. Crié a un hijo, me convertí en hombre y llevé la vida de un mudo. Durante todo ese tiempo, estuve en el ojo de la tormenta. Los sucesos, las vicisitudes se precipitaban como avalanchas y luego fluían sin dejar de salpicarnos y de derramarse alrededor de mi hijo y de mí.

Mientras tanto, Moten se mantuvo inmóvil, apretujado en su celda monástica. Nada cambió para él en las aguas tranquilas del Priorato de Santa María Magdalena. Los recuerdos de mi breve estadía están frescos en su mente. Para el pobre Hermano Moten, es como si me hubiese marchado anoche del monasterio.

Veo que de vez en cuando me echa un vistazo preocupado, y a decir verdad, es simplemente un ingenuo. Me traicionaría solo por ignorante o inocente. Es un niño en un mundo de hombres, pero mi corazón ya no puede ceder. Hice lo que pude para mantenerme viva. Hice que se mordiera la lengua y no me arrepiento.

Avanzada la tarde, dimos con una estructura de madera ahumada, zarzos rotos y caídos, y pegollos chamuscados por el fuego. Me recuerda el incendio que mató a nuestros muchachos y la granjita quemada de Nell.

El establo que hay aquí cerca también es una enorme ruina. Se cayeron piedras de las paredes y allí quedaron, negras, desparramadas en la nieve recién caída. Hay restos aislados que no se cubrieron de nieve aún, así que podemos decir que acaba de incendiarse. Alguien comió, bebió, durmió aquí, pero ya no queda nadie.

De repente, recuerdo a Nell deambulando conmigo en las profundidades del bosque y diciéndome el nombre de cada pájaro que trinaba. Zorzales reales, bisbitas, alondras y pinzones. Aún puedo oír en mi mente el cantito descendente del pinzón haciendo eco durante todos esos meses.

Aquí no hay ningún pinzón. No hay un solo pájaro. Lo único que se ve es un árbol solitario que extiende sus ramas retorcidas sobre las ruinas recientes. De la rama más baja, cuelga un tramo de soga. Al verla, siento que una campana profunda comienza a sonarme en el pecho. Es el ritmo que marca todos mis años de terror. Una imagen que me acompaña todas las noches, en cada momento de mi sueño atormentado.

Nell al día siguiente. La soga con ese triple nudo extraño y tirante alrededor del cuello, y su cuerpo moreteado y golpeado. La última imagen que me quedó de ella es la de su rostro silencioso salpicado de tierra fresca en el pozo profundo que cavé. Es el recuerdo que me hace mantener la lengua inmóvil.

El trozo de fibra de cáñamo entretejida que cuelga por encima de la casa quemada podría ser inocuo, como los restos del columpio de un niño. Sin embargo, mi mente solo puede ver el cuerpo de Nell girando lento sobre el caldero vacío, al lado del horror y el espanto de aquella casa carbonizada.

Me cubro los ojos y doy media vuelta. Soy la única a la que le afecta tanto.

La *lady*, por su parte, ve el lugar quemado como una mera curiosidad. Junto a su sirviente, pisa con mucha delicadeza en el umbral calcinado y la paja carbonizada. Luego gira y sonríe al ver el manzano frondoso. Ni se imagina el espanto que invade mi mente al verla acercarse a la rama, tomar el trozo de soga y balancearse con su atuendo de color rojo brillante.

Más allá de su condición de noble y la rapidez mental que pueda tener, no puede alcanzar la felicidad plena. Es su naturaleza. En el rostro regocijado, puedo ver a la niña que recuerdo rengueando a toda velocidad para unirse a sus compañeritos de juego años atrás. Se mueve hacia adelante y hacia atrás en la brisa, sin cuidado ni miedo.

Pero no todo está perdido. Descubro que puedo respirar una vez más. Pienso en Eduardo, y mantengo vivas las esperanzas.

Mi mente deambula por el pasado, cuando caminaba de la mano con Eduardo en primavera, entre los almendros en flor y la esencia de las lilas que decoraban el aire. Y en ese momento, escucho que alguien pronuncia su nombre.

—...Eduardo en Crécy en el cuarenta y seis, cuando mi lord remontaba con él. De hecho, Eduardo recibió una armadura negra como una ciruela.

Es la voz aguda y estridente de la lady.

Ahora, Moten y Salvius la escuchan.

—Su primera batalla —dice Salvius—. ¿Pero no era apenas un muchacho en aquel entonces?

—Le aseguro que Eduardo no estaba solo en la aventura —La *lady* eleva la voz con orgullo—. Uno de los que le ayudaron a liderar a sus hombres en Crécy fue mi propio lord Doncaster, que Dios lo tenga en la gloria. Mi lord estuvo al mando del flanco junto a él.

Noto que Salvius no quita los ojos de las espadas cortas tan elegantes que llevan los hombres de la *lady* en vainas doradas. De hecho, entrada la tarde, Salvius se toma algunos atrevimientos. Luego de muchos elogios, le pide vestir los colores de Doncaster. De hecho, proclama que para él sería un honor y que lo haría en tributo al difunto lord. La *lady* acepta el cumplido con elegancia y le da una de las túnicas de su casa de color dorado y rojo brillante.

Salvius reemplaza la túnica vieja, quemada y deforme de la casa de lord Peter por la nueva, de color rojo brillante, de Doncaster y la lleva con orgullo.

La *lady* continúa la charla sobre batallas y gloria. Ahora habla sobre la batalla de Poitiers, donde la fama de Eduardo creció. Describe las filas de hombres con lanzas y la deslumbrante heráldica de la batalla. Cuenta que Eduardo utilizó las mismas tácticas que había aprendido en Crécy. Hizo avanzar a los franceses simulando debilidad y luego los aplastó con un golpe duro. Su voz es alegre y estridente y el tono festivo llega hasta nosotros, aunque caminemos detrás.

—Al regreso de Poitiers, Eduardo se casó —dice—, con Juana, la bella doncella de Kent que conocía desde la niñez.

Siento que me quedo sin aire. Eduardo se casó tan solo un año después de haberme perdido en Canterbury. Y si la memoria no me falla, Juana era bastante ligera. No se cansaba de pasar de un hombre a otro. Ya se había casado antes, y creo que más de una vez. Para algunas, acostarse con otros es un deporte, un juego de cortesanos lujuriosos. Eduardo siempre habló de esos hábitos con desprecio. ¿Cómo pudo mi Eduardo casarse con ella?

La *lady* sigue parloteando.

—Sí, con la bella doncella de Kent. Vivieron en Aquitaine y Woodstock. Tuvieron dos hijos, uno falleció y el otro...

Es un matrimonio por conveniencia; lo arreglaron para darle herederos, concluyo. *No ama a Juana.*

—El otro muchacho vive, pero dicen que es frágil, un muchacho pequeñito y débil hasta el día de hoy. Siempre quisimos ir a Woodstock, como cuando los visitábamos por periodos breves en Aquitaine. Pero después, como os dije, Eduardo contrajo esa enfermedad debilitante.

¿Eduardo está enfermo? Los curas dicen que pronto viene el Anticristo y hay plagas de las que son víctimas hasta los lores.

No importa. Yo estaría a su lado en el dolor. Ahora podría ir con él y cuidarlo en la vejez. Mientras armamos el campamento para la noche, no puedo dejar de pensar en Eduardo. Está atrapado en un matrimonio sin amor, con un hijo muerto.

Iré con él. Lo consolaré en medio del dolor y la pérdida. *Todo estará bien.*

Luego de pasar la choza quemada, doblamos y el camino se bifurca. Hacia un lado, está el Camino Blanco, y muy viejo. Es el camino hacia Roma.

El otro sendero va hacia el este, lejos del sol tardío. Es un sendero más nuevo, lleno de lodo y rodadas. Es el que lleva al condado de Ely y al de Norfolk.

La compañía noble se prepara para partir hacia las tierras de Doncaster y, junto con la *lady*, se marchan la mitad de los peregrinos. Los actores también van con ella y se llevan el carro abigarrado con máscaras. Nuestro pequeño grupo custodiado seguirá solo por el Camino Blanco hacia Londres.

La *lady* se despide de Moten y de Salvius y les da túnicas y capas con la imagen del caballo dorado en un campo rojo, el símbolo noble de su casa. Me da la impresión de que cree que Salvius es más que un simple campesino porque incluso le dice que puede vestir los colores en el camino abierto, lo cual es un gran honor. Salvius demuestra merecer el honor, se inclina para besarle la mano y le agradece con elegancia.

Moten, agradecido también por el regalo, le ofrece hablar con los demás en su nombre.

—Cuando llegue a la Corte, hablaré con Eduardo de Woodstock sobre su casa de Doncaster.

La *lady* asiente con delicadeza y un pequeño gesto.

—Eduardo de Woodstock ha muerto. ¿No os conté eso? El lord de Woodstock partió al cielo.

Al oír esas palabras, siento que una roca cae sobre mí y me hunde el corazón. *Eduardo está muerto.* Se me nubla la vista y siento que las venas se me llenan de un plomo espeso.

Las nubes se deslizan con gran rapidez y cubren el cielo. Parecen pesadas como enormes pilares de plomo, fijos como piedras. Sin embargo, al cabo de un momento, la nube más grande desaparece. Colapsó al extenderse la bruma. El tiempo pasa y, con él, se va llevando todos los cuerpos.

—Lo mejor de los Plantagenet ya ha partido. Primero, Eduardo, y luego, también su padre. Agora solo queda un muchachito de diez años de la dinastía. Y Juan de Gante, claro, que mira el trono más que nunca.

—Ah —Salvius también está sorprendido—. Qué triste noticia. ¿Entonces ya lo enterraron, en las tierras de su familia?

La *lady* vuelve a reírse como un pájaro, pero esta vez, la risa es sardónica.

—No creerán dónde pidió ser enterrado el lord. Dejad que os cuente...

Pero ya no escucho ese parloteo estúpido. He pasado los últimos años de mi vida esperando recuperar ese posible amor, aferrada a ese pequeñísimo hilo de esperanza, pero ahora que la esperanza está perdida, no podré saber la verdad sobre lo que Eduardo sentía por mí. Nunca lo sabré. El Conde de Hereford ganó.

La *lady* dobla con el caballo y una última frase se va perdiendo en el aire.

—Sí, Eduardo ha muerto y se llevó con él toda la caballerosidad de su reino. *Au revoir.*

Las nubes se oscurecen, como si se hubiesen oxidado en el centro, como si el cielo mismo estuviera por caerse sobre mí y consumirme con un torbellino furioso de dolor.

No puedo ir por él porque ya no está. Ya no puedo probar ninguna verdad. Está muerto. Sepultado bajo tierra.

Cuando me fui de la Abadía de Canterbury hace muchos años, en la oscuridad de la noche, tomé el anillo de Eduardo como una reliquia sagrada. Lo sostuve con fuerza como si tan solo eso bastara para contradecir lo que me habían dicho, como si ese solo anillo pudiera mantenerme viva.

Me invaden los recuerdos de la vida junto a Eduardo, tan poderosos y tristes que otra vez me dan escalofríos y me arrastran.

CAPÍTULO 21

AQUELLA PRIMERA VEZ que Eduardo me convirtió en su amante, estaba sorprendida, consternada. Tal vez no es que no quería, sino que no estaba preparada para el dolor y la conmoción; fue como si una navaja caliente me cortara. No fue lo que esperaba. No hubo caricias ni dulces besos. Dolió, pero fue una mezcla extraña de dolor y placer. Y allí, algo invisible nos unió.

Estaba decidida a dejar atrás a Eduardo y el engreimiento excesivo. Mis planes eran convertirme en una académica y en una abadesa en los próximos años, y nunca más volvería a pensar en el amor o en los placeres de la carne. Así que me sumergí en los libros y en las leyendas antiguas.

Pero Eduardo se encargó de que no lo olvidara. Cambió la manera de atraparme. En lugar de la actitud altanera, se convirtió en un peregrino de mi santuario, y todas las mañanas venía al scriptorium.

Luego de aquel primer momento sórdido en las catacumbas, le dije que no volviera a hablarme. Por eso me sorprendían sus demostraciones de amor una y otra vez. Lirios y azucenas me traía en primavera. En verano, girasoles.

Ya no quedaban más restos de su arrogancia ni me hacía sentir inferior. Era un hombre sediento en medio de un desierto, o al menos así lo veía yo. Así que me volvió a ganar, por segunda vez. Mirarlo volvió a ser un placer. Intenté desesperada esconder mi propia necesidad, quise ser fuerte y no debilitarme.

Pero cuando llegó el otoño, me trajo manzanas jugosas y frescas, y se me ablandó el corazón con su deseo.

Como la primera mujer que cayó en la tentación de la manzana... tal vez así caí yo también. ¿Pero quién no se habría entregado al deseo de Eduardo? Para entonces, ya no era un noble condescendiente sino un niño necesitado de cualquier caricia que yo me dignara a darle. Detrás de la coraza de poder, era tan pero tan débil. Así que volví a hablarle, y la pasión y las charlas en las catacumbas revivieron.

Al cabo de unos meses, cuando regresó la primavera, descubrí que el flujo de sangre ya no venía, y comencé a dudar. ¿Qué pensaría Eduardo?

Y una vez más, me sorprendió. La alegría lo desbordó.

Pensé que quizás me tomaría como su consorte, en una casa de su nombre, pero tenía aspiraciones altas. Si bien nací plebeya, había ganado conocimientos y autoridad. Ya era asistente de la abadesa y me apreciaban. Eduardo me dijo que me concedería tierras, que me daría un nombre más allá de mi condición social, y mucho más que eso. Aunque yo no dije ni hice nada, planeaba sacarme de la abadía y casarse de inmediato conmigo.

Durante los brumosos días de marzo, abril y mayo, viajé lejos de la abadía junto a él por tierras a lo largo y a lo ancho del reino hasta que terminé conociendo a todos los de su entorno. Todas las *ladies* me saludaban de igual a igual, y los caballeros me respetaban.

De todos modos, yo no había dejado los hábitos así que regresaba todos los meses al claustro para la absolución.

Por último, fuimos a Londres a visitar a la Corte, y luego me tomé un día para responder al último pedido de mi madre. Traté con todas mis fuerzas de cumplir la promesa que le había hecho. No le conté a nadie sobre sus palabras, pero ni siquiera en secreto pude encontrar a la gente de la que me habló. Ahora sé que debería haber intentado una vez más; debería haber aprovechado al máximo la autoridad de la que en ese momento gozaba. Le fallé. Me distraje con Eduardo y todas sus promesas, pero jamás olvidé lo que debo hacer por mi madre, la misión que me encomendó antes de morir.

Una vez, Eduardo me llevó a la costa, al mismísimo lugar en el que había vivido en mi niñez, descuidado y abandonado durante años.

—Este era mi hogar —le dije mientras observaba los restos de los corrales viejos y de las granjas destruidas. Sentía que estaba soñando.

Los senderos de mi niñez ahora estaban llenos de enredaderas y yuyos altos.

—Sí —dijo—. Luego de mucho buscar, lo encontré. Para ti, y nada más que para ti. Un lugar sin nombre.

—Alguna vez sí tuvo nombre —le dije—. Cuando aquí todavía vivía gente, se llamaba Houmout. Mi padre, que Dios lo tenga en la gloria, fue quien le puso el nombre.

—Coraje —dijo Eduardo—. Significa 'coraje' en bajo alemán.

—¿De verdad? —murmuré, pensando en mi padre.

En ningún momento le cuento a Eduardo sobre aquella última orden de mi madre. Tal vez el nombre *Houmout* tiene algo que ver con ese secreto, con aquella promesa que hice. No lo sé, pero Eduardo me tomó de la mano.

—Sí —dijo con firmeza—. Así que ese sería también tu nombre.

—¿Qué quieres decir?

—Tu lugar de origen. Así como yo soy Eduardo de Woodstock, tú eres Miriam de Houmout.

—Sí —dije.

Los labios se me entumecieron por el aluvión de recuerdos que me cayó en ese lugar... La época en que corría entre los pastos altos, cerca de las olas del mar, riendo con mi madre allí cerca. Y también recuerdos más recientes, de cuando vi a mi familia sufrir hasta la muerte.

En el lecho de muerte, temblorosa y casi sin poder respirar, mi madre pronunció palabras que nadie más pudo oír y me las entregó como su último secreto, con mi promesa de que cumpliría esa última voluntad. Yo era la única que podía mantener vivo su nombre. Ya no quedaba nadie con vida en la aldea.

—Soy la única que queda —le dije—. Soy la única en la historia que llevará este nombre, por siempre.

Eduardo me tomó la mano con firmeza y se la llevó a los labios.

—Entonces mantendremos vivo el nombre, yo no permitiré que muera. Seré Eduardo Houmout. Houmout estará en mi cimera, ¡lo juro! Es un buen nombre para un líder de hombres, para un lord, ¡e incluso un lindo nombre para un rey!

Me reí y pateé una ola para salpicarle las botas pesadas y fuertes.

—Ah, puras palabrerías —dije—. Eres Eduardo de Woodstock. ¡El nombre de una aldea pequeña no es para gente como tú!

Niego con la cabeza ante su fantasía romántica.

—Ven, Eduardo, ¡no seas tonto! Esto no es más que una aldea común y yo no soy más que una muchacha común de quien te burlas…

Sin previo aviso, me llevó hacia él y luego, de golpe, hundió una rodilla en las olas que bajaban.

—Para mí, no eres ninguna muchacha común. Eres noble de alma, mejor que cualquiera de las que conocí todos estos años, y quisiera convertirte en mi *lady*. Seré tu servidor, Miriam Houmout.

Luego volvió a hablar en su lengua materna, ese idioma germánico al que parecía recurrir cada vez que las emociones fuertes se apoderaban de él.

—*Ich dien Houmout.*

Lo miré fijo a los ojos, a esos ojos que solían ser difíciles de descifrar para mí. Sin embargo, ahora estaban llenos de lágrimas, y el rostro era transparente. Parecía mentira que se mostrara tan fuerte y poderoso en las guerras y batallas, y tan vulnerable y débil en asuntos del corazón. Y ahora dejaba su alma en mis manos.

Hablaba en serio; cada palabra era cierta. Me incliné y le sellé los labios con un beso. Cerré los ojos y una ola apareció de repente, nos atrapó abrazados en la playa y nos empapó de punta a punta. Me sonrojé, reí y me aparté de Eduardo.

Pero aun así, no me soltó la mano, como si temiera perderme. Me mantuvo cerca toda la tarde. A cada rato me miraba fijo el rostro y también el vientre. Hoy me pregunto si habrá presentido lo que nos esperaba y todos los obstáculos que se nos presentarían en el camino.

—Houmout —dijo—. Houmout.

Ese día hizo una canción con el nombre de mi aldea, y me la canturreó en la alcoba.

Yo continuaba atónita por su amor y por esa necesidad de mí que tenía. ¿Cómo es posible que mi rechazo haya hecho más intensa su pasión? ¿Cómo es posible que demostrándole mi propia entereza y orgullo se haya humillado ante mí?

—¿Cuándo? —me preguntó—, ¿cuándo podré ir por el sacerdote y estar contigo para siempre?

Volví a reírme. Era tan serio y me lo pedía con tanto énfasis. Yo sabía que, al día siguiente, zarparía desde el puerto hacia una campaña en Francia. ¿Cómo pudo pensar en casarse y luego irse a la guerra? Su deseo aún me parecía un sueño del que me despertaría para luego descubrir que todo era oscuridad y desolación. Pero cuando lo miré fijo, estaba decidido. Este sueño era de él y lo haría realidad para mí y ante el mundo.

—¿Cuánto durará la campaña?

—Quince días —me dijo de inmediato—, y luego regresaré y te tendré a mi lado en la Corte. Junto a mí, para siempre. Siempre. Houmout.

No pude evitarlo; me volví a reír. Temblé de felicidad, ilusión y alegría. Su sueño podía ser real. Podía ser mi sueño también.

—Cuando regreses y te quedes por un tiempo —le dije decidida—, podrás tenernos a mí y a tu hijo. Regresa antes de que llegue el bebé, te lo ruego. De lo contrario, será un bastardo.

—Nuestro hijo no será ningún bastardo. Será mi hijo, de nombre y todo lo demás.

Volvió a tomarme la mano con tanta fuerza que casi me hace doler.

—Te estoy diciendo la verdad, Miriam Houmout.

—Quince días —le dije—. El niño nacerá en tres meses. Si regresas según lo planeado, aún podremos casarnos a tiempo.

Eduardo se cruzó el pecho con el brazo para jurar por el corazón. Elevó la voz y proclamó:

—Por mi honor de caballero, juro serte fiel y prometo…

—¡Suficiente! —le dije—. ¡Ya escuché suficiente de tu discurso florido! Solo regresa, te lo ruego, regresa y cásate conmigo, y entonces estaremos juntos. Ya no digas ni jures nada, solo regresa.

Bajó el brazo y me miró por un momento. Luego sonrió y se empezó a reír de mi exasperación. Otra ola sigilosa se acercó y me empapó. Volvió a acercarme a él y me levantó en brazos con un movimiento rápido.

—Amor mío —me dijo mirándome—, regresaré para estar contigo, amor mío.

Nunca más volví a hablarle. Al cabo de dos meses, el crecimiento se volvió muy notorio. La abadesa me ordenó que me quitara el niño del vientre, pero nunca lo hubiese hecho.

Luego, el Conde de Hereford trató de intervenir tras oír hablar del niño de Eduardo durante la campaña. El Conde siempre conspiraba y escupía su veneno. Era retorcido y actuaba con mano oculta.

Pero al menos, gracias a los esfuerzos del Conde, sabía que Eduardo pensaba en mí, allá lejos, en Francia. Eso solo ya me daba esperanzas. No me dejaría influenciar por las palabras de otros.

Finalmente, un día de junio, oí un estruendo de jinetes en el camino hacia la abadía. Ya no era época de nieve ni de lluvias. Al avanzar, iban formando nubes de tierra.

Con un ruido sordo, aparecieron en medio del polvillo vestidos con los colores de la casa de Eduardo. Era una tropa de hombres con armaduras y un heraldo al frente. En el medio de toda la multitud, estaba la cabellera alborotada de Eduardo con una panoplia. Estaba lejos de mi ventana alta así que los veía pequeños como muñequitos en el camino abierto. Pero estaba segura de que era Eduardo que al fin venía por mí, por su amor.

Miré por la ventana mientras se acercaban y luego se detuvieron de golpe. La silueta del centro se bajó del caballo. Vi al Conde de Hereford al lado de Eduardo y a todos los hombres con armaduras que montaban con estas dos siluetas enormes. Al acercarse al ingreso, esperaron y se inclinaron ante la cruz y la puerta.

La abadesa, que a la distancia se veía como una silueta pequeña con el hábito blanco, salió a saludarlos y a darles la bienvenida al vestíbulo de la abadía. Los hombres entraron y esperé el llamado que me ordenara salir del calabozo hacia el salón central, donde volvería a encontrarme con Eduardo una vez más.

Me cepillé y me peiné el cabello castaño. Me froté la piel con el ungüento aromático de lavanda y me puse mi mejor túnica antes de vestir el hábito rojo real de los días de fiesta y del amanecer de Pascua. Eduardo había venido por mí, tal como me había prometido.

Estaba vestida de novia, y como dice el salmista, temblaba como una virgen por su novio, con el alma desbordada de alegría. Tomé la sortija de oro que Eduardo me había dejado, el símbolo de su casa, y me lo colgué con una cadena finita de plata. Me quedaba demasiado grande en el dedo, pero era la mayor señal de mi honor ante sus ojos, así que me lo colgué en el cuello.

Una vez vestida, me miré. En ese momento, la panza con el bebé ya había crecido. El cambio me había dejado el cabello con capas nuevas, sedosas, y también se sentía más pesado, como mi cuerpo. Tenía el rostro grande, hinchado, y brillaba redondo a la luz de la noche. Me acaricié con un dedo la piel suave del vientre. Eduardo se iba a sorprender con los cambios que me había provocado el bebé. Me iba a tomar en sus brazos y…

Luego oí el relincho de un caballo en el patio. Miré hacia afuera y vi a los hombres que entraban por el gran vestíbulo. No iban a pasar la noche en la abadía; no se iban a quedar atrás. *¿Será que al final*

Eduardo no está con ellos? ¿Traerán noticias, alguna novedad sobre su muerte?

Luego, la silueta alta y majestuosa que tan bien conocía, apareció. Eduardo sí estaba allí. Se había quitado el yelmo y las ondas de pelo reluciente brillaban en la luz de la noche. Era él, mi amor. Pero incluso a la distancia, desde donde yo estaba, podía distinguir que su rostro se veía oscuro y que tenía el cuerpo encorvado.

Algo andaba mal.

Luego, junto a los hombres, montaron los corceles y se marcharon.

Una vez asentada la tierra del patio, la abadesa me llamó. Estaba muy seria.

—No te ama. No quiere volver a verte nunca más —dijo—. Eduardo de Woodstock se marchó para no regresar jamás. Miriam, mi gran asistente —me dijo—, Miriam, tienes mi compasión.

Mi rostro quedó paralizado como si hubiese recibido un golpe tremendo. Me tomó de la mano.

—¿Agora me escucharás? —dijo la abadesa—. El niño no es para alguien como tú...

—¡No! —Me puse de pie sin permiso—. No —grité—. ¡No la escucharé! Lo tendré. Este hijo es mío.

—Entonces no me dejas opción —dijo la abadesa—. Le contaré al Conde de Hereford. Debo contarle lo que pretendes hacer, lo que con tanto egoísmo...

Dejé de escucharla. Solo Dios sabrá si le contó a ese hombre vengativo. Sé que, al cabo de algunas semanas, los hombres del Conde me buscaron y casi me matan. Pero durante varios días, quedé sola. Luego de haber dejado a la abadesa, fui a la celda de mi claustro y me encerré allí. Las demás novicias me traían comida y el agua necesaria para el parto, pero ninguna entró, nadie me sacó de la habitación. Recién una vez que el niño ya había nacido, dejé que entrara una novicia para ayudarme con las secundinas.

A los dos días, vino un guardia de mi confianza. Me dijo que había rumores en la abadía, y que quizás la abadesa me había mentido. Recuperé la esperanza y me apropié de un carruaje con caballos bajo el nombre de la abadía para mantenerlos en el Camino. Viajé rumbo al norte, lejos de las manos del Conde de Hereford y de su familia, pero la abadesa ya lo había advertido, y sus hombres comenzaron pronto a buscarme. Al guardia lo mataron con flechas, y también a los caballos. Huí del carro con Christian antes de que me atraparan.

Me escapé durante un día y una noche, pero sabía que si seguía avanzando con un niñito pequeño, no nos quedaría mucho tiempo más en este mundo. Así que atajamos por el campo, llegué al monasterio y encontré la paz por unos meses.

Hasta el día de hoy, no sé cuál es la verdad. Durante años, me convencí de que el guardia tenía razón y de que la abadesa estaba equivocada. Durante diez largos años, mientras veía a mi Christian crecer, me dije a mí misma, y a cuanto fantasma invoqué, que ella había sido una mentirosa y que Eduardo todavía me amaba. Estaba segura de que cuando Christian tuviera la edad suficiente para viajar de forma segura, a los diez años, iba a poder llevarlo con su padre y todo estaría bien. *Todo estaría bien.*

Esa es la esperanza por la que respiré cada día, el anhelo que hizo latir mi corazón a pesar de las carencias y desgracias que tuvimos que pasar. Me convencí a mí misma de que Eduardo era mío y de que algún día, de algún modo, estaríamos juntos.

Toco la cadenita delgada alrededor de mi cuello. La prueba, el sello, sigue allí. Ahora es un navío vacío sin capitán. Ya no tiene el poder para llevarme a casa, a esa aldea imaginaria de Houmout.

Está muerto. Me han apagado la luz. El alma se me parte con el dolor de quien padece en el potro.

CAPÍTULO 22

Las cornejas del invierno despliegan sus alas. Un viento frío arrastra montones de nieve a gran velocidad hacia el barranco, donde tenemos el carro pesadísimo, medio inclinado y no muy firme gracias a tanta carga. El aire nos arroja aguanieve en la piel y se lleva las palabras. Se me nubla la vista y después de tres días de caminata rodeada de blanco, la nieve ya me dejó medio ciega.

En medio de la debilidad, me cuento a mí misma la historia que necesito oír.

Veo a mi hijo.

Christian camina delante de mí, con la espalda erguida, dando zancadas firmes y sin prisa en los ventisqueros, empujando el carro hacia la verdad. Camina a mi lado; él será quien me impulse a seguir.

Debe de haber huido de las llamas mientras yo dormía. Los demás murieron, pero él no. Está escondido en el monasterio y espera que vaya por él.

Me duelen las piernas; me duele el corazón. Si no vivo en una pequeña mentira, si no me permito sentir que Christian me guía, sin dudas moriré.

Mi hijo me aleja de ese agujero de infelicidad. Lo sigo a través de la nieve y de los árboles oscuros. Christian me guía con los pies firmes como un soldado en el camino.

Esa noche, imagino que acampo al lado de mi hijo. Puede que, por alguna razón, hasta ahora, a lo largo del recorrido, no lo haya visto. *Huyó mientras yo dormía. Los demás murieron, pero él no.*

Siento que mi corazón se alivia ante la noticia, la respiración se vuelve más regular e incluso la calidez de la primavera penetra en mis pies poco firmes.

Estoy segura de que le gustan las cornejas por encima de nosotros y su regocijo al graznar. El círculo sin fin que dibujan es como una danza. Me pregunto por qué nos seguirán, qué buscarán en este día frío, qué querrán de nosotros. Pero sé que mi hijo las disfruta, y que encuentra placer en todas las criaturas del bosque.

Christian sostiene una mano firme sobre el carro a medida que camina. El ritmo frenético de mi corazón baja al ver la espalda robusta y el aire que entra y sale de ese muchachito ágil, medio agitado. De repente, se me viene a la mente un pensamiento absurdo: que Christian puede ayudarme a encontrar la clave que revele el misterio de su muerte.

¿Por qué encendieron ese fuego? ¿Le contaste nuestros secretos a alguien? ¿Quién ató la puerta? ¿Quién inició el incendio?

Las preguntas son como un ovillo de hilo de oro que me salvará en medio de este laberinto de dolor. Tomo el extremo y hago rodar las preguntas delante de mí, siguiendo las pisadas de Christian en la nieve. Estoy cansada, tan cansada... pero si mi hijo puede caminar por aquí, yo también.

Hay, por el amor de Dios, ¿por qué, Christian? ¿Por qué no me contaste sobre el plan de Bene?

Benedict decía la verdad en el calabozo. Lo vi en sus ojos. Sí, él reunió a los muchachos y les mintió. Les dijo que trabajarían en el pueblo de Lincoln cuando en verdad los pensaba vender como esclavos. ¿Pero tan malo era ese plan? Según como se lo mire, nos habría salvado a todos.

Todos en la aldea sabían que las escasas provisiones del molino se habían podrido en otoño. Una gotera había convertido los granos que quedaban en una pasta agria. Yo puedo cazar en el bosque y sabría dónde encontrar sustento, pero otros no tienen tanta suerte. Si estuviese en el lugar de Tom, sin esperanzas para este largo invierno, quizás no le habría reprochado tanto. Se trataba de intercambiar la vida de un hijo por las de todos los otros.

Vuelvo a pensar en el plan de Benedict. Tal vez yo habría aceptado ese acuerdo, si permanecíamos juntos con mi hijo, pero solo si se nos hubiera dado la libertad de elegir, sin engaños, solo si nos hubiesen contado sobre el destino de Christian y las posibilidades que tendría en el pueblo.

Los niños se nos escurren tan rápido de las manos.

Cuando tenía tres inviernos, Christian estuvo al borde de la muerte por primera vez. Era una cosita pequeña y menudita, de pelo amarillo alborotado por el viento y por tantas corridas interminables en el bosque. Luego vinieron tiempos oscuros en que la peste se apoderó de nuestra región y arrasó con las almas de la gente como un hombre que aplasta las moscas alrededor de la carne fresca.

Vi cómo se consumía la carne de Christian alrededor de aquellos huesitos diminutos hasta convertirse en la imagen de la mismísima muerte. Lo vi en el último aliento, una y otra vez. Fue una tortura terrible notar esos ojos vidriosos y los labios agrietados, esperando una señal de esperanza. Al final, se levantó de la cama y me pidió que le alcanzara agua y comida. La hinchazón del cuello se le había ido y el fuego que sentía por dentro ya había pasado.

Me alegré, pero luego me di cuenta de que solo quedaban otros cuatro niños vivos en la aldea. Una veintena había muerto esa semana. Era muy afortunada de tener a mi pequeño.

Sin embargo, es más una maldición que una bendición seguir viva cuando te arrebatan casi todo lo que conoces y amas, y quedas como una isla silenciosa, sola pero viva en medio del horror. Mi madre conoce profundamente ese sentimiento. Me dijo que debo encontrar a otros de su familia, otros que harían su última voluntad conmigo. No estaría sola, ni siquiera una vez muerta.

Pero agora Christian me ayudará. Christian sobrevivió.

De repente, el muchacho que camina delante de mí gira y, como una gota de tinta que se seca en una página, la visión que tenía de mi hijo se evapora.

No veo ningunos ojos azules. La mirada de este joven es negra como el carbón. Tiene el rostro demacrado y helado y, por su expresión, pareciera que huele podredumbre o que bebió algo amargo.

Este no es mi hijo.

Christian no camina delante de mí mientras el aire frígido se filtra por la capa y me penetra el alma. Se fue para siempre.

Solo se trataba de Cole.

Perdí la hebra de Ariadna que me impulsaba hacia adelante y ahora nos quedan tan solo catorce días para llegar, o nos convertiremos en prisioneros. Se oye el eco de la risa de un pájaro salvaje.

Todavía tengo una mínima esperanza en el centro del pecho. Aún tengo pruebas de quién fue Christian, y de cuál era su destino. Christian era el heredero de Eduardo y yo, la consorte. Si puedo demostrarle a la Corte quién soy, puedo reclamar el derecho natural de Christian. Puedo reclamar todo en nombre de mi hijo.

La nieve susurra a nuestro alrededor. Me caen copos blancos en la piel como estrellitas que se derriten sobre mí.

Una pluma negra a la deriva cae ante mis pies y contrasta con la nieve reluciente. La levanto y me la coso al cuello de la capa deshilachada. Es un augurio, pero todavía no sé de qué tipo.

Hacia el final del día, Salvius ve algo en la mano de Cole.

—Dámelo, muchacho —farfulla.

Salvius muestra una espada corta que el joven le robó a la compañía de la *lady*. Volvemos a tener pruebas de las granujadas de Cole: una espadita pequeña y fina, con vaina y todo, con terminaciones en plata y un baño dorado.

—Ven aquí, muchacho —dice Salvius.

Desenvaina la espada deslumbrante y peligrosa. Parece que Cole está por echarse a correr, pero su maestro lo atrapa del pie y el joven se cae.

—Ambos sabemos muy bien cuál es el castigo por robo —dice Salvius.

Sostiene la espada en el aire y el borde se ilumina con la luz del fuego. ¿De verdad piensa cortar al muchacho?

—Pero yo solo... —comienza a decir Cole.

Salvius le pega en los dientes con la mano abierta. Luego, le da fuerte en el trasero con la parte plana de la hoja de la espada, una y otra vez. Debe pegarle porque la penitencia ante el rey es quedar lisiado o morir, y con este castigo, Salvius aún puede salvarlo.

Concluida la paliza, Cole me mira de reojo. Soy la única que lo mira. Gira la cabeza como si quisiera preguntar algo.

Me quito la pluma negra de la ropa y la doblo con los dedos. La agito de un lado a otro en medio de la nevada como si fuese un juego de niños.

Cole espera un momento. Luego levanta la mano. Con cuidado, también mueve los dedos. Con ese pequeño movimiento, abre grande la boca y veo en él cierta honestidad que hacía años no encontraba en ese rostro. Una sonrisa.

Mi corazón está con este muchacho golpeado. No lo puedo evitar. He perdido a Christian. Ahora lo sé. Sin embargo, mi corazón sigue gritando. A Cole le grita. Él sabe lo que en verdad sucedió la noche del incendio. Me lo contará y revelaré la verdad.

La esperanza vuelve a revolotear con alas extrañas y sucias; es una alondra con un canto inesperado en el pecho.

Los ventisqueros son profundos en el valle donde nos hemos detenido. Para evitar la nieve espesa, acampo debajo del mismo carro. Nos acurrucaremos juntos con Cole para protegernos de la helada, y usaremos hule del carro como resguardo.

Cuando regreso al fogón tras armar el campamento, veo a Liam estirándose en la nieve. Mueve los brazos hacia adelante y hacia atrás, haciendo viento como un niño y riéndose a carcajadas. Cuando giro hacia el carro para buscar las botas, algo me golpea en la espalda. Es una bola de nieve deforme que se deshace cuando giro y veo la sonrisa de pillo de Liam.

—¿Qué piensas hacer al respecto, maldito franchute?

Le devuelvo con más bolas de nieve al muy pícaro. Cole se pone de mi lado en la batalla, agita los brazos con desenfreno y grita desesperado con regocijo.

Geoff se libera con una bala de cañón fabricada de nieve y enseguida todos se suman al juego. Hasta los guardias se unen como niños dementes que se agachan y se asoman detrás de los árboles para arrojar nieve a los agresores riéndose como vándalos.

—¡Un conejo! —Tom señala un brezo.

De repente, el juego se detiene. Notamos una cola peluda y el contorno de las orejas erguidas en el arbusto. Todos tenemos hambre de carne fresca.

El conejo sale rápido del refugio y corre hacia donde somos pocos para atraparlo. No puedo moverme rápido con la nieve tan espesa, así que logra pasar por un hueco diminuto justo entre Cole y yo.

—¡Rápido, rápido! ¡Atrápalo, Mendo!

—Mendo no puede atraparlo...

—Es demasiado lento. El conejo se apresura. ¡Oh! Agora se nos escapa.

Cuando el animal pasa, me caigo de cuerpo entero. Siento con la mano el pulso de un corazón acelerado y luego, entre un latido y otro, se me escapa de entre los dedos a toda velocidad.

Al ponerme de pie, estoy toda salpicada de blanco como los fantasmas de la noche sagrada, antes del Día de Todos los Santos. Christian siempre contaba esas historias espeluznantes y sangrientas en la Fiesta. Se me dibuja una pequeña sonrisa al recordar a mi hijo atontado por ese miedo delicioso.

Cole está disgustado. No hizo más que quedarse inmóvil cuando pasó el conejo. Sin hacer ruido, avanzo y toco a Liam en el brazo. Señalo con el mentón.

—Allí —murmura Liam—. Mendo puede oírlo en el bosque. Tiene oído de cazador.

Liam exagera, pero es cierto que tengo cierta habilidad con las presas. De eso vivo en invierno. Me abro camino.

—Esperad, quedaos aquí —le dice Liam al resto—. Mendo lo hará salir.

Pero Cole se distrae y tropieza hacia adelante. El conejo pasa otra vez a toda velocidad. Nos separamos y lo perseguimos a medida que se adentra cada vez más en el bosque.

Liam le da un empujón a Cole.

—Ve con el viejo Mendo. Él tiene suerte.

Claro que mi suerte no es más que la habilidad de guardar silencio. Me meto en el bosque y espero quieta como una piedra durante largas horas. El cielo cambia, al atardecer aparecen los animalitos pequeños, y no soy más que una roca o un leño silencioso para ellos.

Luego los atrapo.

La presa se ha marchado hacia otro bosquecillo, pero le hago señas a Cole para que se acerque. El conejo se metió en la tierra y la suerte es solo para los pacientes.

Pero mientras nos adentramos en el bosque, un grito se eleva al otro lado de la arboleda. No somos los únicos que lo vieron. Debería haber avanzado más. Suspiro desilusionada.

Todavía me tiemblan los brazos y las piernas por tan agitada cacería. Mientras nos alejamos de nuestra pequeña arboleda, Cole se da vuelta.

—Un momento —dice—. ¡Mirad!

Es la piel marrón de un conejo agazapado debajo de unas hojas secas y de la nieve. Cole da un brinco y lo agarra del cogote, pero el animalito sigue inmóvil.

—Frío —dice—. Ya está frío.

Lo levanta de las orejas suaves. La piel está cubierta de escarcha y ya se pegó contra el suelo duro. Hace un tiempo que está ahí. ¿Hará un par de horas, un día o más? De repente, oímos el grito fuerte del otro conejo. Al quebrarle el cogote, se lo mata de inmediato.

Cole tironea hasta despegar el animal congelado del hielo y me mira con un deseo incierto en los ojos.

—Bueno —dice con énfasis—. Yo también tengo el mío.

Me encojo de hombros. Luego, le hago señas a Liam de que la carne podría no estar buena. Lee mis dudas en los gestos que le hago con las manos.

Sin embargo, cuando salimos del bosque, Cole eleva el conejo y se atribuye el mérito.

—Yo lo hice. El viejo Mendo no tuvo nada que ver con esto.

Estuve a punto de objetar, de negar con la cabeza por el asco que me daba el conejo, pero si me muevo, Liam y Benedict interpretarán que menosprecio al muchacho y no a la carne.

—¡También tengo el mío! —grita Cole—. ¡Dos conejos!

Miro la arboleda donde lo encontramos. El hueco donde estaba el conejo muerto ya está llenándose de nieve.

¿Por qué no? ¿Qué me podría hacer?

Moten nos hace un guiso para compartir.

LiBRO 111

CAPÍTULO 23

CRISTO FUE CONDENADO a muerte a la mañana, a la hora tercia, y a esta misma hora, yo me condeno al frío. No puedo dormir. Cole se estuvo quejando aquí a mi lado y los hombres hicieron ruidos fuertes durante la mitad de la noche. No puedo dormir más. El muchacho me pide agua, pero cuando le doy, la devuelve. No sé qué les sucede, pero al salir de la carpa, lo entiendo todo.

Ya sé cuál es el problema.

El campamento está inmundo. Masticaron cada bocado del estofado de la noche anterior, luego la bilis lo convirtió en una sustancia marrón y dañina, y por último la lanzaron. Esto explica el alboroto que oí durante la noche.

Cuando el Hermano Moten preparó la cena, le puso demasiada sal. El sabor era acre y metálico y me atraganté. Dudosa, me serví un poco, pero me produjo una especie de hormigueo en la nariz. Olía a podrido y viejo.

Luego de ese primer bocado, no comí más. Cené carnero seco y sobras de pan duro, pero los demás no fueron tan intuitivos.

Ahora la nieve blanca está sucia de vómito de conejo podrido y las cornejas aprovechan para picotear los trozos de carne medio digeridos.

Camino con cuidado por el campamento inmundo, tratando de esquivar los residuos del banquete podrido. Los hombres bostezan en las mantas y ruegan que se alivie el demonio que les atormenta el vientre.

—Agua —grita Liam—. ¡Ay! ¡Dios, mis malditas tripas!

Los tres guardias moribundos se retuercen del dolor. Geoff y Tom deliran mientras que para Benedict y Liam, parece que lo peor ya pasó. Sin embargo, el que se ve más afectado es el joven Cole. La temperatura le sube como un fuego. Agitado, tose con fuerza, se frota el vientre vacío y trata, como puede, de vomitar.

Se me revuelve el estómago. Giro la cabeza para no ver lo peor, y entonces noto que la fogata está a punto de apagarse. Necesitamos leña.

Me aventuro en el interior del bosque.

De golpe, oigo un crujido y un chapoteo. Apoyé el pie en una capa delgada y tramposa, y se me hundió en un lodazal profundo y más frío que el hielo mismo. Bajo los árboles, el suelo está agrietado y resquebrajado y el lodo se va haciendo más profundo y peligroso debajo de mis talones. Con cuidado, me vuelvo a parar donde dejé la huella y recojo todas las ramas que puedo de los árboles caídos mientras trato de alejarme del lodo.

Entrecierro los ojos con la luz del día.

La tormenta amenazante de la noche anterior ya se ha ido y el mundo derrocha luz. El resplandor del sol produce un fosfeno suave sobre todo lo que me rodea. Todo tiene manchas negras en los bordes. Algunas son más oscuras que otras en el horizonte. Al parpadear, lagrimeo y todas esas manchas se transforman en una figura tenue.

Es el destello de una armadura. Quizás sea un caballero que nos ayude en esta mañana asquerosa.

Pero algo en la memoria me hace reaccionar. Tenemos escarpaduras pronunciadas a cada lado del camino. Estamos atrapados. Eduardo me habló sobre estos desfiladeros estrechos en medio de Francia, un lugar donde acamparía con el ejército para esperar a los enemigos. Es como ese juego, échecs, en el que los peones tienden una trampa y luego los *chevaliers* atacan.

Él la llamaba *emboscada* a esa distracción provocada con una finta. Doy un vistazo a las rocas empinadas y me imagino filas de caballeros o bandidos a la carga. No les va a importar quiénes son prisioneros y quiénes son guardias. Nos van a matar a todos.

—Agua —gruñe Roben, el guardia, desde lejos—. Por el amor de María y del buen Jesús, agua.

Pero, aunque regrese al campamento y asista a los enfermos, no me puedo quitar de la cabeza la idea de la emboscada. Trato de esconder los dos caballos buenos que nos dio el abad entre los árboles, al otro lado del campamento. Solo dejo la yegua de Salvius. Hecho esto, bajo todos los canastos y las bolsas con comida y provisiones que nos dieron en el monasterio, y meto todo debajo del mismo carro tapado con el hule que cae pesado a los costados. Ya quedó todo al resguardo junto con Cole, que está profundamente dormido.

Vuelvo a mirar hacia la pendiente. Los puntos negros ahora se convirtieron en tres hombres a caballo, pero no parecen haber visto el campamento todavía. Dos tienen armaduras brillantes y el tercero debe de ser un escudero. Son nobles, o al menos guardias. Entrecierro los ojos para ver con claridad en el amanecer luminoso.

Aquí hay algo raro. El escudero no lleva ningún estandarte heráldico ni se ve ninguna lanza caballeresca junto a los animales. Ninguno de los hombres con armaduras lleva el signo o símbolo de ninguna casa noble. No se puede saber a qué casa le juraron lealtad y no creo que sea casualidad.

Siento mi cuerpo temblar y me muevo con prisa por el campamento. Primero, voy hacia Moten. Chasqueo los dedos y abre los ojos.

—Ah, Mendo —murmura—. ¿Qué has leído de Pitágoras?

Está delirando.

Voy por Roben, el guardia, que tiene la espada corta junto a las mantas. No se mueve, así que doy una palmada fuerte. Abre los ojos, pero con la mirada perdida.

—¡Oh, Dios!, ¿qué sucede? —pregunta quejoso.

Hago la mímica de hombres a caballo. Frunce el ceño confundido.

Me invade la frustración, pero luego me ilumino. ¡Aquello que hacía para entretener a mi hijo! Relincho como caballo ante sus ojos.

—¿Un jinete? —Se esfuerza para salir de las mantas—. Jesús, María y José, ¿dónde?

Cuando se para, veo que está sudado y pálido, pero busca la espada.

—No sé si podré hacer demasiado, Mendo. ¿En qué estado están mis hombres?

Voy rápido por los otros dos y doy palmadas para despertarlos. Ambos se ponen de pie ante la orden de Roben, pero se tambalean casi sin estabilidad.

Roben les da un grito y señala la ladera lejana. Tienen caballos fuertes y rápidos. A la distancia en que están, ya los podemos oír. Se acercan a un galope estrepitoso por la nieve. Luego los perdemos de vista en una hondonada y el ruido se detiene.

Esperamos con el alma en vilo, acurrucados cerca del fuego. Las espadas pesadas de los guardias caen despacio sobre la nieve. Se apoyan unos en otros con fiebre y náuseas.

Vemos que algo se mueve en la hondonada. Aparecen dos figuras con los yelmos bajos y las extremidades protegidas con metal reluciente. Los caballos de batalla pisotean y generan vapor en la escarcha mientras el escudero los sostiene y los hombres con armaduras luchan a pie.

Los salteadores de caminos que conocimos antes eran vagabundos contratados como mercenarios por un lord para que le llevaran a gente pobre, pero estos bandidos no son ningunos aficionados. Estos son soldados entrenados y experimentados, campeones a sueldo de lores y de reyes que reciben oro por pelear y ganar, y cuando no se les puede pagar, les roban a los viajeros que encuentran en el camino.

Con los visores de los yelmos bajos, no podemos verles los rostros. Uno tiene una ballesta desenfundada y preparada. El otro saca una espada de hoja reluciente con un eco metálico.

Roben hace todo lo posible para ponerse erguido. Levanta la

mano en señal de paz y sostiene un crucifijo en el aire. Espero que un signo de las Órdenes Sagradas pueda detener a estos hombres.

—¡Oíd, allí! Somos viajeros sagrados en el camino —dice Roben—. ¿A qué casa perteneces y quién es tu lord, amigo?

El hombre de la ballesta se queda quieto un momento y el guardia que está al lado de Roben parece animarse. Él también levanta una mano.

La voz está débil y ronca.

—Amigos, somos de la Casa de Santa María Magdalena, santos hermanos de la Orden de Cluny.

Miro con más atención. El hombre con armadura y ballesta se asienta con firmeza en el lugar y levanta la vista para poder vernos. Apunta.

—¡Ahhh! —grito mientras me tiro al suelo y la flecha silba en el aire.

Se oye el sonido de la carne perforada y el guardia al lado de Roben lanza un gemido. De su túnica, sobresalen las remeras de cuero de la flecha de la ballesta que le quedó enterrada en el pecho.

Roben ha levantado la espada y se le acelera la respiración. Tiene miedo, pero está listo para atacar. Me vuelvo a poner de pie y veo que le echa un vistazo al otro guardia que aún resiste, pero pierde mucha sangre y siente un gran dolor. Al cabo de un momento, se cae hacia adelante, la flecha se le hunde aún más, y muere.

Los campeones avanzan de prisa, implacables y con pasos firmes.

Desesperada, hago señas a Roben y a Liam. *Hacia atrás. Caminad hacia atrás, detrás del carro.*

El primer campeón giró la ballesta hacia atrás. Otra flecha viaja por el aire. Pasó a apenas unos milímetros de Roben, que cuando ve que el hombre de la armadura avanza en dirección al último guardia que queda, flaquea en la nieve aferrado a su espada corta y me sigue. El campeón de la espada bastarda da un paso adelante y la mueve de un lado a otro con fuerza. Se oye el sonido del choque del metal cuando el guardia la esquiva. Luego viene otro ataque, y otro, cada uno acompañado por el movimiento desesperado del guardia para esquivarlos.

La espadita corta del guardia no tiene comparación con el tamaño de la hoja larga y plateada que empuña el campeón. Por último, un golpe lo deja a Moten desarmado. El campeón comienza a darle hachazos como si fuese un trozo de madera. Es tanta la violencia y la sangre que prefiero mirar para otro lado.

—Ah —suspira al final.

Después se quita el yelmo y aparece una barba negra y espesa. Respira hondo y exhala vapor. Se lo ve satisfecho con el trabajo del día.

Los bandidos ya no matan a nadie. Estamos débiles y enfermos. Con un simple golpe, ya colapsamos. Aporrean a los nuestros con la parte plana de la hoja de la espada o con algún palo hasta hacerlos caer.

Liam no quedó en el suelo. Está escondido con Roben y conmigo detrás del carro, donde la yegua vieja de Sal relincha de miedo. Señalo la hondonada donde piafan los caballos de batalla.

—Ya sé lo que quiere decir Mendo. Que los rodeemos —dice bajito Roben—. Atacamos al escudero y nos llevamos los caballos. No se pueden escapar.

—¿Creéis que es una idea inteligente? —susurra Liam, con el rostro aún pálido y enfermo.

—No tenemos otra opción.

Nos deslizamos sigilosos como ratones detrás de los ventisqueros, por el camino secreto, todo alrededor del campamento. Los campeones buscan enseguida nuestras cosas. Encuentran lo que queda de ropa abrigada, pero no mucho más que eso. Escondí todo muy bien.

—Maldita sea, ¿por qué cabalgamos tan fuerte? ¿Ves algún tesoro de la iglesia? ¿Algo de oro para llevar?

El barbudo frunce el ceño y se le forma una arruga gruesa en la frente.

—Están peor que perros moribundos. Enfermos en invierno, muertos para la primavera. ¡Demonios, mañana ya no seguirán vivos!

El otro soltó una carcajada.

—Mira qué campamento tan bisunto, lleno de vomitadas pudriéndose. Mejor para nosotros. Si no, tal vez habrían peleado.

El barbudo se ríe con ganas.

—No. No tenían ni una mínima chance. Los idiotas como estos se merecen morir.

—Pero hay uno escondido que sabía que estábamos viniendo. Se apresuraron y escondieron la comida.

—El carro —dice el barbudo—. Fíjate en el carro.

Dejan atrás a los hombres afiebrados e indefensos alrededor de la hoguera empapada y caminan hacia allí. Quitan la nieve del carro destapado.

Al rato, uno da un grito de susto.

—¡Mira esto! Algunos ya se murieron. Se quemaron.

Se me seca la boca de tanto miedo. Benedict se queja del dolor y uno de los hombres, nervioso, le da un latigazo.

—¡Fíjate abajo! —dice el barbudo—. Demonios, ¡hay un escondite debajo del carro! ¡Tiene que ser allí!

—Van a llevarse la comida —susurra Liam—. ¿No deberíamos...

—Si los enfrentamos, somos hombres muertos —contesta Roben.

Así que esperamos.

Me apoyo sobre los codos para ver al otro lado del hielo mientras los campeones corren el hule pesado de alrededor de las ruedas del carro.

Allí está Cole, pero ya se despertó y está arrodillado. Con aire desafiante, logra ponerse de pie. Improvisa una porra y en la otra mano tiene mi cuchillo largo bien agarrado.

Los hombres con armaduras no tardan en ubicarse a cada lado del muchacho. Durante un momento, avanza y retrocede en actitud de pelea con la porra contra las hojas de las espadas, pero los escalofríos lo torturan, está todo sudado y casi no puede mantener la estabilidad.

Cole levanta la cabeza y se les burla con el rostro joven inundado de arrogancia y desprecio.

—¡Ved con el diablo! —grita.

Los maldice y escupe vulgaridades y blasfemias con cada golpe.

Después, son ellos quienes lo golpean con los guantes de cota de malla. Oímos el cuchillo y se le vencen las piernas. Cole deja de hablar y de quejarse. El silencio paraliza. Los campeones hacen una pausa antes de recoger las provisiones que nos dieron los monjes. Las llevan hacia la hondonada donde los esperan los corceles. Dejan a Cole luego de un par de puntapiés bien dados con botas de metal. El muchacho gruñe y se queja en medio de la nieve salpicada de rojo con su propia sangre.

—Agora, agora, agora —susurra Roben. Nos metemos en la hondonada, delante de ellos. Roben sacude la espada como un salvaje y yo llevo una porra de madera pesada.

El que tiene los caballos parece ser pequeño y en la boca, se le ve una herida colorada. Roben da el golpe justo y el escudero se desploma en el piso.

Lo miro fijo mientras se esfuerza por respirar. No es ningún escudero. Es un niño. La boca del muchacho queda abierta de un modo poco natural. Tiene labio leporino. Está maldito desde el nacimiento. Cuando aún estaba en el útero de su madre, el cuchillo de un ángel le hizo un tajo desde la nariz hasta la lengua. Es un niño esclavo que les sujetaba los caballos.

Al final, es igual de culpable que nosotros.

—Voy por los caballos —musita Roben—. ¡Atrápalos! ¡Atrápalos de prisa!

Me acerco al muchacho y trato de calmarle el dolor, pero su rostro se relaja y un instante después, muere.

Los guardias ya nos vieron. Dejan las bolsas y los sacos. Con una sola mano, se bajan los visores de los yelmos. Desenvainan las espadas bastardas y elevan los arcos.

Uno de los caballos se encabrita cuando Liam intenta tomar las riendas. Es un caballo de guerra imponente que sabe muy bien que esta no es la mano de su amo. El corcel tira a Liam al suelo y entonces Roben demuestra de lo que es capaz. Los guardias se nos vienen a zancadas hacia la hondonada, implacables e imposibles de frenar. Aunque le tiembla la mano, Roben levanta alto la espada. Avanza hacia ellos y dobla la hoja en sus cabezas con ruido de artillería de acero, pero el hermano no tiene posibilidad alguna. Son como un par de niños fuertes que atrapan una mariposa con el ala rota. Se mueve y se sacude, pero con casi nada de estabilidad. Nunca logra tocarlos. Los hombres giran de un lado a otro y danzan a su alrededor. Le arrancan la espada, lo abofetean con las hojas y lo arrojan contra la ladera donde queda débil e indefenso.

El barbudo monta su enorme caballo de batalla y trata de atropellarnos. Lo esquivo y arrastro a Moten hasta un lugar más seguro. El campeón me ataca con una fusta anudada y me corta desde la sien hasta el hombro.

Roben vuelve a levantarse como puede y lo tomo del brazo.

Lo empujo por la ladera hacia los árboles y el campeón nos vuelve a atropellar. Debe de querer terminar con Roben. Esquivamos el lodo. Empujo a Roben conmigo alrededor del borde del hielo, pero cuando el caballo de batalla avanza, se hunde de inmediato en un lodazal profundo. Cuando el barbudo logra sacarlo de toda esa mugre, ya estamos al otro lado de la arboleda, fuera de su vista.

Toman lo que consiguieron de forma ilícita y cabalgan hacia el horizonte sin el esclavo que allí queda, desangrándose y sin vida.

Pero lo logramos. Huimos.

Roben se apoya cada vez más en mí y trato de mantenerlo erguido. Luego miro hacia abajo y veo que tiene las piernas de color oscuro, empapadas de sangre. La túnica está llena de tajos. No fueron solo bofetadas con la hoja de la espada. Le atravesaron el vientre y se está muriendo desangrado.

Hace una mueca a modo de disculpa con los ojos húmedos por tanto dolor.

—Sí, Mendo, me has ayudado en todo lo que pudiste. Dime, buen Jesús, ¿soy el ladrón que está a tu derecha o a tu izquierda?

Lo acuesto en el suelo nevado con la mayor delicadeza posible. Jadea y me dice al oído con urgencia y esfuerzo:

—¡Ten cuidado de no perderlo! El abad me lo dijo. El Hermano Moten sabe...

¿Qué sabe el Hermano Moten? Quiero preguntarle. ¿Qué cosa no debería perder?

—Pase lo que pase, asegúrate de llevarlo a Londres hasta el trono. Él debe llevárselo a...

Le tiembla la boca. Se oye un traqueteo en la garganta, los ojos se le ponen vidriosos y, por último, se apagan.

CAPÍTULO 24

E L INVIERNO SE nos viene encima y nos chupa el alma mientras el gato del demonio roba el aliento de un recién nacido. El círculo gris del sol ya bajó a la hora nona y ya se acercan las vísperas.

Roben expira en mis brazos. Todos los guardias están muertos. Se me nubla la vista y me dan punzadas de dolor en la cabeza. La fusta me hizo un corte profundo en la sien y ahora tengo sangre que me chorrea por el cuello.

Los que quedan vivos, golpeados y con náuseas, se enroscan por el frío como animales perdidos en la nieve. El fuego se apagó y hasta Benedict, el fuerte, tiembla como un niño aterrado con la cabeza blanca de escarcha.

Pero yo no me daré por vencida. Armo un puñado de nieve bien compacto, me lo pongo en el cuello y vuelvo a encender el fuego. Junto leña hasta que me tiemblan las piernas, y armo una pila más alta que el carro. Al poco tiempo, la nieve derretida hace burbujas en la olla y un leño de buen tamaño emana calor así que todos hacen una ronda alrededor y se frotan el vientre. Toman las mantas y se acurrucan bien amontonados cerca del fuego. Con los abrigos y las pieles pesadas que oculté, la mayoría están protegidos del frío.

El que peor se siente es Cole. No puede respirar por la sangre que tiene atascada en la boca, y los moretones le sobresalen como moscas en el rostro y en el cuello. Los ojos le dan vueltas y tiene los labios morados y las extremidades heladas. Sin embargo, hay un solo lugar donde siento que le crepitan los huesos. Fue muy afortunado; solo le dejaron una costilla rota.

Lo envuelvo bien con mantas y pieles debajo del carro para resguardarlo del viento, y lo abrazo contra mi pecho para darle calor. No puedo quitarme de la mente las palabras de Roben; no puedo olvidarlas.

¿Qué me quiso decir? ¿Qué más tenemos que llevar a Londres, aparte de nosotros *mesmos? ¿Y qué sabe Moten?*

El rostro de Cole está tan inflamado que quedó irreconocible. Cuando le froto el pecho para quitarle la suciedad cuajada y la sangre seca, siento que tiembla. Es tan escasa la luz que la cicatriz ya curada se vuelve casi imperceptible. Tiene los párpados cerrados y suaves como los de un niño.

Solía mirarlo así a mi hijo cuando dormía, respirando a la par mientras las horas pasaban volando. En una noche larga de otoño, Christian comenzó a pestañear y a mascullar sin abrir los ojos, así que me acerqué más para oír.

—¿Por qué nunca hablas de día, papá?

—*Chss.* Ya duérmete —susurré con esa única voz cascada que conoció de mí en toda su vida—. Porque no.

Busco una manito suave como la piel de un bebé, que ya se estaba volviendo más áspera en los bordes y con callos en las palmas por tantas horas de cosecha. Christian me acarició la mejilla.

—Está bien, papá. No es necesario que hables si no quieres.

En ese momento, me compadecí con él. Yo confiaba en mi hijo. Le rocé la mejilla con los labios y estuve a punto de contarle aquel último misterio que mi madre me había revelado, el único lazo que llevábamos en la sangre y que nos ataba para siempre.

—Tengo un secretito, uno pequeño.

—¿Qué secreto, papá?

—¿Prometes no contarle a nadie? —murmuré—. Eres es el único que lo sabrá. Nadie más puede enterarse.

Abrió grandes los ojos.

—¿Es magia? ¿Te convertirás en sapo si lo cuento?

Al oír esto, me di cuenta de que aún era muy pequeño para saberlo y para guardar el secreto para siempre como yo lo había hecho para salvar mi vida y mi cuerpo. No era el momento aún para compartir con él las últimas palabras de mi madre. Entonces, le dije mi verdadero nombre.

—El secreto es que… —le dije al oído— mi verdadero nombre es Miriam. Soy tu madre, Miriam de la aldea de Houmout. No puedes contarle a nadie mi verdadero nombre ni mi sexo a la luz del día.

—Oh, Men… Miriam —suspiró—, siempre estaré a tu lado.

Era la primera vez en cinco años que alguien pronunciaba mi verdadero nombre. Lo abracé con los ojos llenos de lágrimas.

Cuando me aparté, ya respiraba profundo y a un ritmo normal. Se había dormido. Ni siquiera sabía si había entendido bien todo lo que le dije, pero Christian nunca dijo mi nombre, o al menos no en voz alta.

Debajo de este carro cargado de espanto, miro al muchacho con vida explayado y dormido. No tiene la piel suave ni los ojos tiernos y azules de mi hijo, pero alguna vez él también fue el tesoro de alguien.

Al moverse, Cole frunce el ceño como cuando los niños reúnen fuerzas para gritar. Sin embargo, no emite un solo sonido, sino que baja aún más las cejas y pareciera que una ola difusa de resentimiento pasa por su rostro. Los recuerdos le oscurecen la expresión. Hace todo el esfuerzo por despertar, con marcas pintadas por la envidia y la ira que le dejan pinceladas duras alrededor de la boca y de los ojos. Los labios carnosos se le contraen con una mueca inconsciente antes de bostezar.

Ahora, esa marca lívida de fuego en la garganta parece definirlo aún más que cuando dormía.

Cole se queja y exhala vapor; luego se acomoda en la colcha que nos cubre. A lo largo de la noche, el aire que exhalamos se congeló en todas las superficies. La arpillera que nos envuelve está cubierta de blanco.

Cole empieza a hablar con una voz casi incomprensible por el dolor.

—No pu'o ver la cara 'e mi mamá. A vece' viene conmigo cuando sueño, pero despué' me despierto y no me pu'o acordar cómo es —Hace una pausa. Trata de respirar—. Yo… Yo… Todavía no me habían destetado cuando contrajo la fiebre. Igual papá… Yo…

Pero aunque sus propias palabras se le enredan en la lengua, no arrugo los labios ni con desprecio ni con preocupación, sino que con delicadeza, respiro hondo y lento. Cole parpadea y me mira, y cuando vuelve a inspirar, las palabras fluyen.

—La verdad es que ni mi mamá ni mi papá tenían hermanos, así que no sé cómo supo Salvius sobre el demonio que llevo en las venas. No tenemos la misma sangre…pero él me salvó cuando todos mis familiares murieron. Me… Él…

Cole tose con la expresión tensa por el sufrimiento.

Compasiva, asiento con la cabeza. También desearía que Salvius, el viejo amigo de Nell, la hubiese podido salvar. Me hubiese gustado que ella lo recibiera en su casa, en su cama. Así, tal vez habría vivido.

Chss, pienso. *Ya duérmete, muchacho.*

Sin embargo, Cole sigue murmurando, afiebrado y débil.

—Pensé que eran de los míos, pero no; no eran mis amigos. Ni un poco. Yo… Yo… y vino el demonio y se los llevó a todos…

Me desespero por verlo en paz, por ver pasar esta tortura. Cole vuelve a exhalar y se forman volutas de aire.

—El demonio que se los llevó… el demonio que los mató a todos…

Me transporto de regreso a Houmout. Era una niña pequeña cuando me fui de aquella aldea de difuntos, y nada más que difuntos. Quince días después de que todos murieran, las monjas de la Abadía de Canterbury me encontraron y me llevaron con ellas. Me convertí en quien soy (o en quien era) por la mera razón de que ellas me recibieron. He pronunciado muchas palabras que me llevaron a una vida de claustro, libros y oración. Sin embargo, ninguno de esos votos fue más fuerte que aquella última promesa hecha a mi madre.

Tal vez Cole es como es por quien lo llevó.

¡Cuánto nos moldean nuestros salvadores!

Me arrastro hasta el fuego para calentar un trapo en el agua hirviendo. Con suavidad, le limpio la sangre que aún le chorrea de las heridas. Tiene la piel acribillada por los golpes. Durante horas, le dejo caer gotitas de agua caliente en la punta de la boca seca, pero ni siquiera los cuidados que le doy con tanto cariño son suficientes para salvar a este muchacho destrozado.

Me pesa la culpa. Yo soy la responsable del sufrimiento de Cole. Al esconder las provisiones debajo del carro donde él estaba, hice que recibiera todos estos golpes. Hay una única acción que puede aliviar mi culpa: Nunca más haré nada que lo lastime, jamás.

Es una promesa tan grande que ni siquiera sé si puedo cumplirla con este corazón de pecadora, con el alma pusilánime, con mi prolongado engaño... pero al menos puedo luchar por algo, y esta será mi causa.

Si esta noche sobrevive, yo misma me haré responsable de protegerlo y de no hacerle más daño en el futuro. Si sobrevivimos a esta noche negra, nos quedarán solo diez días para reclamar la justicia de la Cámara Estrellada. No es suficiente. Los pensamientos y el miedo corren por mi mente como un ratón en una trampa.

Cole se retuerce y se da vuelta entre mis brazos. Balbucea en voz alta palabras que exudan fiebre.

—Yo no inicié el fuego, yo no fui... Quería salvarlos a todos, quería sacarlos, quería quemarme con ellos, pero él... No tuve el coraje para quemarme con ellos... El demonio me hizo... El demonio...

Está bien, quiero susurrarle. *Es una pesadilla, sé que no fuiste tú.*

Y pareciera que Cole escuchara mis pensamientos. La voz se le vuelve más suave, puede articular mejor, y murmura:

—Yo los vi quemarse —Apenas puedo distinguir las palabras con un susurro tan bajito—. Se quemaban... se quemaban por la noche... Intentaban salir y debería haber sido yo... Quería quemarme con ellos, solo quería quemarme allí...

Durante toda la noche fría, cuido de las heridas de Cole y le aplico todas las cataplasmas que puedo con los paquetes que hallo en el fondo de la bolsa de hierbas para cocinar que trajo Moten. Ya no hay nada más con lo que le pueda purificar las heridas, pero saco lo que puedo y envuelvo los cortes abiertos con tela y grasa.

Luego de los maitines, el muchacho se despierta entre quejas y alaridos y con la fiebre altísima. Intenta sentarse y con delicadeza, lo hago acostar debajo de las mantas. Me mira con los ojos negros brillantes como carbón encendido.

—Yo... Yo... Te diré la verdad, Mendo —dice—. Te diré lo que sucedió. Quieres saber la verdad, ¿no?

Asiento con la cabeza. Siento que el corazón se me sube a la garganta.

—La verdad es que los vi quemar la casa. Estaba escondido en el bosque y los vi. Fueron dos hombres. Uno de ellos es el que también mató a la mujer que fabricaba la cerveza y los preparados de hierbas, esa tal Nell.

Sentí un escalofrío en el pecho. ¿Cole sabe quién mató a Nell? Puedo sentir que el pulso se me acelera cuando me inclino para oír los susurros.

Decido ser cauta. Espero que no mienta. Las palabras son reales, pero lo que Cole recuerda podría no ser más que histeria, los recuerdos falsos que brotan de las aguas turbias de la fiebre. Pero sobre Nell, no dijo nada más.

—Cuando los muchachos estuvieron reunidos en la casa, donde se suponía que estaría yo también si no fuese porque me había demorado, yo... yo... no alcancé a entrar, y luego ya fue demasiado tarde, después de que aquel otro demonio encendiera el fuego. El grandote vino rápido y ató la puerta. Era un hombre vil, tenía el demonio dentro, te lo juro. El que encendió el fuego se echó a correr. Corrió del miedo.

Mira por encima de nuestras cabezas. La madera del carro está oscura como la brea y cada línea de granos está cubierta con pinceladas sutiles de escarcha, como un mensaje que solo él puede leer.

—Yo... corrí desde el bosque hacia la casa... Corrí para tratar de ayudarles, pero el fuego me quemó. Has visto la cicatriz. Sé que la estuviste mirando.

Con el dedo, recorre la extensa línea colorada que se le enrosca como una serpiente alrededor del cuello.

—Entonces traté de desatar la puerta, pero ya era demasiado tarde. La casa estaba envuelta en llamas.

Sin querer, se me llenaron los ojos de lágrimas que atravesaron como arroyos la escarcha de mis mejillas. Cole le echa un vistazo a mi rostro humedecido, pero no se detiene.

—La verdad es que están aquí. Los que quemaron a los muchachos están aquí. Viajan con nosotros. No fue ninguna bruja ni ningún judío. Los dos que lo hicieron están aquí, entre nosotros. Él hizo el nudo, lo encerró, y el otro encendió el fuego. Yo los vi, y esos hombres están aquí agora. Están aquí.

Luego, vuelve a toser y hace una mueca de dolor. Le froto la frente y cierra los ojos.

Cole farfulla y se queja entre delirios hasta altas horas de la noche, pero yo recuerdo todas y cada una de sus palabras. Con la luz del fuego, miro fijo los párpados hundidos, esos labios retorcidos por la fiebre y esa cicatriz abierta que se desvanece en el sueño. Cole duerme en mis brazos como un bebé afiebrado.

Va a sobrevivir, y yo voy a encontrar la verdad.

CAPÍTULO 25

ALGUIEN HACE A un lado la arpillera. El alba es un soplo de aire glacial. Estaba soñando con Nell cuando me desperté. *Sé quién te mató*, le decía, pero es solo un sueño. El rostro que al parecer distingo, se evapora al despertarme.

La noche desaparece en el cielo y una última estrella tenue deja su rastro. Se desprende del borde de la oscuridad del éter y la luz se desvanece.

—Un presagio —murmura Geoff—. ¿Cuál de las almas morirá hoy?

Luego ve la hoguera viva y esboza un gesto de satisfacción en todo el rostro.

—Ya alimenté el fuego. No sé de dónde sacaste toda esta leña, pero es una exageración.

Sonrío. Esta es la forma que tiene Geoff de agradecerme por mi trabajo.

—No hay nada para comer —dice Tom—. Lo único que nos queda es avena. Tendremos que comer alimento para caballos, pero al menos tenemos abrigo. Las pieles estuvieron a salvo debajo de los muchachos, y también salvaste los caballos que escondiste en los árboles. Tú sí que sabes ocultar cosas y pelear. Gracias, Mendo.

Liam es más bullicioso.

—¿Qué tal si conseguimos un conejo para la noche? —vocifera.

Todos los que ya despertaron se ríen entre quejas.

Pasadas las carcajadas, habla Moten.

—Bien, aún debo llevaros a Londres —dice el monje—. Nos quedan tan solo doce días para carnestolendas, pero haremos todo lo posible para llegar. Si bien parece que agora yo soy vuestro prisionero, os ayudaré a lo largo del camino.

Tomo una taza de avena hervida, me doy vuelta y veo el campamento cubierto de nieve. Los tres caballos husmean en busca de pasto viejo en la nieve. El paisaje brilla con la blancura de un campo de diamantes al sol. Los cuerpos de los guardias ya quedaron cubiertos en los ventisqueros profundos. La brisa de la mañana va dejando surcos entre las olas blancas congeladas y atrapa un roción de nieve de cada cima fría y dura.

Salvius se pone de pie.

—¿Alguien oye algún signo de vida del muchacho? ¿Cuánto hace que murió?

El susto me invade. A pesar de todo lo que hice, Cole está muerto. Desde lejos, puedo oír los sollozos chillones de una ardilla en el bosque. El sonido se acerca y se aleja en la distancia, como un llanto de miedo. Moten me mira.

—Mendo —me dice—. Estuviste despierto anoche con el muchacho. ¿Cuándo dejó de respirar Cole?

Giro hacia el carro y me arrastro por abajo. A la luz tenue del día, la piel de Cole no solo tiene golpes y moretones, sino que además está grisácea y amarillenta como un cadáver.

Le toco el pecho, pero Cole no se mueve y en el cuello no le siento el pulso, aunque el cuerpo todavía está caliente al tacto. Quisiera tener un espejo para corroborar si respira, para saber si en verdad la muerte se lo llevó.

Trato de oír algún latido a través de todas las capas y pieles, pero pierdo las esperanzas.

Nunca sabré quién la mató. Nunca sabré quién quemó a nuestros hijos.

Cuando abro los ojos, me sorprende ver que me quedé dormida. El sol está más alto en el cielo y hay una discusión agitada afuera. Percibo un tono de respeto en las palabras, al lado de la hoguera, que no me resulta familiar.

—Es un mocoso bien fuerte, como Mendo —dice Tom.

—¡Sí! Mendo siguió adelante cuando el resto nos caímos —agrega Liam—. Y encima se quedó despierto toda la noche cuidando a Cole y manteniéndonos vivos a todos.

El sonido de las voces se detiene de golpe al moverme y salir de la carpa.

Han sacado la nieve del carro. Todo está embalado, salvo las pieles y capas que nos cubren a Cole y a mí. Los cuerpos encima de nosotros están tapados con arpillera y las ruedas están desenterradas y libres de escarcha. Los caballos de la Abadía ya están otra vez enganchados adelante, y la yegua vieja de Sal va detrás. El carro ya está listo para salir al camino abierto.

Me ato las botas con cuero y hago algunos pasos por la ladera con la vista hacia adelante.

—Bien, hasta Mendo se ha dado por vencido —dice Benedict—. No tiene ningún sentido seguir estirando esto.

Los hombres desvisten el cuerpo de Cole. Le quitan las mantas y la capa pesada del cuerpo. La piel blanca del muchacho queda golpeada y desnuda sobre la nieve cruda. Ahora le escucharía el corazón si aún tuviese esperanzas, pero Cole no se estremece en ningún momento.

Me doy vuelta; no puedo verlo muerto. Las lágrimas ruedan por mis mejillas, pero nadie me ve. El movimiento que acabo de hacer es un signo de fortaleza para ellos.

—Es más valiente que yo. Él sigue adelante. Eso es lo que todos debéis hacer.

—Nos quedan solo doce días para carnestolendas, ¿verdad?

—Así es, pero mirad a Mendo. Él sabe que podemos lograrlo. Allí va, ya está reconociendo el terreno.

El Camino Blanco está vacío, las palabras están secas y envenenadas como cenizas. Si alguna vez sentí que podría volver a hablar, ahora mismo anulo ese impulso.

Esa esperanza se cayó. Nada valió la pena. Todo nuestro trabajo no es más que un par de huesos y polvo.

Lo único que me impulsa hacia Londres ahora es el encargo de mi madre; voy a cumplir su voluntad o moriré en el intento, y así, quizás redima también a mi hijo.

Me quedo de espaldas para secarme las lágrimas con la bufanda áspera y fría. El agua se congela sobre mis mejillas. Los sollozos me escuecen la nariz, me arden en el pecho y se me suben como vapor vacío. Despacio, regreso para escuchar a los hombres.

—¿Entonces tendremos que cargar el cuerpo?

—Claro que llevaremos a Cole. Es uno de nosotros.

—Ponedlo en el carro con los demás.

No puedo verlos cargar el cuerpo casi desnudo de Cole en el carro con el resto de los muchachos. Recuerdo las palabras que anoche me dijo. *Quería quemarme con ellos.*

Quizás este es el lugar donde el jovencito siempre quiso estar, con el cuerpo largo y distendido, envuelto en esa piel blanca y descansando junto con los restos ennegrecidos de sus amigos.

Cuando Christian nació, hace diez inviernos, había una única estrella brillando en la oscuridad mientras las olas del parto subían y bajaban. Con su muerte, quisiera pensar que se fue apagando hasta desaparecer. En cada estrella está escrita la hora y la manera en que cada hombre morirá, desde Aquiles hasta César, pasando por el Sacro Emperador Romano y la vida humilde e insignificante de Cole de la aldea de Duns.

Cuando logramos iniciar el viaje por el Camino Blanco, oímos un grito ahogado.

Miro a mi alrededor para ver quién fue y me topo con los ojos imperturbables de Geoff, la expresión impasible de Tom, los ojos hundidos pero inmóviles de Liam y el rostro cansado de Moten.

Benedict da la vuelta alrededor del carro para mirarme. Lo miro yo también y sacudo la cabeza.

Vuelve a oírse el grito ahogado y desviamos los ojos con un movimiento brusco hacia arriba. Alguien se mueve en el carro.

Es Cole. Está vivo.

El muchacho se esfuerza por respirar y gime con los ojos bien abiertos y la mirada fija. Con el aire glacial, tiembla enérgico y vivo mientras acudimos a levantarlo, contenerlo, rescatarlo. Lo envolvemos de prisa con mantas de lana, capas forradas de piel y con todos los abrigos que tenemos.

—¡Maldita sea! ¡Un atisbo de vida! —grita Tom.

El rostro ovalado de Moten está pálido del susto.

—Puede ser que el frío lo haya hecho regresar. Estaba desvaneciéndose y al enfriarse, se despertó.

—No oíamos la respiración —dice Benedict mientras envuelve a Cole con otra manta.

Volvemos a empacar los bultos muy atolondrados para encontrar las pieles y las capas y envolver a Cole. Todos buscan alguna excusa para tocarlo, para darle unas palmaditas en la espalda o en los hombros, para remeterle otro pedacito de piel debajo de los pies. El muchacho está débil y tembloroso, pero se despertó.

—¿Qué sucedió después de la pelea? —pregunta—. ¿Por qué nos detenemos aquí en el camino?

—Oh, muchacho. Pensábamos que habíamos perdido a otro más —murmura Geoff.

Se vuelve a cargar el fardo pesado en los hombros con lágrimas brillosas en los ojos.

—¿Otro?

—Sí —contesta entre sollozos—. Otra estrella perdida, ¿sabes?

Durante todo ese día, estuvimos alrededor de la caja de madera del carro, con una mano sobre ella como niños con un tesoro. Cole es como Orfeo cantando para nosotros. Regresa para contarnos que la muerte no es tan terrible, que nosotros también podemos sobrevivir para poder respirar un día más.

Ya no tenemos más guardias a nuestro alrededor ni estamos encadenados, pero no nos quedan más alimentos y las provisiones ya son demasiado escasas. El camino que tenemos por delante es arduo. Salvius pide hacer una parada.

—Enterremos aquí a nuestros muchachos —dice—. Como grupo, hemos dado lo mejor de nosotros; hemos luchado para encontrar el camino, pero este es el final, amigos. Si continuamos, podemos morir todos. Incluso aunque lleguemos a Londres, es posible que no hallemos la justicia que buscamos. No podemos ya llegar a la Cámara Estrellada.

—Sí —dice Benedict pensativo y sin llorar—. Es posible que mis otros hijos estén muriendo de hambre también. Necesitan a los hombres en casa en estas noches frías de invierno.

—Y tu Sophia, también —empieza Tom con un guiño—. Es posible que te necesite por las noches, u otro puede tomarla y...

Benedict le devuelve el favor sin pensarlo dos veces, y le da un fuerte revés en la cara.

—¡Eh, oye! —dice Tom mientras se chasca los nudillos para pelear.

—No —Salvius se interpone—. No agora.

—Mirad —dice Geoff—. Debemos continuar, de verdad. Quiero que el Rey descubra la verdad, que sepa quién hizo esta barbaridad.

Lanza una mirada asesina a los hombres reunidos.

—La Cámara Estrellada sabrá discernir la verdad. ¿Ya no les importa saber qué sucedió?

Se genera un murmullo oscuro.

—Puedes continuar hacia Londres tú solo, bastardo asqueroso —gruñe Tom.

Geoff da un paso hacia atrás en dirección al carro, hacia su hijo.

—¡No quedará enterrado aquí!

¿Serían capaces de abandonarnos?

No me importa. Yo debo ir a Londres. No puedo dejar pasar esta única oportunidad. Mi intención ahora es cumplir la voluntad de mi madre, liberarle el alma y darle lo que pidió al morir. No me rendiré ahora que ya llegué tan lejos. Cumpliré mi palabra, y si nos esforzamos, podemos llegar a tiempo e incluso lograr que al final, se haga justicia.

Así que, me doy vuelta y tomo al monje. Empujo a Moten hacia adelante. Lo aporreo. Trémulo, me echa un vistazo y ve que quiero que hable a favor del viaje.

Duda, pero lo intenta.

—Buenos hombres, el camino que tenemos por delante es largo pero deberíamos luchar…

Lo empujo más fuerte. Las palabras ganan más fuerza a medida que le doy sacudones en la espalda.

—Deberíamos continuar —dice de repente, mirándome de reojo—. El abad te hará matar si regresas por el camino del monasterio. Te garantizo que lo tomará como evidencia de tu culpabilidad.

—¿Entonces continuaríamos solo para salvarnos? —dice Benedict disconforme.

—La Corte del Rey hallará toda la verdad —dice Liam—. Debéis tener fe.

—Malditos cobardes —murmura Geoff—. No les importa un carajo hacer justicia, ¿verdad?

Salvius suspira.

—Bien —dice—. Continuemos, pero solo hasta que nos encontremos a salvo. Tal vez allí.

Nos señala una colina lejana. En la distancia, se ve la silueta diminuta de una construcción. Entrecierro los ojos con la luz del día enceguecedora por la nieve.

Una casa fuerte.

CAPÍTULO 26

CASI TODAS LAS noches, bajo la luna del invierno y una vez armado el campamento, nos rodea el eco de los sonidos suaves de aquel mundo oculto, del mundo de las praderas y de los bosques por las noches. La melodía del chotacabras, el grito del búho, la corrida veloz del ratón de campo y el zorro en plena persecución.

Esta noche, no hay nada. Hay un silencio profundo en el páramo desolado y abierto. No hay un solo sonido en el bosque. Los caballos sobreviven con briznas de paja que sacamos del carro.

La avena se acabó el primer día. La cocinamos un rato largo, la comimos sin acompañamiento y ahora no nos queda nada. Es como si una gran navaja hubiese arrancado la vida de esta hoja de pergamino de bordes blancos, y la dejara limpia.

Tenemos mucha hambre.

Al principio, es una agonía desgarradora de hambre en la barriga, debilidad, una sombra en los ojos. Luego, se convierte en un vacío absoluto. El vientre parece ir a la deriva, aplastado y vacío como una bolsa.

No puedo recuperarme de la fatiga que se instaló en mí. Me acuesto agotada y me levanto agotada. El descanso no me da fuerzas.

El día siguiente llega con nieve. Todos los árboles negros que nos rodean tienen dibujado un contorno blanco, una línea pálida en cada extremidad. El camino está cubierto de cicatrices dentadas de hielo duro como el hierro. Cuando salimos del barranco y regresamos al páramo, vemos que la casa fuerte ya se ve un poquito más grande. Los dos cuarteles de los costados se interponen entre el camino y el valle de un río.

Si pudiésemos llegar a la casa fuerte, podríamos estar a salvo. Sin embargo, está muy lejos; es un espejismo en aquella colina lejana.

Me quito las suelas que llevo atadas a los pies. Tengo las plantas llenas de manchas, cortes y lastimaduras oscuras. Los espinos, las ramas y el hielo filoso han tallado sus huellas en mi piel y dejaron una combinación de runas de algún idioma extraño. Miro hacia abajo, perpleja ante la imagen y la falta de sensibilidad. No siento ningún dolor.

El cuero está arrugado, húmedo y ya no sirve para andar en el hielo. Tengo los pies entumecidos y la cabeza ligera como plumas en el aire.

Perdóname, madre. No encuentro la manera de cumplir mi promesa. No puedo encontrar a esos que me mandaste a buscar. No puedo decir las palabras que me encomendaste.

Siento que me voy, que me elevo con el sol por el cielo como si mi alma se escapara del cuerpo hacia un mundo de luz. El mundo se va despintando y va quedando blanco al caerme en la nieve.

Una voz extraña y profunda nos pega un grito.

—¡Eh, eh!

Abro los ojos.

Alrededor, tenemos un grupo de hombres parados con libreas sucias y abrigos de piel comidos por las polillas, poco cuidados pero, de todos modos, lujosos. Deben de ser de la casa fuerte. Dos de los hombres llevan ratoncitos diminutos en los mitones de lana.

Me dan miedo. Veo a Cole que tiembla detrás del carro y trata de sacar una porra para contraatacar.

Veo también que el hombre alto está consumido por el hambre, con la nariz aguileña y colorada por el frío del invierno. Tiene en la mano el cadáver de un erizo destrozado sostenido por la cola y un manojo de bulbos diminutos similares a cebollas, frágiles como papel. Juntos, no eran más que un bocado para un niño pequeño.

Benedict da un paso adelante con audacia.

—¿Estáis aquí para saquearnos? porque no tenemos nada…

Cole sale del carro de manera sorpresiva. Finalmente, ha logrado conseguir un arma.

El hombre demacrado ignora la pregunta de Benedict y también la amenaza temerosa de Cole. Baja la vista y me levanta un pie del suelo. Lo mira concentrado y de cerca.

—Gangrena —dice tajante.

Me huele y luego suelta el pie, como si no le sorprendiera.

—Vuestro amigo morirá. Tiene la sangre envenenada.

—Sí, es cierto —dice Benedict—. Pero aún estamos fuertes y tenemos caballos. Podemos pelear si nos atacan.

Geoff ya está de pie con la espada que le quitó a uno de los guardias muertos.

Un petiso, que está al lado del hombre consumido y alto, lo mira fijo. Pareciera que está midiendo algo. ¿Qué pueden darnos? ¿Matarían un caballo para compartir la cena con nosotros?

—No —dice Benedict con la mandíbula apretada y sobresaltado.

Moten sostiene con la mano temblorosa un pedazo de pergamino doblado, la carta del abad.

—Tenemos autorización para circular por aquí. Es un salvoconducto, un permiso para este camino de mi propio abad. La Iglesia nos ha dado la orden de circular para llegar a Londres y…

—¿Alguien ve alguna sucia iglesia por aquí?

El consumido pareciera enojado al ver la aldea vacía.

—¿A vosotros os parece que Dios tiene un mínimo y estúpido interés en esta tierra arruinada y quemada?

De repente, todos quedan en silencio.

—¿Tenéis comida? —pregunta Liam.

El consumido lo atraviesa con la mirada y no le contesta.

—Vosotros no tenéis nada —dice— y nosotros no tenemos nada para dar. No os demoraremos aquí. Continuad con vuestro viaje, malditos.

Se marcha hacia el petiso y hacia los otros cinco que lo esperaban detrás en el camino.

—Un momento —grita Liam—. Si no estáis aquí para saquearnos, ayudadnos. ¡Os suplico!

Ni bien los hombres de la casa fuerte pusieron un pie en el camino hacia la colina, el consumido de da vuelta.

—Vosotros tenéis algo en el carro porque lo custodian como oro. ¿Qué hay en el carro?

Moten corre el lienzo y le muestra los cuerpos envueltos en blanco. El consumido observa tan penosa carga: andamos por el camino con nuestros hijos muertos.

Hace un movimiento con la cabeza, se frota la nariz de halcón y vuelve a mirar al petiso como si le consultara algo en silencio.

—¿Y cuánto hace que sus hijos abandonaron este mundo? ¿No se pudren en el camino? ¿Cuánto hace que los tienen sin sepultar?

Benedict habla fuerte y desesperado.

—Están congelados desde el día del incendio. Ya hace más de una semana. Si Dios quiere, la escarcha durará hasta que lleguemos a la Corte.

—Ah —responde.

El consumido se toca la boca y cambia el tono.

—Tienen mis condolencias, y mis dádivas. Son bienvenidos en la casa fuerte esta noche. Vamos, bienvenidos.

Sin embargo, la expresión en su rostro no dice lo mismo. Creo que esconde algo.

Benedict lo mira con ojos de desconfianza y preocupación, y yo coincido con él. No confío en este hombre de pocas palabras y ninguna respuesta.

—¿Y quién eres para decirnos esto? —pregunta Moten— ¿Por qué deberíamos ir con usted?

—Soy el lord de esta tierra muerta —contesta el consumido.

Se da vuelta con toda la majestuosidad posible y las pieles descuidadas, y avanza por la colina. Podemos oírlo mientras lo seguimos.

—Soy lord Paul Anders. Sois bienvenidos a la hoguera y calidez que tenemos en mi casa fuerte para compartiros.

Observo que no menciona alimentos, ni siquiera el erizo desdichado que lleva en la mano. Me pregunto qué sabe este lord que nosotros no. *¿Qué esconde?*

LiBRO 1V

CAPÍTULO 27

L A CASA FUERTE es enorme y oscura por dentro. Tiene columnas gruesas grabadas con figuras antiguas y fantásticas, y a los lados, cuelgan braseros de hierro. El petiso mueve las brasas del hogar que se encuentra pasando el vestíbulo del gran salón. Se enciende el fuego con la leña recién traída. Brilla de alegría con sus chispas.

Las corrientes de humo forman volutas en los rayos punzantes de luz que provienen del oeste e ingresan por las ventanas con parteluz. Luego, con la corriente de aire, arde el fuego y el calor se expande por uno de los extremos del gran salón.

A lo largo de todas las paredes hay columnas enormes de piedra grabada con hombres, aves y animales, pero desgastadas por el tiempo. Dentro de la enorme habitación, se ven manojos de paja donde duerme la compañía. Detrás, hay restos de mesas de madera despedazadas y convertidas en leños para ser arrojadas en la chimenea. Aún queda una mesa grande en el suelo para cenar, en el caso de que tuviésemos algo para comer.

Se oyen las tablas del piso por donde los hombres arrastran los pies y piafan como caballos de tiro en la oscuridad de la casa fuerte. Hay olor a humedad. El aire que exhalamos se acumula entre las vigas sobre nuestras cabezas y gotea sin cesar por la condensación que brota y cae desde el techo, como si se tratara de una cueva. El salón de la casa fuerte huele a refugio subterráneo. Savia quemada, sudor acumulado, flatulencias y la hediondez de la cerveza derramada y de las pieles chamuscadas.

Nos reunimos todos alrededor de la chimenea. En un caldero enorme sobre el fuego, los hombres de la casa preparan un estofado aguado con los cadáveres de los ratones y los erizos.

Rengueo por el salón en busca de un lugar donde pueda orinar. En uno de los extremos, está la hoguera y la chimenea y en el otro, hay tres puertas. Encuentro un retrete pasando la puerta, a la derecha, con un asiento y un agujero largo para arrojar excrementos humanos que desembocan en el estercolero apestoso que hay debajo. Por una ventanita angosta de la habitación, puedo ver hombres de la casa que preparan los caballos y el carro en un establo construido en la ladera.

También hay un puente levadizo atado a los dos cuarteles con sogas gruesas como mis brazos. En tiempos de guerra o de peligro, se puede elevar. Abajo, muy muy lejos, está el río congelado con témpanos de hielo pesados (y por ahora, inmóviles) a la espera del deshielo. Una vez que termino de orinar, reviso las demás puertas; me da curiosidad saber qué hay al otro lado de cada una.

La primera puerta que quiero abrir, la de la izquierda, es oscura y está cerrada. La calzaron muy bien con trozos de piedra y madera para que no se abra. Despide el hedor dulce de la putrefacción que planta una semilla de miedo.

Conozco ese tufo desde pequeña. Cuando era niña y vivía frente al mar inmenso, mi padre apestó así durante cinco días antes de morir en la agonía y *delírium trémens*, horrorizado, lleno de miedo. Cuando mi madre, en su lecho de enferma, olía así también, temía acercarme a ella, incluso cuando me rogaba que le alcanzara agua, cuando me susurraba. Quince días después, las hermanas de Canterbury me encontraron sola entre todos los muertos.

Todavía le tengo miedo al olor de la peste y aún me visita en los sueños por las noches. El aliento letal que produce me persigue por las mañanas con un recuerdo terrorífico al despertar.

Me alejo rápido de la puerta cerrada, pero por la grande del medio sí se puede pasar. De hecho, está medio entreabierta detrás de una arcada con grabados. Esta es la puerta con cinturón de hierro adonde llevaron antes la leña; puedo ver un rayito de luz de la llama dentro de la habitación. Quizás, detrás de esta puerta enorme, hay una alcoba para el lord y la *lady* de la Casa.

Rengueo de regreso hacia la chimenea. Siento que la piel se me va calentando. Tengo los pies blancos por la mordedura del frío, con los bordes y los dedos teñidos del color violeta intenso de las uvas pisoteadas para el vino del verano. Sin embargo, donde cesan las chispas de dolor en los pies, me sorprende no sentir nada.

Los hombres de nuestro grupo se reúnen para ayudar a Moten con su plan para curarme. Geoff, Salvius, Benedict y también Liam, y con ellos vuelve a brotar mi desconfianza. Me dan miedo. *Uno de ellos mató a Nell.*

Sin embargo, sí confío en el Hermano Moten, y él insiste en que lavemos los pies; eso leyó una vez en Hipócrates. Así que, aunque me estremezco con el agua helada, logra arrastrar las manchas y salpicaduras de la mugre coagulada y del sudor viejo y me sorprendo al ver la piel muy blanca y rosada.

El manchón del dedo sigue oscuro y podrido, y se ve también un hilo negruzco, como una hebra delgada que sube por el dedo hacia el arco del pie. Todavía no fue más allá del dedo, pero está llevando el veneno del que hablaron cuando estábamos en el camino. *Gangrena.*

Moten se acerca mientras limpia con delicadeza la porquería que tengo en la herida.

—Mendo —murmura en una voz tan baja que apenas puedo oírlo—, Mendo, nunca le conté sobre ti al abad. No te traicionaría, aunque tuve dudas sobre ti y tus intenciones. Cuando les hablé sobre una mujer noble a los monjes allí reunidos, les conté la leyenda de esa Santa Teodora, que fue salvada por un monje. Insinué que había mucho que no sabíamos en el cielo y en la tierra y luego de todas las millas que hemos recorrido, creo que todavía eres un santo no reconocido.

Me sobresalto, giro para mirarlo, levanta la vista y sabemos que nadie nos mira mientras me seca la piel.

—Mira, para huir del monasterio, discutí la Regla de Cluny. El abad se había olvidado de la mitad. Soy el académico que se ocupó de la Regla así que la sé mejor que nadie. Si no hubo motivos para enterrar los cuerpos, como demostré con mis argumentos eclesiásticos, y los tipos que decían servir a lord Bellecort afirmaron que el crimen cometido había sido en contra de la nobleza, vuestra ofensa era un asunto terrenal y requería justicia por parte del Rey, no de Dios. Al final, el abad estuvo de acuerdo con mis argumentos. Por eso estáis vivos, y por eso me enviaron con vosotros.

Lo escucho perpleja. ¿El abad se convenció con palabras y no con pruebas de ningún tipo para dejarnos ir?

—Te digo esto agora —susurra Moten— porque no sé si sobrevivirás cuando te haya cortado un pedazo del cuerpo y quería que supieras que no pienso que eres una bruja ni un demonio. Tus pecados están perdonados. Hace la señal de la cruz.

Luego, se acerca un poco más.

—Una última cosa. Tengo esta bendición que me confió el abad, un tesoro del monasterio, y debo llevárselo a la Corte.

¡Zas! Un hacha se hunde en un leño cerca de mi cabeza.

—¿Ya estás listo? —pregunta Geoff.

El carpintero saca el hacha del leño y comienza a amolar la hoja en una piedra filosa.

—Ya está —dice Moten.

Agora se pone de pie, un poco más lejos de mí.

—Qué sea lo más rápido posible.

—Sí —murmura Geoff—, pero la carne es más blanda que la madera, ¿no lo sabíais?

El chistido de la hoja afilándose está cerca y me aterra. No tengo oportunidad de pensar en el secreto de Moten ni de conectarlo con lo que Roben dijo antes de su final. El aire me corre rápido por la garganta, tan rápido que parece quemarme.

Liam me mira. Saca el albogón y toca una giga rápida y sutil que atrae a los hombres de la casa fuerte. Quiere distraerme. Eleva la voz con regocijo.

—Bien... Sé un cuento de carpintero.

Geoff agita la mano y deja de afilar la hoja.

—Este carpintero era bien ligón y lujurioso —dice Liam.

Geoff pone cara de vergüenza.

—¡Sí que le gustaba la carne de mujer, y de la buena! —continúa Liam entre risas—. Veréis, tenía debilidad por las de buenas piernas, ¿qué os parece?, y encontró una muchacha que amó más que a su propia vida. Se llamaba Alison, bello nombre. Tenía dieciocho inviernos y era como una alondra salvaje, así que la encerró en una jaula pequeña a esa niña dulce y seductora, Alison.

Ahora, los hombres saben la melodía que tocará Liam y, expectantes, se les iluminan los rostros.

Oigo las palabras de Liam y a la única que veo es a Nell, como una alondra salvaje, con piernas hermosas y encantadoras, bella y fuerte. ¿Quién tumbaría un ave como ella?

—Ah, Mendo, ¡veo que me estás escuchando! Oye esto. El delantal de Alison era blanco como la leche recién extraída por la mañana, el cuerpo tenía la gracia de un armiño pequeñito —alguien lanza un aullido y luego un silbido alto— ¡pero ella también era bien lasciva y lujuriosa!

Tom se lame los labios.

—¡Ay, qué placer es estar con una mujer así!

Liam se ríe.

—Sí. Tan feliz y encantadora, con el rostro luminoso, reluciente, y con un canto resonante y alegre como el de una golondrina en el granero. Oh, y supo jugar, ¡con las risas de una alondra!

Uno de los hombres de la casa fuerte se inclina hacia adelante.

—¿Qué sintió al besar a una muchacha como esa?

Se percibe el deseo en su voz al hablar. No es solo lujuria, es más que eso. Los que están aquí anhelan poder tocar una mujer tierna y suave. Veo en los rostros una sed desoladora de la gracia de una mujer y sus encantos.

Liam escucha y hace eco de esa voz.

—Ah, sí. La boca preciosa de Alison era dulce como una bebida melosa, o como las reservas de manzanas que pasaron largo tiempo en un sótano. Era una prímula, bella como pocas. Pero lamentablemente, terminó con este carpintero viejo y decrépito.

Liam sonríe y señala con la flauta a Geoff. El carpintero mantiene el hacha en alto e inclina la cabeza a los hombres allí reunidos, que se largan a reír a carcajadas.

Salvius me ata un hilo grueso alrededor del dedo para que quede bien firme.

—Bueno, ya casi estamos listos —le dice Moten a Benedict—. Pon el cuchillo a calentar hasta que esté al rojo.

Bajo la vista y veo a Benedict que desliza la hoja por el carbón. ¿Para qué es el cuchillo?

—Un día llega un aprendiz, Nicholas. El carpintero no estaba —continúa Liam—. Era perspicaz y astuto. Se ganó la hermosura de Alison con pura labia.

—Muerde esto cuando sientas el dolor —me indica Benedict mientras me pone un trozo de cuero en la boca.

Pero yo miro lo más lejos posible, concentrada en cada sonido de la historia de Liam. Estoy absorta en la historia de Alison, de lo que hacemos por amor.

Nell, Nell, Nell, pienso. ¿Quién te mató? ¿Qué habrá hecho Nell con tantas súplicas, tantas pretensiones? ¿Habrá accedido? ¿Habrá permitido que algún amante se metiera en su granjita?

Geoff eleva el hacha.

Salvius se ubica detrás de mí, me toma los brazos y los aprieta con fuerza. Liam eleva más la voz.

—Ese Nicholas tenía tanta labia, la presionó con charlas tan astutas que al final, Alison le concedió el deseo y…

De repente se escucha un golpe demoledor, y luego oigo cómo

se desintegran los huesos. Una punzada de agonía reverbera como un haz de luz y me sube desde el pie hasta el muslo. Siento que me mareo a medida que emerge el dolor de la pierna.

A la distancia, al parecer, los hombres se ríen alrededor del fuego. Liam continúa.

—Nicholas y nuestra hermosa Alison se acuestan. ¡Y allí empezó la juerga y la música!

Benedict saca el cuchillo del fuego; está al rojo vivo. Me tiemblan los labios y en silencio, rezo el *Paternoster* mientras se acerca la hoja, radiante y luminosa en medio de las tinieblas.

Moten me apoya el cuchillo rojo y caliente en la carne y de repente, doy un chirrido penetrante. El dolor brota por toda la pierna, sube y me ejerce presión en los pulmones hasta que ya no puedo respirar. Un gemido se me escapa por la boca y todo se apaga.

CAPÍTULO 28

UERMO COMO UN bebé; para el mundo, estoy muerta. Sueño que vuelvo a ser una niña perdida, abrazada a los demás huérfanos en aquel nido enorme de paja, en el salón abierto de la Abadía de Canterbury. El calor de los cuerpos dormidos me atraía; me acurrucaba más y más en la paja. Con el vientre lleno de avena caliente, abrazada por otros niños, oyendo la respiración suave y dulce por la noche, me sentía en el cielo.

Pero cuando dormí en Canterbury aquella primera noche, me sentí en el infierno una vez más. Durante la niñez, siempre tuve la misma pesadilla.

Veía el rostro de mi madre en la última semana antes de morir. Los pétalos rojos saltaron por todas partes y las rosas ensangrentadas le cubrieron la piel. Me hizo memorizar esas últimas palabras, me hizo aprenderlas mientras luchaba por respirar un poco más, y me susurró con urgencia aquellos últimos secretos, los que no puedo compartir jamás con ningún alma.

Estaba horrorizada por esas manchas de sangre en toda la piel y luego por las pústulas negras en el cuello que parecían latir. Y el olor. Podía sentirlo, intenso. El hedor de la plaga, ese tufo a putrefacción dulce.

La visión me invadió los sentidos, y grité, abrí los ojos y había un ángel vestido de blanco y gris.

—Niña, estás apretando los dientes —me dijo la hermana.

Usaba un lenguaje simple, pero era muy dulce.

—Despertaste a los demás.

La miré temblorosa y con los ojos bien abiertos en medio de la noche.

—¡Ay, niña!

Me tomó en brazos y me acunó, con ese perfume a levadura y el calorcito de un pan que fermenta.

—Toma. Bebe un poco de cerveza. Tal vez los sueños se calmen y te dejen dormir mejor.

—Ay, pobre niña huérfana.

La noche es tan negra que parece tener hollín suspendido en el aire. Entro y salgo de mi estado de dormida en medio de un océano de dolor con Nell dando vueltas en mi cabeza.

Siempre pensé que la había matado algún extraño furioso por la borrachera. Pero Cole dice que la mató alguien de la aldea. Eso nunca lo supe. *Pobre Nell.*

Los pastores de espaldas anchas habían llegado a la aldea, y siempre pensé que serían los culpables. Tenían los brazos morenos y musculosos, usaban un lenguaje procaz y tenían los modales groseros de los trabajadores de la ciudad lejana de Lincoln. Ese otoño, Benedict los había contratado porque en primavera tuvimos una producción abundante de corderos y había que prepararlos para el mercado. Algunos tuvieron que sacrificarse, otros hubo que esquilarlos y la mayoría se comercializaron en otras aldeas.

Todas las mañanas, los hombres fuertes y toscos salían de la bodega vacía de Benedict, se ocupaban de las pasturas y trabajaban en el rebaño. Al mediodía, ya tenían sed, y a la tarde, quedaban atontados por la cerveza fuerte. Por la noche, bebían cuanta gota encontraban en nuestra pequeña aldea y las voces estridentes se oían desde el bosque.

Algunos aldeanos se les unieron todas las noches y dondequiera que iban, se convertía en un jolgorio desmedido y escandaloso. ¡Si tan solo pudiera recordar quiénes andaban con ellos, eso podría ayudarme a descubrir la verdad de lo que Cole murmuró la otra noche!

En una de esas noches, cuando la luna de las cosechas colgaba bajita del cielo, Nell ya tenía lista la cerveza de la temporada. El caldero ya se había enfriado y se podía sentir en el aire el perfume acre. Colgó de un árbol del establo el símbolo de sus mercancías, una escoba vieja, para que todos lo pudieran ver.

Salvius luego contó que les había hablado a los pastores de ovejas sobre lo exquisita que era la cerveza de Nell pero no sabía que irían a la granjita tan tarde. Dijo que ya estaban ebrios y que pensó que, por esa noche, ya estaban satisfechos, pero al final sí fueron. Llegaron tarde y se marcharon tarde.

Todavía no sabía nada cuando me levanté al amanecer para repartir la leña del día en cada hogar. Casi todas las casitas a las que fui tenían un botellón de cerveza fresca al lado de la puerta; pensé que Nell había sido muy generosa al regalarla.

Pero en medio del bosque, se veía una voluta de humo inusual y me pregunté qué sería. Luego vi a un hombre tirado en el camino de la aldea, dormido de tanta borrachera. Era uno de los pastores de ovejas de Lincoln y tenía una quemadura que le atravesaba todo el rostro. Se despertó y por un momento, se lo vio avergonzado.

Esa noche, pude descubrir algo más. Hob me llevó del brazo y me preguntó en voz bien alta si había probado la cerveza de este año. Le contesté con la cabeza. *No.*

Se rió, y fue una risa fuerte y sardónica. Me llevó más allá de la aldea hacia el interior del bosque. Esa noche parecía que no había ni un hombre en la aldea; tenían los rostros colorados por tanta bebida y hablaban en un tono tan alto que parecían querer arrasar con el silencio de todo el bosque.

Los barriles de cada casa estaban llenos de la cerveza fresca de Nell y su caldero estaba boca abajo en el suelo.

Luego, Hob me llevó más adentro del bosque y cuando llegamos a la chocita, estaba casi toda desmoronada con las maderas chamuscadas por las llamas. En lo alto de la escena, estaba Nell colgada de un árbol con una soga y con moscas que zumbaban alrededor de la boca abierta.

Quedé dura como una piedra, con el alma negra de tanto horror. Me corrió un escalofrío por los brazos y me sentí débil como la muerte. Temblé del miedo, pero me pellizqué con fuerza para no desvanecerme. Me obligué a levantar la vista otra vez para seguir el dedo de Hob que la señalaba.

El cuerpo inocente de Nell se movía con la brisa fría y cruel de la noche. Tenía un nudo grande y raro sobre la cabeza que yo, hija de un pescador, no había visto jamás. ¡Qué nudo tan curioso! Seguí los lazos en detalle para rastrear cada movimiento que habían hecho. Un triple nudo, tirante con medio ballestrinque.

Esa noche, paralizada y asustada, escuché atenta los rumores que se difundieron sobre la historia. Los pastores de ovejas fueron a la casa de Nell cuando ya estaba acostada. La despertaron y le exigieron que les sirviera cerveza, pero cuando ella les dijo el precio, consideraron que era demasiado caro. Entonces, en vez de pagar, dieron vuelta el caldero.

Estaba segura de que había sido así. Era una mujer sola, y sabían que nadie reclamaría justicia.

Tom no tenía el coraje para asesinar a alguien, pero recuerdo que me puso un botellón tibio en la mano.

—Así es, Mendo, e' del caldero de la vieja bruja.

—Era rara esta —farfulla otro—. Una mujer que quería cultivar la tierra y hacer que sus maestros y superiores pagaran la bebida.

¿Quién estuvo allí esa noche? ¿Podré recordar agora alguna señal que me indique quién fue el villano?

—Vivía como un hombre, eh—, dijo uno de los aldeanos. Estoy cerca de recordar quién fue.

—Sí, eso e' cierto. ¡Vivía como un hombre, y sola! ¿Y si era una bruja? —agregó un pastor bien borracho.

Aunque parecían avergonzados por la muerte de Nell, algunos encontraron rápido la manera de justificarla.

Uno de los pastores con la piel morena por el sol, se paró entre nosotros y me salpicó la mano.

—¡Por la vieja bruja! —gritó en un brindis.

—Sí, ¿qué tal si lo era? Así que, quienquiera que la haya matado, hoy realizó el trabajo del nuestro buen Señor al colgarla. Liberó al mundo de un engendro del demonio.

La charla iba y venía entre unos y otros. Eran grajillas sobrevolando un pedazo de carne, desgarrando ese cuerpo ensangrentado de un lado y del otro hasta que ya no quedara nada.

Pero yo no quería terminar colgada de un árbol. No quería un hijo desconsolado. No quería que nos arrebataran lo poquito que teníamos en una pelea iniciada por el alcohol.

Así que, le ordené a mi boca que se cerrara con una sonrisa inexpresiva de oreja a oreja y di una palmada en la espalda a mis compañeros para fingir hilaridad mientras se reían y bromeaban.

—Sabéis, vivía como un hombre.

No podían entender cómo había podido vivir sin un hombre como jefe. Los hombres tienen el estatus para dirigirse a un lord. Los hombres incluso pueden acudir a la Corte, pero las mujeres, no. Dios no nos ha dado ese derecho y las que no cumplan las reglas, sufren las consecuencias.

De algún modo, al final, encontré la manera de derramar la dulce cerveza de Nell en el suelo. Les di una palmada enérgica en la espalda a Tom y a Hob. Por último, cuando uno comenzó a vomitar, me fui.

En los sueños, se me aparece el rostro inteligente de Nell, con la boca tal como era y la risa brillante y alegre, pero con los ojos siempre vidriosos, muertos. Veo ese nudo extraño que hicieron al colgarla. Los lazos se enroscan y se entretejen y no lo puedo deshacer más allá de la manera en que lo doble o lo gire con tanta desesperación.

Ahora sé que es el mismo nudo que ataron en la puerta de la casa de Benedict, el mismo nudo que mató a mi hijo.

CAPÍTULO 29

Inmersa en un sueño, viajo en el tiempo hasta el día en que nació Christian en la celda de la abadía, donde estaba aislada, sola. Los gemidos no dejaron dudas sobre mi secreto a quienquiera que anduviese por ahí. Tenía un hijo en el vientre en la abadía. Al poco tiempo, daría a luz. Pero nadie podía entrar en mi habitación porque ya me había encargado de bloquear la puerta.

Todavía puedo oír los gemidos estridentes que di durante el parto, los dolores de los calambres, el empujón lento y agonizante hacia afuera, la alegría. El bebé abre los ojos y son los de Christian, intensos y luminosos y brillantes como el sol naciente.

Siento pulsaciones en el pie, una tortura que se me expande por toda la pierna, y despierto para salir del sueño nebuloso. Puedo sentir las partes de los brazos donde Salvius me apretaba; debo de tener moretones.

Abro los ojos. Ya amaneció otra vez. Estoy acostada en el salón de la casa fuerte, pero es de día, y me encuentro acurrucada en la paja. Ya no soy joven. Tengo casi treinta, vieja desde cualquier punto de vista, y no tengo nada más que hambre en medio del salón de una casa fuerte.

El polvillo de los sueños se incrustó en mis ojos. Lo quito y me poso sobre los codos.

Tom está casi doblado por encima de la mesa larga y mal labrada, bebiendo sopa aguachenta para no andar ayuno. Usa una cuchara de madera para cargarla del comedero ennegrecido, con las cicatrices de miles de incendios y los abusos de miles de cucharas. Cuando termina, se limpia la boca con la manga de la capa.

Debo llegar rápido al orinal, pero me tropiezo al pararme. Geoff me alcanza un palo que talló para mí, le raspó la corteza y le dejó una ramita para que apoye allí la mano. Es un bastón para que pueda mantenerme en pie, y al bajar la vista, noto que alguien me ha cambiado el vendaje.

A pesar de tanta amabilidad, desconfío. El sueño de la muerte de Nell está muy fresco en mi memoria y siento en el corazón que alguno de los que están aquí conmigo, ahora, alguien que conozco, la mató.

El dolor está aquí, en los dedos del pie que me quedan; es un tormento espantoso y ardiente en el momento en que lo apoyo en el suelo. Sin embargo, me puedo mover, coja y sin firmeza, pero me muevo.

Con el bastón, me dirijo cojeando hacia el retrete. Por la tronera, miro hacia afuera y veo la luna. Se destaca como si estuviese embarazada, casi llena. Al verla, recuerdo que es mi periodo del mes. Suspiro fastidiada y cansada de tener que salir a buscar cuanto trapo encuentro y acomodármelo como tapón entre las piernas para esconder el flujo de sangre. De todas formas, con la falta de comida y el viaje tan largo, parece que no hay flujo.

El nacimiento de Christian me quedó dando vueltas en la cabeza, como un residuo extraño del sueño que se ha quedado en mí, como una especie de confusión después de tantas horas dormida que me carcome la mente. Cuando me levanto de la paja y camino coja con puntadas de dolor. Puedo oír una serie de gemidos débiles y chillones y el jadeo del parto, pero al abandonar el retrete, noto que el ruido no cesa. Estoy consciente, veo nítido y oigo el ruido sordo de mi vientre. Estoy despierta. No hay dudas; estoy despierta. Sin embargo, sigo oyendo los ruidos del parto que resuenan casi imperceptibles por ese pasillo pequeño y oscuro con olor a plaga.

Entonces, me doy cuenta de que hay una muchacha que hoy dará a luz dentro de esa habitación.

De todos modos, pareciera que a nadie le importa, y tengo hambre. Me dirijo, como puedo, hacia el comedero y encuentro una taza de agua con una miseria de carne, una costillita diminuta, una lonchita de hueso y cartílago de rata. Es todo lo que nos queda.

Los demás ya se han comido lo que pudieron y ahora están reunidos en silencio alrededor de la chimenea, escuchando.

Percibo un hilo de miedo en esas quejas al otro lado de la puerta, que se convierte en un llanto penetrante y luego desaparece.

Cuando giro, noto que el lord está viendo todo. Se frota la nariz aguileña con los dedos antes de juntar y volver a soltarse las manos. Parece que le preocupa la muchacha que está dando a luz.

—Cuéntanos otra historia — le dice a Liam uno de los hombres de la casa fuerte...

Estoy segura de que la historia que pide es para tapar el ruido del miedo y del dolor. Ningún hombre puede entrar para acompañarla. Solo una mujer puede entrar ahora en esa habitación.

—Ah, no sé.

Liam se lame nervioso los labios, se frota la barba y luego Salvius se pone de pie.

—¡Bien, lo haré yo! ¿Recuerdan a Alison?

—¿Cómo olvidarla? —dice Cole—. *¡Qué mujer para besar y apretar y amar por la noche...*

Se oye que Benedict resopla.

—¿Cuándo has amado a una mujer?

Cole se siente avergonzado y se calla, pero los hombres inquietos miran a Salvius.

—Bien — continúa—. La hermosa Alison, no tenía un solo amante. Primero estuvo casada con el carpintero viejo.

Salvius señala a Geoff, y este lanza un gemido y se da una palmada a la altura del corazón.

—Pero este otro tipo, Absolon, ¡también estaba enamorado de la preciosa Alison! Pero claro, era un monje, un asistente parroquial, como Moten.

Moten suspira.

—No me involucres en tu cuento blasfemo. ¡Yo no soy ese Absalón!

Salvius lo señala y se ríe.

—¿Por qué? Allí lo tienes. ¡Habla!

Moten le lanza una mirada feroz y cuando los demás se ríen ante esa expresión, a él también le causa gracia.

—Entonces, Absolon le cantaba a Alison en la calle, siempre sobre el amor sin consuelo. Al principio, a ella no le importaba, pero una noche, el monje le golpeó la ventana, así…

Salvius frota el puño en un trozo de leña de la chimenea.

—Le golpea la ventana de la alcoba, que estaba a poca altura del suelo, y le canta una canción.

Salvius pasa sigiloso por detrás de Cole y lo toma del cuello

—¡Canta una canción, joven Absalón! —dice Salvius.

Cole parece una marioneta, sonriente de oreja a oreja y boquiabierto en el aire mientras Salvius lo mueve de aquí para allá. El muchacho inventa una canción sin contener la risa.

—Oh, mi amor, ¡te extraño tanto, tanto, tanto! Dame un beso, solo un beso, por favor. Mi boca tiene sed de ti. Despierta, mi amor, háblame.

—¡Que siga, que siga! —gritan los hombres.

En medio de esa alegría bulliciosa, escucho el ritmo de los gemidos que vienen de la habitación, que me llaman y que superan el sonido de la multitud risueña. ¿Será la única mujer en toda la casa? ¿Quién es? ¿Por qué está encerrada?

Salvius vuelve a hablar.

—Y Alison le dijo: «¡Sal de esa ventana, porro, estoy enamorada de otro así que pega la vuelta o te arrojaré una piedra! ¡Déjame dormir en paz!»

Los hombres dan gritos y alaridos. Salvius parece avergonzado.

—Pobre Absalón —dice.

Cole vuelve a ponerse de pie.

—Oh —exclama imitando la voz del amante—. El amor verdadero nunca fue tan maltratado. Bésame, por favor, ¡por el amor de Jesús! ¡Y por mí!

Miro de reojo el salón. Se oyen los lamentos de dolor de esa mujer. Nell murió sola a pesar de haber tenido muchos hombres rondándole. Quizás murió riéndose con un regocijo descontrolado. Cuando la bajé, ese nudo complicado detrás de la cabeza seguía firme. ¿Habrá tenido que verlos reír incluso mientras moría?

Nell murió sola. Puede que yo muera sola. Esta muchacha no tiene necesidad de estar sola.

—Bien. Esta muchachita, Alison, era inteligente como una corneja —bromea Salvius al lado del fuego—, y esto es lo que le dijo: 'Si te beso, ¿te marcharás?'

Recuerdo a la abadesa protestando horas y horas, suplicándome que dejara ir la carga que llevaba en el vientre. Citó el *Libro de los Números*, me dijo que solo los elegidos podían cargar un niño y que sería Dios quien seleccionaría a esos pocos. Y los que *no* fueran elegidos (como la muchacha joven y común, Miriam) deberían beber, inevitablemente, la cerveza de un sacerdote o de una abadesa.

La abadesa hablaba con ternura en aquella habitación lujosa y cálida con libros y luz. Se erigió sobre mí con la razón en la voz, pero la maldad en el corazón, y dijo: «Debes pensar en ti. Solo en ti. No hay nadie más en falta; él nunca reconocerá a este niño como suyo. Debes quitarte esta carga de encima».

Pero no. No bebí esa infusión acre que la abadesa había preparado. No iba a matar al niño que llevaba dentro. Así que, al final, me encerré en la celda del claustro para estar sola durante el parto.

Era bastante grande y sabía lo que debía hacer, o al menos eso creí. Ya había ayudado a otras dos muchachas a dar a luz a sus bebés, así que estaba al tanto de las olas de dolor y de la sensación abrumadora de los empujones y de la manera en que debía moverme cuando los sintiera. Es un baile en el océano que te transporta, y si sobrevives a la ola creciente de dolor, ya no puedes resistirte. Dejas que se derrame todo sobre ti con un dolor que hace llorar y, por último, llega el mayor de los placeres. Sabía bastante, pero de todos modos, me aterraba estar sola.

—Cántame, hermoso pájaro, mi dulce canela —vocifera Cole—. Es tanto mi amor y mi deseo por ti que me quema. ¡Te amo tanto que no quiero comer por el dolor que siento en el corazón!

Los hombres se ríen a carcajadas.

Me levanto de donde estaba, al lado de la chimenea. Me sostengo con la pared y trato de desplazarme con la ayuda del bastón y así, coja, llego al otro extremo del salón. Algunos de los hombres de la casa fuerte están regresando a trabajar afuera, así que regulo el tiempo del recorrido a lo largo del salón de acuerdo con ellos. No obstante, uno me ve. De refilón, veo al lord de nariz aguileña que se mueve junto conmigo por el centro del lugar.

Llego a la puerta con cinturón de hierro en la arcada, pero el lord viene incluso al mismo ritmo lento que yo.

Los gritos de la muchacha son más estrepitosos. Ya estoy cerca de la puerta y oigo que inspira y exhala fatigada. Tengo miedo por ella. Levanto la mano y golpeo con fuerza.

El lord me mira fijo, socarro.

—Va' tener que sufrir sola. Solo otra mujer puede ayudarle en el parto y no hay ninguna por aquí.

No obstante, la puerta se abre mientras habla. Retroiluminada por las llamas, la sombra inmensa de la mujer panzona con el bebé en el vientre se proyecta en la habitación. Está apoyada en la jamba; inspira muy hondo.

Titubeo un momento y pienso en retirarme. El nacimiento de su hijo no es asunto mío, pero después pienso en Nell y en cuánto me ayudó a guardar mi secreto. Pareciera que siento la voz de Nell que susurra: «Ayúdame, ayúdame». Luego, la mujer vuelve a jadear con el rostro lleno de miedo y angustia. No puedo esperar más.

Me quito la capucha de la cabeza y la miro a los ojos.

—Bien —le dice ansiosa al lord—. ¿Qué miras? ¿Ella no puede entrar?

—No, querida —responde el lord—. La regla es que solo una mujer puede…

La muchacha larga una carcajada, y de golpe, una punzada del parto le altera la respiración e interrumpe el momento de risas. Camina hacia mí, me mira fijo, toma el cuello y me abre la camisa hasta donde se me ve el busto envuelto y apretado. Ahora, todos los presentes en la casa fuerte nos miran.

—¿Son todos ciegos, sordos y babiecas? —dice—. ¿Los perros y los cerdos los confunden también? Cualquier mujer se habría dado cuenta de que es una hermana con solo mirarle el rostro.

Se ríe otra vez con la melena negra que se sacude de un lado a otro mientras se burla de los hombres.

—¿De veras todos pensaron que era un hombre?

Todos la miran perplejos.

—¡Por el amor de Jesús!

La muchacha levanta una mano y se dobla hasta que el dolor vuelve a cesar.

—¡Déjala entrar! ¡Solo Dios sabe cuánto la necesito! —suspira.

No esperaba que sucediera todo esto, pero lo hecho, hecho está. Doy un paso adelante, pero antes de entrar, miro a los hombres reunidos a mis espaldas. Benedict está pálido. Liam da un paso hacia adelante de la chimenea con la boca abierta más grande que nunca. Es como si me hubiese salido cola y un par de cuernos.

El lord no emite un solo sonido. Inclina la cabeza y se hace a un lado. Me paro en la arcada y entro con la muchacha. Abro la puerta con cinturón de hierro.

Una ola de aire frío me invade y me quedo sin aliento.

Volví a ser una mujer.

CAPÍTULO 30

L A HABITACIÓN ES redonda como una torrecilla y con muy buena iluminación. En el techo, se forma un arco. La chimenea tiene una pantalla y, a través de los agujeritos calados en el metal con formas ingeniosas, emerge un resplandor de color rosado. Las velas de junco se consumen en cada una de las paredes, junto a la tapicería que cubre las ventanas cerradas. Me recuerda a la granjita prolija de Nell. Le había agregado un arco a la puerta y había puesto retazos de hule relucientes en los huecos de las paredes. La casita de Nell era como el saloncito de una *lady* o de un lord, un bosquecito de la nobleza.

Veo que pusieron un trozo de lino mal tejido a modo de cortina alrededor del sillón relleno con paja donde duermen los lores y las *ladies*. También hay pieles y mantas tiradas. El lino blanco allí colgado brilla con la luz; es finito como una telaraña y flota como si fuese una nube.

La muchacha me mira con una cantidad enorme de rulos negros como un cuervo, los labios rojos como una manzana y los ojos grises, enormes y profundos. Cuando termino de pasar y cierro la puerta, puedo verle el rostro con más claridad. Tiene la frente con gotitas de sudor y ante el dolor, aprieta los ojos.

Al momento, pasa la punzada y vuelve a abrir la boca.

—¿Quién eres? —me dice en medio de otra punzada.

Miro hacia atrás y veo que estoy bien lejos del salón, y me siento segura detrás de la puerta con cinturón de hierro.

Abro la boca.

—M- Mendo —murmuro.

Intento decir algo más, pero siento que tengo la lengua dura y rígida, difícil de mover por la ansiedad. No puedo emitir otra palabra. Por último, me paso el dedo por la garganta.

—Ah —responde.

El rostro tenso se vuelve a relajar.

—¿Mendo? ¿Ya has hecho esto alguna vez?

Asiento con la cabeza, muy segura. Le hago una sonrisa tranquilizadora.

—Ah —suspira—. Dios bueno, entonces te necesito.

Se le arruga el rostro cuando comienza a asomarse otra punzada y todo el dolor.

—Por favor, ayúdame.

Me extiende el brazo y se aferra a mi mano con fuerza. Juntas, emprendemos este camino.

Primero, hago lugar para que pueda caminar. Tomada de mi mano, comienza a dar vueltas y vueltas. Entre mi cojera y su embarazo, la caminata se vuelve muy extraña, pero parece que mi presencia la calma y, a medida que avanza, veo en su rostro que las olas de dolor se vuelven más soportables. Me habla del pasado y del presente como si se estuviera diciendo a sí misma que ya no está sola.

—Calambres, tu sabes. Me aprieta, me corta la respiración.

Vuelvo a asentir con la cabeza. Con un *shhh* le pido que haga silencio, pero no puede evitar el parloteo. Pareciera que la aislaron, que la dejaron aquí encerrada y sola casi por completo, con la única excepción de quienes le traen leña y agua todos los días. Ahora, a pesar de estar en medio del parto, necesita saber que la escucho.

—Verás. La *lady* de la Casa contrajo la plaga. La encerraron para salvarnos a todos, o al menos eso dijo el lord. Antes de que ella se enfermara, ya me había acostado con él, pero cuando murió, el lord dejó de amarme. No sé el porqué. Y luego, llegó la hambruna y más o menos en esa época, quedo embarazada.

Hace una pausa y se quita del rostro un mechón de pelo enrulado y negro que la molestaba. Me resulta raro estar tan cerca de una mujer. Ya casi no recuerdo cómo era tener el cabello largo hasta la cintura, frotar los rulos castaños con salvia y menta para protegerlos, y hasta había olvidado la diferencia en el habla de los hombres y de las mujeres.

Una ola vuelve a invadirla de dolor y se le forma una arruga en la frente que desaparece con la caricia de mi pulgar. Inspiro y expiro lento y a un ritmo constante para mostrarle cómo debe hacerlo, pero apenas pasa el calambre, retoma la caminata y vuelve a hablar.

—No me desterró porque podría tener un hijo vivo y entonces sí volvería a serle útil, ¿entiendes?

La verdad es que no, no comprendo, pero no puedo decírselo.

—Todos los demás murieron, ¿entiendes? Mi hijo sería el único vivo, el único hijo del lord. Cuando haya nacido, si necesito algo, vendrán todos. Todo el grupo va a tener que venir.

Regresa la ola de dolor y aprieta los ojos cerrados. Se concentra y recuerda cómo debe respirar.

Cuando abre los ojos, vuelven a aflorar las palabras.

—Pero aquí corremos peligro porque el pueblo de estas tierras viene por comida, y ya no nos queda nada. Y esos sí que no perdonan. Querrán lo que viene en camino para ellos. Pero agora estamos salvados, me dice el lord, gracias a que llegaron ustedes, todos ustedes.

Frunzo el ceño. ¿De qué habla?

Vuelve a cerrar los ojos por el dolor. Esta vez la punzada es muy fuerte. Se detiene y respira agitada tomada de mi mano con una empuñadura de hierro.

—¡Ay, ay! —grita—. ¡Ya no puedo más!

Le tomo la cabeza con delicadeza y hago que me mire. Abre los ojos, me mira de refilón, luego sostiene la mirada y de a poco, la ola se calma. Otra vez cesó el dolor.

Sacude la cabeza, se apoya sobre el asiento para relajar así las piernas, que soportaban todo el peso del cuerpo. Abre la boca para hablar y le meto la mano entre los labios.

—Nooo —gruñe. —No, no puede esperar.

Hay algo que debe decirme así que se esfuerza por levantar la vista.

—Vosotros lleváis los muertos —dice—. Vuestros propios hijos, muertos.

Asiento con la cabeza y frunzo el ceño.

—Ese es nuestro alimento —dice entre jadeos—. Es legal comer a los muertos, *in extremis*, según el lord. Es lo único que comemos desde hace meses.

Me pongo pálida pero no le creo.

Debe de percibir lo que pienso porque corre la tapicería que cuelga de una de las ventanas y me muestra lo que sucede debajo. La habitación redonda da al acantilado así que podemos ver el río y millas y millas del valle abierto. Señala el establo ubicado debajo, en la ladera.

—¡Mira!

Ahora puedo ver con claridad nuestro carro en el establo. Los hombres de la casa fuerte que salieron a trabajar están allí, realizando sus labores. El hule ya no cubre a los muchachos y el lino se desechó. Rebanan algo con hojas enormes de las que se usan para desollar.

Me sobresalto. *Debo de estar viendo visiones.* Me froto los ojos.

—No —murmura agitada.

Me pone un hueso enorme en la mano.

—Debes llevar esto... cuéntales... Sacad a vuestros muchachos de aquí.

Miro el hueso largo y amarillento que me dio. Las marcas de los dientes alrededor son inconfundibles. Este hueso no lo masticó ningún animal; solo un humano puede haberlo hecho.

Me quedo sin aire. *Dice la verdad.* Debo marcharme, encontrar la salida hacia el salón y sacar a los hombres de aquí. Miro la puerta con cinturón de hierro.

Luego, mueve las piernas y vuelve a respirar nerviosa al borde de caerse por el dolor del parto. Tiene el cuerpo consumido, los pechos debilitados. Está escuálida con la única excepción del vientre redondo. No podrá dar a luz sin que le ayude. Me acerco, la sostengo con fuerza, pero me sigue hablando y explicando.

—Dice que el sacerdote hace lo mesmo. *Comed de esta carne, bebed de esta sangre.* Dice que es Cristo, que viene a salvarnos con una nueva comunión, pero yo no puedo —agrega—. No puedo comer de esta carne.

Niego con la cabeza con énfasis.

—Agua —me dice estrechando el brazo—. Necesito agua.

Encuentro un botellón y le ayudo a beber unos sorbos.

—Ah.

Se humedece la boca.

—Tienes que entender. No lo elegimos. En cada luna nueva, los campesinos vienen a la casa fuerte para reclamar más y más porque no queda nada en la tierra, está muerta. Y agora, no somos más que tú y yo luchando contra la ola de la muerte.

Vuelve a envolverla el dolor. Le solté la mano para que se acomode como prefiera. La tomo por los hombros, pero tiene los ojos cerrados. Los gemidos son estridentes y prolongados. El llanto fúnebre que sentí antes vuelve a oírse. Las lágrimas ruedan por sus mejillas.

—Me duele —exclama—. Me duele, pero yo ya tomé una decisión. Al final, lo lanzaré.

Abre los ojos y las lágrimas nadan en lagos grises.

—Aunque el bebé sobreviva, todos estamos muertos. Lo mataré y así evitaré que sufra un destino aún peor. Le pagaré a ese bellaco, lord Paul Anders, por todas las palabras de odio. No avisaré cuando haya nacido. Lo dejaré morir.

—¡Ah! —grito fuerte. —No, tienes que…

No me escucha.

—¿Para qué traerlo a este mundo de dolor? —agrega—. ¿Qué sentido tiene dejarlo vivir?

No sé qué responder. En mi mente, solo puedo ver el rostro de Christian, sus ojos al nacer. Cuando tenía dos y caminaba raro sobre la tierra con las piernitas desnudas y el rostro sonriente, vivo. A los tres, a los cinco y a los ocho años. Luego, la última primavera, en la época del nacimiento de los corderos, cuando tomó una oveja con la mano y sacó un cordero vivo. Su sonrisa a la luz del fuego, y su llanto en la oscuridad. Incluso ahora, que ya no está, atesoro lo que tuve.

Cada momento junto a tu hijo es valioso, más allá de cuánto vivan, más allá de la cantidad de días que duren. Trato de decírselo.

—No lo sé —me responde—. ¿Qué tal si...

La tomo de los hombros con todas mis fuerzas. La empujo contra mi pecho para que me mire.

Todos los años de mi vida están trazados en el pergamino delgado y deteriorado de mi piel. Tengo las líneas de los nidos de cornejas alrededor de los ojos por entrecerrarlos a la luz de la vela durante las noches largas de invierno entre los libros de la abadía, y una arruguita en las mejillas redondas que juro que nunca había aparecido hasta que di a luz. Y bueno, también tengo todas las marquitas del crecimiento de Christian. Un sector medio achatado en la coronilla por la patada de una vaca del viejo Cecil cuando lo tuve que rescatar, y la cicatriz de cuando nos caímos juntos en el bosque. Eso sí que dejó una marca. Cada una es un tesoro que no cambiaría por nada.

Tiemblan mis labios hinchados y me brillan los ojos llorosos. *No puedes matarlo. Toma lo que se te ha dado, déjalo vivir, pase lo que pase. No tenemos idea de los que nos espera, de lo que nos depara el destino.*

Luego, de forma abrupta, tomo consciencia de mi aspecto. Soy un cuerpo viejo en estado deplorable, despeinado, con las mejillas bañadas en lágrimas y lustradas con los recuerdos legañosos.

Sin embargo, me sigue mirando. Pareciera que entiende porque larga un gruñido y asiente con la cabeza.

—Está bien, está bien. Haré lo que sea para que viva, lo juro por mi vida.

Cuando termina de decir esto, tensiona el rostro con una punzada.

Siguen viniendo durante horas, cada vez con mayor frecuencia, hasta que comienzan a superponerse. El sol baja, llega la noche, y la muchacha ya no habla más. Durante la noche larga, toma aire y lo expulsa rápido como si estuviese por zambullirse. Al final, ya es demasiado.

—¡Hay, Dios! —grita—. ¡Jesús, María! ¡no puedo! No puedo hacerlo. No puedo. ¡Ay!

Le acaricio la espalda. *Déjalo hacer fuerza para salir. No lo retengas.*

—¡Ay!

Vuelve a hacer fuerza y los tendones se le marcan en el cuello.

—Ay, ¿ya salió? ¿sí?

Me fijo entre las piernas, pero no hay nada. Meto los dedos y palpo algo redondo, pero no es la cabecita. Luego le tiemblan las piernas y vuelve a tensionarse.

Tanto esfuerzo la hace gruñir.

—¡Ay, ay! ¿Ya viene? ¿Viene? ¿Eh?

La mido. Más o menos un dedo de ancho.

Vuelve a intentar con más fuerza y colapsa, con la cabeza contra el asiento.

—¡Ay! No pasa nada cuando empujo. ¿Por qué? ¿Por qué no sale? Levanto la mano.

—Los líquidos —susurro—. Un momento.

—¿Vas a hacer salir los líquidos? —me pregunta—. ¿Ayudará?

Extiendo la mano y con la uña del dedo pincho la bolsa inflada. Cae todo el líquido en el suelo y siento que aparece la cabecita. La muchacha hace fuerza una vez más y ya empieza a salir.

Da un grito sordo.

—¡Ay, duele! ¡Quema! ¡Ay, Dios!

Levanto la mano en señal de que deje de empujar. *Espera, espera, todavía no.*

Siento que tengo la cabecita en la mano. La hago esperar, aunque duela. Si no, se va a desgarrar. Al final, la dejo hacer fuerza otra vez.

Pasa una hora larga hasta que vuelve a intentar.

Al fin, tengo al bebé en las manos. Es un varón. Las manitos son como estrellas de mar, el pelo es fino como la seda, tiene los ojos abiertos, de color negro y el cordón está vivo, tiene sangre. Sin embargo, no se mueve. Lo tengo en brazos y está perfecto, pero nació muerto.

La muchacha abraza con fuerza al bebé. No quiere dejar que su bebé perfecto se vaya. Mi corazón late junto al de ella. Yo también tomo al bebé en brazos. Tiene la humedad y el calor propios del útero, pero no respira. El corazón no late.

Lloro, pero no puedo quitar la vista de la puerta. Tengo que contarles a los demás que quieren sacarnos a nuestros hijos. Quizás ya sea demasiado tarde.

La muchacha me mira con el rostro estirado y dolorido por el parto, con una belleza extraña en las pupilas cansadas y dilatadas. Los ojos se le convirtieron en dos charcos grises enormes.

—Agora te marcharás, ¿verdad?

Asiento con la cabeza. Me acerco y le susurro un sonido suave para darle paz. *Pase lo que pase, era tuyo.*

—No puedo hacer nada por él. Ya lo hizo Dios.

De repente, cambia la mirada.

—Pronto vendrán los campesinos y se lo devorarán, pero este cuerpo es mío, no pueden quitármelo.

Las palabras hacen eco de la melodía que suena en mi corazón, de mi propio miedo.

—No pueden quitármelo. Es mío, por siempre y para siempre. Es mío, y puedo hacer con él lo que yo quiera.

Lo apoya con suavidad en el suelo. Luego va hacia una de las ventanas cerradas de la habitación redonda y la abre de par en par. Esta mañana, antes del amanecer, el mundo está tapado por un banco de niebla. La ladera y las colinas lejanas son islas en medio de la bruma.

Entra la ráfaga de viento y siete copos de nieve se derriten en la piel cálida del bebé. Debajo, un río de bruma inquieta ilumina la cuenca con una luz gris como los ojos de la joven madre. No suelta a su hijo. Lo envuelve con el lino que estaba sobre su cama. Le susurro algunas palabras.

Oh, *Alma Redemptoris.*

Por último, lo deja caer por la ventana. En el silencio más absoluto, antes de que salga el sol, oigo que cae lejos y el lienzo se va flameando con el viento. Cuando se sumerge en el vapor gris, no se oye un solo ruido. Es como si el bebé hubiese salido a la deriva desde el acantilado con unas alitas silenciosas y hubiese volado hacia un amanecer de niebla.

La muchacha cierra la contraventana, luego la ventana, y la cubre con la tapicería tal como estaba. Después, envuelve bien las secundinas en una capa, como si fuese un bebé. Las aprieta contra su pecho y luego levanta la vista como si un impulso la llevara a hacer algo totalmente diferente. Los ojos están llenos de lágrimas, pero su mandíbula denota que tomó una decisión.

Quedo tiesa por un momento. Ella se acerca y me toma de las manos.

—Si no puedo salvarlo a él, te salvaré a ti.

Los ojos se ven fuertes y la voz es firme.

—Esperaré un movimiento del pabilo de la vela. Luego los llamaré para que vengan todos. Así, podréis marcharte sin que os vean. Así que, ve. Ve, apresúrate.

Esto nos dará alrededor de una hora solar, una campana, una vuelta de tiempo.

CAPÍTULO 31

L AS MANOS ME quedaron salpicadas con lágrimas y sangre. Cuando abro la puerta, oigo pasos en el salón. Es el lord consumido y el sirviente más petiso. Las líneas profundas del rostro del petiso capturan el resplandor tenue de la chimenea. Está duro como una estatua de piedra.

El lord cruza los brazos sobre el pecho en la oscuridad fría. Se lo ve temeroso.

—¿Cuánto tiempo nos queda para que regrese la gente de la tierra y exija alimento?

—Dos noches. Luego de la luna llena, tendremos aquí a los campesinos. Pasado mañana, así que mañana deberíamos hacerlo.

—¿Ya los agarraron las ratas en el establo? —pregunta con calma el lord.

—No —responde el otro—. Hay una pierna mordisqueada pero ya maté esa rata. La agregué en la olla de la cena.

El lord se pone de pie y mira fijo la luna tres cuartos a través de la ventana con parteluz.

—¿Los demás siguen congelados?

—Sí, están buenos como puercos de invierno colgados de un ahumadero —le responde el petiso al lord—. Podemos organizar un banquete. Déjame mostrarte lo que encontré.

Ambos se ponen las capas, abren la puerta y abandonan la casa fuerte.

Tiemblo de miedo, pero de todas maneras, me apresuro, coja, hacia el salón donde están los hombres dormidos. Tengo cerca el rostro de Liam. Exhala largo y lento de dormido. Ahora puedo ver un poquito mejor con la oscuridad y el silencio. Es la hora azul, antes del amanecer.

Sin embargo, me llevo una sorpresa. Los ojos de Liam no están del todo cerrados en la oscuridad. Los ronquidos eran una farsa. Se lleva el índice a los labios y con mucho cuidado me indica que mantenga el silencio.

Saco el hueso roído escondido en la túnica y se lo muestro.

—Sí, dijeron que descuartizarían a nuestros muchachos —susurra—. Por la noche oí que hablaban de comerse a los muertos. Agora tenemos la prueba.

Se sienta y se muerde las uñas de los nervios.

—¿Qué hacemos, Mendo?

Señalo con énfasis hacia afuera. *Marcharnos. Agora.*

Asiente con la cabeza sin relajar el rostro, aterrado.

Rápido, vamos hacia cada uno de los hombres de nuestro grupo. Les tapo la boca con la mano y los sacudo para que se levanten en silencio, uno por uno. Me miran, ven que tengo los ojos llenos de miedo y la boca temblorosa.

Miro el establo a través de una tronera pequeñita en la pared. El lord y su vasallo todavía están ocupados, así que por ahora no vienen para el salón, y el resto de los hombres de la casa fuerte están roncando.

Despacio, sin hacer ruido, empacamos las mantas y la ropa. Los hombres se calzan las botas o se envuelven los pies, levantan las capas y las pieles de la paja podrida del suelo y las envuelven para el viaje.

El Hermano Moten es el único que no está convencido de que nos debemos marchar. Es más, ¡pretende que lo discutamos en voz baja ahora!, ¡a último momento! Una vez convencido, no puede encontrar un manuscrito hecho pedazos que trajo y pierde mucho tiempo valioso buscándolo. Finalmente, encuentra su preciado libro y ya estamos listos para partir.

Justo en ese momento, se oye un grito proveniente de otra habitación. Es la voz de la muchacha, que grita para que con su mentira podamos salvarnos.

—Un niño vivo. ¡Su excelencia Pablo Anders tiene un hijo vivo!

Puedo sentir que le tiembla la voz con un tinte de miedo que conozco muy bien. Está mintiendo por nosotros, para salvarnos. ¿Pero cuál será su castigo por esto?

Los hombres de la casa fuerte se despiertan sobresaltados y comienza un correteo apresurado por el salón hacia la otra punta. Sin embargo, el lord todavía no vino, así que Benedict se para en la puerta y la abre de par en par. Imita la voz de la muchacha para que se oiga desde afuera.

Ahora sí, el lord viene como una flecha desde el establo y arroja las botas con nieve en el suelo. Ni mira a su alrededor. Solo atraviesa el salón junto a su vasallo sin distraerse con nada. Esperamos hasta que están fuera de vista y huimos.

Rengueo hasta la puerta y veo las botas que dejó el lord de la Casa. Me agacho y deslizo los pies por ese cuero lujoso.

Me llevo también su capa forrada con piel, pesada y suntuosa. Si vamos a ser ladrones esta noche, llevemos todo lo que se nos cruce.

Afuera, en el carro, vemos que ya han cortado los cuerpos de nuestros hijos con un hacha o con una espada. No perdonaron casi ningún músculo. Los cortes que les hicieron son los que por lo general se les hacen a los animales de los ahumaderos, brutales, salvajes, profundos, hasta dejar la carne viva a la vista.

Los rostros de mis compañeros se tiñen de furia y desconcierto. Tom comienza a gritar en voz muy alta señalando los cuerpos descuartizados de los muchachitos, pero Salvius enseguida lo calla.

De prisa, sacamos el carro del establo y lo arrastramos por la colina en dirección al río congelado y al puente. Solo alcanzamos a dos de los caballos; el otro quedó atrás en el establo, así que lo dejamos. Yo voy sentada en el carro por el pie herido. Los hombres se apresuran, casi al trote.

Los caballos están alterados al despertarse tan temprano al amanecer, pero de todas maneras, se los ve renovados luego de tres días de descanso y de un establo lleno de heno, así que tiran con fuerza.

La vieja yegua picaza de Salvius y uno de los caballos de tiro del abad ya marchan a un ritmo constante cuando llegamos al puente levadizo desgastado y podrido. Me da miedo el trote acelerado sobre estas maderas. Los ruidos dan cuenta de que no estamos andando sobre ninguna superficie segura. Ahora, oímos gritos que vienen desde atrás. Algunos de la casa fuerte corrieron hasta los pequeños cuarteles.

Apuramos a los caballos y rogamos poder llegar al otro lado del río.

Los hombres de la casa fuerte tiran de las sogas gruesas hasta separarlas y luego las desatan para que comiencen a dar latigazos en el aire como si fuesen serpientes gigantes.

El puente se balancea de un lado a otro y el peligro cada vez es mayor. Se oye un crujido escalofriante. El carro rueda hacia atrás, los caballos se resbalan y el puente queda suelto en el aire. Me lanzo hacia adelante para colgarme del hombro de Salvius que se mantiene aferrado al carro. El puente se tuerce y sentimos la agonía de la muerte.

En un momento, parece que estuviésemos flotando y después, viene un golpe desgarrador, un golpe sordo terrible, estridente como un trueno.

¡Crac! El puente se desprende por completo del otro lado del acantilado y cae en el río congelado que tenemos debajo. La cabeza de Liam pega fuerte contra las maderas mientras caemos. Quedo tirada en el carro de nuestros hijos. Los cuerpos están atados para que no se muevan, pero los caballos no tienen ningún tipo de amarre. Las pobres bestias salen volando, chillan aterradas agitando los cascos en el aire y al caer, casi nos aplastan contra el hielo duro como muñecas de trapo. ¡*Crac, crac, crac!* El resto del puente da una especie de mazazo al caer y hace que el hielo se raje en una extensión tan grande que se me escapa de la vista. El mundo en el que estábamos se partió. El hielo del río está hecho trizas.

Los hombres trepan rápido y se meten en el carro al sentir cómo el agua helada va subiendo y mojándoles los pies. Salvius levanta a Liam, con la cabeza herida, y lo sube al carro mientras sentimos los sacudones del choque de los témpanos.

Flotamos sobre el hielo en medio de una cruel inundación que arrastra el puente roto y el carro a gran velocidad, como si fuesen hojas en la marea creciente de primavera.

Confiamos nuestras almas a Dios. Somos prisioneros de los témpanos de hielo que bajan a toda velocidad por un torrente helado.

La única esperanza que nos queda es permanecer fuera del agua que, con sus olas, cubre los témpanos de cuando en cuando. Benedict y Salvius se bajan y se paran sobre el hielo. Toman tablas del puente para detener el carro en medio del agua inquieta en un intento desesperado por mantener nuestro témpano a flote a pesar de la corriente. También envuelven los ojos de los caballos con tela para que no retrocedan ni salgan corriendo de la balsa improvisada.

Los hombres ocupados en esto me obligan a permanecer en el carro. Más que nada, es por el pie, pero aunque nadie haya dicho una palabra, temo que ahora me dejen de lado por mi condición de mujer.

Al final, no queda mucho por hacer. Estamos a merced de la corriente helada. Más tarde, cuando el sol ya se abre paso entre la niebla, los bloques de hielo avanzan como si fuese un gran camino en movimiento. Benedict habla por encima del ruido del agua y del crujir del hielo.

—¿Qué sucedió?

Moten toma la palabra.

—Iban a devorarse a los muertos. Los hombres de la casa fuerte alimentan al pueblo con la sangre de los viajeros.

—Sí —dice Liam.

Después del golpe en la cabeza, le cuesta articular y habla bastante lento.

—Mendo y yo los escuchamos hablar durante la noche. Querían comerse a nuestros hijos. Ya los habían troceado.

—Esos hombres merecen morir —dice Cole.

—Muchos merecen morir, muchos —responde Geoff cansado—. Y muchos muertos deberían estar vivos.

Benedict hace un gesto.

—¿Y qué tal Mendo, o esta bruja que se hacía llamar Mendo antes de convertirse?

Tom viene airado hacia mí y sin previo aviso, me rasga la parte delantera de la túnica y el viento helado golpea mi pecho. Me mira fijo los senos.

—Mendo es una mujer —afirma—. No lo podía creer, pero es así. Una mentira. Una brujería.

De prisa, me cubro con la capa forrada con piel del lord y me sonrojo ante la humillación.

Salvius se aclara la garganta y escupe:

—Maldita sea, Mendo. ¿Quién eres en verdad? Aunque de seguro ese ni siquiera es tu nombre. ¿Qué buscas con nosotros?

—A mí no me importa si Mendo es hombre o mujer —dice Liam—. Nos salvó con lo que descubrió. Yo no entendía nada de lo que había oído hasta que Mendo regresó del parto. Mendo nos ayudó.

—¿Pero, cómo lo supo? —dice Benedict—. ¿Qué clase de demonio es esta Mendo?

—No lo sé —responde lento Liam mientras se frota la cabeza golpeada—. Me dio este hueso humano, la evidencia de la perversión.

Tom me insulta con una mirada desconfiada.

—¿Qué clase de demonio eres para pasar de hombre a mujer como si nada?

—Mendo regresó con las manos ensangrentadas —dice Salvius en tono amenazante.

Los hombres nunca presencian nacimientos y, por lo tanto, no tienen idea de lo que sucede allí dentro. *Por supuesto que tenía las manos ensangrentadas, babiecas.*

—Ningún alma viva puede transformarse de ese modo —exclama agitado Benedict mientras coloca otra madera sobre el hielo movedizo.

—¿Qué tal si Mendo es una bruja, o está poseído por un demonio?

—¡Claro que no! Lo único que hizo Mendo fue mentirnos —dice Liam a su ritmo—. Mendo es mujer. Eso está claro.

—Mendo… Él… Ella… lo que sea —agrega Cole—, no es normal.

Hay un profundo resentimiento en el tono de voz, el enojo repentino de quien ha sido engañado. Los demás también me miran con dolor.

—Nos alejaste de la casa fuerte y de esos hombres —dice Salvius al fin— ¿Pero a qué precio?

—Yo creo que esta bruja les dio un niño fresco para comer. Supiste todo con hechicería —dice Tom—. Fuiste a la habitación de esa mujer para buscar un modo de saciarlos.

Tal vez este sea ya el momento de hablar. Sin embargo, cuando muevo la boca, siento un bloqueo en la garganta y quedo boquiabierta como un pez en el aire.

Se suma Geoff.

—¿Qué tal si ese niño, el bebé, fue sacrificado por nuestros propios pecados, para liberarnos? He oído sobre ese tipo de comuniones de brujas.

Moten intenta quejarse.

—Las brujas no actúan como Cristo. No creo que…

—¡Mendo mató al bebé! —grita Tom—. ¡Fue un sacrificio!

El rostro de Benedict se llenó de ira.

—¿Qué tal si Mendo los quemó y el objetivo de todo este viaje tiene que ver con su magia negra? Mendo es una bruja, seguro, ¡y es la que quemó a nuestros muchachos!

Liam está pálido. No parece creer semejante barbaridad, pero tampoco emite sonido. Se le escapa una buena cantidad de sangre por la herida que tiene en la cabeza.

Los demás, angurrientos, le dan un lengüetazo como si fuesen perros lamiendo su propio vómito con una especie de goce en los paladares al tragar semejante inmundicia.

—¡Hay que arrojarla al agua! —vocifera Benedict.

—¿Tú dices que… —pregunta Tom en voz muy alta— para comprobar si es una bruja?

—Ajá.

Bene señala un hueco oscuro entre los témpanos.

—¡Allí!

—Es una prueba —dice serio Salvius— para ver si es de carne y hueso o si es un espíritu.

Se me acelera el corazón. Siento que la lengua me ocupa toda la boca. Quedé muda, pero esta vez es de verdad.

—¡Un momento! —dice Moten de repente, agitado y nervioso—. A decir verdad, esa es una prueba falsa. No la tiren al agua. Primero, deberíamos hacer la prueba del espíritu y del alma con las plegarias y luego, un sacerdote debería interrogarla. Ya sabéis. El alma debe confesarse, debe limpiarse, antes de la prueba física.

Moten quiere defenderme, pero con argumentos muy intrincados. Ninguno de los que están acá le hará caso así que sus palabras no me sirven de nada.

El sol se hunde cada vez más y el frío se va apoderando de todo el ambiente como una araña que teje sin cesar y nos envuelve los huesos y las vísceras con escarcha. La condena me asfixia cada vez más junto con el frío.

—No hay otra salida —dice Tom con la voz ronca—. Yo lo haré.

Me toma del brazo y comienza a arrastrarme.

—Si hay alguien que debe hacerlo, soy yo. Es la única manera que tenemos de salvarnos de la maldición.

Coja, trato de detenerlo, pero los pies se me resbalan en el hielo rajado.

—¡No! ¡No! —oigo a Moten gritar a lo lejos, casi mudo.

Los ojos de Tom están bañados en lágrimas. A pesar de estar llevándome hacia la muerte, llora.

—No hay otra opción —vuelve a gritar.

Siento escalofríos al recordar la muerte de la propia madre de Tom.

—Mendo es la causa de todas nuestras desgracias. Tenemos que deshacernos de ella si queremos seguir vivos.

Tom me tironea para que avance, pero sin torpeza. Se comporta como una marioneta manejada con hilos, sin poder controlar sus propios movimientos. Piensa que así debe ser, que esto es lo que hay que hacer y nadie puede detener el movimiento de la rueda de Fortuna.

—Aquí —dice Tom con la voz quebrada mientras me empuja—. Al río.

Mis lágrimas caen sobre sus dedos. Ya puedo ver la rajadura entre los témpanos. Las aguas profundas se sacuden entre los bloques de hielo como una víbora negra que serpentea a una velocidad altísima. Intento desesperada frenar mis pies, pero no sirve de nada.

El río lanza un rugido por una boca hambrienta y oscura.

CAPÍTULO 32

EL TERROR ME entumece la garganta y no puedo respirar. Tom me empuja, me va alejando del carro y yo me estiro con unos nervios terribles para sujetarme de las ruedas con desesperación. Las uñas se me hunden en la madera cuando siento el río glacial que me azota los pies.

Me deslizo rápido en dirección al hueco. Los pies se me patinan y rozan el agua helada. Trato de encontrar un lugar al cual aferrarme como una rata a punto de ahogarse en un barril con agua de lluvia.

De repente, alguien me sujeta del brazo y evita que me caiga.

Es Liam.

—¿Para qué diablos haces esto? —vocifera.

No es a mí a quien le grita.

Está ronco, con las cuerdas que le sobresalen en el cuello mientras me rescata de un tirón y empuja a Tom hacia atrás, en dirección al carro.

Tom protesta.

—Pero no sabemos si Mendo…

—Estoy aquí, con estos muchachos —Liam golpea el carro con furia— porque quiero que se haga justicia por el crimen, no porque me importe quién es o quién no es una bruja. ¡Lo único que quiero es vengar la muerte de mi hijo!

Salvius da un paso hacia adelante con la cara enrojecida por la ira.

—¿Y si fue Mendo quien los llevó a la muerte?

Geoff lanza un grito inesperado.

—¡Maldito sandio! Liam tiene razón. ¿Ya olvidaste que Mendo nos rescató de la nieve, y también de los primeros bandidos? Y a los segundos bandidos que cruzamos. ¡Mendo los vio venir y nos salvó a todos cuando la mayoría de vosotros erais perros moribundos! Nos salvó a todos. ¡Vosotros estabais allí! Mendo jamás podría haber hecho esto.

—Es cierto —dice Liam.

Posa la cabeza herida en sus manos y continúa:

—Mendo no es una bruja que haya que arrojar al hielo.

—Nuestros hijos están aquí tendidos, muertos —agrega Geoff.

Luego, señala a Tom con la mano firme de carpintero y continúa:

—Y resulta que tú y Benedict quieren discutir todo el tiempo sobre la vagina donde cada uno tenía la verga esa noche. Me importa una mierda. ¡Uno de vosotros hizo esto y yo quiero saber quién fue!

Nadie volvió a ponerme un dedo encima esa noche. Me quedo con la túnica rasgada y los senos sin envolver ni apretar. La arreglaré cuando encuentre un poco de hilo. Por ahora, me envuelvo con la capa de piel del lord de la casa fuerte, pero igual, tengo frío.

Soy un golem desgraciado hecho con arcilla revestida con hielo. Cada parte de mi cuerpo se siente áspera y entumecida. Tengo el rostro deforme por la escarcha gruesa de mi barbilla, los dedos hinchados como los de un viejo, la carne llena de callos, y los huesos congelados.

Si pienso demasiado en las palabras y las acusaciones de los hombres, no duermo. El miedo que tienen me atormenta y me quema como un fuego en el pecho. A decir verdad, no se puede descansar nada con este río inquieto que nos rodea. Siento latidos en el pie durante las pocas horas de la noche en que logra quedar inmóvil. Bombea como si fuese otro corazón. Siento la pierna inflamada e hinchada y los dedos me queman. Me fijo si cambió algo, pero la carne sigue igual. No hay fiebre, no hay infección. Solo dolor.

Las lágrimas frías, saladas como el océano, caen por el rostro. Me limpio con un manojo de paja y veo el hielo flotar. Con un gemido, me doy vuelta en el carro. Recuerdo la muerte de mi padre.

Un día antes de que se fuera, mi madre hizo algo que hasta el día de hoy no comprendo. Me llevó al mar abierto en el barquito pesquero que teníamos, con el sonido de las olas a un ritmo que jamás cesaba.

Esperó a que estuviéramos lejos para que nadie en tierra firme nos viera. Con los ojos entrecerrados miró en dirección a la luz brillante de sol y se aseguró de que estuviésemos solas. Hecho esto, me enseñó unas palabras extrañas en una lengua extranjera, una cadencia suave y hermosa. Mi madre me enseñó esas palabras y me las hizo aprender de memoria.

—Esto que te estoy enseñando son palabras sagradas —me dijo—. Es el Kaddish. Mañana rezaremos el Kaddish por tu padre. Prométeme que lo rezarás por mí cuando me llegue la hora.

Luego me explicó lo que significaba.

—Miriam, hijita, eres una elegida de Israel. Eres judía. Debes encontrar a los nuestros para rezarlo con ellos. Te diré dónde se esconden y una vez que los encuentres, rezarás el Kaddish con ellos para que yo encuentre la paz.

Mi madre remó de regreso con las olas que se elevaban y nos mojaban mientras yo susurraba las palabras con cadencia. El barquito se deslizó por los últimos cachones, llegamos a la playa y se agachó para darme un beso en la frente.

—Jamás olvides quién eres en verdad, pero nunca se lo cuentes a un alma viva.

Al día siguiente, a la hora sexta, cuando el círculo gris del sol está alto en el cielo, el hielo del río se deja de mover. Toda la tarde se oye el ruido de los témpanos que luchan por alcanzar la supremacía, pero al final, casi nada se mueve. Esperamos hasta el atardecer para ver si el hielo se rompe una vez más, pero el río está tranquilo así que al fin les destapamos los ojos a los caballos. Benedict y Salvius exploran el lugar haciendo fuerza contra el hielo con un palo largo, pero no se mueve nada. Está bien solidificado, duro como una piedra.

En la otra orilla hay un sendero empinado que baja hasta un vado por donde se puede cruzar al otro lado del río al bajar el agua. Es allí adonde nos dirigimos ahora.

Es un cruce peligroso porque tenemos que atravesar montículos y bancos de hielo en el camino. Todo el tiempo tengo miedo de que un trozo de hielo se desprenda y terminemos sumergidos en el río, pero todo está calmo.

No conocemos el camino, pero sabemos que si continuamos mucho tiempo más sin comida ni refugio, nos morimos. Ya tenemos los rostros consumidos, se nos marcan los huesos, y las piernas y los brazos se sienten débiles como el agua.

Decir que estamos cansados es poco. A Salvius le gustaría acampar ya donde estamos y deshacerse de esta carga. Quiere sepultar los cuerpos despedazados y rotos de los muchachos en el río mismo, pero Geoff no va a ceder; no descansará hasta llegar a la ciudad. Casi terminan a los golpes mientras los demás nos hundimos en la nieve con demasiado cansancio como para ponernos a pelear.

Al fin, Moten toma el control de la situación y nos impulsa a seguir. Todos hacemos un último esfuerzo y empujamos el carro para subir la colina empinada en una lucha tremenda de esqueletos a pie por el sendero. Con un esfuerzo enorme, nos movemos por la curva de la colina. Ya son las vísperas y a la luz del atardecer, en contraste con la nieve, parece que tenemos el mismo color negro que los cuerpos quemados en el carro.

Cuando llegamos a la cumbre, nos asombramos al ver nieve derretida en la colina verde, un encaje blanco tendido en el campo, en la luz débil. Ver estos manchones verdes me alegra el corazón. En la lengua de mi padre, *l'herbe*, ya es una palabra que abre el apetito. ¡Y el aroma! Una mezcla suave de tomillo dulce y rosas silvestres. Ya llegó el deshielo.

También noto que el río nos alejó de las tierras calcinadas porque al otro lado de la cima está el Camino Blanco. Ya puedo ver a lo lejos las colinas de Peterborough. Lo sé por el mapa de Canterbury del Camino del Armiño. Hemos viajado muchas millas por el río. Es más, nos ahorramos como una semana de caminata dolorosa a pie. Nos quedan solo seis días para llegar a Londres, pero con un poco de suerte, puede que lo logremos.

El alboroto y los crujidos constantes del carro se detienen y puedo oír otros sonidos. Estamos rodeados de silbidos, reclamos y susurros típicos del bosque. Aves. Mis oídos sienten las caricias de esa melodía suave de los pajaritos que comienzan a asentarse para la noche.

Veo alondras, golondrinas y ampelis. También camachuelos, que exhiben a gran velocidad el plumaje anaranjado y negro y el obispillo blanco al marcharse en busca de las semillas que quedan sobre estas tierras verdes.

Muy cerca, en una rama baja, hay un petirrojo comunicándose con otro, al otro lado de la granja.

Porque también hay una granja. Sin humo, sin luz, con el techo roto. Parece abandonada pero no está quemada, no está destruida ni carbonizada ni hecha cenizas. Todo indica que alguna vez alguien vivió aquí y no le fue tan mal.

En la casita se ve un hueco importante, justo en un rincón del techo de paja, y las golondrinas ya hicieron de ese espacio su hogar. En el centro del agujero, hay una chimenea y una rejilla. Amontonamos la paja en el rincón y comenzamos con el campamento.

Benedict y Salvius preparan trampas con una soga en una arboleda, cerca de la vieja casita. Antes de que el sol nos abandone, ya tenemos dos armiños y una marta. En el medio del jardín congelado, comienzo a cavar y encuentro zanahorias perdidas y nabos viejos. Encendemos una hoguera y ahora sí, ya estamos calentitos, con comida y chimenea. Estamos salvados. Hoy no pasaremos hambre.

A la hora de comer, los hombres me dejan para el final a pesar de que cociné casi todo. Insaciables, se devoran el armiño y los nabos, pero al final, sobra suficiente alimento para mí también.

La luz del sol baja y se pierde en la nieve. Oímos que las golondrinas se acomodan en el nido y una vez que oscurece, no queda nada dando vueltas en la habitación oscura. Solo se ven rostros rojizos a la luz de las llamas.

Con la chimenea encendida en esta granja medio destruida, puedo volver a ver a Nell en el caminito del bosque, al lado de su casita, con las piedras estampadas de pétalos y ramas de cedro, y el perfume de la lavanda y la menta que con sus propias manos cultivaba.

Cuando me acurruco en la paja para dormir, me doy cuenta de que no han matado a su nueva bruja, pero si supieran mi otro secreto, de seguro que me condenarían sin pensarlo dos veces. Incluso, el muy bondadoso de Liam.

Tiemblo de miedo en medio de la oscuridad. Una vez leí sobre una mujer que anduvo por un camino oscuro y frío como este. Se adentró en la tierra, una hija de la primavera, y pasó de la inocencia y la pureza a las profundidades para convertirse en la reina del sufrimiento y la desolación. Quizás en eso me he convertido. Me sumerjo en un mar de sueño y ocupo mi lugar con ella, allí abajo, en el Hades.

LIBRO V

CAPÍTULO 33

ABRO LOS OJOS y miro por el agujero del techo. Las golondrinas van y vienen a toda velocidad a la luz del amanecer como rajaduras pequeñitas y negras en el resplandeciente cielo azul. Estoy viva. Nadie me mató mientras dormía. Respiro hondo y huelo el tufo asqueroso de mis compañeros de viaje, el olor a humedad de la paja de la granjita y el hedor penetrante de los caballos que tenemos afuera maniatados.

Tengo que orinar, así que salgo y me acerco al carro. Allí, me doy cuenta de algo más. Percibo un olor raro, ácido. Todavía no es tan intenso. Apesta a carne descongelada y podrida y, si la helada no vuelve, temo que sea cada día peor.

Me resbalo en el hielo y termino en el bosque. Benedict, Tom y Liam están delante de mí recolectando leña, pero a ninguno le importa que me haya caído. Ahora solo me ven como un ser útil para limpiar y cocinar. Para eso sí se acuerdan de que estoy. En mí recaen todas las tareas sucias y arduas.

Las nubes aparecen en el horizonte, el cielo azul ya se plagó de rulos grises por la niebla. Me resbalo y termino desparramada en el hielo, pero nadie me dice una sola palabra; es como si toda nuestra historia se hubiese convertido en polvo y cenizas.

Durante años, pensé que podía ir a lo de Eduardo y entonces todos los problemas se terminarían. Pensaba que aún podía ir como lo que soy en el presente y reclamar los derechos de todo lo que alguna vez fui. Durante años, y hasta hace poco, me aferré a ese sueño. Semanas atrás, cuando me enteré de que Christian estaba muerto, todavía pensaba que, si llegábamos a Londres, todo estaría bien. Pero Eduardo está muerto, mis compañeros me ignoran y mi esperanza de una vida mejor se va desvaneciendo.

Rengueo hasta el medio del bosque. Quiero encontrar un lugar lejos de todos. ¡Hay, cuánto daño *me hice!* Soy mujer, judía, atrapada entre estos hombres que me odian, con mi hijo muerto y sin ningún motivo ni meta por delante. Al fin, encuentro un árbol y un par de matas de tojo para refugiarme.

Orino en la nieve y miro el cielo que con rapidez se va tornando gris. Ahora se cubrió de niebla y se ve como un pantano lleno de lodo pesado que cubre el cielo claro en segundos, como una gran avalancha.

Oigo pasos que se acercan. Espío a través del tojo. Cole me ve espiar por encima de la mata y la cara de susto se convierte en sospecha y desagrado.

Se me cae el corazón a los pies. Estoy rodeada de gente que piensa que la traicioné y que no me demuestra nada más que odio. Ahora tampoco tengo a Liam ni a Cole. Estoy cansada, harta de las pérdidas y me aterra que siempre se me trate como si no fuese más que una mentirosa y una carga.

Después, oigo rasguños suaves en una ramita. Es un pajarito que tengo cerca de las rodillas, un ampelis de esos con un penachito raro en la cabeza. Un ave de invierno. Los solía ver cuando era pequeña, pero últimamente hay muchos menos. Vuelan a gran velocidad sobre la tierra y se llevan todo lo que está a su alcance.

Acá hay dos, en la mata al lado del bosquecito. Uno trae una majuela que encontró y, con el pico, se la pasa al otro muy despacito, que la recibe con cuidado y la da vuelta, pero no la traga, no come. Las alitas le tiemblan como si sintiera un gran placer y luego, la devuelve.

La majuela va y viene como si fuese un regalo que se hacen el uno al otro una y otra y otra vez.

Como un coro, abandonan la mata sin dejar de trinar y vuelan en picada hacia un seto de majuelos con otros frutitos que se van secando. No me entero de quién acepta la majuela al final, pero es un regalo que se entregan de manera desinteresada. Los animales y las bestias son más nobles que el corazón del ser humano.

Aquí a mi lado, en el bosque, corre un río. Puedo oír el gorgoteo en el suelo como una corriente subterránea que corre debajo del hielo.

Me pongo de pie. Giro y me marcho como si jamás hubiese visto a Cole. Él también pasa cerca como si yo no estuviese allí. Los dos fingimos.

Tengo que aprender a actuar como los osos enjaulados que a cada rato reciben golpes con la punta de un palo a través de los barrotes. Los osos hacen de cuenta que el palo está hecho de aire y ni lo perciben a pesar de que cuando está afilado los haga sangrar. Debo hacer lo mismo.

Tengo los hombros tensos, listos para cuando Cole me choque con el suyo. Estoy lista para defenderme sin temor a este abuso.

Sin embargo, percibo que el suelo comienza a moverse. Debajo de los pies, los pedacitos diminutos de nieve dura crujen y se mueven como arena. Siento un tirón en mi pobre cuerpo descuajeringado, me inclino en la dirección contraria, agito los brazos en el aire para tratar de sostenerme con todo el peso del cuerpo sobre el pie lastimado que se me patina en la nieve dura y resbaladiza y calza justo en una raíz. Me sube un dolor agonizante por la pierna.

Pongo todo mi empeño para enderezarme, y en eso escucho un ruido, me resbalo con escarcha y me caigo. Todo me da vueltas, estoy mareada y pareciera que los árboles pasan volando por el gris del cielo inquieto. Se me aflojan las piernas y aturdida, me desplomo. Me doy la sien contra una bola de hielo de bordes desparejos y algo frío me corta el labio. Quedo en la posición en que estaba antes.

Me toco el rostro. Se me forma un manchón de sangre tibia y pegajosa que se me empieza a desparramar por el rostro.

Oigo un llanto y, sin embargo, yo no estoy emitiendo un solo sonido. Levanto la cabeza y lo veo.

Allí está Cole, arrodillado.

—Lo siento, Mendo… Lo siento…Yo solo… Yo solo quería darte un empujoncito… y luego tú… tú…

Extiende las manos y me mira con ojos de inocente, como si no hubiese sido capaz de controlar el impulso.

Los ojos negros chorrean lágrimas y el rostro es puro arrepentimiento.

Me limpio el labio y me queda una especie de pátina brillosa de sangre en la mano. Trato de arrodillarme.

—Mira… —me dice con esa mirada inocente que no se le borra— No sé por qué les mentiste… por qué me mentiste, pero conmigo siempre fuiste buena… y tampoco sé por qué hice todo esto. Yo solo… Lo hice porque tengo un demonio adentro. No fui yo quien te empujó, fue el demonio.

Sonrío y vuelvo a limpiarme el rostro.

Cole se esfuerza por explicarme.

—O al menos, eso dice Salvius… porque a veces ni lo recuerdo cuando hago algo malo. Lo hago como si estuviese dormido, y después viene el latigazo. No sé por qué te lastimé… No lo entiendo.

Al final, me convence con los ojitos de confusión total. No fue su intención. Es un niño. Extiendo la mano, le acaricio el hombro y me enderezo.

—Uh, sangra —dice—. No fue mi intención… No quise lastimarte, Mendo. Yo solo… ¿Habrá que llevarte de regreso al carro? Seguro que alguien tiene un trapo, algún ungüento para curarte el labio y…

Poso un dedo en sus labios en señal de silencio y le hago una sonrisa. *Estaré bien.*

Me levanto un poco más para poder sentarme en un tronco. Cole me mira para ver si tengo alguna marca o indicio de dolor.

—No volveré a hacerte esto. Yo… Yo… Yo…

Al final, se calla. Junta las manos como si rezara en silencio. A pesar del recelo en mi corazón, no puedo evitar perdonarlo, perdonar todo su enojo y su furia. *Todavía es un niño*, vuelve a gritar mi alma, y recuerdo que alguna vez pensé en hacerme cargo de él.

Con la cabeza, le respondo que sí. Incluso le sonrío un poquito para darle esperanzas, aunque la realidad es que semejante esfuerzo en el rostro duele.

Con la manga de su abrigo me seca la sangre del labio y limpia el rasponazo que me hice en la sien. Me paro y me vuelvo a sentar varias veces para probar el equilibrio. Estaré bien.

Nos sentamos juntos en silencio. Las nubes están bajas, como si la tierra las atrajera. Cubren toda la inmensidad del cielo y la luz se atenúa. A lo lejos, un pinzón canta su retahíla y otro, por allí cerca, le responde. Después oímos el trino de un paro carbonero, *piu, piu, piu*. El aire está pesado y caliente.

—Di la verdad…

Cole vuelve a hablar; parpadea como si estuviese reflexionando sobre algo. Al cabo de un momento, la voz se vuelve un susurro. —No hablas nada de nada, ¿verdad? No puedes decir nada, ¿o sí?

Aunque pueda hablar, guardaría cualquier secreto que el muchacho decida contarme, pase lo que pase los próximos días. Así que, le respondo con la cabeza en una actitud solemne. *No.*

El rostro duro de Cole, lleno de cicatrices, se suaviza ante mi respuesta. La paz del momento le ayuda a relajar la frente pero sin que desaparezca la preocupación de su mirada. Ha encontrado con quién hablar.

—Mentí —susurra.

Puedo oír su respiración con un rechinido que aún da cuenta de la costilla que le quebraron en el camino abierto. Es una respiración líquida cargada con todo el dolor de un hombrecito joven y con todas las aspiraciones de un bebé. Necesita desahogarse y contarme la verdad.

CAPÍTULO 34

ENTÍ —VUELVE A decir Cole, y acomoda los labios como si estuviese silbando—. Cuando... cuando te hablé de la noche en que murieron los muchachos, te mentí cuando dije que lo vi todo desde el bosque. Ni siquiera estaba allí.

¿Y entonces dónde estabas, Cole? Quiero preguntarle, pero en lugar de responder mi pregunta muda, me habla de Salvius.

—Sal siempre dice que no me acuerdo bien de las cosas, que me robo algo y luego olvido lo que hice y me despierto con eso en las manos. Y después me pega por no contarle, por no decirle la verdad, pero nunca es suficiente porque ese demonio que tengo, al día siguiente, ya vuelve a hacerme lo mesmo. Salvius dice que, con los golpes, me ayuda a sacarlo, pero no sirve de nada —cuenta con tristeza—, y nadie me quiere por las cosas malas que hace ese demonio.

Es muy fácil para Cole echarle la culpa de sus acciones malas a algún espíritu; imagino que Salvius considera que debe pegarle por todas las mentiras y los robos.

—Mira, yo intenté una y mil veces ser amigo de tu hijo... en realidad, de todos los muchachos de la aldea, pero ninguno me hablaba, ninguno era amable, y cada vez que me cruzo con alguien que podría querer ser mi amigo, el demonio le roba sus cosas o un cordero o un abrigo y ya está; después de eso, no quiere saber más nada conmigo.

Cole se frota los ojos con el puño y se mancha el rostro con una mezcla de lágrimas, mugre y mi sangre.

—Me enoja tanto; yo trato y trato… pero cada vez que conozco a un tipo, después el demonio le hace algún daño por la noche.

Me sorprende esta historia del demonio. Es como si ya ni el mismo Cole se la creyera. Se lo veía tan asustado con mi herida, tan arrepentido, que pensar en él como en un «demonio» me parece muy extraño.

¿Por qué no siente más culpa de sus acciones dañinas?

Levanto la vista como si así fuese a encontrar alguna respuesta. Las nubes están oscuras como el plomo, pesadas y muy bajas.

—Agora, casi todas las noches, cuando me enojo y me pongo de mal humor —continúa Cole— Salvius me habla. Casi todas las noches, después de la paliza, me duermo sobre la paja en el granero y eso hace que me calme. Pero cuando prendo un fuego, es diferente.

Trago saliva. *¿Cole encendió el fuego esa noche?* Cole ve mi rostro y trata de explicar.

—A veces, Salvius trata de decirme dónde está el demonio y me ayuda a tratar de ahuyentarlo, para quemarlo. Entonces, prendo fuego en alguna granjita abandonada o algún pajar, y cuando logro que se encienda, ya me quedo tranquilo porque sé que Sal se ocupará. Deja que me irrite y que incendie algo, pero una vez que me descargué, el demonio se marcha. Sale de mí. Salvius me protege. Así que mientras él esté conmigo, no me preocupa qué tipo de ataque de locura me pueda dar. Él me protege.

Cole toma aire, respira hondo y se estremece al exhalar.

—Pero esa noche, Salvius se comporta diferente. Me alienta a seguir. Veo en su rostro la misma mirada oscura de cuando me pega, y me obliga a hacer lo que él manda. Esa noche, me dice que el demonio es la esposa de Bene y que debo quemar ese demonio, y yo lo hago. En medio de una furia tremenda, lo enciendo. Pero después, cuando pasa el momento de ira, yo… trato de explicarle quiénes estaban allí dentro, trato de llamarlos, de avisar en la aldea, pero Salvius me pega tan fuerte con esa piedra que cuando despierto en medio de la oscuridad, estoy solo y la casa, en llamas con la puerta atada con una soga. No pude hacerlo... No pude salvarlos. Fui yo el que encendió el fuego, no otro. Era yo el que estaba ahí, en la puerta, y fue Salvius el que los encerró. En verdad, los dos les hicimos esto a los muchachos

Hace una pausa, respira, duda.

—O bien, esta es otra mentira del demonio que llevo dentro. También puede que nada de lo que recuerdo de esa noche haya sido así.

Siento que me tiemblan los labios, la lengua, el cuerpo. Todo. Quiero correr, quiero gritar y esconderme.

Salvius les hizo esto a nuestros hijos.

Salvius trató de quemar a Sophia porque no se quería acostar con él. Es cierto que se acostó con otros hombres, pero con él no quería. Nunca entendió que no es una ramera al servicio del público.

¿Cómo pudo ser tan cruel?

De repente, oigo la voz de la razón que viene y me rocía con gotas frías de temor ante el juicio apresurado que acabo de hacer.

En la aldea hubo al menos tres incendios y Salvius hizo un gran esfuerzo por apagarlos a todos. Cole es un extraño que llegó aquí cuando era un bebé y creció a cargo de un hombre que no tenía ninguna obligación de hacerse responsable de él. Este muchacho es un villano por naturaleza. Incluso, su rostro delata una discordia, con esas muecas desdeñosas y las cicatrices de la tiña.

Además, la historia empezó con un «Mentí». ¿Cómo sé si no miente otra vez? Cole es famoso por decir mentiras. Roba, y luego lo niega por completo. Cole podría ser el que encendió el fuego, o tal vez no fue ninguno de ellos.

Pero, ¿Por qué Cole inventaría algo así sobre Salvius? Salvius es nuestro líder. Me salvó tantas veces, comenzando por el día en que llegué a la aldea, hace tantos años. Incluso Nell confiaba en él. Eran amigos.

Entre todos esos pensamientos, dejo de escuchar el resto de lo que dice Cole.

—Dice que el demonio me hace dormir y después me lleva a hacer todas esas cosas mientras sigo durmiendo. El demonio se enoja, roba, y provoca los incendios. Dice mentiras, le saca cosas a la gente, se lleva todo lo que puede porque sabe que total la paliza la voy a recibir yo, no él, pero agora tengo mis dudas.

Mueve triste la cabeza a modo de queja.

—No sé... porque me quedo despierto, a veces paso la noche entera sin dormir para sorprenderlo. Y una vez, veo a Sal que entra y me pone cosas robadas en las manos, pero yo estaba despierto y sentado cuando me dice que yo lo robé. ¿Has visto la espada que según Sal le robé a la *lady*?

Asiento con la cabeza. Recuerdo la espada que Cole le robó a la *lady* de Doncaster.

—Yo no fui. Estoy casi seguro. La espada apareció en mi mano, pero un momento antes ni siquiera estaba allí. Estaba despierto, me acerco a Salvius y luego aparece en mi mano. Yo no se la robé a la *lady*, lo juro por mi vida.

Hago un gesto de desconfianza. Yo misma lo vi, con el resplandor en sus manos, antes de que Salvius se la quitara y lo golpeara con la hoja. Pero, ¿podría ser cierto todo lo que dice? ¿Y si Salvius se la dio un momento antes?

—Yo sabía que me entenderías, porque tú mataste al bebé de la casa fuerte, dejaste que se comieran un niñito, así que, si dentro de mí hay un demonio, puede que tú también lo conozcas.

Se me revuelve el estómago. Cole me dice esto, que podría ser pura patraña o algo que soñó anoche, porque cree que yo también tengo demonios en el cuerpo.

—Sin embargo, le debo la vida a Sal. Sin él, seguro que el demonio ya me habría consumido; ya estaría muerto. Por lo que dice, las palizas eran la única manera de salvarme. Yo haría cualquier cosa por él. Fue quien me rescató, me crio, me ayudó a vivir y a él le debo todo lo que tengo.

¿Qué se supone que debo hacer con toda esta historia? ¿Debería acuchillar a Cole esta noche? ¿Y si encontrara una manera de pedirle a Salvius que cuente la verdad de todo este asunto? ¿Qué sucedería? Hijo de un sacerdote, con el porte de un noble, líder. Es el que se ocupa de todos, amo de los hombres y de las bestias. ¿Y no será que Cole envidia el poder de liderazgo y la nobleza de Salvius?

¿Qué es verdad y qué es mentira?

Me toco el pelo, los labios, la boca, el rostro. Verifico que esté despierta, que todo sea real. Me tiro el pelo y me quedan un par en la mano. Me pellizco. *No estoy soñando, pero ¿y agora, qué hago?*

Si Salvius se entera de que Cole admitió haber iniciado el incendio y de que lo acusó de haber participado, ¿qué puede llegar a hacerle Salvius al muchacho? ¿Lo mataría?

Me miro los brazos, las manos abiertas, las manchas oscuras de sangre seca, los pelos finitos como telaraña que tengo en los dedos.

En el amanecer desolador, las nubes están cargadas de nieve. Con esta luz, no se puede saber si un pelo es de color blanco o negro.

CAPÍTULO 35

LOS GRAJOS SE amontonaron a ambos lados del camino. Es como si nos escoltaran, o como un desfile. El contorno de las plumas negras resalta como el hollín sobre el Camino Blanco y la nieve. Apuñalan el suelo con sus picos raros, desnudos y esos rostros desprovistos de plumas. Los pájaros son como piedras negras de bordes irregulares que delinean el camino frío y desnudo.

Según los libros antiguos, los grajos llevan a los muertos virtuosos hacia el paraíso, pero temo que el alma de Christian ya haya pasado demasiado tiempo en el camino como para viajar con ellos.

Al final, ya me vino el flujo de sangre y una vez más, maldigo mi condición de mujer. Si no hubiese revelado el secreto, habría sido infernal ocultarlo esta vez. Es mucha cantidad y demasiado rápido. Por lo tanto, retiro esa maldición. Ya no necesito ocultarlo más.

Después de un día de fuego calentito y comida, nos marchamos de la casa descuidada y el jardín abandonado. Falta menos de una semana para el Martes de Carnestolendas y hacemos un esfuerzo impresionante por avanzar más rápido.

Moten trata de convencernos de ir a Cambridge. Dice que allí podemos encontrar un cementerio para dejar allí a nuestros hijos, en un terreno sagrado. Por mi parte, siento que debo continuar hasta Londres. Siento que mi madre me lo pide y que su encargo revivió en mí.

Cuando regresamos del bosque con Cole, Liam y Moten, vieron que el labio y la cabeza me sangraban, y se apiadaron. Me ayudaron a llegar hasta el fuego y ahora me tratan otra vez como a un ser de este mundo.

Si bien Cole protestó e insistió en que yo ya lo había perdonado, Liam y Moten se le volvieron en contra, y poco a poco, los demás también se enfadaron. Querían que fuera invisible pero no que me lastimara ni que tuviera ningún signo de sufrimiento que les trajera problemas. Salvius le dio una paliza, pero el muchacho me sonrió todo el tiempo que duró, como si estuviese en paz. Se muestra tierno conmigo y todavía le queda un vestigio de culpa. Él se desahogó, pero ahora me pasó a mí la carga.

A lo lejos, se eleva una hebra delgada de humo hacia el cielo gris. En alguna parte, más adelante, hay una aldea. Me pregunto qué harán con nosotros los lugareños luego de todo este tiempo.

Todavía sigo envuelta en la capa suntuosa y pesada que me robé en la casa fuerte y agradezco viajar en el carro.

El viento produce un roce en la piel que por momentos hasta se vuelve tibia. Si bien el cielo está bajo, no ha nevado y los grajos, a juzgar por el olor, ahora están más cerca. El tufo del lienzo que tengo detrás ya es muy perceptible, el hedor sombrío de la descomposición. No tenemos incienso ni hierbas fragantes que puedan suavizar semejante hediondez, como se hace en los funerales. Si este olor fuera visible, sería una cosa oscura y zigzagueante detrás de nosotros, algo opaco y espeso que embadurna el aire.

Trato de ignorarlo mientras intento armar las piezas del cuento de Cole.

Cuando vivía en la aldea, tenía los ojos vendados. No prestaba atención a la vida de Cole, y si alguna vez lo crucé caminando triste en el bosque o llorando por alguna paliza en el seto, ¿me importó? No. No era mi hijo.

Sin embargo, siempre viví al lado. ¿Cómo no me di cuenta de

que estaba luchando contra algún demonio? ¿Cómo pude no darme cuenta?

Se encendió el fuego. Con el último incendio, se quemó la casa. Los muchachos están muertos. Cole y su demonio tuvieron algo que ver.

Sin embargo, hay algo que no me cierra porque miré a Cole a los ojos durante un rato largo y no vi ningún demonio. Lo único que veo es un muchacho confundido y enojado, uno que tuve en brazos cuando era bebé.

San Pablo dijo que no luchamos contra los espíritus externos sino contra los más peligrosos que saquean el mundo desde el interior de nuestros corazones. Las acciones buenas son difíciles de encontrar, pero las malas saltan a la vista y algo de Salvius me hace ruido, como un laúd desafinado. A pesar de que hace mucho tiempo que somos amigos, siempre hubo algo en su interior que no me convencía. *Pero, ¿quién puede arrojar la primera piedra?*

El mismo Cole no es ningún niño perfecto, y eso lo sé muy bien. Si no tiene ningún demonio, quizás haya algún otro fantasma que nos quiera hacer daño, esa animalidad salvaje de todas las almas humanas. Acoger a Cole tal vez sea aceptar lo peor de nosotros, y Salvius tiene tantas virtudes. Nos salvó a Christian y a mí, me dio trabajo, me trajo madera para la choza, nos trajo la túnica para que estuviéramos protegidos en el camino abierto y muchas veces he visto lo sabio e inteligente que es. Arregló la paradera que está delante del molino, encontró la manera de drenar el campo cuando estaba hecho un pantano, hizo un fuelle mejor para la fragua. Es el más claro al hablar en el consejo de la aldea. Unió el grupo cuando hubo discordia apenas emprendimos el viaje. Nos buscó, nos encontró, y todo para ayudarnos.

Se ganó nuestro respeto y se ganó la confianza de Nell.

Ay, Nell. ¡Cuánto quisiera que estés aquí para hablarme una vez más, para darme tranquilidad en medio de las preocupaciones y de este dolor! ¡Para contarme la verdad sobre Salvius!

La escarcha tiene grietas grises y negras en forma de espiral, como si una mano enorme hubiese escrito los secretos del mundo debajo del hielo. ¡Si tan solo supiéramos leer en ese alfabeto!

Oímos un ritmo constante, un gran estrépito en el camino. Los grajos abren las alas, se elevan y comienzan a marcharse lento, preparados para atravesar el camino áspero.

Alguien se acerca en un caballo de batalla.

Ya podemos verlo. Un corcel formidable dobla por la curva que tenemos delante. Es un caballo de guerra, inmenso, descomunal. Lo veo acercarse al galope por el sendero y se ve gigante y peligroso como el cuento de dragones de un niño. Al lado de esa bestia descomunal que sacude la cabeza a la luz de la mañana, los dos rocines que tiran nuestro carro parecen de juguete.

El caballo blanco resopla y larga gotas de vapor. Lleva una lanza larga de torneo atada a los flancos que sobresale hacia delante y atrás. El jinete tiene toda la actitud de un caballero andante.

El caballo de guerra está vestido con un emblema: un león verde descontrolado y enojado que saca las garras. En el arzón delantero lleva un escudo con la misma cimera. Esto me trae algún recuerdo. Es un emblema que vi en la Corte una vez que Eduardo me llevó.

Por encima del caballo, flamea una banderita heráldica con el mismo símbolo y asusta a nuestros animales al agitarse con el viento. Tomo las riendas y los llevo hacia un costado. Debemos hacer lugar. Este es el camino del rey y todos los de sangre noble tienen derecho de paso.

Los hombres ya se están haciendo a un lado con las botas enterradas en el lodo, la nieve y el hielo. Llevo el carro hacia el pasto tratando que la carga no se tumbe. Quedamos ubicados a lo largo del sendero, como estaban los grajos.

Me llama la atención que el caballero aminore la marcha al pasar a Salvius, que estaba adelante. La mayoría de los de su clase no lo harían, nos salpicarían de barro a todos con las pisadas fuertes de los cascos y lo que es peor, un animal de batalla como este, podría golpear a un muchacho o a un hombre. Claro que, en ese caso, el caballero o el noble arrojaría alguna moneda, pero un *wergeld* de ese tipo no compensaría la pérdida de una extremidad o de una vida.

Así que sin demoras y con prisa, nos hacemos a un lado.

El Caballero va muy cómodo; lleva una sobreveste sin mangas con el león y un caballo de batalla verdes y una túnica brillante y blanca con pieles debajo. No tiene el yelmo puesto, pero lo lleva atado a los cuartos traseros del caballo de batalla, junto con la armadura y la espada. Sí lleva una capucha pesada de piel en la cabeza. Se la quita al pasar y podemos ver las cejas tupidas por encima de los ojos brillantes de color turquesa pálido y unas ondas de pelo radiantes que se asoman detrás. Hay arrugas alrededor de esos ojos pálidos, como si hubiese mirado hacia tierras muy lejanas, y un pliegue cruel alrededor de la boca como prueba de determinación. El Caballero, tranquilo, recorre a cada uno de nosotros con la mirada. Es como si midiera las probabilidades y calculara los costos. Luego, entrecierra esos ojos turquesa y frunce la nariz con sutileza al sentir el olor ácido.

Toca las riendas. Hace una pausa. Y esa pausa es la muerte.

CAPÍTULO 36

El Caballero va frenando el animal de guerra al lado del carro, pero no por completo. Saca una daga corta que llevaba debajo de la capa y la hace correr por el borde del lienzo que cubre el carro. Lo levanta y mira.

Ni quiero imaginarme lo que ve: todos los cuerpos destrozados, nuestros muchachos troceados como si fuesen mercadería de un carnicero. Los rostros quemados y atormentados, las manos extendidas. Una pequeña muestra del infierno.

Sin embargo, el caballo continúa desplazándose con la intención de continuar. Recobramos el aliento y tomo otra vez las riendas para avanzar. Mientras tanto, el aire se ensucia con grandes copos de nieve.

Luego, se oye el sonido chirriante de un resbalón en el camino, como cuando el hielo se rompe. Me doy vuelta y miro hacia atrás. El corcel da un giro veloz y repentino en el sendero y el Caballero corta el lienzo en la parte trasera, se tapa la nariz con los dedos y mira fijo a nuestros hijos muertos.

La yegua de Salvius resopla y piafa asustada, así que su amo le acaricia la cabeza para calmarla.

El Caballero continúa sentado en silencio sobre su caballo. Al cabo de un rato largo, hace un movimiento en la montura de brocado, apoya el pie con la bota pesada en un estribo y deja caer en él todo el peso de su cuerpo. Desenfunda la espada que llevaba en las alforjas y desmonta el caballo. Con el movimiento del Caballero, los copos de nieve hacen remolinos como la arena en una corriente submarina.

Se para firme en el suelo y luego, avanza con esa mirada pálida, de color turquesa, como la hoja que uno atrapa en la escarcha. Ahora sé que lo conozco por esos ojos raros de color azul verdoso y por la librea verde. En los campos de Francia, este hombre ha visto cosas peores. Lo sé porque Eduardo me lo contó cuando fuimos a la Corte. Se llama Phillip Gaumont y fue uno de los *chevaliers* que arrasó con todo junto a Eduardo y sus hombres. Gaumont ha quemado aldeas completas en una hora. Asesinó a mujeres y niños, siempre por la batalla y en nombre de Dios, así que la muerte no lo sorprende para nada. Ya ha visto pudrirse a mucha gente, pero no le agrada lo que encontró aquí, en el carro. Lo sé por la mirada con los ojos entrecerrados y también por la espada.

Se oye un sonido prolongado y sibilante cuando la extrae de esa vaina enorme. El brillo es aterrador, imponente, y se ilumina a la luz. La nieve plateada cae y se derrite de inmediato. Él mismo observa la hoja durante un momento con un aire de arrepentimiento. O quizás, a modo de anticipación.

Después, nos mira engalanados con harapos en el camino, y habla.

—*Il s'agit d'une terre blessée, une terre dont le roi était malade, et est maintenant décédé. Je suis son messager, celui qu'il a choisi, celui qui apporte la mort.*

Gaumont maneja un francés florido con gran precisión. Yo entiendo lo que dice, pero mis compañeros, no. *Esta es una tierra herida que tenía a su rey enfermo y hoy ya está muerto. Soy el mensajero que él escogió, el que trae en sus manos la muerte.*

Habla de Eduardo con dolor.

—*Mon compagnon et mon ami.* Mi compañero, mi amigo íntimo. Ahora pretendo sanar esta tierra siguiendo a Jesús en la pesca de los hombres que deba yo matar. Lo haré aquí, hoy, lo juro por mi vida, *au service de Dieu.*

El Caballero nos mira fijo con esos ojos raros y pálidos. Al parpadear se quita de las pestañas largas los puntos de nieve que brillan a la luz.

—*Ces garçons là* —dice—. *Qu'est-ce que vous leur avez fait?*

A estos muchachos, traduzco en mi mente. ¿Qué les han hecho?

Se da cuenta de que no entendemos el idioma. Se acerca a nuestros hijos, toca a cada uno de los cuerpos con la espada, los señala y nos señala a nosotros. Le despierta curiosidad la cadena de plata que tiene Christian colgada y la levanta con la punta de la espada. Luego habla en francés en un tono bastante elevado, como si tuviésemos las orejas llenas de cera.

—*Dites-moi la vérité, vous les paysans!*

¡Decid la verdad, campesinos! Cree que hemos matado a un par de nobles para quedarnos con sus fortunas y que ahora nos vamos a devorar los cuerpos, y exige saber si en verdad es así.

—*C'est vrai?*

Moten se aturulla. Algunas de las palabras las debe de haber reconocido, pero habla tan rápido que no puede captarlo todo. Al final, responde.

—Bien, buen lord —dice en inglés—. Le contaría la verdad que solicita, pero no hablo su lengua, así que si lo desea…

—*Arrêtez!*

El Caballero no le tiene paciencia a Moten y su inseguridad, y el tono de voz se eleva con un peligroso nivel de concentración.

Lo escucho y aumenta mi temor.

—Eres un sacerdote falso —dice—, un monje al servicio de Satanás, no de Cristo. ¿Fuiste tú? ¿Eres tú quien quiso comérselos? ¿Tú y todos estos? ¿Eres el responsable de estas muertes y de semejantes atrocidades? *Oui ou Non?*

Después, en un inglés marcado y extraño, repite la pregunta final.

—¿Sí o no?

El tiempo es oro en este momento. Cada vez cae más nieve como un cendal blanco y todo queda enmudecido. Mis compañeros mascullan, irritados y nerviosos. No entienden una sola palabra y eso los aterra aún más porque perciben que el caballero tiene sed de batalla.

Giro para mirar a Moten y logro captar su atención. Se relame los labios nervioso, y con los ojos, me pide que lo guíe. Niego con la cabeza. *Non*, pienso. *Respóndele «Non»*.

Moten lo podrá calmar, me digo a mí misma. Moten encontrará una salida tal como lo hizo con el abad.

—*Oui ou non* —repite el Caballero.

Entrecierra los ojos al mirar a los muchachos cortados en pedacitos y las palabras se vuelven aún más penetrantes.

—¿Sí o no?

Moten me sostiene la mirada. Imploro junto a él con la mirada. Despacito, sacudo la cabeza de un lado a otro. *Debes responderle «Non»*, pienso con desesperación. *Respóndele, pero por favor, no afirmes semejante locura. Escúchame, Moten.*

Moten me mira y se lame los labios otra vez. Parece que entendió así que me relajo un momento.

Mira los ojos despiadados del Caballero y toma coraje. Trata de adivinar al azar y se equivoca.

—Sí, sí —responde Moten—. Sin dudas. Claro que son nuestros hijos pero, mi querido lord, me gustaría que hablara en inglés así podemos…

El Caballero arremete contra Moten con un movimiento rápido y habilidoso y le clava la punta de la espada reluciente en el centro del pecho. Moten baja la mirada y el Caballero extrae el arma. Se oye un grito ahogado cuando el aire sale por la herida sangrienta y al final, el hermano se desploma en el suelo.

Cuando la nieve comienza a posarse en su rostro, los ojos quedan inmóviles, blancos y bañados en escarcha.

Un grajo pasa cantando una alabanza chillona. Moten está muerto. La sangre negra se derrama y emana un suave vapor en el suelo.

CAPÍTULO 37

La GRAN LÍNEA de acero vuelve a agitarse en el aire y forma un círculo letal en la escarcha del invierno. Puedo oír el soplido que genera al moverse. Este caballero nos va a matar a todos. Se acerca cada vez más, insistiendo con las preguntas y con una gran prisa cargada de agresión.

—*Avez-vous fait cela?* ¿Quién más lo hizo? ¿Habéis intentado comerlos? ¿Vosotros matasteis y troceasteis a estos niños? Oui ou non!

La espada desmedida se calma de repente. El caballero la inclina y apunta. Tiene el rostro está inmutable. Este hombre está convencido de que hace el buen trabajo de Dios, nuestro Señor. Esta vez, la espada señala la cabeza de Liam, a quien le tiembla la barba y se le vuelve pálido el rostro. El caballero apunta al cuello, sostiene firme el arma y vuelve a hablar.

—Sí o no.

Suelto las riendas y me pongo de pie en el asiento del carro, muy pero muy despacio, aún con la capa suntuosa de la casa fuerte alrededor de las orejas. Con la nevada, llegó un frío helado y una escarcha gruesa y pesada. Me sube una puñalada de dolor desde el pie hacia la pierna. Cole gira la cabeza y me mira. Tiene la boca abierta en forma de O ante la sorpresa.

Puedo sentir el olor a hierro de la sangre de Moten y el perfume de la nieve en el aire. También, la canela y el sándalo que provienen del caballero. Es raro encontrar este tipo de aromas por aquí. La sangre del monje se acumula debajo del carro y el hedor fétido de nuestros hijos me forma remolinos alrededor de los pies como si fuese humo.

No pueden entender lo que trato de decirles, ni saben lo que yo sé así que debo hablar.

Vuelvo a oír en mi cabeza la voz de Moten aquel día aterrador y endemoniado en el que salí de las catacumbas y fui hasta el patio de la iglesia. *Tú todavía tienes el poder de la palabra. ¿Por qué no lo usas?*

Se me abre la boca, casi contra mi voluntad. La lengua se mueve como una criatura salvaje que gira y camina de un lado a otro en una jaula extensa. Ya tengo los labios separados, inhalo, y allí se marcha un sonido profético y solitario. Una súplica.

—*Christ, prends pitié de nous...* —digo con una voz que parece estridente en medio del cielo del invierno.

Las primeras palabras que emito en voz alta luego de diez años, sin susurros ni llanto. *En nombre de Cristo, le ruego piedad.*

Uso mi idioma nativo, ese francés que acallé por tanto tiempo.

—*Monsieur... s'il vous plaît arrêtez...*

Hasta a mí me suena extraña la voz. Es mucho más suave que mi voz interior, como si tuviese una carga enorme instalada en el pecho y empujando la frase hacia el exterior. Las palabras galas que me salen por la boca suenan tan poco naturales a mi propio oído que es como si escuchara hablar a un cuervo. Pero al final, hablo, y con bastante fluidez.

—*Au nom du Père, du Fils, et du Saint-Esprit, retenez votre main. Nous emmenons nos enfants au trône du roi, pour obtenir justice en ces jours d'hiver. Nos gars ont été brûlés par la haine et la jalousie, loin d'ici. Certains disent que les Juifs nous ont trahi, ou les Maures.*

Cristo, ten piedad de nosotros y no nos sueltes, suplico. *Llevamos a nuestros hijos al trono del rey para pedir justicia en este invierno. Nuestros hijos fueron quemados lejos de aquí por odio y envidia. Algunos dicen que los judíos nos traicionaron o que fueron los moros.*

El caballero levanta la vista y trata de interrumpirme para hacer una aclaración pero yo levanto la mano y aunque me cueste creerlo, no tiemblo. La nieve cae sin cesar.

—*Attendez!* —continúo—. Espere. Yo no sé cuál es la verdad en todo este asunto. Estoy haciendo todo el esfuerzo junto a mis compañeros fieles para que se haga justicia por nuestra pérdida —le digo, siempre en francés.

—*Vous mentez!* —me responde.

¡Mientes! La espada continúa inmóvil junto a la garganta de Liam.

—*Vous me mentez!* ¡Tú y todos estos despedazaron a los muchachos para armar un banquete!

—*Non, pas nous* —le respondo—. Fuimos traicionados en el camino. Unos villanos se llevaron a los muchachos, los trocearon en una colina alta y solitaria donde el hambre es extrema. Hace muy poco que logramos rescatarlos.

—*Mais ils sont encore ici.*

La mirada del caballero es impenetrable y el rostro se le arruga ante la preocupación.

—¡Sin embargo continúan aquí, muertos! ¿Por qué no los honran? ¿Por qué los tratan como animales?

—*Nous ne pouvons pas les enterrer* —trato de explicarle—. No podemos enterrarlos hasta que se haga justicia al final del camino. Uno de los que yacen aquí, el de la cadena que tocó con la espada, tiene sangre noble e ilustre, y como tal, usted no puede volver a tocarlo con la espada. *Arrêtez votre main.*

Tiemblo al oírme tan fanfarrona. Temo que me rebane, pedacito por pedacito.

—Lo traigo hasta aquí con la esperanza de que se lo honre. *Dans ce temps de besoin et de chagrin* —agrego.

El caballero me mira con furia en los ojos deslumbrantes como el hielo. Recién en ese momento tomo conciencia de por qué todavía no me despedazó. Me mantengo distante en el carro y por encima de la manada tal como lo haría una *lady*, y por pura casualidad, llevo vestimenta de excelencia, una capucha y una capa de piel de armiño, todas lujosas y llamativas, que robé de la casa fuerte cuando lo necesitaba. No me veo como una plebeya a pesar de viajar con una tropa dispar y desharrapada de campesinos.

—*Expliquez-vous de nouveau. Quelle est votre marque?* —dice el caballero.

Quita la espada de Liam y agora me apunta a mí.

—¿A qué lord sirves? ¿Y quién eres para viajar por este camino y hablarme de este modo?

—*Je suis une femme...*

Es extraño, pero la voz se me convierte otra vez en un susurro como si caminara con aquella muchacha perdida en la cama donde dio a luz.

—Soy Miriam de Canterbury, buen señor. Una monja que hizo su juramento a las Órdenes Sagradas y que desde hace muchos años es libre.

—*Vous n'avez pas de de titre de noblesse?* —murmura—. ¿No tienes ningún título? ¿Eres solo una plebeya? ¿Por eso debería dejaros pasar?

Vuelvo a elevar la voz y la hago audible. Sé que con este nombre voy a dar en el blanco como una flecha al corazón.

—Eduardo de Woodstock es el nombre que debería llevar en mi emblema. Fui su consorte y di a luz a su hijo. El heredero está allí tendido como si esto fuese una pira funeraria. *Il est mort.*

Trastabillo, dudo y luego decido correr el riesgo.

—Este, mi hijo, es familiar y heredero del difunto lord. Sería bueno que tú, a quien alguna vez conocí como Phillip Gaumont, lo protegieras con tu cuerpo y tus palabras, y defendieras su honor más que a tu vida. *Je vous en prie, maintenant donnez-lui acte d'allégeance.*

El caballero baja la punta de la espada. Los pensamientos le quedan dando vueltas.

No me había dado cuenta de lo tensos que estaban mis hombros. El dolor desmedido comienza a disminuir cuando suelto el aire, y con ese suspiro, la nieve que está en el aire se arremolina por todos lados.

Me quedo de pie y aguardo la respuesta del caballero.

El enorme caballo de batalla bufa y da un respingo. Se mueve hacia un costado y los hombres que estaban a mi alrededor retroceden. Tienen los ojos enormes, están temerosos y confundidos ante la conversación en una lengua extranjera.

El caballero se da vuelta y me mira fijo. Otra vez, los ojos parecen escarcha y se ven letales a la luz.

—*Quelle preuve avez-vous?* —dice en voz muy clara y articulando cada palabra—. ¿Qué pruebas tienes de esta historia con Eduardo? ¿Cómo puedes demostrar que este muchacho en verdad tiene su sangre y es el heredero? ¿Cómo sé que no mientes, agora y para siempre?

Me llevo las manos a la garganta. Me quito la capucha oscura. El caballero se sobresalta al ver mi rostro descubierto con el pelo mal cortado y sin arreglar. Con delicadeza, me desato la túnica, levanto la cadena plateada que llevo colgada y le alcanzo el anillo que Eduardo me había dado. Cuelga en el aire como un talismán extraño y precioso, el que llevé junto a mi corazón todos estos años.

—*J'ai été son amante et son amie.*

No estoy segura de dárselo. ¿Qué tal si este hombre se lleva mi reliquia familiar y la declara robada? ¿Y si me roba? Bien podría matarnos a todos en un abrir y cerrar de ojos.

El caballero extiende la mano. Luego, deja caer la sortija en la palma de su mano con mucho cuidado.

—Fui su consorte —repito—. Traje al mundo al hijo del príncipe.

El caballero observa en detalle el sello del anillo. En él está la cimera real que pocos tienen el honor de llevar en persona o en su nombre, bajo pena muerte. Mi única y mejor evidencia, guardada en secreto durante todos estos años.

Cuando la mirada de ese caballero vuelve hacia mí, veo que se transformó por completo. Aún estoy de pie por encima de él, como en la Corte. Vuelvo a hablar en voz bien alta y con una seguridad que se siente extraña.

—Mi hijo era el heredero del príncipe. Tiene sangre y nombre real. *Il a du sang noble.*

—Y tú quieres que se haga justicia por ese crimen —dice el caballero en tono de pregunta.

Al fin encontró un error para subsanar.

Flexiona una rodilla envuelta en la armadura y la apoya en el suelo.

—Mi *lady honorée.* Mi *lady* —dice con el anillo en alto y resplandeciente a la luz de la mañana.

—Mi *lady* —vuelve a decir el caballero.

Su modo de hablar se convirtió en aquel tono locuaz del francés de la corte.

—Mi *lady honoré*, por la memoria y el juramento que le hice a mi íntimo amigo Eduardo, y como muestra de la estima que siento por su alma, le ofrezco mi humilde servicio. Si debe pelear por honor o matar a algún hombre, será mi voluntad servirle. Le ofrezco la espada de *sir* Phillip Gaumont a su servicio.

La lengua se me pega al paladar. No esperaba semejante respuesta ni sabía que recibiría semejante bendición en la vejez. Sin querer, se me escapa un sollozo ahogado. Al final, vuelvo a hallar mi voz.

—Conde —logro decir—. ¿Y qué es del Conde de Hereford, que aspiraba al trono? Él…

—*Mort.* Hace años ya que el Conde murió.

Sir Phillip Gaumont me mira y agora tiene una especie de bruma y tristeza en las pupilas. Pienso, al mirar fijo esos ojos verde pálido, que podría ser él mesmo quien asesinó al conde y del mesmo modo, podría matarnos a nosotros.

—Se descubrió que el Conde… —dice mientras desvía la vista—. Se descubrió que el Conde, mi familiar y amigo, había traicionado a lord Warwick y a mi lord Eduardo. Sin embargo, lo negó. *Il est mort.*

Luego vuelve a mirarme con los ojos transparentes otra vez.

—Yo cumplo con mi deber hasta el final, mi *lady.* Pase lo que pase.

Se pone de pie. Levanta el anillo y me lo da en la mano. Me

lo vuelvo a colgar con la cadena pero ya no lo oculto con la túnica porque agora lo exhibiré en el pecho por el resto de los días.

El caballero me ofrece la mano con un gesto, como si se quitara un yelmo ante mí.

—*Voulez-vous aller avec moi?* ¿Le importaría dejar a estos campesinos y vagabundos y venir conmigo a la Corte, agora? Juro por mi vida que la rescataré de este lugar.

En ese momento, recupero la prudencia. ¿Por qué debería confiar en él? Estos campeones siempre juegan con las vidas de los demás. Hacen alianzas y luego te traicionan de un momento para el otro. ¿Y si este caballero me engaña? ¿Y si nos engaña a todos y nos mata?

De manera espontánea, vuelvo a hablar y lo que digo huele a verdad.

—Debo permanecer junto a mi hijo. Se lo debo a lord Eduardo.

—Ah —dice el caballero.

Gaumont queda pensativo y hace una reverencia. Parece que fue la respuesta correcta o bien, le hice jaque mate. El caballero eleva la espada y se me desploma el corazón. Luego la envaina con ese horrible sonido sibilante y mira los copos de nieve que caen desde el cielo como si no los hubiese percibido antes.

—*Il neige* —dice medio sorprendido.

—Está nevando —repito.

De repente, me llega la inspiración. Hay una manera de averiguar si el caballero es sincero y de probar su lealtad.

—Hace frío hoy —le digo con delicadeza—. Y tendríamos refugios en el camino. Alimento y refugio para llevar a nuestros hijos al príncipe de Londres. Buscamos la protección de la Cámara Estrellada ante quienes nos acusan. Quiero la compensación que corresponde por la vida de mi hijo.

El caballero me mira. Se lo ve decidido al hablar en francés.

—Mi *lady*, conseguiré todo eso que usted necesita. Cabalgaré por todas las aldeas y despejaré el camino para el heredero y la sangre del Príncipe Negro. Irá en paz a lo largo del camino.

Gaumont mira a los hombres boquiabiertos. El caballero se esmera por acomodar los labios y encuentra las palabras en inglés:

—Honro a Miriam y al príncipe descendiente de Eduardo à Woodstock. En honor a él y a usted, monto este caballo.

—*Oui, monsieur*, le agradezco —respondo—. Le deseo buena suerte, *au service de Dieu*.

—*Au service de Dieu* —vocifera Gaumont al caer de nuevo en el francés. Eleva la voz con estridencia y dice:

—Honraré al heredero de Eduardo, el Príncipe Negro. Y en honor a él y a usted he de partir. Enviaré un mensaje a la Corte. Me encargaré de comunicar la noticia a todos y la llevaré sana y salva hasta la Corte del rey. Vuelve a hacer una reverencia.

Miro al piso donde quedó tendido Moten y donde se enfría la sangre derramada. No podemos confiar tanto como nuestras vidas a este caballero.

—*Je regrette votre perte* —dice en francés—. Lamento vuestra pérdida. Os ruego que me perdonéis, todos y cada uno de vosotros, por mi hoja impetuosa. Adieu.

El caballero monta su caballo de batalla, gira y se marcha en dirección a la aldea y a Londres. Agora debemos tomar este camino porque su corcel enorme va delante indicando por dónde ir entre los ventisqueros, y dudará de nosotros y nos perseguirá si no lo seguimos.

Sobre las cabezas de los vivos y los difuntos, cae una gran cantidad de nieve liviana, blanca y pura.

La neige tombe sur les têtes des vivants et des morts...

CAPÍTULO 38

EL CARRO HACE saltar puñados de nieve recién caída y me ensucian como si fuese un bautismo en hielo. A los ojos de estos hombres, soy una recién nacida. Quedaron atónitos, con los rostros estupefactos al oír las palabras que salían de mi boca. Parecía un milagro cuando hablé y, encima, en francés. Además, quedaron pasmados con la reverencia que me hizo el caballero.

Sin embargo, no respondo ninguna de las preguntas que balbucean ni la catarata inmensa de dudas. No puedo. No creo ser capaz de encontrar las palabras justas para explicar tantos años de silencio.

—¿Quién habló a través del cuerpo de Mendo? ¿Algún demonio? —murmura Tom—. ¿Qué clase de magia usó para hacer que se marche?

—No es un demonio —dice Liam, todavía pálido y conmovido—. Gracias a ella sigo vivo.

—Lo único que sé es que nos salvó —dice Geoff—. Ese caballero nos iba a matar a todos y ella, con magia blanca, nos salvó la vida.

—¿Creéis que regresará para matarnos? —pregunta Benedict—. Dinos, Mendo.

Al final, les cuento, con la lengua otra vez dura y vacilante, que el caballero agora nos protege y que prometió ir delante de nosotros para despejarnos el camino. No les cuento sobre mi desconfianza. Cuando se convencen de que no les contaré mi historia agora, dejan de lado el tema del milagro con miradas oscuras e imprecaciones en voz baja.

Luego miran al monje muerto al lado del carro. Los grajos ya chillan alrededor de la carroña.

Con él, se va todo el conocimiento, toda la verdad, toda la luz. Toda la sabiduría del pobre Moten se fue con el viento. Agora veo que lo que me enseñaron en la Abadía de Canterbury era cierto. No somos más que retales deshilachados, una raza insignificante y bastarda que subsiste sobre los hombros de los grandes con una memoria que siempre es nuestro superior. Miramos todo el tiempo hacia atrás, rascamos las ruinas, recogemos fragmentos de su teoría del conocimiento tan extensa y abandonada hace ya mucho tiempo. Porque somos descendientes deformes, con la mente y el cuerpo atrofiados, tratando de atrapar enceguecidos los tesoros del conocimiento que se perdieron con el tiempo.

Miro el rostro triste y sin vida de Moten y la tonsura que le abarca toda la cabeza como una corona de muerte allí clavada.

Él pensaba que las palabras encerraban todas las respuestas y servirían para todos los fines, pero yo debería haberle advertido que el habla no siempre resuelve los problemas. Las palabras pueden ser traicioneras; las hebras del laberinto pueden enredarse en múltiples nudos porque se nos maldijo en aquella gran torre de Babel para que las conversaciones fueran siempre un misterio y nunca nos pudiéramos comprender.

Uno de los secretos, se lo lleva a la tumba. ¿De qué hablaba Roben? ¿Qué cosa tenía que llevar Moten a Londres? Buscamos entre las pertenencias y en su propio cuerpo, pero no hay nada de valor, nada que le diga algo al rey o a la Corte de la Tierra. Lo único que encontramos son manuscritos viejos y rotosos de Moten y de otros. Hay plumas, pergaminos, cuentas de todo tipo para rezar, y dos crucifijos de madera, pero no hay oro ni nada relacionado con la nobleza.

El suelo debajo de la nieve es negro y fértil, y el agua congelada lo ablandó. Un riachuelo divide la tierra y forma un surco en lo profundo de la marga congelada, y aquí cavamos una pequeña tumba para el Hermano Moten. Tomamos uno de sus crucifijos y Salvius lo amarra a un palo con un poco de soga. Plantamos el símbolo de su Señor Dios sobre la cabeza con tonsura del pobre Moten y observo los terrones irregulares que le llueven sobre el rostro, el cuerpo y toda la extensión de su sotana. Quieta, allí parada, veo bajar la tumba. Sostengo el manuscrito más viejo de Moten hecho con retales y trapos. Los trocitos de pergamino tienen los bordes desparejos e irregulares. Él mesmo cosió este libro improvisado a partir de las sobras que quedaban al confeccionar los manuscritos de verdad. Es la historia que escribió a lo largo de toda su vida.

Se manchó con dos gotas oscuras de sangre que cayeron en la tapa de cuero. Mis dedos caen en un lugar del manuscrito donde decido abrirlo y, de manera espontánea, leo.

17 de diciembre de 1366

En estos tiempos de la Virgen y el Nacimiento, siempre pienso en Miriam, que desapareció de mi monasterio frío y solitario. Era como la brisa suave de un mar helado, y me despertó innumerables sentimientos que nunca creí tener, y que agora ya se fueron…

Cierro de golpe las páginas de bordes desparejos. Estoy leyendo los secretos del propio Moten. En estas páginas volcó los secretos de su corazón. No es ninguna historia real ni la crónica del monasterio donde vivió.

Escribió solo para sus propios ojos. Elevo el libro con las manos. Debe quedarse en la tumba junto con Moten. Sus secretos y su vida terrenal mueren junto con él. Agora se marcha hacia otro reino, y con él se van todos sus recuerdos.

Pero al poner el libro en alto, se cae una carta que estaba entre las páginas sueltas y termina junto a mis pies. Lleva un sello pesado de color rojo con el anillo del abad de Santa María Magdalena impreso en la cera. El frente de la carta tiene escrito lo siguiente:

Saludos, agradecimientos, bendiciones de vuestro tan venerado Padre, abad André de Bottoun de la Casa de Cluny de Santa María Magdalena.

Para Su Señoría Juan de Gaunt, Regente en el Santo Nombre de Cristo, por la Gracia de Dios, Gobernante y Portador de la Corona en Nombre del rey, Duque Máximo de Britannica, Gran Gaul, y el Imperio.

Es la carta del abad de Moten para el regente del Reino. Al menos este hombre tenía fe en que alcanzaríamos la meta de llegar a la Corte a pesar de nuestras propias dudas a lo largo del viaje. Tal vez la carta le encomienda el pobre Hermano Moten a la Corte durante su estadía. Tal vez habla de este libro que lleva.

Quizás estemos más seguros con esta carta y nos permita pasar por todo lugar o circunstancia que tengamos por delante. Sería poco sabio dejar semejante misiva que puede servirnos de protección y advertencia ante lo que nos depare. ¿Quién hablará por nosotros, quién nos guiará entre las palabras y preguntas rebuscadas de la Corte agora que Moten ya no está?

Sostengo con fuerza este pedacito de papiro y después, con mucho cuidado, lo vuelvo a guardar entre las páginas desprolijas del libro que entregaré a quien abra la carta. Esa persona podrá devolvérselo a la familia de Moten, los hermanos de Cluny que agora están tan lejos. No seré yo ni ningún armarius quien decida sobre el futuro de estos escritos. Así que al final, no lo dejo en la tumba.

Me pongo de pie, bendigo a Moten, y susurro un *Paternóster* por este solitario hermano cluniacense, pero mientras hablo, veo a otra amiga tendida en el suelo. Mientras la tierra llueve sobre él, recuerdo otro rostro frío e inerte. Recuerdo a Nell.

La vi muerta, colgada del árbol y con todo el jolgorio esparcido a sus pies. Hob no me dejó bajarla esa noche porque los pastores y los demás hombres estaban demasiado cerca. Me hizo esperar un día, y a la mañana siguiente, fue imposible desatar aquel nudo extraño y peculiar. Tuvimos que utilizar un hacha para cortar la soga y recién entonces, cayó.

El cuerpo de Nell, frío y rígido, quedó echado en la tierra virgen. La soga que ella misma había tejido con sus propias manos quedó partida en dos. En ese momento, Hob me dejó a solas con ella. La enterré sola, sin la ayuda de nadie.

Levanté el cuerpo menudo de la tierra, lo cargué en mi espalda y lo llevé al medio del bosque. ¡Era tan pero tan livianita cuando la tomé en brazos!

La bañé en el arroyo escondido del bosque, a la luz de la luna, donde los aromas de la menta silvestre y la lavanda eran muy intensos. Debajo del cedro donde alguna vez amamanté, escondí el cuerpo y lo cubrí con mantillo para que nadie lo encontrase jamás. Dejé caer tierra sobre el cuerpo y el rostro como lo hacemos agora con Moten.

Durante meses, me desperté entre sollozos en medio de la noche con el recuerdo de aquella tumba oculta en el bosque. En mis sueños, recorro con los dedos aquel nudo extraño y tortuoso alrededor de su cuello, me pregunto cómo se originó y maldigo la fuerza con la que apretó a Nell y le arrancó la vida a tan corta edad.

Cuando llegamos a la siguiente aldea del camino abierto, nos sorprenden con ovación, trompetas y aplausos.

—¡El príncipe del pueblo que luchó por nosotros!

La multitud grita fuerte en memoria de Eduardo, y en cada lugar por donde pasamos, la gente se amontona alrededor del carro. En cada casita me saludan como si perteneciera a la nobleza y a mis compañeros, como si fueran héroes que regresan victoriosos de una guerra.

El caballero que va delante de nosotros es un hombre bueno y de palabra. Nos está despejando el camino con su caballo de guerra al proclamar la historia a todos los que encuentra. Siempre repite lo mesmo y sin demasiadas explicaciones porque su inglés es bastante pobre y casi ningún aldeano entiende francés.

—¡El hijo del Príncipe Negro viene muerto en un carro! —vocifera el hombre, como un mensajero ducal —. El heredero de Eduardo de Woodstock ha muerto. ¡Honradlo!

Los campesinos necesitan algo que los distraiga, algún cuento heroico para contar por las noches, y el caballero les ha dado una excusa para abandonar las labores del día. La nieve no deja de caer durante las largas horas pero nos lleva consigo como la corriente de un río mientras nos saludan los rostros alegres de los plebeyos que aclaman a los gritos.

Todavía estoy aturdida y me doy cuenta de que gran parte del miedo que tuve estos años fue en vano. El duque de Hereford hace meses que murió así que ya nadie lucha por el trono de Eduardo con maquinaciones oscuras y conspiraciones secretas.

El mundo cambió desde que me fui. El padre del príncipe regente, el rey, está muerto. Hace mucho tiempo, me buscaron para matarme e interrumpir así la dinastía de Eduardo. Sin embargo, su hijo más pequeño está sentado en el trono y a salvo de todo peligro con la protección de un gran regente, Juan de Gaunt. Agora que la descendencia del padre de mi hijo no corre riesgos, y que mi niño está muerto, nadie se atreve a atacarme por temor a la memoria de Eduardo. ¡Las vueltas de la vida!

A la hora sexta y el almuerzo, los aldeanos nos sirven alimento y nos traen vestimenta porque ya todos se enteraron que vamos rumbo a la Corte y nos ven como uno de ellos, como campesinos que luchan para obtener justicia en su tierra con los mártires en el carro fallecidos por una causa sagrada.

Mis compañeros también cambian al ver a toda esta gente que nos saluda y aclama. Han oído el nombre Eduardo de Woodstock, han visto a la gente gritar pero no saben por qué celebran nuestro paso. Les hice un mínimo resumen de mi historia pero ya no saben quién soy. ¿Soy un tipo mudo o una *lady* de la nobleza con aires señoriales? Sea como sea, los aldeanos los saludan en todas partes con gritos y hurras a medida que transitamos el Camino Blanco. Comen los dulces y el cerdo, y se visten con las prendas que nos dan como parte de la celebración. Sin embargo, no salen del asombro y caminan como si estuviesen encantados. Todo se parece demasiado a un sueño.

Liam continúa atónito por el solo hecho de que mi boca pueda emitir palabras. Cole es otra historia. Me mira con una luz oscura y poco natural en los ojos.

Salvius se dedica a disfrutar con la mirada iluminada y sed de fama. En cada parada, se pone de pie bien alto sobre el carro, con el cabello reluciente como el de un señor, y cuenta una historia sofisticada y gloriosa de su propia autoría.

—¡Estos muchachos fueron asesinados por los judíos! — vocifera—. Por los moros y los judíos que invadieron nuestras tierras, a leguas de aquí. Y también quemaron la aldea. Y nuestra Miriam, ¡durante años sufrió y viajó en voto de silencio! Pero estos desgraciados la encontraron y nos atacaron en medio de la noche. Trabajamos horas y horas, luchamos con toda la fuerza pero al final, triunfaron. ¡Todos debéis conocer nuestra historia de infortunio, y vamos rumbo a la Corte para pedir paz y justicia!

Tiemblo. Veo todos estos rostros que nos aclaman, las bocas abiertas que gritan a todo pulmón, y tiemblo porque sé lo rápido que una multitud puede pasar de los aplausos y los desfiles a la crueldad y el tormento en una cruz.

LIBRO VI

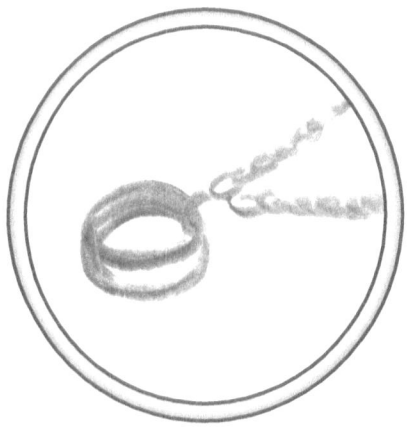

CAPÍTULO 39

ALTAN APENAS UN par de días para la Semana de Carnestolendas y para que la Cámara Estrellada se separe, pero con la ayuda del caballero estamos avanzando a la velocidad del viento. No obstante, los aldeanos nos demoran. A veces para darnos comida, a veces para cantarnos nuestra propia historia en forma de rimas y llenos de júbilo, y otras veces, solo para que las madres puedan levantar a sus niños y tocarnos la ropa tal como está, propia de campesinos harapientos.

Al final, logramos avanzar unas cuantas horas sin que nadie nos moleste. No hay granjitas ni aldeas, y no vemos al caballero adelante. Agora avanzamos cuesta abajo por la colina. Abajo puede verse un río atrapado en el hielo y más allá, torres y aldeas.

A menudo, tengo la sensación de que fue un espíritu el que habló a través de mi boca esa mañana, cuando nos cruzamos con el caballero. Me parece que ese francés fluido que brotó de mi boca autoritaria es un mero producto de mi imaginación. ¿Cómo es posible que el pobre Mendo de Duns haya reclamado semejante derecho natural con tanta autoridad?

Los hombres me viven interrogando. Quieren saber qué me llevó hasta su aldea hace tantos años, de qué reina son descendiente, y por qué clase de conspiración oculté mi nombre. Preguntan si cayó algún hechizo sobre mí durante todo ese tiempo, además del mío propio, y con qué artimaña tomé el anillo de Eduardo.

De todas estas preguntas, las válidas y las ridículas, no respondí casi ninguna. Todavía no me acostumbro a volver a hablar. Tengo un bloqueo en la garganta, algo pesado que me obliga a permanecer callada. Luego de todos estos años de silencio, la posibilidad de hablar todavía parece extirpada como la esfera divina de nuestra tierra.

Además, tengo miedo de correr la misma suerte que Moten. Aunque supiera cómo volver a derramar toda esa serie de palabras, no se me ocurre cómo contarles la historia a los hombres que conozco desde hace tanto tiempo. ¿Cómo les explico que les mentí desde el día que los conocí?

Cuando el caballero regresa al amanecer y me dice lisa y llanamente que agora cabalgará hacia la Corte y nos allanará el terreno, vuelvo a quedar muda. No puedo mirar esos ojos glaciales porque tiemblo de miedo debajo de la capa. Tiene ansias de sangre en el corazón, arrebata las vidas de los hombres como si fuesen moscas y no tengo la certeza de que sea sincero.

¿Qué tal si nos miente y todo lo que hace no es más que subterfugio?

Al final, asiento con la cabeza ante el anuncio del caballero sobre su partida hacia la Corte. Incluso tuve lucidez suficiente para decirle *Oui*. Sin embargo, todavía no asimilo la idea de que pronto llegaremos al destino que nos propusimos. Me carcome la posibilidad de que las expectativas no se nos cumplan y encima sigo sin saber quién mató a mi Christian.

El camino que tenemos por delante es un manto de nieve poco segura que se mueve como olas ondulantes sobre la superficie suave. El aire frío me lleva a entrecerrar los ojos. Aquellas son las torres del pueblo de Cambridge. Ya casi llegamos a los *colleges* y los patios de aquellos inmensos salones destinados al aprendizaje. Soy una mujer sencilla, sin aires de grandeza y no sé qué iré a decir ante las multitudes y las preguntas.

Los hombres se alegran al ver que ya nos acercamos; ninguno de ellos estuvo antes en Cambridge. Desde aquí, a la orilla del río, las torres brillan y los techos de las capillas están blancos por la nieve.

—¡Pronto estaremos con los monjes! —gritan—. ¡Y nos prepararán un banquete!

En medio de todo ese alboroto, una rueda se desprende del carro. Los caballos se tambalean de un lado hacia otro y el carro se desliza por el camino hasta terminar en la orilla.

Los muchachos habían quedado bien sujetos debajo de la paja pero yo no estaba atada así que me sacudo de un lado a otro sin caerme. Me sostengo con fuerza de la barra y las uñas se me hunden en la madera congelada hasta que al final, se detiene con crujidos y muy poca estabilidad. Los corceles están sorprendidos ante tan repentina parada y tienen los ojos blancos de miedo.

Se salió una rueda.

Benedict y Salvius hacen planes para que caminemos por los campos abiertos hasta alcanzar el pueblo que está a una legua. Allí, encontrarán comida para el almuerzo y una fragua para que Salvius pueda reparar la rueda. Tom y Geoff también quieren ir. Me parece que no buscan solo alabanzas y plegarias sino también vino y jolgorio. Y al ratito, Liam también se rinde.

Yo estoy cansada así que invento un par de excusas. No sé cómo dar explicaciones sin mentir así que señalo el pie. La herida ya sanó bastante pero ellos no lo saben. Seré yo quien se quede a custodiar el carro.

Cole dice que él también se quedará.

Entre todos, los hombres quitan el enorme carro del Camino Blanco y lo empujan hasta alcanzar el reparo de un sauce inclinado. Allí debajo, armamos una fogata que nos de calor.

Mientras se preparan para partir, observo un movimiento peculiar. Salvius le dobla la mano a Cole.

—Debes cuidar que Mendo…

Es todo lo que alcanzo a oír antes de que se aparten del campamento.

Miro desde debajo de las ramas desnudas del sauce mientras Salvius y los demás hombres se pierden en la inmensidad del campo blanco. La nieve cae y lo cubre todo, incluso las huellas que dejaron.

Miro otra vez la fogata y allí está Cole con una rama pesada en la mano. Tiene lágrimas en los ojos que se derraman por las mejillas, y le tiemblan los labios. Me mira fijo en medio de las llamas, como si fuese la última vez.

Le sonrío dubitativa.

—¿Qué sucede, Cole?

—Yo confié en ti —balbucea—. Confié en que guardarías mis secretos y los de Salvius. Me mentiste.

—No creerás eso, ¿o sí? —le respondo—. Sí guardé tus secretos.

Pero parece no oírme y el pánico me sube por el cuerpo y me crispa el cuello.

—Me mentiste —repite.

Como un niño pequeño, se limpia las lágrimas con el brazo de forma brusca y las mejillas le quedan sucias y húmedas. Se pone de pie y se acerca con los brazos temblorosos al levantar esa rama enorme. Su cercanía me desestabiliza.

—Dijiste que no saldría una sola palabra de tu boca pero siempre pudiste hablar. Me mentiste.

Cole aprieta los labios con fuerza y al mesmo tiempo tensiona la mandíbula y los hombros.

—Maldita sea, agora tendré que golpearte. Tendré que matarte. No hay otra salida.

Me lanza la rama pesada para darme un golpe terrible y cargado de furia pero agacho la cabeza, levanto las piernas y esquivo ese primer ataque repentino. Me pasa cerca de la oreja con un ruido sibilante.

Trato de mantenerme al otro lado de la fogata, le damos vueltas alrededor a ciegas y el corazón me late rápido y temeroso.

—¡Cole, espera! —le grito—. Seré tu mamá, me haré cargo de ti. No lo hagas…

—Cuánto lo siento, Mendo, lo lamento —me dice, pero esta vez no se detiene.

Empiezan a llover puñetazos y trato de cubrirme el rostro con los brazos. Giro la cabeza, ruedo y veo que alguien regresa desde el pueblo en medio de la nieve.

Es una silueta remota, una cabecita pequeña del color del trigo. Es Salvius. *Sálvame*, pienso. ¡Sálvame ya! Se acerca demasiado lento en la escarcha tenue y ubicua.

Los ojos de Cole reflejan su pánico cuando le arrebato la rama. Me arrastro hacia un costado y comienzo a alejarme del campamento lo más rápido posible. Necesito llegar hasta Salvius para que me salve.

Arrojo la rama a los pies de Cole, se tropieza y se cae pero luego vuelve a levantarse y me pisa los talones como un lobo detrás de un ciervo herido. Sin embargo, no deja de llorar y temblar como si fuese un niño pequeñito que sufre y da pena.

Incapacitada por el pie herido, avanzo como puedo. Vuelve a tomar la rama y cada vez que sacude el palo mortal, lo esquivo hacia un costado y me muevo a una velocidad que nunca creí posible. Mueve los brazos como una marioneta manejada con hilos, sin deseo de pelear pero obligado a llevar a cabo las órdenes del amo. Casi llego a creer que de verdad tiene un demonio dentro que lo domina con su malicia.

Me agacho detrás de un árbol y luego de otro. Me lanzo hacia las matas. Si logro esconderme de Cole por un rato, podré encontrar algo que me sirva para defenderme. Rengueo por unas matas de tojo y de repente, me encuentro a la orilla empinada del río. Ya no puedo avanzar.

Cole se para alrededor de los árboles. Vuelve a sacudir los brazos salvajes y esta vez sí me da. La agonía es inmediata y siento un dolor insoportable en el hombro. No puedo levantar el brazo derecho. Me cubro el rostro con el otro brazo para protegerme.

Incluso entre el llanto y el temblor, no deja de pegarme en la cabeza, el cuerpo y las piernas con la rama pesada. Lanzo un alarido y me hago a un lado.

Agora llora aún más que antes y el miedo en su mirada también crece a pesar de que continúa pegándome con más y más furia. Es como si cada uno de mis gritos le doliera pero está convencido de que esta es la única manera de paralizarme la lengua.

Tiene los ojos enormes y blancos. Se mueve como si estuviera poseído y murmura para sí mesmo como si le hubiese caído alguna especie de hechizo o veneno en la mente.

—El demonio —masculla—. Debo exterminar al demonio.

—Cole —chillo—. Sabes que no es así. Sabes que no es un demonio quien te lleva a hacer esas maldades. Cole, ¡regresa!

Pero me ignora, me arrastro por la nieve sin dejar de gruñir ni de sudar.

—¿No lo ves? —me dice con dolor.

Los puños vuelven a aporrearme para así callar mis quejas.

—Yo le debo la vida a Sal. Lo único que puedo hacer es devolverle lo que él hizo por mí. Sal me salvó, y me dijo que soy el único que puede hacer esto. Y haré todo lo que él me ordene porque es mi único amigo. No hay otra salida; debo hacerlo.

Veo a Salvius que se acerca entre las plantas pero ya no tengo esperanzas de que me ayude. Estoy cerca del río, atrapada entre los árboles.

Los golpes siguen cayendo pero puedo ver una figura difusa a través de los copos de nieve. ¿Viene con alguien más? ¿Alguien que podría ayudarme?

Tomo impulso para levantarme de la nieve pero Cole me vuelve a golpear. Aparezco entre las matas en dirección al río. Veo que más abajo, a lo lejos, el agua está hecha hielo pero es la única alternativa que me queda. En ese momento, Cole me da el golpe final. La porra se me clava como una lanza con gran violencia y un ruido sordo.

El sonido de un océano lejano me cubre con olas que me llevan de regreso al pasado, al lugar donde nací.

La gente se acerca en medio de la blancura, a través de una luz brillante, pero son todos fantasmas.

Veo los ojos risueños de mi madre. También está Christian con la carita llena de luz.

Eduardo, sonriente detrás de ese aspecto serio, asintiendo con la cabeza para comunicarme sus intenciones secretas aunque me lleve del brazo y me acompaña a la Corte.

Moten, que se da vuelta y camina junto a mí por el sendero con la boca abierta pero en silencio y con su libro en alto. Quiere que lea lo que escribió.

Nell. *¡Hay, Nell!* En medio del dolor por tu partida, aprendí a callarme y ocultarme. Aprendí demasiado con tu muerte.

Estamos en el medio del bosque rumbo al arroyo junto al soto de alisos. Allí, un chorlito trina desde la quietud del medio del bosque y luego, un par de vencejos se precipitan por el camino invadido por yuyos. Entre los árboles, puedo ver el hilito de agua que corre con prisa, un banco empinado a mis pies, un frailecillo y una reina de los prados, típicos de la primavera.

El rostro sonriente de Nell cambia a la luz de las hojas de haya y las enredaderas. *Ven*, me dice. *Te mostraré mi puente. Salvius me dio la soga.* Toma un rollo que está ahí cerca y lo ata bien fuerte a un árbol con un nudo de trébol. La soga se eleva debajo de mis pies y se extiende tirante hasta el otro lado. Después, toma una soguita más pequeña y hace una especie de agarre desprolijo por encima de mi puño. Cuando nos tomamos de uno y nos paramos sobre el otro, nos elevamos unas cuantas pulgadas por encima de la pleamar. Juntas, nos paramos en el centro del río, miramos hacia arriba y hacia abajo. Las luces y las sombras salpican bajíos y charcos profundos, y el agua no deja de correr a toda velocidad.

Ven, dice Nell. *Cruza conmigo, vayamos al otro lado.*

Y cuando gira la garganta, veo que lleva ese trozo de soga con el nudo extraño alrededor del cuello. Está muerta.

Abro los ojos y con parpadeos, limpio toda la nieve que ya los cubrió. Oigo el río y ya no es aquel arroyito lejano con vetas.

Estoy viva, me muevo, respiro. Todavía no es momento de cruzar.

CAPÍTULO 40

Estoy enterrada en la nieve y los copos ya no se derriten sobre mí al caer. Tengo un frío terrible y la carne me quedó decorada con gotas de sangre y manchas de color morado oscuro donde no siento más que punzadas y dolor. Se me parte la cabeza y sufro cada mínimo movimiento. No puedo ver nada por la blancura que me rodea.

Este manto de nieve espesa debe de ser lo que me mantuvo con vida, con las heridas congeladas y la sangre dentro del cuerpo. El frío detuvo la pérdida de sangre como un ungüento espeso y coagulante.

Hay viento, sigue nevando, y el silencio solemne está enmarcado por el sonido suave del agua que corre debajo del hielo.

No veo pero puedo mover el brazo izquierdo sin problemas así que hago a un lado la masa de nieve. Tengo algo clavado en el brazo derecho que hace que no pueda moverlo y las piernas están suspendidas, cubiertas con un telón de nieve sucia.

Estoy acostada de una forma extraña. Apenas muevo un dedo o un ojo, pareciera que pongo en riesgo el equilibrio. Giro la cabeza con un tremendo dolor, y parpadeo. Con un solo ojo me alcanzó para entender. Allí abajo, muy a lo lejos, el río me espera. En las profundidades, hay innumerables témpanos de hielo.

Estoy colgada de las ramas débiles de unos tojos marchitos con raíces congeladas que llegan hasta el banco por encima de la ribera, a medio camino de la escarpadura.

Nadie podría verme desde el banco ni desde ninguna parte, y quienquiera que me empujó hasta aquí, tuvo la intención de matarme.

Cada vez que muevo las piernas para trepar por el banco hacia la ladera, me resbalo y caigo un poquito más en dirección al río glacial y al hielo escabroso. Se me revuelve el estómago con solo mirar.

El sol se está marchando y este pobre cuerpo maltratado debe de haber estado aquí colgado durante horas sin caerse y sin que nadie lo viera. Sin embargo, sigo aquí, en este colgadero poco natural y las heridas se ven graves y profundas. Podría haberme muerto aquí, colgada como parte del sacrificio raro y sangriento de un alcaudón.

Con el brazo que tengo libre trato de dar un manotazo a cuanta plantita encuentro y de a poquito, en cada pequeño movimiento, trato de subir hacia la ladera. Las matas de tojo que me salvaron se mueven desde los hombros hasta las axilas y desde allí, hacia el vientre hasta llegar a los muslos. Subo por la colina más despacito que nunca.

Cerca ya del anochecer, llego a la orilla del río congelado. Me esfuerzo otro poco y me siento en el margen. Me tiemblan las extremidades y cada milímetro del cuerpo se siente entumecido y moreteado. Al pararme, casi me caigo y me doy cuenta de que no tengo mucha estabilidad, pero de algún modo, en medio de la lucha por salvarme, la cabeza se me despejó. El dolor es punzante pero ya no se me nubla la vista así que comienzo a arrastrarme. Voy hacia la línea gris del cielo donde se funde con otro color más oscuro. Me arrastro en dirección al humo del campamento por una tierra dibujada con la nieve que trajo el viento.

Espío a los hombres oculta detrás de un montón de nieve acumulada. Ya regresaron de Cambridge y el carro está arreglado. Desde aquí, no puedo oírlos pero sí veo los movimientos. Se empujan unos a otros, se gritan y parecen estar al borde de los puñetazos. Parecen inquietos tras una pérdida que es más que evidente. Liam llora con mi manta en la mano. Tom, sin soltar mi capa, señala a Cole que está obligado a arrodillarse en el piso. Estoy segura de que están gritando pero el sonido no llega a oírse a tanta distancia. Desde aquí, se ve como la puesta en escena de un par de mimos en movimiento sin un solo estampido.

El muchacho da un salto y trata de huir. Después lo empujan de un lado a otro como si revolearan una muñeca de trapo. Intenta escaparse una vez más pero alguien le bloquea el paso. Salvius lo amenaza con la espada corta en la garganta, luego cuelga una soga de las ramas de un sauce y la deja preparada para colgar al muchacho.

Me elevo sobre los codos y arrastro las caderas hacia adelante con la ayuda de los pies, como una serpiente que se desplaza por la arena. Luego de pasar tres montones de nieve ya estoy más cerca y puedo oír las voces roncas y estridentes.

Las palabras de Salvius son tristes y profundas.

—Esa sangre que tiene en las manos nos dice a gritos que fue él. Este muchacho no es mi hijo; nunca lo fue. Hice lo que pude por ayudarlo y así es como me paga. ¡Con sangre y muerte!

Salvius mira a todos a los ojos excepto a Cole. No sé qué es verdad ni qué es mentira y todavía tengo mis dudas sobre Cole y el demonio pero de lo que sí estoy segura es que si lo van a colgar por asesinato, yo debería participar en el juicio.

Acomodo las piernas como puedo. Me pongo de pie y me tambaleo, pero no me caigo. A mi manera, logro avanzar, pasar por al lado del carro y doblar en dirección al fuego.

Al acercarme, escucho que Liam protesta por el castigo.

—Yo quisiera saber qué pruebas tenemos. Mendo ya no está, eso es verdad, pero ¿qué pruebas tenemos de que Cole la mató? Siempre hay bandidos por estos lados. Hay peligros que ni siquiera vemos.

—Yo lo vi —dice Salvius—. Fui el primero en regresar al campamento y vi a Cole cuando regresaba de la ribera.

—¿Y Mendo estaba allí? —dice Liam—. Contéstame. ¿Viste el cuerpo muerto en el hielo?

Allí cerca, detrás de ellos con la cabeza en alto y tratando de no caerme en la escarcha resbaladiza, decido gritar.

—¡No! No me vio porque no estoy tendida en ninguna parte.

Los hombres se dan vuelta y quedan helados. Deben tener miedo de haber visto un fantasma porque al fin y al cabo, he regresado de la muerte. Regreso, como Lázaro.

—No temáis —les digo.

Me causa gracia oírme pronunciar esas palabras tan antiguas.

—No temáis, soy de carne y hueso, no un espíritu que flota.

Señalo hacia atrás para que vean las huellas en la nieve con manchitas de sangre y barro de la ribera.

Cole me mira boquiabierto. Puede que hasta hace poco haya tenido la esperanza de que Salvius lo salvara a último momento pero agora, los dientes se le hunden en el labio hasta dejarlo de color blanco, y las pupilas se agitan de un lado a otro con el movimiento frenético de su cabeza.

—Espera —grita—. Yo no quise... Yo solo... ¡espera!

Pero Salvius lo sostiene con firmeza. Recuerdo los moretones que Nell tenía en los brazos y me da escalofríos solo pensar en la fuerza con la que Salvius me sostenía al momento de que me cortaran el pie.

De prisa, Salvius toma la soga y con una sola mano, hace un nudo bien ajustado al sauce. Muy poca gente podría hacer un nudo tan curioso. Solo dos veces en mi vida lo vi. Es un triple nudo tirante con medio ballestrinque.

Salvius colgó a mi amiga. Salvius mató a los muchachos.

CAPÍTULO 41

ENDO! —DICE SALVIUS en voz alta y alegre a pesar elevar la soga de la horca—. ¿Cómo... ¡Gracias a Dios, estás viva!

—Sobreviviste para contar tu historia. ¡Gracias, Dios santo! —grita Liam.

La sonrisa de Salvius es sombría.

—Sabemos quién fue el villano que te hizo esto, ¡apareció con las manos ensangrentadas!

Geoff se me acerca.

—Espera. No todos pensamos que el culpable fue Cole. Tienes que hablar. ¿Quién fue?

—Sí —dice Salvius sin dejar de tirar fuerte de la soga—. Dinos la verdad, cuéntanos lo que te hizo. Lo castigaré una vez que hayas hablado.

La sonrisa es cada vez más grande. Estoy segura de que cree saber la respuesta que daré, pero el asesino es Salvius. Traicionó a la pobre Nell, traicionó a nuestros hijos y traicionó la naturaleza buena de Cole día tras día con cuentos de demonios y robos falsos. El único demonio de Cole es el que lo sostiene con fuerza en este preciso momento.

Los ojos oscuros y salvajes de Cole me miran fijo con el terror de una bestia que cayó en una trampa.

Le dije que sería su mamá y sin embargo, no me escuchó. Obedeció al que lo crió, al que le hizo sentir que era su familia, al que sostiene ese nudo espantoso sobre su cabeza.

Siento los latidos acelerados de mi corazón ante la mirada desesperada de ese niño. Nos une algo más fuerte que la sangre y la compensamos con palabras y obras.

Recuerdo las palabras de la muchacha en aquella habitación solitaria de la casa fuerte. Hablaba de su bebé muerto. *"No pueden quitármelo. Es mío, por siempre y para siempre. Es mío, y puedo hacer con él lo que yo quiera"*. Tenía una mirada fuerte y la voz, firme.

Pienso en Christian, mi propio hijo, mi adorado muchacho. *"Siempre estaré contigo"*, me dijo.

Así que, lo perdono. Perdono a Cole. *Si no puedo salvarlo a él, te salvaré a ti.*

Permanezco con la frente en alto a pesar de los moretones y las heridas, y miento.

—Fuiste tú. ¡Tú eres el culpable, Salvius!

Las palabras me salen claras como el agua.

Salvius trastabilla hacia atrás y está tan desconcertado que casi se le cae la espada y queda boquiabierto.

—¿Qué dices?

—No fue Cole. Tú mesmo lo hiciste, Salvius. Tú nos hiciste esto a todos. Tú trataste de matarme. Me golpeaste una y otra vez y me arrojaste al río.

Miro a mi alrededor y veo los rostros aterrados y sombríos de los hombres.

Agora sé que la envidia y la lujuria de Salvius fueron la condena de nuestros hijos, y Cole no fue más que una herramienta que manipuló a su antojo.

Levanto la mano y señalo al hombre falso que golpeó a Cole casi todas las noches durante tanto tiempo, que lo forzó a dejar atrás su naturaleza buena y que le arrancó toda la inocencia. Este es el que no pudo tolerar el *no* de una mujer. Mató a Nell porque lo rechazó y luego intentó asesinar a Sophia por el mesmo motivo. De repente, me viene a la mente un pensamiento tenebroso. Recuerdo que Salvius acompañó solo a Sophia de regreso a la aldea aquella mañana en que partimos. ¿Habrá llegado ilesa a Duns esa pobre mujer? ¿La volveremos a ver alguna vez?

El que comete atrocidades es Salvius. Y agora, grito.

—Juro por mi alma que fue Salvius quien me quiso matar. Y no solo a mí. ¡También es el asesino de nuestros hijos! ¡Él hizo el nudo e inició el fuego!

Con la segunda declaración, Salvius queda anonadado.

—¡Eres una vieja bruja y mentirosa, Mendo!

Trata de embestirme con un tremendo gruñido.

—¡Agora verás! ¿Cómo te atreves…

Pero cuando la espada que le prestaron comienza a atravesar el aire, un golpe aún más intenso desvía la hoja. Allí está Geoff con el hacha. Salvius la esquiva y Liam ya tiene la rama de un tejo para defenderse. El golpe de Geoff le pega en el pecho a Salvius y hace que se doble pero cuando Liam intenta pegarle también, la bestia reacciona y lo empuja con tanta fuerza que lo arroja contra el suelo nevado.

La silueta de Salvius se ve como una montaña de furia desde este lado del fuego. La expresión que tiene en el rostro es cruel y frenética y la túnica dorada de Doncaster destella en el pecho con la respiración agitada. Levanta alto la espada y luego se dobla de golpe hacia el suelo.

Salvius toma los extremos de los palos y leños de la hoguera y los lanza en volandas hacia nosotros. De repente, el fuego atraviesa el aire con las brasas ardientes, vivas y peligrosas. Un palo negro por el hollín le pega en el rostro a Cole y una rama encendida le da a Tom.

Benedict vocifera.

—¡Se escapa!

Le arroja una piedra a Salvius que se dirige a toda prisa hacia los caballos apeados al otro lado del carro. Los demás también intentamos golpearlo a piedrazos pero Salvius ya cortó las apeas y de un salto montó su caballo. Geoff dispara hacia el camino y lo espera con el hacha y con los pies desplegados a lo ancho como aquel ángel enojado en la puerta del Edén.

Con un grito furioso, Salvius hace doblar a la yegua vieja y le da una palmada fuerte. El animal se levanta y casi lo tumba, pero al final Salvius cambia de dirección y galopa hacia el río y las aldeas que ya pasamos. Tom lo sigue frenético y logra atraparlo. Toma las riendas y empuja el caballo hacia un lado, pero luego Salvius lo derriba. Liam toma el arco de Moten y lanza una ráfaga de flechas a toda velocidad. Me pasan silbando al lado de la oreja pero ninguna le da a Salvius ni a la yegua.

Tom vuelve a levantarse y no deja de perseguirlo junto con Geoff mientras Salvius azota el caballo.

Al cabo de un momento, se oye un ruido espantoso proveniente del bosque, como el llanto de un recién nacido. Rengueo entre los árboles hacia donde están los hombres con la mirada fija en el río furioso y los témpanos alborotados en el agua. La nieve que tenemos delante de los pies está muy revuelta.

Salvius debe de haber intentado detener el corcel pero ya era demasiado tarde. Se cayeron al río casi en el mesmo sitio donde estuve a punto de morirme. Hay un surco profundo en la escarpa, una herida en la tierra, un manto de yuyos arrancados, tal vez, por los cascos frenéticos o por la espada o las manos de Salvius.

Nos miramos boquiabiertos. Tom tiene una quemadura importante de color rojo en el brazo producto de la rama encendida, y el rostro de Cole tiene marcas de hollín. A Liam le sangra la cabeza, Benedict tiene una quemadura y un moretón violeta terrible en la cabeza calva y yo, todavía no puedo creer que siga viva.

A lo lejos, se oyen los estampidos del hielo y de la nieve que caen y se parten contra el agua congelada del río.

Cole llora en mi pecho por un buen rato. Tanto dolor y tanto miedo lo superan. Lo abrazo fuerte y siento los sollozos mientras lo trato de consolar. No puede dejar de hablar a borbotones como si hubiese abierto una fuente.

—Yo intenté… intenté detenerlo. Lo siento… Lo siento.

—Silencio —susurro—. Ya está, no es tu culpa.

—Todo comenzó cuando volví a intentar… hacer amigos… con Macías, el hijo de Tom, el molinero. Él era bueno conmigo pero después otro le contó que el demonio le había roto todas sus cosas durante la noche y entonces Macías tampoco me volvió a hablar. Todos van a lo de Benedict y no te imaginas cuánto me enfada. Sigo a los muchachos hasta allí pero no puedo hacer nada.

Hay cierta añoranza en el tono de voz y tiene los ojos grandes como los de un bebito pequeño.

—No…no… —balbucea—. No se puede obligar a alguien a ser tu amigo, ¿verdad? Y en ese momento, lo veo a Salvius fuera de la casa, enfadado como un perro rabioso. Me tira de la oreja y dice '¿Qué haces aquí?' Le cuento que estaba enojado con el demonio y que había perdido a otro amigo y esta vez, en lugar de ser bueno y decirme que me ayudaría, y en vez de golpearme fuerte, me pregunta qué haría si dejara salir al demonio. 'Lo quemaría', le contesto. Así que, furioso igual que él, consigo la leña para quemarlo. Quiero ponerle fin a este mundo cruel. Quiero quemar al demonio para siempre.

Cole llora de dolor y arrepentimiento.

—Y Salvius me dijo que la mujer de esa casa, Sophia, la esposa de Benedict, es el demonio en este mundo y que al incendiar ese lugar con ella dentro, el demonio que me tortura desaparecería.

Agora confirmo que Sophia nunca llegó a casa aquel día en que nos marchamos de la aldea. Salvius le había llenado la cabeza al muchacho para que la matara y ella ni se imaginaba el peligro que corría.

Cole se tironea nervioso el abrigo sin dejar de derramar lágrimas.

—Eso me decía. Y yo me vuelvo ciego de la furia y no me detengo a decirle que ella ya se había ido a la tarde en un carro. Nunca llegué a decirle que en esa casa solo estaban los muchachos, porque mi bronca era hacia ellos. A mí me importaba que ellos se murieran.

Sigue tironeando del abrigo.

Con delicadeza, le bajo la mano. Luego continúa.

—Creí que en algún momento Sal me detendría, cuando hubiese llegado demasiado lejos.

—Chis —le digo—. Silencio.

—Pero no. Cuando se desata el incendio, no lo detiene. Ni siquiera lo intenta, y encima le echa más leña delante de la puerta. ¡Y después hace el nudo para que ya no pudieran escapar! Entonces, trato de desatarlo y me ayudo con una rama pero en eso, Sal me da un empujón y me pega con una piedra. Me… me pega… y ya no me pude mover…

Todos estos años que Cole pasó en Duns, creció con la idea de que durante el día era un niño y por las noches, un engendro de Satanás, un espíritu malvado que debe ser golpeado hasta el borde de la muerte por sus pecados. Incluso cuando eran pequeñitos y jugaban con Christian en la tierra, Cole ya creía toda esta gran mentira, y cuando Salvius tenía que marcharse de Duns por una noche, Cole se golpeaba a sí mesmo para mortificar su propio cuerpo con la esperanza de exorcizar al demonio que se alojaba allí, en su corazón.

Hace meses nada más que comenzó a dudar. Se dio cuenta de que Salvius lo obligaba a guardar silencio sobre toda esta situación terrible y notó que cada vez que alguien se le acercaba, terminaba lastimado mientras él dormía. Cole pensó otra vez que estos desprecios eran producto de su corrupción, pero aunque se golpeara con extrema crueldad, algo le decía que no era justo. Se preguntaba cómo era posible pretender la amistad de los demás y a su vez, causarles daño sin siquiera notarlo. La duplicidad de Salvius se iba haciendo cada vez más evidente, y engañar a un joven no es tan fácil como mentirle a un niño.

Sin embargo, Cole recién reaccionó cuando vio que Salvius no quería rescatar a nuestros hijos. Ahí, afloraron todas las dudas que tenía guardadas. Cuando se marchó de la aldea junto a nosotros, pensó que Salvius se quedaría, y al luchar contra los bandidos del duque, trató de demostrarnos que podía ser un jovencito diferente, un héroe.

Pero luego Salvius nos encontró en el camino y las nubes volvieron a asediarlo.

Durante horas, le acaricio la cabeza y lo tranquilizo con una cancioncita de cuna. Se acostó de lado con las manos enroscadas en el pecho, el ceño suave y relajado, despreocupado, con las mejillas coloradas como un bebé profundamente dormido.

A pesar de que lo tengo en brazos, sé que mi corazón, en cierta manera, se equivoca. No es ningún bebé tranquilo. Ya ni siquiera es un niño pequeño. Este jovencito fue moldeado de acuerdo con los fines horripilantes de otro hombre y también será agresivo, cruel y peligroso porque vivió demasiado tiempo bajo un manto de engaños y ni siquiera conoce el buen camino. Un par de palabras bonitas pueden ser un ungüento útil en las heridas superficiales pero no pueden curar las más profundas.

No importa. Voy a recuperar todo lo que pueda de su naturaleza buena. Puedo reparar el daño que observe y sacar todo lo bueno que quede en él. Con el tiempo que me quede en este mundo, no alcanzará para salvarlo por completo pero intentaré traer paz a la vida de Cole. Es lo único que me encomiendo a mí misma.

Ya no tomo la mano del hijo de ningún príncipe. Mi obligación ya no es llevar al heredero del trono hacia el lugar que le corresponde. Cole recibió otro tipo de legado. Su herencia es el mal, y eso debe transformarse en bondad. Ese es un reinado supremo que todos construimos cada día de nuestras precarias vidas, y el castillo es de arena. Cada error que enmendamos parece traer consigo otra fechoría que se nos cae en la cabeza.

Pero yo, por mi parte, seguiré construyendo ese reino.

Cuatro noches antes del Martes de Carnestolendas, fuera del pueblo de Cambridge, talamos el sauce alto e inclinado en el que Cole casi termina colgado. Sobre la leña chispeante, construimos una pira funeraria y quemamos todo lo que dejó Salvius. No hallamos el cuerpo pero sí quemamos todo lo que tenía. Luego, colocamos las cenizas junto a los muchachos que él mesmo quemó por tanta lujuria, envidia y rencor.

Después, cuando le contemos las historias de nuestros hijos al rey, Cole podría decir que su tío también se quemó en el incendio lejano de Duns. Somos nosotros lo que partieron juntos de la aldea y seremos también los que creen la historia.

Alrededor de la hoguera, esa noche, les cuento a los hombres mi verdadera historia.

—Agora les contaré sobre Eduardo de Woodstock —digo sin reservas luego de tanto años de silencio—. Hace mucho tiempo, en Canterbury, conocí al Príncipe Negro cuando no era más que una monja novata…

Les cuento sobre el cortejo de Eduardo en la Abadía de Canterbury, donde era una académica y una persona venerada. Les cuento sobre el crecimiento de mi vientre durante el embarazo, y los tormentos y el miedo que me provocaba la abadesa. Les cuento cómo me escapé cuando el duque de Hereford trató de atraparme y cómo me convertí, por mera casualidad, en un hombre y mudo, oculta en Duns durante todos estos años.

Les cuento sobre la perfidia de Salvius, el intento de matar a Sophia solo por celos y furia. Les cuento sobre las ansias que tenía de volver a ver a Eduardo y que se me rompió el corazón al enterarme de su muerte.

Y por último, les digo que aquí llevo al hijo muerto del príncipe rumbo a Londres, con mis compañeros que tanto han sufrido, con mis amigos.

CAPÍTULO 42

Londres es un laberinto inmenso y apestoso. El humo de numerosos incendios nos pasa sigiloso entre los tobillos y el carro, y se eleva un olor asqueroso de los excrementos a los costados de los caminos. Sin dudas, este hedor puede competir en igualdad de condiciones con el que emana nuestro carro. Las calles angostas forman curvas irregulares entre las casas inclinadas de madera. Hay tanta gente yendo y viniendo que no puede circular más de un carro a la vez. Es un pueblo bastante atrasado y las piedras están todas negras por el fuego. Como cada rincón del mundo en que vivimos, este lugar se ha venido abajo.

He leído que en la antigüedad, Londres era una ciudad imponente construida por una raza de gigantes, sabios fuertes y sanos en cuerpo y mente. Elaboraron las estructuras inmensas, las paredes, los acueductos e incluso el Camino del Rey por el que viajamos, que alguna vez fue un camino romano. Agora, vivimos en los restos de aquel manto que no son más que la sombra pálida del mundo que existió alguna vez.

En lo alto, lejos de las multitudes, se encuentra la gloriosa Torre Blanca con las cuatro almenas en las esquinas, como las torres del *margrave* que custodian los extremos en aquel juego viejo de peones. No podía ser de otra manera. Los reyes siempre piensan en guerras y en formas de defenderse. Alrededor de esta torre central, hay otras trece que unen el muro exterior. Recuerdo que Eduardo una vez me dijo todos los nombres.

Viajamos tres días desde Cambridge con las multitudes que se nos tiraban encima a cada paso. Nos dan comida abundante y nos alojan por las noches.

Los aldeanos nos piden siempre que contemos la historia pero desde la muerte de Salvius, ya no lo hacemos así que no quedan para nada satisfechos. A medida que avanzamos, llevamos un misterio por todo el campo.

Todavía tengo el cuerpo débil por la paliza de Cole así que voy en el carro. El muchacho viene a mi lado y me habla todo el tiempo desde que soltó aquella lluvia de palabras. Siente que pudo descargarse, como el torrente que brota del manantial. A menudo, me amedrento al oír sobre los maltratos de Salvius que nadie vio. Hicimos la vista gorda en toda la aldea y no nos importó nada. Le ofrezco auxilio y todos mis poderes de curación.

Armamos el campamento muy muy tarde y nos despertamos al romper el alba del lunes de la Semana de Carnestolendas. Al otro lado del río, podemos ver a Londres, al fin. A la hora prima, una bandada de alondras se eleva al cielo con un baile que forma círculos en el aire. El canto es cada vez más audible a medida que van trazando un rizo en los confines luminosos del cielo azul. Veo las alondras que remontan vuelo y la Torre Blanca resplandeciente a la luz de la mañana, y se me caen las lágrimas.

El caballero, que va delante de nosotros como mensajero y heraldo, cabalga al sol con gran estruendo. El corcel es un sigilo de plata brillante y blanca que deja su marca en la ladera grisácea, opaca y cargada de nieve.

Sir Phillip Gaumont me dice que la Corte nos espera el próximo atardecer. La Cámara Estrellada aún continúa en sesión. Nos darán alojamiento dentro de la Torre pero no en una celda. Nos dice que tendremos un lugar de honor para todos, lo cual ya me da cierto miedo.

Con paso lento, emprendemos camino por las callecitas angostas hacia nuestro objetivo: la Torre. Sin embargo, ya no hay ovación en las calles y muy pocos campesinos piden que les contemos la historia porque en una ciudad tan grande y con tanta gente, terminamos siendo un interés más entre tantos.

Las curvas de las calles tan sinuosas trazan caminos al azar y sin dirección por este rompecabezas enorme de piedra y madera. Sería fácil perderse, pero el caballero va delante de nosotros abriéndonos paso entre la gente a voz en grito.

Con cada paso, los hombres hunden el pie en el lodo del invierno y debajo de los cascos, se oyen los duros adoquines. El camino entre las casas inclinadas y en medio de tanta porquería inmunda ya es demasiado, pero recuerdo otros senderos aún peores.

A medida que el caballero avanza, los plebeyos se detienen a mirar pero el ruido de la multitud ha cambiado. Pasaron de la aclamación esporádica a cierta curiosidad más peligrosa. Capto un murmullo que me habla sobre el interés mórbido que acompaña al verdugo hasta la horca. Con estas miradas, ya tengo miedo y demasiadas dudas.

El corazón me dice que agora vamos derecho a la boca del lobo.

Al final, doblamos en la esquina entre mansiones enormes de piedra y allí delante hay un bastión, la Puerta del León. Sin embargo, tenemos miedo de pasar porque a los lados hay una jaula inmensa de hierro con una criatura voraz. La bestia leonada se levanta de la paja a medida que nuestro caballo se acerca. Luego sacude la melena y lanza un rugido estruendoso.

Un león rampante. Al fin y al cabo, no es la primera vez que veo uno así.

Llegamos, y el caballero nos indica que avancemos. Temblorosos, entramos en el patio gigantesco rumbo a la Torre Blanca.

Es en este espacio abierto donde todos mis temores alcanzan el pico máximo al ver a los guardias armados, de pie, como un solo cuerpo al aguardo de nuestra llegada. El caballo hace un movimiento brusco y retrocede. Los guardias toman las riendas de inmediato y los hombres a mi lado dan un par de gritos, pero enseguida los arrestan.

Dos de los guardias vienen por mí. Uno de barba negra desenvaina la espada y me apunta.

—Tú —me grita—. ¿Tú eres Miriam? ¿Esa de la que hablan, que según el caballero se comunica con fluidez en francés?

Espero para responder. A mi alrededor, se están llevando a todos los hombres a la fuerza. Liam grita y se enfurece. Cole llora desconsolado.

—Sí —respondo con la esperanza de ser la llave de su libertad.

Busco desesperada la carta del abad dirigida al príncipe regente. Sé que está metida en algún lugar del libro de Moten, debajo de la paja.

—Soy Miriam —afirmo fuerte y claro—. Sí, me llamo Miriam y traigo el cuerpo de…

—Sabemos a quiénes traes —dice con desprecio el guardia de barba oscura y abundante—. Un noble ya nos lo contó y queda arrestada, Miriam, campesina de Duns, por el asesinato infame de estos niños mientras dormían, en nombre del Gran Príncipe Regente, Juan de Gaunt. Dios mediante, mañana será juzgada y ejecutada.

Me atan las manos y los tobillos con cadenas pesadas y muy cortas, y me bajan del carro de un tirón. Ya no puedo buscar el libro de Moten ni la carta del abad así que allí quedan. Arrastran el carro hasta un rincón oscuro del patio y me conducen por un pasillo frío hacia lo alto de la Torre. Se abre una celda oscura y un guardia me grita:

—Agora eres prisionera de la Torre y del Rey. ¡Qué Dios se apiade de tu alma!

La puerta pesada de hierro se cierra.

CAPÍTULO 43

Estoy en un agujero asqueroso que se forma entre los bloques de piedra. No puedo sentarme ni acostarme ni moverme. Es una tumba vertical y la oscuridad se filtra como el agua.

Luego de una eternidad, la puerta de la celda se vuelve a mover. Una vela en un candelabro escalonado chorrea cera sobre la mesa. Es la mesma vela que estaba allí cuando pasé por la habitación a la hora de las Vísperas. Veo la cera derretida y calculo que no pasó más de una hora.

Una mano áspera me arrastra hacia la habitación. Alrededor, en las paredes descomunales de piedra, hay otras celdas pequeñitas pero casi todas tienen la puerta abierta. Los agujeros están vacíos como bocas que bostezan y dejan ver unos dientes podridos.

De a poquito, mis ojos se recuperan. Hay un fuego débil que parpadea en la chimenea en el otro extremo de la habitación, una gran puerta de madera revestida con hierro y troneras muy delgadas que dan al exterior y no dejan ver más que el color negro de la noche. Más cerca, están los instrumentos de tortura. Clavos y esposas de hierro doblado. La amplia base del potro y la rueda que lo hace más largo con cada muesca de los trinquetes. Pinzas y hurtadores para calentar en el fuego y apretarlo contra el cuerpo sensible y tembloroso. Sin embargo, conmigo no usan nada de todo esto.

El guardia de barba negra saca un palo largo de madera de un banco que hay en el otro extremo de la habitación y sin previo aviso, sin decir una palabra, me tumba de un golpe. Simulo que vuelvo a pararme y, de un tirón, me endereza en seguida y dice:

—¡Ponte de pie! Te conviene no darme demasiado trabajo.

La paliza comienza a las completas y continúa hasta los maitines. Los guardias son callados y despiadados. Me arrancan el anillo del cuello, me sacan las palabras con una violencia monstruosa. Tras cada confesión, me dicen "mentirosa".

Estoy entumecida, destruida, sin el cuerpo de mi hijo y encima me robaron el anillo, ese último talismán de mi amor. Dos salvajes me forzaron a contar la historia de todo lo que perdí, pero a los oídos del rey, no ha llegado. Amenazan con más torturas, pero ya les conté todo sobre mi pasado. Lo único que me guardé es el secreto de mi madre que no puedo ni pienso contarles.

Cuando la puerta de mi celda vuelve a cerrarse, oigo los insectos, los ratones, los alaridos de los prisioneros de otras celdas, pero no les temo ni a los bichos ni a los guardias. Le temo a la oscuridad.

No hay luz; lo único que puedo ver son las líneas rojas que afloran cuando me aprieto los puños con fuerza contra los ojos llorosos que luchan por ver al menos algo, lo que sea. El pecho se me cierra y me provoca una opresión dolorosa y persistente. Temo que la oscuridad mesma me sofoque.

O Alma Redemptoris...

Cuando la puerta se vuelve a abrir, solo está el guardia barbudo y los golpes ya no son tan enérgicos ni constantes. Este sabe que estoy destruida y aunque esté parada en medio de todos estos instrumentos asesinos, no le temo a la muerte. No puede ser más dolorosa que la pérdida de las personas que amé. De todos modos, tampoco puedo negar este sufrimiento. Encima, cualquier golpe suave me abre las heridas provocadas por Cole.

Siento cada uno de los golpes que recibió ese muchacho durante todos estos años como una melodía que hace eco en mi carne. Al cabo de un rato, el cuerpo ya no siente nada. Desearía poder aliviarle el sufrimiento agora. Ya padeció demasiado por ser tan joven. Si estuviésemos los dos aquí, lo cuidaría y lo protegería con mi propio cuerpo. *Agora, ¿dónde está Cole? ¿Dónde están los demás? ¿Y todo lo que llevábamos en el carro? ¿Y por qué nos apresaron? ¿De qué se me acusa?*

Se abre la puerta revestida con hierro en el otro extremo de la habitación y entra un guardia nuevo con librea. El fuego flamea por el viento que ingresa por la puerta y alcanzo a ver una pila alta de leños y una cantidad exagerada de trapos sucios y pergaminos rotosos. Sobre ese montículo, alcanzo a ver algo que se parece mucho al libro viejo de Moten con la carta doblada que sobresale de uno de los bordes.

Ambos, el libro y la carta, están en la pila de leña.

Se me enciende una luz de esperanza. Si puedo conseguir la carta, alguien la leerá y sabrán que digo la verdad. No soy ninguna mentirosa. No somos ningunos vagabundos que anden matando y comiendo gente por los caminos. Esa carta obligará a todos a oír mi voz. Tendré voz una vez más.

Puedo demostrarle al mundo que Christian es quien yo digo. Esta ilusión es como una chispa de vida en medio de un mar inmenso de muerte que nos rodea. Tengo que luchar una última vez para salvarnos la vida.

O Alma Redemptoris, Alma Redemptoris…

A decir verdad, no sé qué le habrá escrito el abad al príncipe regente, pero espero que semejante carta nos declare bajo la protección de su excelencia. Será lo que me permita salir de este agujero y la llave que me abra todas las puertas entre este sótano y la cámara alta del rey.

Arrastro los pies y me acerco al fuego y a la montaña de leña.

—¿Adónde crees que vas? —vocifera el guardia y, por si acaso, me tira otra vez al suelo de un porrazo.

Me vuelvo a poner de pie para ver el libro allí tirado otra vez.

El guardia que entró no es para nada agraciado y tiene el rostro picado. Saca un látigo no muy grueso de la pared y se acerca.

—¿Ya has comenzado la guardia nocturna?

El barbudo me da un golpe de gancho cargado de energía como si quisiera mostrar destreza o valentía delante del amigo.

—Sí, continuaremos hasta los maitines y luego cortamos hasta las laudes.

Lo escucho y tiemblo, pero tengo los pies bien firmes. Si bien por momentos me tambaleo, no vuelvo a caerme.

—Los demás ya están confesándose con un sacerdote y tienen verdugo —informa el guardia—, pero a esta hay que prepararla.

—Ah, bien. Déjame ayudarte —dice el picado.

—Agora, cuéntame —continúa el barbudo—, ¿cómo va todo con Janey?

Y vuelve a pegarme.

—Complicado —murmura el otro—. Mi Janey no está nada bien.

El guardia barbudo, sin dejar de conversar con el otro, me pega con tantas ganas que quedo toda doblada.

—¿Cuándo hay que matar al primero de estos?

—Al mediodía —contesta el picado—. Los vamos a colgar al mediodía. Vamos a comenzar por el más joven, ese que parece el hijo del diablo.

El guardia se pasa un dedo desde la frente hasta la mandíbula.

La cicatriz de Cole. Pienso en que va a morir y se me rompe el corazón. Luego de todo este viaje, después de todo lo que tuvo que soportar, va a morir en manos de los guardias del rey. La gran rueda gira y nos aplasta a todos los que estamos en la parte más baja, pero esta vez la voy a detener. Tengo que liberarlo.

Miro los rostros indiferentes de los guardias. La llama de la vela parpadea en el muro. Los instrumentos de tortura brillan con la luz. La habitación permanece igual. Nada cambió desde que tomé la decisión.

—¿Por qué primero ese pobre muchacho? —pregunta el barbudo.

El otro lanza una risa seca.

—Habla demasiado. Ya se hartaron de la voz. Pronto clavarán esa cabeza en una pica.

—Así que al mediodía... Tendré que verlo. Siempre es bueno divertirse un rato.

—No olvides que el juicio de esta empieza a la novena hora. Puede que la necesiten ahí.

Se me seca la boca. Afuera, en el cielo, ya hay un rayito de luz. Está por amanecer, o sea que quedan seis horas para el mediodía y solo tres para mi juicio, si no me equivoco. El juicio comenzará sin mí pero me llevarán para la inquisición si los magistrados así lo desean, y me van a torturar para que diga la verdad si me llaman a declarar.

Me queda apenas un rato hasta la tercia, la novena hora del día. En esas poquitas horas antes del juicio tengo que conseguir la carta. Tengo que evitar que termine en el fuego.

Los hombres retoman la charla pero cuando hablan de mí, se refieren a algo lejano, remoto. Me están dando una paliza enérgica y sin embargo ni me miran.

—Pensé que esta se iba directo a la horca.

—Sí, malditos campesinos. Matar a esos pobres niños...

— Eso no es cierto.

Me sorprende esa interrupción del segundo guardia, con tanta certeza y voz estridente.

—Yo escuché otra cosa. Esos niños son sus hijos. Están destruidos de dolor por esa pérdida. Andaban reuniendo al pueblo para luchar por justicia.

—Sí, la Corona no puede permitir algo así —dice el otro guardia—. Los plebeyos no pueden atreverse a hacer este tipo de cosas.

El látigo me da tan fuerte en las piernas que salgo volando. Me bamboleo de un guardia a otro como un bolo a punto de caerse.

—No, la Corona no lo puede permitir —responde el barbudo—. Pero, si a esos pobres hombres los van a ejecutar, ¿por qué hacer un juicio para esta?

El picado me devuelve con otro latigazo y hace un gesto de repugnancia.

—Apareció un noble. Quería que la procesaran por asesinato. Un ducado. Dijo que tenía evidencia.

Las preguntas empiezan a darme vueltas en la cabeza. ¿Quién me acusó? ¿Hay alguna forma de huir?

—¡Malditos sean esos testigos de la nobleza, ¡a quién le importa! De todos modos, a esta tampoco le quedaba mucho tiempo en este mundo.

—No, pero sin ese noble no habría ningún juicio. Si te acusa uno de sangre azul, tiene todo el derecho a pedirlo.

El barbudo levanta la mano y me vuelve a pegar. Nos movemos juntos en una especie de baile extraño y doloroso. Es imposible detenerme pero tampoco puedo seguir el ritmo. Cada tanto, me dan golpes en la carne entumecida que me hace gritar de verdad desde el alma.

—¡Hay! —grito—. ¡Hay, piedad!

De todos modos, no creo que me oigan.

—Si se tratara de ti o de mí, Gerit, te aseguro que no habría ningún juicio.

—No, es cierto. Para nosotros seguro que no, Bern. A menos que algún noble quisiera juzgarnos y asesinarnos.

El barbudo, Bern, mueve la cabeza con tristeza.

—Preferiría que sea rápido si pudiera elegir. Es un final cruel que te golpeen hasta caer muerto.

Es paradójico, pero levanta el palo y me da otro hermoso golpe mientras pronuncia las palabras.

—¿Para qué someterse a juicio, aguantar que te peguen y desperdiciar tu vida en una celda? —agrega Bern—. No, mejor que me cuelguen o me hagan pedacitos como a los nobles.

—Sí —responde el otro guardia, Gerit—, eso me dijo mi Janey antes de que viniera hacia la Torre. Así se sentía, como una prisionera de la plaga. Temo que para el domingo ya esté muerta.

Bern tiembla y se hace la señal de la cruz como si eso pudiera alejar los males que se avecinan y aún con miedo, logra un gesto de compasión para su amigo.

—De verdad lo siento, Gerit. Mi madre y mi padre también se fueron por la plaga. Es una manera horrible de morir. Por tu bien, espero que sea rápido.

Bern da un paso hacia atrás y suspira agotado con los brazos relajados y cansados al costado del cuerpo.

—Ya amaneció. ¿Desayunamos?

—Sí. Llévala de nuevo a la celda hasta más tarde.

Gerit suspira y sacude la cabeza con una tristeza profunda en el rostro pero no parece que me estuviera viendo. Solo piensa en su Janey.

—Después del desayuno, retomamos. Hay que ablandar a la vieja bruja para el juicio.

Las paredes se manchan con los primeros rayos del sol. El libro y la carta escondida aún me esperan al lado del fuego.

Las siluetas oscuras de Gerit y Bern se esbozan en la pared con la luz del amanecer y esos rostros bañados en sudor se comienzan a acercar. Son jóvenes pero están demacrados y arruinados por el esfuerzo enorme que implica torturar a otros. En ese momento, me ilumino.

Usaré ese cansancio, esa tristeza y ese miedo a mi favor con una pequeña mentira. Me aprovecharé de ese temor para conseguir mi libertad.

CAPÍTULO 44

E N ESTE MOMENTO, la memoria es mi arma más poderosa. La aguja puntiaguda de hueso se hundía en el pulgar regordete de Teresa de Aviñón una y otra vez, y luego lo apretaba hasta hacerlo sangrar. Después, se embadurnaba las mejillas con un poquito de saliva para difuminar y atenuar el color hasta lograr el tono que buscaba.

Yo no quiero difuminar ni atenuar ningún brillo rosado. Quiero que la marca de sangre estalle en todo mi cuerpo para que no quepan dudas de que padezco la plaga.

Recuerdo el rostro espantoso de mi madre cuando se acercaba el final y aquel indicio terrible que emergía de su piel como si hubiese estado enterrada todo el tiempo, los ojos colorados, desorbitados y el jadeo constante por la sed insaciable. Esto es lo que el guardia, Bern, vio en sus padres y yo puedo recrearlo. Primero, me aprieto las cuencas de los ojos con la base de la palma de la mano hasta que me duelen, se enrojecen y se me caen las lágrimas por la irritación.

O Alma Redemptoris, Alma Redemptoris...

El problema es la inflamación y las pústulas negras. No tengo manera de imitarlas. No importa. Los pétalos sangrientos son la clave. Si quedo cubierta por toda esa corona de rosas, los que me vean se darán cuenta en el acto y harán correr la voz.

No tengo aguja pero todavía me viene el flujo de sangre a pesar de haber disminuido luego de tantos días en el camino abierto. Saco los trapos inmundos que tengo apelotonados entre las piernas y sí, es suficiente para mojarme la punta del dedo.

Llena de ansiedad y con la mano temblorosa, me pinto el cuello y el rostro con el cuidado de un maestro romano. Esta es la última oportunidad que me queda.

—Tengo sed —grito.

Ya tengo listas todas las señales de que estoy moribunda.

—Sí, ya te oí —La voz de Bern se oye muy lejana desde la celda—. ¿Estás ansiosa por recibir la próxima paliza? Ya te va a llegar.

Vuelvo a gritar.

—¡Por Dios, tengo sed!

—Maldita sea —dice Gerit—. Arrójale ese balde de agua así termino de desayunar antes de volver a pegarle.

El agua va a arruinar todo. Cambio el grito.

—No soporto esta agonía, siento que me estoy muriendo.

En eso, me doy cuenta de que necesito a alguien que sepa leer la carta una vez que la tenga y tiene que ser alguien a quien le crean.

—Estoy muy enferma para permanecer de pie. ¡Traed un sacerdote, os suplico! Debo confesarme.

—¿De qué hablas? ¿Enferma? —dice Bern al abrirme la celda.

Me dejo caer como una enferma débil e indefensa.

Tengo el pecho, los brazos el cuello y el rostro florecidos, llenos de pétalos rojos y ramos de rosas de sangre. Los ojos también están colorados y hundidos, llenos de lágrimas y encima me chorrea la baba.

—¡Hay! —grito—. ¿Qué me sucede? ¡Cuánto dolor! ¡Me muero!

Me desplomo sobre el guardia. Las manchas de sangre quedan justo delante de sus ojos.

—La plaga —murmura Bern.

El terror lo invade por completo.

—Tenemos la peste negra en la Torre.

Me quita de encima con un empujón desesperado.

—¡La plaga! —grita al fin Bern—. ¡Maldita sea! La plaga la está quemando.

Se da vuelta y huye hacia el otro extremo de la habitación. Empuja la puerta como un animal salvaje y sale como loco.

El otro, Gerit, me mira el rostro endemoniado y luego, los restos del desayuno que quedan sobre la mesa. Jadea como un perro, y con los ojos bien abiertos sigue los movimientos que hago por la habitación. Simulo un llanto desconsolado de dolor pero Gerit está decidido.

—Este Bern es un tremendo sandio —dice trémulo—. Pero yo no. Mi Janey está a punto de morir por la plaga y sin embargo no me contagié.

—¡Hay Dios, qué mal me siento! —vocifero—. Siento que me muero. ¡Un sacerdote, por favor! ¡Haaay!

Tropiezo hacia la mesa y me pongo una mano en la garganta como si la tuviese inflamada. Agora ya estoy más cerca de la pila de leña.

El guardia sigue esforzándose por no pegar un grito.

—¿Ves esto? —Gerit señala las marcas que tiene en el rostro picado. La mano le tiembla igual que la voz.

—Yo no tengo miedo. Tuve la peste negra cuando era niño y no volveré a contagiarme nunca más.

—¡Esta es la muerte, soy la muerte! —le digo—. ¡Cuánto dolor en el vientre! ¡Este demonio me está consumiendo!

Gerit me amenaza con una pica que colgaba de la pared.

—¡Por el amor de Jesús, no te me acerques! ¡Aléjate! ¡Lejos!

Rengueo contra el banco con estantes sin dejar de fingir. Después, le agrego un par de arcadas a la puesta en escena y algunos gritos más.

—¡Hay, hay, por Dios! Si no vas a ayudarme, dame una bendición y envíame un sacerdote. Debo confesarme.

Gerit no deja de apuntarme con la pica.

—¿Para confesar tus pecados?

—Tengo derecho a condesarme antes de morir, ¿verdad?

Todavía me queda en la mano un trapo sucio del flujo, así que vuelvo a fingir arcadas y esta vez, lanzo un puñado de sangre al suelo. Ya tengo la carta casi al alcance de la mano.

Gerit se echa atrás en dirección a la puerta.

—¿Confesarías este crimen?

—¡Hay! —Me tiro de rodillas al suelo—. ¡Hay, santo Dios, un sacerdote, te lo ruego!

Gerit se da vuelta, apoya una mano en la puerta, la abre y me mira. Los ojos parecen inyectados de sangre; está aterrado. Me quedo tiesa en el piso con el rostro tapado por el pelo. Con mucho cuidado, se inclina hacia la rendija de la puerta, en la dirección opuesta a mí.

—Capitán, la prisionera... —grita— ¡Necesita un sacerdote! ¡Se quiere confesar!

—¿Qué? —se oye—. ¿Por qué salió corriendo Bern, qué está sucediendo?

—La prisionera. Necesita confesarse —le responde Gerit—. ¡Capitán, cree que se está por morir!

—¡Claro que morirá! —La voz del pasillo ya se oye más cerca.

Es un barítono grave, grueso y parece enojado.

Gerit, nervioso, se pasa la mano por el rostro picado. Abre más la puerta. Se acerca. Cada paso que da es un estampido.

Me poso sobre las manos y las rodillas como si gateara y me desplazo sigilosa por alrededor del fuego. *No me abandones,* suplico a los cielos o a cualquier santo que me escuche. *Dale fuerzas a mis manos y a mi corazón para engañarlos y encontrar el momento que me ayude a hacer justicia. O Alma...*

De repente, me cuesta respirar. Me estiro y manoteo los bordes desprolijos del manuscrito viejo de Moten. Puedo sentir con los dedos ensangrentados el doblez grueso del pergamino. Pero la carta no sale; está atorada.

Los ojos del guardia siguen enfocados en el pasillo y la pica de hierro apunta hacia el centro de la habitación. Con máximo cuidado, abro el libro. Allí está la carta, atrapada en un pedacito de pergamino roto como si fuese un marcador en el medio de las páginas. Veo las letras escritas con abundante tinta negra:

Saludos, agradecimientos, bendiciones de vuestro tan venerado Padre, abad André de Bottoun de la Casa de Cluny de Santa María Magdalena.

Para Su Señoría Juan de Gaunt, Regente en el Santo Nombre de Cristo, por la Gra…

De repente, se abre la puerta de un empujón y entra un hombre de espaldas anchas con la nariz rota y se para delante de Gerit que no deja de temblar. Tiene la banda de un oficial que cruza por encima de la librea manchada de sangre. Me mira con los ojos entrecerrados y con las cejas gruesas y negras como espinas.

—Veamos, ¿qué tenemos aquí? —dice con su vozarrón—. ¿Una pobre prisionera enferma que trata de robarse lo que encuentra?

—Capitán… Capitán…Estaba moribunda…y yo solo lo llamé porque… —tartamudea Gerit.

Después me mira boquiabierto y callado como una tumba.

El capitán lo hace a un lado con un movimiento brusco y la pica termina en el suelo.

—¿Qué es esto? —pregunta el capitán mientras me frota el pulgar en la mejilla y el cuello—. De enferma, no tienes nada, ¿verdad?

La lengua se me pega al paladar. Parece ser que no puedo hablar. ¡Estuve tan cerca de lograrlo!

Con dos zancadas, se me acerca y en un abrir y cerrar de ojos saca la carta del libro de Moten.

—¿Qué es esto? —Sostiene el libro con los pergaminos medio sueltos por encima del fuego, y el humo le forma volutas alrededor del puño cerrado.

—No —le ruego.

—¿Por qué no? —Se ríe con cierto placer ante mi preocupación. Veo la formita cuadrada de la carta que sobresale del libro. Despacito, se está deslizando.

—Una carta —le contesto—. La envía un abad. No la queme.

—¿Esta? —me dice en tono arrogante, y saca de un tirón el pedazo de pergamino doblado. La da vuelta y abre grandes los ojos ante el manchón rojo de cera grabado con la figura de María Magdalena de rodillas y coronada por el halo con lanzas brillantes de la santa.

—¡No la queme! —dice burlándose de mí— ¿Quién crees que eres para darme órdenes?

Saca rápido la mano y de repente, me duele muchísimo el rostro y siento gusto a sangre fresca en los labios. Sus movimientos son demasiado rápidos. Luego vuelve a doblar la mano como si estuviese a punto de arrojar la carta a las llamas.

—No, no —grito—. ¡Es una carta para la corte!

—¿Ah, sí? — Respira hondo—. Sabes, muchos aseguran ser primos hermanos del propio rey antes de morir y sin embargo, déjame decirte que igual se muren. De eso, puedes estar segura.

—Sé leer —le digo en voz bajita.

Me mira inquisitivo.

—¿De verdad sabes? Bueno, quizás no seas una plebeya como dicen. Aquí tienes, veamos.

Me lanza la carta y la atrapo.

Lo miro. El libro todavía continúa sobre las llamas y el humo danza alrededor de las manos del capitán. Nerviosa, me paso la lengua por los dientes.

—Es una carta de su excelencia —le leo con los labios rígidos y temblorosos—. Del abad de Santa María Magdalena para Juan de Gaunt, príncipe de…

—¡Conozco a Juan de Gaunt!

Ansioso, recorre la habitación con los ojos en blanco. Aleja el libro del fuego y lo pone a un costado. Agora le toca a él ponerse nervioso.

Sin embargo, me da un sopapo que me tumba.

—Así que, una carta para el príncipe regente, Juan de Gaunt. ¿Por qué no lo dijiste antes?

Trago saliva y me ahogo. Agora me sangra la boca, también.

—Estaba... Estaba junto al fuego, su señoría.

Esta vez, me da un puntapié.

—¿Su señoría? Ja. No estoy hablando contigo. Le pregunté al guardia. ¿Dónde diablos está Bern? ¿Y tú qué piensas decir en tu defensa?

El picado se sobresalta y empieza a tartamudear más que antes.

—Es... es como dice ella. Estaba junto al fuego... en la pila de leña. Y la prisionera estaba en la celda.

El capitán se le acerca con cara de asesino.

—Tuviste que esperar a que esta saliera de la celda y la tomara delante de ti para que yo supiera de la carta.

Gerit no puede mirarlo a los ojos. Agacha la cabeza con los ojos sobre el suelo salpicado con mi sangre fresca sobre las manchas que ya habían dejaron otros prisioneros.

El capitán suspira como si estuviese a punto de arrancarle la cabeza al guardia. El aliento apestoso a ajo se siente desde la puerta.

—Les llevaré este maldito papel a los magistrados y más te vale que mantengas a la prisionera encadenada de aquí en adelante así sus bracitos débiles y escuálidos no vuelven a superarte y a tomar lo que no le corresponde.

Gerit ya deja de mirar el suelo.

—Sí, señor.

Ahora, el capitán se concentra en mí.

—Tú, ramera demacrada. ¿Qué dices de esto?

Sacudo la cabeza desconcertada. Se refiere al libro de Moten.

—Estos papeles parecidos al libro de hechizos de Satanás.

—No quiero que se quemen —le digo.

—¿No quieres que se quemen? —repite incrédulo y lo acerca una vez más a las llamas—. ¡Otra vez intentas dar órdenes a tus superiores!

Le suplico en voz bajita y con la esperanza perdida.

—Era el libro de mi amigo. Es la historia de su vida.

El capitán me mira.

—¿Era? ¿Ya no lo es?"

—Murió.

—¿Lo mataste?

—No, lo mató sir Phillip Gaumont en el camino abierto.

—¿De veras? —El capitán me mira con una envidia extraña en los ojos—. Entonces, conoces a Gaumont pero no estás muerta. Todavía. Qué curioso. ¿Entonces, él responde por ti?

Tartamuda, respondo.

—Yo... Yo... Pensaba que sí.

—Pensabas que sí.

—Sí.

—¿Y qué prueba te dio?

—Un juramento de caballero.

—¡Un juramento de caballero! ¡Oh! —Vuelve a burlarse con la voz chillona como una niñita.

Luego, regresa a su barítono habitual.

—Pero, ¿te traicionó, ¿verdad? —Suspira—. Campesinos... A Gaumont le encantan los campesinos por lo ingenuos que son. Y candorosos. Pero bueno, tienes una carta, un libro viejo que no quieres que queme. Muy bien Vuelve a suspirar.

—Le llevaré toda esta mugre arcaica al magistrado y si todavía no colgaron ni descuartizaron a todos tus compañeros, quizás esta carta les ahorre la lenta agonía.

Gira en dirección a la puerta.

—Supongo que no la habrás leído.

Niego con la cabeza sin decir nada. *No.*

El capitán sostiene la colección de papeles revueltos en el aire y con la otra mano, sacude la carta como si todo esto le fuera a revelar algún secreto.

—Desde luego que no. Como se imaginará, la carta nos indica que los llevemos a la ruina para siempre; no dice nada de tu libertad ni la de tu gente.

Tiemblo.

El capitán me mira y algo en esos ojos se suaviza.

—Bien, les llevaré todo esto. Faltan solo tres noches para que los magistrados se marchen. Han postergado el viaje hasta el final de la Semana de Carnestolendas.

—Tres noches —repito sin pensar.

—Y si pasado ese tiempo no te han llamado, estaremos condenados a tenerte aquí por el resto de tus días —dice el capitán—. Si vuelves a engañar a mi guardia, haré que te corten en pedacitos esa lengua de bruja mentirosa que tienes y así ya no tendrás ningún poder sobre ellos. Y también quemaré tu preciada carta aquí. Y el libro.

Da un portazo y se marcha.

Me ponen cadenas en los tobillos y Gerit me mete nervioso en una celda más grande con cerrojos en el suelo. Me lanza un balde de agua antes de cerrar la puerta de hierro. Los pétalos de la plaga que fingí se disuelven y la sangre vieja se borra de mi piel.

La celda nueva es una cámara de ecos. Puedo oír todo lo que sucede al otro lado de la pared, en el patio de ejecuciones. Varias veces al día, escucho el sufrimiento y los sollozos de otra víctima y los gritos ahogados de una pobre alma que pelea contra la agonía de la horca.

Me pregunto siempre quién habrá muerto. *¿Le habrán arrebatado la vida a Cole? ¿A Liam? ¿A algún otro desafortunado? ¿Habrá alguna posibilidad de que lean la carta de Moten?*

Hace tres noches que estoy enterrada en lo profundo de la Torre. Me pasan comida por una rejilla y ese es todo el contacto que tengo con el mundo. Durante todas esas horas oscuras, se oye el eco de un hacha, los ratones que van y que vienen a toda velocidad y los insectos que se abren paso por los muros del laberinto.

La tercera mañana, me llaman. Siento que resucito, parpadeo y no veo nada. La luz del día es demasiado intensa. La Cámara Estrellada me ha convocado.

CAPÍTULO 45

EL ROSTRO DEL primer magistrado se ve bastante abrumado por la responsabilidad. Tiene las mandíbulas contorneadas con líneas profundas que le estiran la piel hacia el suelo. Me da la impresión de que se mantiene erguido a la fuerza.

Los ojos de perro de caza me miran mientras avanzo encadenada y a los tumbos entre la multitud. Me ubican a la fuerza en la silla del centro de la habitación. Me van a juzgar nueve jueces viejos, venerados y elegidos a dedo por el rey para imponer justicia en estas tierras. Arriba tenemos la pintura majestuosa de las estrellas a las que la cámara debe su nombre.

Sobre mí hay una ventana redonda, un círculo de luz que atraviesa la penumbra de las velas y los manuscritos polvorientos. En los haces de luz, se ve flotar las partículas de polvo que caen sobre las cadenas de mis tobillos y la túnica salpicada con sangre. La luz de esa ventana parece una silueta fantasmagórica, un ángel que cuelga por encima de todos y que juzga en silencio cada verdad y cada mentira.

Sin embargo, hay un rincón de la habitación que está a oscuras, tapado con una cortina. Allí se esconde mi acusador, cubierto con un velo e imposible de identificar. Debe de ser el que mencionaron los guardias, el de sangre noble que con su acusación, me trajo a juicio. Si esta persona no tuviese la necesidad de escucharme, yo ya estaría muerta.

¿Quién podría ser? ¿El moreno que decía servir a lord Bellecort? ¿Un seguidor del conde de Hereford que sigue en pie para vengarse? ¿Un monje del monasterio de Cluny, amigo del abad?

No es el caballero porque cuando me traían, en medio de todo el amontonamiento de gente, vi a *sir* Phillip Gaumont, y agora está sentado a mis espaldas.

El magistrado se inclina serio y capta la luz mientras los otros ocho lo observan de cerca.

—Se la trajo hasta aquí para que explique ante la corte lo que hemos descubierto y también el origen de estos escritos. Ya hemos escuchado a *sir* Phillip Gaumont, que habló en representación suya y declara estar convencido de que la historia que cuenta es real.

Se me cayó la mandíbula. Todo este tiempo creí que Gaumont era un Judas y resulta ser que atestiguó en mi defensa.

El primer magistrado vuelve a sentarse fatigado como si me hubiese hecho una pregunta.

Temo no haber comprendido.

—Su majestad —murmuro—. Le suplico que me diga si leyó la carta del abad.

—Sí, tenemos conocimiento de esa carta —me responde lento el primer magistrado—, pero solo menciona al monje muerto y la historia que él trae a la biblioteca de la Torre. No nos interesa hablar de ese tema.

Se me llena el pecho de furia. No les interesa. No les interesa que mis amigos, casi seguro, hayan muerto ya en la Torre ni que hayan asesinado a mi hijo ni nada de lo que me arrebataron a la fuerza. No les interesa. Jamás tendré la posibilidad de cumplir la promesa que le hice a mi madre, así que ya no tengo nada que perder.

Levanto la cabeza, miro a los jueces que, se supone, deben impartir justicia, y me da gracia tanta ironía.

—Sus señorías, ¿así que no os interesa? —comienzo a decir en voz baja—. Con mis compañeros, hemos viajado desde lejos para traer esa misiva hasta la Torre y ¿lo único que me decís es que no os dignasteis a verla?

Dicho esto, me paro con las cadenas en los pies y hago oír mi voz alta y firme. Los nueve jueces se apoyan sorprendidos en los respaldos de las sillas.

—¿No os interesa? —grito—. ¿Será que en realidad no lograron comprender la historia que a los golpes me hicieron contar? ¿Qué es lo que no le interesa exactamente, su señoría? Porque a usted no le importa, pero sin embargo mis amigos están muertos y yo he sufrid...

—¡Quédate quieta! —El juez primero se inclina hacia adelante y me señala con el dedo—. ¡Aquí el que hace todas las preguntas soy yo!

Se mantiene erguido con los ojos abiertos y enormes fijos sobre mí mientras habla, como queriendo callarme con la mirada.

—La carta no tiene evidencia alguna de su historia. Lo único que dice es que el hermano cluniacense, Moten, estaba autorizado por el abad para viajar con vosotros. No habla de ningún linaje noble de tu hijo ni de ti ni de ninguno de los demás. Por lo tanto, continúas a merced de esta corte como cualquier vagabundo o violador malintencionado de la Ley de Sepelios. Y varios miembros de esta cámara creen que eres la asesina de los muchachos que traes.

—¿Asesina?

Me humedezco los labios. Encima me quieren procesar por un crimen que no cometí.

Se siente un murmullo entre los jueces. Mientras lo más viejos cuchichean, el magistrado hace una pausa. Al final, un hombre alto se inclina y habla bajito al oído del magistrado. El primer magistrado escucha, parpadea con esos ojos colorados de perro sabueso.

—Ah, sí —murmura, y luego se dirige a mí—. Nos contarás todo lo que sucedió en el viaje. Dirás la verdad o morirás en el potro. Estás acusada. Semejante acusación tiene mucho más peso cuando proviene de los labios del representante de una casa noble reconocida por esta corte.

Con un gesto, señala a la persona que hay detrás de la cortina.

—Por eso te convocamos.

¿Quién podría ser? ¿Lord Bellecort? ¿Un heredero del duque de Hereford que peleó contra Eduardo?

Me vuelvo a humedecer los labios. Recuerdo otra vez que no tengo nada que perder y vuelvo a hablar con voz fuerte y sin miedo.

—Su señoría, si me permite, agradecería saber de qué casa se trata. ¿Cuál es la casa que hace una acusación semejante contra mi persona? Un acto cobarde y...

El juez flacucho da un puñetazo sobre el estrado que hace eco en todo el lugar. Me grita furioso y escupe saliva para todos lados.

—¡Tú *no* tienes sangre noble! ¡No tienes ningún derecho ante esta corte! ¡Cómo te atreves! Doncaster es una casa noble que merece todo el apoyo y la credulidad en todo...

—Contrólate, Thomas.

El primer magistrado levanta una mano enorme y sienta al juez pequeño de un empujón.

—Hemos leído las anotaciones de este monje y me parece que las afirmaciones sobre esta historia nos obligan a preguntar más sobre la relación entre...

—¡No, esto es pura basura y porquería! —dice el juez delgado—. ¡Mentiras y rumores! ¡Deberíamos arrojar las notas de ese monje al fuego junto con esta ramera barata!

Luego comienzan a pelear entre ellos pero yo me quedo con algo que se le escapó. La casa de Doncaster. ¿La *lady* que viajó con nosotros por el camino me acusa? Ni siquiera me recuerda ni sabe nada de mi historia. Y según el guardia, era un "noble". ¿Será algún otro de la casa de Doncaster? Algo me hace ruido en la memoria.

El primer magistrado se sienta de golpe con el rostro más avejentado que antes, y cierra los ojos. Agora, un tercer juez interviene. Es gordo, canoso y está sentado a la izquierda del primer magistrado.

—Ah —dice—. Pero si hacemos eso, Thomas, estaríamos contradiciendo el pedido que nos hace el abad de Cluny en su propia carta.

—La carta no es más que un protocolo sin sentido —contesta el flacucho—. Nada sustancioso.

—Lamento disentir —dice el primer magistrado con los ojos bien abiertos otra vez—. La carta del abad nos habla del hermano Moten y menciona esta historia en particular, el libro que tenemos aquí. El abad dice que este es un registro invaluable de los últimos veinte años del monasterio de Cluny. Más de doscientas páginas, una entrada por mes con toda la historia del monasterio.

Estoy agotada. Me duelen las piernas y los brazos por tantos golpes. El corazón se me desmorona mientras continúan con ese diálogo aprendido de memoria. Esas palabras vacías que Moten escribió en tantas páginas no me van a servir de nada. Son registros de días de fiesta, visitas y debates eclesiásticos. Cierro los ojos y dejo volar la mente. *¿Dónde estará agora el cuerpo de mi hijo? ¿Dónde estará Cole y todo aquello por lo que luché?*

—¡No hables si no se te ordena! —me grita el guardia—. ¡Está en juego tu vida!

Vuelvo a abrir los ojos. Los nueves jueces me miran fijo.

—¿Entonces? —dice el flacucho—. ¿Cuál es tu respuesta? ¿Leíste el libro o no? ¿Por qué te mencionan en estas páginas? ¿Por qué el hermano Moten escribió sobre ti?

—Yo… No lo sé —digo tartamuda—. Leí algunas páginas pero muy poquitas. Yo diría que no soy más que una nota al pie en la historia del monasterio.

El primer magistrado me habla de buena manera.

—¿Cómo fue que emprendieron este viaje? Comience por el incendio de aquella noche.

El juez delgado lo contradice.

—¡Qué me importan esos rumores del incendio! ¿Qué secretos esconde esta ramera?

Toma el manuscrito de Moten, lo coloca delante de él y da vuelta algunas páginas hasta que al final, clava el dedo en una.

—El monje escribió sobre una noble; sobre la llegada de alguien en el año sesenta y cinco que dice ser la amante secreta del príncipe Eduardo. ¿Sabe quién es esa persona?

—Soy yo —digo en voz suave—, y se lo conté a Moten porque era verdad. Soy Miriam Houmout.

—Ah —suspira el canoso de la izquierda.

Parece estar satisfecho con la respuesta.

—Ahí está —dice—. ¡Ese nombre, esa palabra!

—Silencio —responde el flacucho—. Sería bueno que no provoques a la prisionera.

—Bien —responde el otro—. Este famoso hermano Moten, el cronista de la historia, desperdició unas cuantas páginas en ti y en los incidentes de tu vida. Y sin embargo, no sabías que hizo esto. Qué curioso.

Al final, el primer magistrado se inclina otra vez con poca delicadeza.

—Y el propio abad da fe de lo buen cronista que es.

Se oye una voz retumbar detrás de la cortina. Es una voz fuerte y profunda.

—No coincido. No es confiable. Es un fabulador que solo inventa cuentos e historias.

Conozco la voz aunque no puedo identificarla. ¿Dónde la escuché?

El primer magistrado mira hacia la cortina.

—Con su permiso, buen señor, debo decir que usted no llegó a conocerlo tanto como el abad. Y el abad dice que…

—No acoses al testigo. Las cartas pueden falsificarse —dice el flacucho en tono bulón.

—Los sellos de cera que llegan intactos son difíciles de falsificar —dice con calma el primer magistrado—. Y está firmada por el propio abad. André de Bottoun una vez estuvo conmigo en clausura. Le conozco la letra.

El flacucho vuelve a hacer un gesto burlón pero esta vez se controla como si fuese habitual para él.

—Por lo tanto —continúa el primer magistrado con los ojos profundos dando vueltas por la habitación y asintiendo a cada uno de los jueces—, se deduce, siguiendo la lógica, que también deberíamos creer en la evidencia provista por las crónicas del monje. Por lo que podemos confiar en el texto a la hora de interrogar una vez más a la testigo.

Yo soy la testigo de la que habla pero estoy confundida. ¿Qué quieren que les diga? Moten no me conoció en la aldea y durante el viaje no escribió casi nada. ¿Cómo pueden corroborar mi historia con esas líneas allí escritas?

El primer magistrado se inclina hacia la luz para verme mejor.

—Por favor —me dice con amabilidad—, cuéntenos a los aquí reunidos lo que sabe del príncipe difunto.

—¿Lo que sé de Eduardo?

El juez asiente serio con la cabeza

Busco alrededor del cuello y me desato los restos andrajosos de la túnica. Busco la cadena que tenía colgada pero al tantear y ver que no está, recuerdo que me quitaron el anillo. Dejo caer las manos sobre mi falda, vacía y sin nada.

—Él me dio un anillo —les digo—, una muestra de su estima.

El segundo, el que está en llamas, resopla y lanza una carcajada como si hubiese dicho una ridiculez. Luego se inclina y habla en tono burlón.

—Los anillos se pueden robar, se pueden perder. Esas sortijas, lamento decirte, un rey o un príncipe hasta se le puede regalar a una plebeya como tú por ser la criada preferida. Un anillo como este no es prueba de la estima de un príncipe.

Sin embargo, el primer magistrado no le presta atención a las objeciones de los demás y extiende la mano. Allí tiene mi anillo con la cadena de plata.

—¿Este anillo?

Asiento con la cabeza.

Lo pone en alto.

—Sí, aquí está. Pero si quieres afirmar los detalles de tu historia, no alcanza con que nos hables de la mera posesión de un anillo.

Ese puñal en el pecho se convierte en una avalancha de espinas, de furia y pérdidas que se me clavan en todo el cuerpo. Ya no me queda nada más que los recuerdos de una vida en la que fui amada, en la que tenía un futuro en vez de apenas un pasado.

Agora, elevo el tono de voz y les digo lo que sé y todas las verdades que recuerdo. Uno todo aquello que vivimos juntos con Eduardo. Digo de dónde soy, hablo de mi aldea de Houmout y les cuento las promesas que me hizo Eduardo y que nunca se cumplieron.

—¿Qué promesas? —El gordo mira el manuscrito que escribió Moten y mueve los labios mientras lee en silencio.

Echo un vistazo hacia arriba y me sorprende ver a todos los jueves inclinados hacia adelante, muy concentrados.

Me sonrojo ante tanta atención y empiezo a callarme otra vez.

—E… Eduardo… me prometió…

—Continúe, por favor —me indica el primer magistrado.

Y entonces, largo todo.

—Eduardo me prometió que lo enterrarían junto a mí en las catacumbas. Cuando me dio el anillo, me hizo esa promesa. Pero ya no importa, porque está muerto…

—Le ruego que continúe. No le hemos ordenado que se detenga.

Suspiro.

—Eduardo una vez, cuando visitamos la aldea de Houmout en la costa, me dijo que le encantaba mi nombre y que usaría mi lugar de origen. Me dijo que usaría *Houmout* como nombre de su casa. Claro que eso nunca sucedió.

Se me escapa una risita amarga.

Los ojos del primer magistrado se agrandaron más aún y se toca el labio inferior con el dedo índice, como si quedara sumergido en pensamientos profundos por un momento.

El flacucho que está a su lado me mira fijo con los ojos afilados como una daga.

—Y... ¿usted dice que no leyó este libro, estas páginas del Priorato de Santa María Magdalena? ¿Y dice que sabe leer?

—Sí, Simon Sudbury me enseñó. Es verdad —le respondo sin vueltas—. Pero el diario del hermano Moten no lo leí.

—¡Mentira! —El flacucho aprieta y relaja un puño—. Hasta un niño se daría cuenta...

El primer magistrado levanta una mano.

—Si todo esto que dice es mentira, entonces hace alrededor de diez años que miente, porque el monje lo escribió todo.

¿Será el libro mesmo lo que le dijeron a Moten que trajera hasta Londres? ¿Será eso?

Señala el manuscrito de Moten.

—Este monje ha empleado de manera fiel la nueva tabla del anno domini con los días y los meses. Cada uno de estos meses corresponde al anterior. No cabe ninguna duda de que requirió mucho tiempo escribir un libro así, semejante crónica de eventos que son reales en cada detalle. Al menos eso nos dijo el abad, y en eso sí confiamos.

El primer magistrado mira de un lado a otro. Tiene voz de cansado pero es muy claro. Levanta las páginas desprolijas del libro de Moten.

—Por lo tanto, declaramos que el testimonio de este libro es verdadero y, por lógica, debemos afirmar que esta mujer ha sabido todo esto durante años, desde mucho antes de que su excelencia Eduardo, el Príncipe Negro, partiera de este mundo.

—Insisto, ¡miente! ¡Hay otras pruebas! —El flacucho señala a la cortina cerrada—. ¿Por qué no le permite la palabra otra vez al testigo de Doncaster? ¿Por qué no escuchamos a este testigo contundente y poderoso?

El primer magistrado prosigue.

—Ya casi tomé la decisión final. Me atrevería a decir que el propio Eduardo, el príncipe, es nuestro testigo final. Hay evidencia de que en verdad amó a esta mujer y si así fue, su descendiente será adorado y honrado por su condición de noble.

Detrás de la cortina, se aclaran la garganta. Luego, tose nervioso. El primer magistrado hace una pausa al oír que alguien eleva la voz.

—Si me permitís, gentiles señores.

Es una voz conocida, una voz que me acosa cuando duermo.

CAPÍTULO 46

EL BARÍTONO GRAVE y melodioso inunda la habitación. Se oye fuerte como el grito de un heraldo. Ahora la reconozco. Es muy clara. Debajo de esa lengua de plata, hay un acento cadencioso y áspero de York y del noreste. Es una voz del campo debajo de un manto de miedo. Hay una pequeña pizca de ansiedad en el aire. Ese hombre tiene miedo de enfrentarme.

—Sus señorías, aunque me duela admitirlo, esta persona que tienen delante es una farsante. Desde que lo conozco... la conozco... Jamás habló de Eduardo.

—Tal cual, tal cual —corea el juez flacucho

—Además, su señoría, le diré que...

Ese hermoso barítono profundo, todos estos sonidos, suaves no traen más que mentiras y acusaciones. Tiene una voz que enamora, una voz señorial que engañaría y seduciría a cualquiera.

Yo sé quién es.

—¡Jamás me oíste decir una sola palabra!

La fuerza del grito hasta a mí misma me sorprende.

—Jamás oíste mi voz hasta que estuvimos próximos a llegar a Londres. ¿Cómo podría habértelo contado? ¡Ni esto ni nada conté porque tenía la voz atrapada en el pecho por tanto dolor!

El guardia se acerca pero grito aún más fuerte.

—¿Cómo me habrías oído? ¿Cómo podrías juzgarme? Eres un

cobarde escondido detrás de esa cortina. ¡Ni siquiera tienes el valor de enfrentarme, de enfrentar a una mujer! ¡Le tienes miedo a las mujeres, incluida yo!

—¡No soy ningún cobarde! —replica de inmediato—. ¡Tuve la valentía suficiente para sobrevivir en el río, para llegar hasta Londres antes de tú, y para acusarte de lo que estuviste a punto de lograr, injustamente! ¡Mataste a todos nuestros hijos!

Se asoma una mano detrás de la cortina como si quisiera demostrar valor. Es Salvius que regresó a la vida con un brazo en cabestrillo.

Debería haberme dado cuenta de que podía estar vivo si hasta a mí misma me habían dado por muerta. De algún modo, Salvius se las ingenió para sobrevivir a la caída. Llegó hasta Londres y utilizó la librea de Doncaster y sus propios aires señoriales para convencer a la corte de que se me acuse del crimen.

—Acuso a esta supuesta *lady*.

Salvius me señala más altanero que nunca. Su voz en verdad se parece a la de un lord y actúa como tal.

—Ella es la responsable de la muerte de estos niños en los ritos diabólicos más espantosos que he visto y luego, se los trajo al rey para infectarlo con hechizos retorcidos. ¡Esa es la verdad!

Veo el juicio con otros ojos. Es la palabra de este invertebrado mentiroso contra lo que Moten escribió años atrás, cuando visité el monasterio por primera vez. Uno lucha desde la tumba y cuenta la historia por mí. El otro, será capaz de decir cualquier cosa con tal de verme colgada mientras él sigue vivo. Todo lo que deseé a lo largo de este largo viaje pende de un hilo.

Tengo al guardia picado a mi lado que se mueve como para darme un golpe duro, pero el primer magistrado eleva una mano majestuosa.

—Agora no, Gerit, no cuando estamos a punto de probar que esta mujer que tenemos en frente alguna vez fue la amada de nuestro glorificado Príncipe Negro, Eduardo. ¿Te gustaría que la consorte del príncipe te borrara del libro de la vida?

El guardia da un paso hacia atrás.

—¡Por favor! ¡Pégale! ¡Te lo ruego! —exclama el flacucho furioso desde el estrado, pero el guardia no se mueve más.

—¡Maldito sordo! —grita otra vez el flacucho—.No puedes proclamar semejante origen a esta puta. Inventó todo. Descubramos lo que sabe. Primero, ¿cuándo te enteraste de la muerte de Eduardo?

—Hace una semana.

No puedo mirar a Salvius. Temo de las mentiras que haya diseminado y de las falsedades que haya inventado.

—¿Y sabe cómo pidió Eduardo que lo enterraran?

—No.

Me sorprende la pregunta. ¿Qué tiene que ver el lugar donde descansa Eduardo conmigo?

—¿Sabe lo que hay escrito en la tumba?

Me da vueltas la cabeza. ¿Cómo podrían salvarme esas respuestas, o salvar a los que quiero? Me aferro a la verdad como única respuesta porque eso es exactamente lo que Salvius no dirá en ningún momento.

—No —vuelvo a decir.

Con este último *No*, el juez gordo y canoso grita exaltado.

—¿Lo veis? Si supiera, nos los diría agora. Nos lo diría para demostrar que dice la verdad pero no es así.

—No —contesta el flacucho sin quitarme los ojos de encima—. Sé que no lo hizo pero podría ser una artimaña.

—¿Una artimaña ¿con qué fin? —dice el primer magistrado.

—¡Te lo aseguro, es una artimaña! —La voz de Salvius reaparece triunfante.

Si no lo conociera, yo también habría pensado que es un lord en todo sentido. Los imita a la perfección. Una vez más, encontró la manera de hacer girar el mundo a su favor.

—Es una artimaña para engañaros. ¡Esta mujer es una asesina y una mentirosa!

En ese momento, oigo tintinear una cota de malla. Son los guardias del fondo de la habitación que hacen fuerza para que no abran la puerta a puñetazos.

—Sus señorías —gritan desde afuera—. Traigo un mensaje de Doncaster, sus señorías!

El primer magistrado dirige esa mirada triste y profunda hacia la puerta.

—Lo voy a escuchar.

De muy mala gana, los guardias permiten que ingrese el mensajero. Lleva una librea roja y dorada y se para firme pero nervioso. Dobla la cintura y hace una reverencia.

—Sus señorías, vengo desde Doncaster tal como se me ordenó. En respuesta a vuestra misiva, la *lady* de Doncaster dice que no envió a nadie de la Casa a la corte. Dice que no envió a nadie para atestiguar. Eso dice mi *lady*.

—Ah —responde lento el primer magistrado.

Dirige los ojos negros hacia Salvius.

—Este mensajero es un mentiroso —afirma Salvius—. Jamás vi a este supuesto mensajero. Lo juro. Esta asesina estuvo ofreciendo sobornos. Manipula la evidencia a su antojo para alcanzar objetivos perversos como lo hizo todo este tiempo con sus engaños. Cuando vivía en nuestra aldea, ya era una mentirosa endemoniada.

El primer magistrado mira atento hacia el rincón. Se parece a un perro de caza que olfatea lo que tiene delante.

—Sir —le dice firme—, pongo en cuestión la veracidad sus palabras. Usted le dijo a esta corte que se cruzó con esta mujer, Miriam, en el camino hace alrededor de 15 días cuando se encontraba con la compañía de la *lady* de Doncaster y que ella misma lo había enviado para informar a esta corte sobre el asesinato horroroso de estos niños. ¿De qué aldea habla?

Salvius duda, pero luego se lanza.

—Bueno, en una aldea por la que pasamos, la vi allí, mintiendo,

¡y lo hizo durante mucho tiempo! Sí soy de la Casa de Doncaster. Y sé que incluso antes de que la *lady* la conociera, esta que ven aquí ya era una perversa.

El primer magistrado baja la vista, lee una página del pergamino y luego le clava la mirada penetrante a Salvius.

—Una vez más, afirma que pertenece a la Casa y a la compañía de la *lady*. Como tal, no puede marcharse sin un permiso, y este mensajero lleva un anillo de la *lady*, así que me inclino a creerle a él. Le ruego que me cuente cómo se cruzó con esta tal Miriam antes de que su propia *lady* la conociera. Por favor, cuéntenos.

A Salvius se le salen los ojos de la cara con una ansiedad muda desmedida. Luego, veo que le cambia el color. Se pone pálido. Cayó en su propia trampa.

El primer magistrado le hace un gesto al guardia.

—Llevad a este malhechor que quedó atrapado en sus propias mentiras. Me produce desprecio el solo hecho de tenerlo delante.

Salvius grita desesperado, muerto de miedo y ya pierde el tono señorial en la voz.

—Pero… Su señoría… Su excelencia… Se lo ruego…

Ningún juez le presta atención. El guardia picado parece sentir placer al llevárselo y quitarle la librea de Doncaster del pecho. Por último, se lo llevan a la rastra.

Una vez que Salvius ya no está, el primer magistrado me mira con una ternura extraña en el tono.

—Mi *lady* —dice—. Hoy, en esta corte, ha demostrado su procedencia. Por eso, me siento avergonzado por el trato que recibió y debo decirle que Eduardo sí cumplió cada una de las promesas que le hizo. En el testamento, le concedió mucho como heredera. Se la proclama *Lady de Ashcroft*, según la voluntad del difunto, con las tierras y títulos que ello implica.

Echa un vistazo al flacucho que tiene a su lado y continúa.

—El anillo que le dio ya dice mucho. Sin embargo, estábamos

obligados a corroborar quien era la persona que lo traía y si continuaba en poder de quien Eduardo había mencionado y no de un plebeyo impostor y de mala reputación.

El primer magistrado baja la vista, mira el papel con los labios apretados pero en silencio absoluto.

—Otra prueba es el hecho de que la última voluntad de Eduardo haya sido que no se lo enterrara en la Abadía de Westminster junto a sus padres y los demás reyes y príncipes sino en las catacumbas de Canterbury.

Eduardo va a estar conmigo incluso después de la muerte. Siento un escalofrío repentino desde la cabeza hasta la punta de los pies ante semejante sorpresa.

—Y en la tumba, están grabadas las palabras *Ich dien Houmout'*. El significado de esto ha sido un misterio para todos nosotros hasta el día de hoy. Sabíamos que tenía que ver con alguna causa o persona a la que había 'servido' pero no podíamos imaginar a qué ni a quién. Por mucho tiempo, creímos que hacía referencia a alguna batalla vieja o a una sociedad secreta ya olvidada. Quizás usted sea la única que entendería todo el significado de ese grabado.

Houmout.

Me amó.

Pero el juez no terminó.

—Por último, mi *lady*, mientras estuvo prisionera, enviamos mensajes a Canterbury. La Cámara Estrellada de Justicia descubrió que todavía quedaba una anciana que sabía la verdad. Dijo que a usted le habían mentido la última vez que Eduardo estuvo en Canterbury. Y que a él también lo engañaron. Le hicieron creer que su hijo había nacido prematuro y que ambos, usted y el niño, habían muerto en el parto. Le dijeron que usted había muerto.

A decir verdad, casi no le presté atención a esta explicación. Todavía tiemblo de regocijo.

Eduardo me amó.

Me amó más allá de la muerte y de la tumba.

Me sueltan las cadenas de los pies y de las manos. Me vuelven a colgar la cadena de plata. Alguien me pone una capa nueva y finita en los hombros.

—Es libre. Esta corte le concede la libertad y el permiso para viajar por el reino como guste, sin depender de nadie y sin ataduras a nadie más que a su alteza y al príncipe regente, John de Gaunt.

Me quedo tiesa y sin pararme. Jamás habría esperado un cambio tan drástico ni que se me honrara de esta manera. ¿Cómo es posible? La gran rueda de la Fortuna dio la vuelta, y con ella, alteró todas nuestras vidas.

El juez repite:

—Es libre, puede marcharse.

No me muevo.

—Ah —dice al final— ¿Le preocupan sus compañeros?

Al oír esto, me sobresalto otra vez. Ya los había olvidado por completo en medio de tantos sobresaltos y sorpresas.

—Cuando nos llegó la carta del abad —dice el magistrado—, la corte decidió aplazar la muerte de sus compañeros hasta haber descubierto la verdad. Agora, con la investidura que se nos confirió, les concederemos la libertad.

Y luego, agrega:

—Sus compañeros serán liberados. Los restos de su hijo serán exhumados de la tumba de los plebeyos para sepultarlo con honores junto a los segundos hijos del rey y los hijos de las consortes. Y un último fallo. Deberá reunirse con el príncipe regente y el rey en la corte mañana a la sexta.

La Cámara Estrellada aplaza el juicio. La sala se vacía. Una camarera se para con paciencia detrás de mí para acompañarme.

Me pongo de pie sin que la música deje de resonar en mí con toda esa verdad, toda esa realidad y todas esas notas sagradas.

Eduardo me amó a mí, a Miriam Houmout.

Eduardo me amó.

CAPÍTULO 47

UN ALUVIÓN DE camareras ya se preparó para mi llegada a las habitaciones privadas de la Torre. Me miran horrorizadas por mi estado. Mientras me ayudan a quitarme las prendas sucias, observan el paisaje extraño que llevo dibujado en el cuerpo con los moretones y todas sus tonalidades. Por último, a la más vieja se le ocurre traer un barril con agua caliente. La vierte junto con esencia de menta en una tina enorme que ya emana vapor y me invita a que me desvista y me sumerja.

—Un baño —me dice con cierta autoridad en la voz—. Como lo hacían los romanos. Verás que no es tan terrible como dice la gente común. Un baño es muy recomendable para la realeza.

Así que, me froto toda la mugre del viaje y me deshago de las capas gruesas de hollín que tengo en el rostro; luego, lo que me queda de sangre por la plaga que inventé y de paso, me quito el hedor de Salvius de la nariz. El agua calentita me alivia el ardor y las punzadas de los verdugones de la prisión y aprovecho para lavar las heridas que me dejó Cole. Me froto también las marcas oscuras y corroídas que me mancharon los brazos desde el parto de aquella muchacha perdida. Me quito toda la suciedad y la tierra que tengo pegada.

Entre el agua y el vapor de la tina, flota una esponja de mar y me ayuda a que el baño sea aún más profundo. Me lavo cada runa que llevo sepultada en la piel. La costra que tuve incrustada en el pie herido durante tanto tiempo ya desapareció. El aroma suave a manzana que había dejado Moten ya no está. El olor a humedad del *scriptorium* y de las catacumbas se evaporó.

Y después, me lavo la cabeza. Todavía está sensible por el porrazo que me dio Cole antes de que terminara en la ribera. Al fin tengo el cabello limpio y sin moscas ni mosquitos. Me vuelvo a frotar con lavanda y menta entre los mechones castaños y cada vez más débiles. Cierro los ojos, inhalo los perfumes sutiles y pienso en Nell.

En el lugar donde me alojo, hay un vestido en color crema y blanco. Cuando salgo de la tina, un sastre me espera para acomodármelo con máximo cuidado ante los moretones y verdugones.

—Mañana llevará esto, mi *lady* —me dice—. Se pagó un precio alto para hacérselo traer. Lo pagó el gran príncipe regente, John de Gaunt, para homenajear a su hermano Eduardo. Sobre el vestido de las nobles, se debe llevar este abrigo para protegerlo de los plebeyos.

Me veo vestida con prendas tan finas y me siento en medio de los anhelos de cuando era joven, cuando soñaba con esta vida. Para cenar, me traen carnes frías, pan blanco y remolacha de invierno. Todavía me duelen las piernas pero debo comer de pie para no ensuciar el vestido inmaculado.

Las camareras me hacen una reverencia y yo también a ellas. Todas llevan vestidos pomposos de brocado y tocados sofisticados que jamás vi. Pregunto por mis compañeros de viaje y me dicen que estarán mañana en la corte pero ya no pertenecemos al mesmo sector porque ellos son plebeyos y a mí, agora, me dicen noble.

Las damas se retiran de la alcoba y al fin estoy sola esta noche.

Me paro ante un espejo de plata pulida y me acomodo la cadena con la sortija de Eduardo. Pienso en mi madre. ¿Qué pensaría si me viera en medio de tanto esplendor, con ropa tan lujosa?

Agora, el mundo se abre ante mí. Oí que Simon Sudbury todavía recibe a aquellos que deseen estudiar en Canterbury, tanto hombres como mujeres del clero y de la corte. Si quiero volver a estudiar de los libros y sé latín, griego y hebreo, estoy autorizada a darme ese lujo.

¿Qué sentiría Christian si viera a su madre vestida y arreglada de este modo? ¿Cómo será volver a los libros y la pluma?

¿Quién soy agora?, me pregunto. *¿Y en quién me convertiré?*

Me despierto antes de que suenen las campanas de las laudes tras un sueño intenso como el agua salada en los labios. Me levanto.

No desplegaré todo mi ser. El secreto de mi madre me lo llevaré a la tumba, pero no iré a la corte a decir puras mentiras. Me acercaré a la verdad así que les contaré todo lo que tuvieron que sufrir los campesinos, todos los sobresaltos y los dolores que deben atravesar en sus vidas. Les contaré a la corte y al rey la historia de nuestro viaje hacia el trono así que en lugar de usar el maravilloso vestido nuevo que me hicieron, me pongo las prendas viejas de campesina. Ya las lavaron pero siguen manchadas, rasgadas, deshilachadas y llenas de salpicaduras. Me las pongo sobre el cuerpo limpio por la mañana temprano, antes del alba y de que las sirvientas me vengan a asistir. Luego me ocupo de mi pelo castaño y lo tapo con un sombrero de la corte. Con cuidado, cubro cada partecita de la ropa vieja con la capa suntuosa y llena de bordados que me dieron para mayor comodidad al amanecer. Cuando llegan las sirvientas, a mi modo de ver, ya estoy lista para ir a la corte y no les permito tocar ni mover una sola hebra de lo que llevo puesto.

Llego a la corte junto a seis mujeres y un guardia. A mis compañeros ya los trajeron y aguardan entre la multitud. Los mensajeros de un príncipe muerto, lograremos, al menos en parte, la justicia que buscamos. A la memoria de Christian, un muchacho noble caído en los mejores años de su vida, se le conceden todos los honores.

El regente, el gran John de Gaunt, me llama con el rostro serio. Entonces, doy un par de zancadas por el piso de mármol frente a los lores y las *ladies* de la corte allí reunidos y veo, sentado en el trono, a un muchachito con los mesmos ojos brillantes y el mesmo pelo ondulado de color castaño que tenía Christian. Ricardo II, el niño rey, aconsejado por el regente, John de Gaunt. En el rostro de Ricardo, vuelvo a ver a mi hijo. Son idénticos, excepto por el nombre y por el cetro y la túnica larga con los bordes de color armiño.

Me paro, hago una reverencia y subo. Despacio, me quito el sombrero y dejo ver el pelo corto y desarreglado.

La multitud que me rodea lanza un grito ahogado y las mujeres de la nobleza se tocan los sombreros como si tuvieran miedo. Una mujer no debería tener la cabeza descubierta. De hecho, el pelo largo es su gloria, su vida. Luego abro la capa suntuosa y la dejo caer en el suelo y allí quedo parada, sola y en silencio con la ropa de campesina manchada de gris y marrón. El regente del rey da un paso hacia adelante con la mano en el pomo de la espada y el rostro deformado por la preocupación. Sin embargo, nadie puede pelear conmigo porque hago otra reverencia a ese muchacho joven que está en el trono y levanto la gran prueba de amor que su padre, Eduardo de Woodstock, me dio tanto tiempo atrás. Lo elevo bien alto como símbolo y alabanza.

Llevo la sortija del Príncipe Negro en la mano. He luchado por la bendición de quien lleve la corona; agora, sostengo aquel anillo con seguridad y orgullo. No me moverán de aquí.

Luego de un largo murmullo, se instala el silencio.

Llamo a mis compañeros de Duns. Son plebeyos, todos y cada uno de ellos, pero yo los llamo por sus nombres y aparecen entre la gente. Luego también menciono los nombres de sus hijos muertos. Los bendigo y les agradezco como una *lady* de la corte. Luego saludo a este rey jovencito junto a mis compañeros.

Abro la boca, y cuento nuestra historia.

EPÍLOGO: DOS AÑOS MÁS TARDE

L LEGAN LAS TRANQUILAS lluvias de abril. Antes de que la luz del sol ilumine el páramo, me despierto con el trinar de las avecillas que duermen toda la noche con los ojos abiertos. Agora, en medio de la lluvia del amanecer, sus voces hacen melodías.

Corro el lujoso brocado entretejido con oro que cubre mi cama y camino hacia la ventana batiente con cristal. Imagino a mi madre que me llama con la voz quejumbrosa de un ave del bosque y con esas palabras que hacen eco en mi mente año tras año.

Tengo el corazón intranquilo a pesar de vivir con todas las comodidades en la casa fuerte de Ashcroft. Me envuelvo en una túnica árabe con un diseño intricado y miro más allá de la ventana solitaria. Las gotas de lluvia dejan sus marcas en el cristal costoso mientras la oscuridad se aleja del horizonte.

Todas las noches, me sumerjo en la tierra vacía de los recuerdos. Sueño que no tengo riquezas ni tierras sino un lugarcito extraño y secreto. Tomo la mano de mi madre, muerta hace años, y la aprieto con miedo.

Con la luz de la aurora, abro la ventana y entra el perfume de la lavanda. Una lluviecita ligera humedece los campos. Las nubes se abren con la salida del sol y los pájaros elevan un clamor nuevo.

La luz del día entra en mi alcoba e ilumina la tapicería dorada que me dio el joven rey como símbolo del lazo que nos une. La tapicería brilla con las imágenes de Eduardo con su armadura y de la memorable batalla de Crécy. Los esfuerzos de mi amor perdido quedaron grabados para siempre pero todavía no cumplí mi gran misión, el encargo secreto.

En primavera, la gente siente ansias de peregrinar. Sin embargo, las tierras por las que deseo transitar no son las de los viajeros que llegan a santuarios como Canterbury.

Así que, esa mañana, cuando me levanto con la melodía enérgica de un zorzal real y un chorlito, tomo la decisión. Dejaré atrás esta vida de lujos una vez más para emprender la búsqueda. En los recovecos más oscuros del alma, juro ya no descansar más, no esta vez. Cumpliré la promesa que me persigue en los sueños. Me ocuparé de la última voluntad de mi madre.

Levanto la campanita que tengo a mano y llamo a mi sirvienta. Me viste con las mejores galas y me pinta el rostro con aceite y esencia. Luego, le ordeno que reúna a mi gente y organice la comitiva para emprender viaje. Saldremos hoy mesmo.

Para la tercia, a media mañana, ya enviamos un mensaje para que preparen todo.

En la primavera del viaje, los dioses inhalan una dulce inspiración de toda la tierra. Nos alejamos de mi finca y espero en el pináculo de una colina. Los tiernos retoños se han avivado en cada campo oscuro y se han esparcido por los bosques tenebrosos hasta que el mundo vuelve a florecer una vez más. El joven sol recorre su camino por el signo de Aries en lo alto del cielo.

Ya hace más de dos años desde aquel calvario en los eriales y siento que mi vida se renovó una vez más y que las sequías frías del pasado se fueron con el viento.

Delante y detrás de mí, se extiende el poderoso séquito de hombres con relucientes cotas de malla. Somos veintinueve, suficientes como para hacerle frente a los bandidos que se atrevan a acercarse. Los guardias solo saben que viajo hacia la corte para presentarme ante el rey una vez más. Lo que pienso hacer es peligroso así que debo resguardar muy bien mis secretos. El único en quien confío ciegamente y con todo mi corazón es mi hijo adoptivo, Cole. Agora es alto y fuerte con la melena negra como el carbón y los ojos oscuros y deslumbrantes. No es el hijo con quien emprendí el viaje, pero se volvió tan apegado a mí como Christian.

Quince días más tarde, llegamos a Londres. Agora, me ocupo de llevar a cabo los planes. El día cae a medida que entramos en la ciudad. El crepúsculo se avecina. Calculé bien el tiempo del viaje porque mi misión secreta es más fácil de cumplir en la oscuridad.

Mando a la mitad de los hombres a que se alojen y a casi todos los demás les asigno tareas relacionadas con mi llegada a la corte. Escogí a tres de los más confiables para que nos acompañen, a mí y a mi hijo, tal como Cristo eligió a los discípulos más cercanos para que lo siguieran hasta Getsemaní.

Pasamos la Torre Blanca de Londres y doblamos en una esquina hacia el distrito abandonado que busco. Mis tres compañeros de confianza esperan detrás y vigilan que nadie nos siga.

A mis espaldas, los guardias y ante mis ojos, los caminos vacíos. Sin embargo, tiemblo de miedo porque hasta los compañeros de Cristo fallaron a la hora de abrir los ojos y advertir el peligro.

Junto a mi hijo, damos un giro brusco con los caballos mientras la oscuridad ya cae sobre Londres. El humo de varios incendios espesa y avinagra la niebla. Nos bajamos las capuchas y pegamos la vuelta por el laberinto sinuoso de calles adoquinadas para confundir en caso de que alguien nos persiga. Dejamos atrás al último de mis hombres en la intersección de las Seven Dials para que vigilen que no haya ojos fisgones. Tomamos juntos un camino estrecho donde apenas podría pasar un caballo. Al fin estamos solos, expuestos y vulnerables.

Recuerdo las vueltas en espiral que vi en el mapa y las construcciones con carteles. Me dirijo hacia Cripplegate. Ya es tarde a la noche pero se oyen rebeliones en el centro de la ciudad. Los hombres se ríen ebrios y a viva voz. En una carnicería, se oyen los gritos de los animales sacrificados y a lo largo de cada calle, vemos carros de granja que transportan los productos hacia el mercado.

Giro en la esquina de la calle Red Cross. Luego, en Aldergate, siempre junto a Cole. Entramos en el laberinto de adoquines y curvas.

Tomo con fuerza la mano de Cole.

Hay gente sobre los adoquines que se ve tan zaparrastrosa como el hombre que alguna vez fui. Están tendidos en el suelo, vencidos por la bebida o el cansancio. Estos campesinos olvidados yacen en medio de la basura apestosa, lejos de las aldeas donde nacieron.

La niebla forma volutas a nuestro alrededor y agora me siento tan lejos de casa y de la corte. Puedo sentir sobre la piel los pliegues de mi ropa lujosa. Sin embargo, también percibo las cicatrices que llevo de aquel largo viaje de invierno. Llevo en la piel las marcas de las armas y los puños, del miedo y del hambre. Sé que no soy mejor que ninguno de estos pobres desgraciados de la calle.

Por la noche, rara vez me siento segura en la cama de plumas. A veces tengo la sensación de que pertenezco más a un galponcito de madera de Duns que a esta vida lujosa. Debajo de la piel, sigo siendo una campesina de pies a cabeza.

He oído que mis compañeros de Duns regresaron sanos y salvos a la aldea, escoltados por *sir* Phillip y otros caballeros del reino. Liam, Geoff, Tom y Benedict recibieron alimentos para el invierno y oro para mejorar sus hogares como muestra de agradecimiento por parte del rey por haber cuidado a Miriam, *Lady* de Ashcroft, madre de un heredero y consorte de un príncipe. Desde entonces, no volví a saber de ellos.

Miro hacia atrás a las ventanas oscuras de la Torre. No parpadea ni una sola llama, ya apagaron todas las velas. Señalo con la nariz hacia los barrios de las afueras, donde las viviendas están abandonadas desde hace mucho tiempo. Entro en un distrito humilde y quemado.

Piso los adoquines iluminados por la luna y hayo mi camino por el laberinto. Doblo en la última esquina y allí adelante, me están esperando. Encontré el lugar marcado en el mapa. El jardín de mi gente. Leyrestowe, el Jardín de los Judíos.

Allí, veo una construcción con tres bolas doradas. La estructura ya está muy vieja y deteriorada pero es una señal de que todavía puedo cumplir mi palabra. Luego de todos estos años, aún puedo liberar el espíritu de mi madre.

Cierro los ojos a modo de súplica. Recuerdo su rostro y las palabras que me susurró:

—Prométeme que lo rezarás por mí cuando me llegue la hora. Rezarás el Kaddish para que yo encuentre la paz.

Me tomó de la mano con fuerza y dijo:

—Pero debes esperar. Irás adónde se encuentren los demás judíos, en Londres. Tienes que reunir a diez y rezar junto el Kaddish por mí. Será mi salvación en la vida después de la muerte. Serán esas las palabras que me elevarán el alma al cielo.

Los años siguientes, cuando crecía en Canterbury, busqué estas palabras especiales. Encontré alguna que otra referencia al Kaddish en los libros secretos que les confiscaban a los judíos que Simon Sudbury asesinó. Descubrí que el Kaddish era la plegaria sagrada que solo los judíos rezaban al final de la vida; es la que nos une y nos lleva al paraíso. Sin embargo, los libros decían que se debe rezarlo en familia, tomado de las manos con otros de la misma sangre, judíos, como una sola comunidad. Encontré la forma de aprender más la lengua hebrea como académica y como asistente de la abadesa y se las enseñé a mi hijo Christian llegado el momento.

Siempre busqué a los judíos pero según los registros, estaban todos muertos. Cada distrito que visité había sido profanado. Oí rumores en algún que otro lado de algún judío como la pobre Sophia, despojada de toda herencia, hambrienta y sola pero sobre grupos de judíos, no supe nada. Pensé que si todavía quedaba alguno en Inglaterra, debía de estar enterrado bajo tierra, como yo, con la voz silenciada, la vida arrebatada y la lengua muda.

Hoy, al fin, llego hasta ellos.

Los tengo delante de los ojos. Lo que queda de mi gente está aquí reunido en el Jardín de los Judíos, Cripplegate. Levanto la vista, miro la luna lejana que ilumina la esfera terrestre. Miro el campo a mi alrededor, el candelabro de nueve ramas grabado sobre el arco, las piedras gris oscuro ordenadas en hileras, las zarzas abandonadas que invaden el lugar secreto y oscuro.

Si existe algún lugar donde todavía pueda encontrar a mi gente, es aquí. Es el único cementerio de judíos que queda en todo Londres.

Me paro a la luz de la luna debajo del arco de la menorá y comienzo a decir:

Glorificado y santificado sea su gran nombre en este mundo de Su creación que creó conforme a Su voluntad.

Llegue su reino pronto, germine la salvación y se aproxime la llegada del Mesías. En vuestra vida, y en vuestros días y en la vida de toda la casa de Israel, pronto y en tiempo cercano.

Recuerdo también las palabras antiguas en la vieja lengua de tan largos años de estudio y susurro el Kadish en hebreo por el alma de mi madre:

Yitgaddal veyitqaddash shmeh rabba,
Be'alma di vra khir'uteh, veyamlikh malkhuteh
Veyatzma' purqaneh viqarev qetz meshi'eh,
Be'ayekhon uvyomekhon,
Uv'aye dekhol bet yisrael, be'agala uvizman qariv ve'imru.

Cierro los ojos. Mi madre camina en primavera, en la mañana del año. ¡Hay! Siempre que esa estación de dulces lluvias penetra en la sequía fría de marzo, puedo sentir la exquisita alegría.

En esta nueva primavera que llega a la tierra, miro los ojos de mi madre y al fin la libero.

Sea enviada desde los cielos la paz, vida, abundancia, salvación y consuelo, libertad y curación, holgura y prosperidad a nosotros y a todo Su pueblo Israel... Él, que establece la paz en las alturas, nos de la paz a nosotros y a todo el pueblo de Israel. Amen. Sea enviada desde los cielos la paz, vida, abundancia, salvación y consuelo, libertad y curación, holgura y prosperidad a nosotros y a todo Su pueblo Israel. Oseh shalom...
Amen, amen.

Rezo dos veces el Kaddish. Una, por mi madre. La otra, por mi hijo muerto.

Cole me toma de la mano al ver las lágrimas que ruedan por mis mejillas. Hago una reverencia por los difuntos que yacen aquí, para que descansen en paz.

En medio de la oscuridad, los silenciados me hablan. Los muertos susurran:

—Amén.

Ned Hayes

ACERCA DE EDUARDO, EL PRÍNCIPE NEGRO

EDUARDO, EL PRÍNCIPE Negro, fue el hijo mayor del rey Eduardo III de Inglaterra. Murió en 1376 tras una enfermedad y no pudo llegar al trono. Su padre lo impulsó a asumir el rol de guerrero desde muy joven, y Eduardo se convirtió en un estratega poderoso y en un líder del campo de batalla.

Se supo que el Príncipe Negro tuvo varias amantes antes de casarse con Juana de Kent, una esposa poco ejemplar para muchos. Tuvieron dos hijos legítimos: Eduardo, que murió a los seis años, y Ricardo de Burdeos, que subió al trono como Ricardo II. Además, el Príncipe Negro tuvo, al menos, dos hijos ilegítimos antes de casarse. Ambos recibieron títulos y tierras en el testamento y la última voluntad de su padre. También hubo rumores de otros amores secretos.

En el testamento, Eduardo hizo un pedido extraño. No quiso que se lo enterrara junto a su familia y los demás monarcas y príncipes de Inglaterra en el sepulcro de la Abadía de Westminster sino que sus restos se llevaran a la cripta de la Catedral de Canterbury. Esta última voluntad se cumplió, y su escudo de armas aún está grabado allí, junto a una imagen de su rostro, en la cripta de una capilla.

Luego, los restos de Eduardo y su esposa Juana se trasladaron desde el lugar elegido por el difunto hasta el sepulcro cercano al altar de Thomas Becket y al lado de otros nobles.

El príncipe pidió también que en su tumba se grabara la frase

Ich dien Houmout. Esta inscripción aún hoy es un misterio para los historiadores de la corona inglesa. Las primeras palabras podrían interpretarse como "Yo sirvo" pero no se ha descubierto el significado de la última palabra, "Houmout", que podría derivar del hebreo. Ese secreto, se lo llevó a la tumba.

AGRADECIMIENTOS

No me alcanzan las palabras para agradecerle a mi familia por el apoyo y la paciencia mientras estuve sumergido en el siglo XIV estos últimos años. Jill, Kate y Nick, les debo todo.

También quiero agradecer profundamente a Manek Mistry y Matt Haugh, que me brindaron sus conocimientos invaluables para poder elaborar esta historia de la mejor manera posible. Inmensas gracias por tantas horas de lectura, crítica y sugerencias. La mayoría de las mejores ideas dentro de esta novela son mérito de Manek y Matt. ¡Gracias!

La lectura que la artista Nikki McClure realizó al comienzo, su aliento y las maravillosas ilustraciones han sido una fuente de inspiración, así que mi más sincero agradecimiento por esos aportes.

En cuanto a la publicación del libro, doy las gracias a los editores, Elizabeth Johnson y Kyra Freestar; al extraordinario corrector, Barry Foy; a la experta de la editorial, Linda Marus; a la publicista, Mary Bisbee-Beek; a la diseñadora del libro, Sara DeHaan; y a todo el personal de la editorial Campanile Press que me ayudó a darle forma a este libro. También le agradezco a la agente Jenny Bent por los consejos con respecto a la historia y a los primeros lectores por su increíble ayuda: Christine Gunn, que me hizo una de las primeras y mejores críticas y me ayudó a encontrar el alma de mi personaje principal; Sheri Boggs, quien me dio el primer gran impulso; Beth

Oshiki, cuyas notas fueron de gran ayuda; Bianca Davis, que leyó sin parar hasta las tres de la mañana y luego criticó mi trabajo con esmero; Dean Bonnell y Larry Clark, lectores fieles durante años; y la talentosa académica, especialista en la Edad Media, Miria Hallum. ¡Gracias a todos!

Gracias también al grupo de escritores South Sound Algonquins, quienes tuvieron la gentileza de escuchar y ayudarme a mejorar la historia. Les agradezco, en especial, a Dolly Harmon, Mark Henry, Liz Shine, Chris Dahl, Tom Wright, Monica Britt y Megan Pottorff. Doug Sugano y Victor Bobb de Whitworth College me enseñaron este arte. Valoro y agradezco sus enseñanzas.

Por último, quiero agradecer a Jim Heynen y a Jim Lynch por haberme acompañado a lo largo de todo este viaje.

NOTA DEL AUTOR

LOS LECTORES DETALLISTAS notarán que he incluido frases y situaciones de diversos textos medievales, como algunas líneas del drama *Elckerlijc* (Todohombre) , el poema alegórico *Pedro el labriego*, y varias historias tomadas directamente de los *Cuentos de Canterbury* de Geoffrey Chaucer, considerando que estas historias fueron parte de la trama de la época (según algunos académicos especialistas en Chaucer). Desde luego, encontrarán citas y paráfrasis de Chaucer a lo largo del libro, además de una escena completa de las obras de teatro *N-Town* , el drama medieval de misterio denominado "N" solo porque nadie puede determinar en qué aldea o pueblo se originó este ciclo de obras interesantes y poco usuales de la Edad Media. (Conocí los textos por Doug Sugano y la interpretación contemporánea que hace de estos textos es maravillosa). De hecho, los actores que representan la escena de *N-Town* son los mismos de la novela *Morality Play*, de Barry Unsworth y espero haber rendido mi humilde homenaje a la memoria de Barry al mostrar a sus personajes con el arte de su época aunque en una nueva historia.

Asimismo, incluí citas de Tomás de Aquino, Agustín y otras personalidades distinguidas de la teología medieval dado que sus reflexiones sobre los temas del dominio de lo divino versus lo terrenal y la urgencia del entierro de los muertos eran parte de la trama de la época. A los lectores interesados en estas cuestiones y en lecturas feministas de la espiritualidad medieval, les recomiendo leer las obras maestras de Caroline Walker Bynum sobre dichos temas, como por ejemplo *Fragmentation and Redemption: Essays on Gender and the Human Body in Medieval Religion* (Fragmentación y redención: Ensayos sobre el género y el cuerpo humano en la religión medieval). También podrían interesarles los trabajos originales de Tomás de Aquino, que son increíblemente legibles y pertinentes incluso en nuestra época. Para una visión más general, *An Introduction to Medieval Theology* de Rik Van Nieuwenhove o el clásico *A History of the Christian Church* de Williston Walker son muy recomendables. Y por último, siempre que escribo sobre la Edad Media, se lo debo a *Un espejo lejano (A Distant Mirror)* de Barbara Tuchman, a cuyo título le debo el nombre de mi personaje principal en la versión en inglés, donde Mendo es, en realidad, *Mear*.

Datos del autor

NED HAYES leyó por primera vez a Chaucer cuando estudiaba literatura medieval inglesa en la universidad. Vive en Olympia, Washington, con su esposa y sus dos hijos. *Pueblo pérfido* o *Sinful Folk*, como se denomina en su lengua original, es la segunda novela del autor y la primera que transcurre en la Edad Media.

La obra anterior, *Coeur d'Alene Waters*, está situada en el noroeste del Pacífico, y en la actualidad, está escribiendo una novela nueva que se desarrolla en los años 1300.

SinfulFolk.com
CampanileBooks.com

www.ingramcontent.com/pod-product-compliance
Lightning Source LLC
Chambersburg PA
CBHW051540250626
47157CB00001B/129